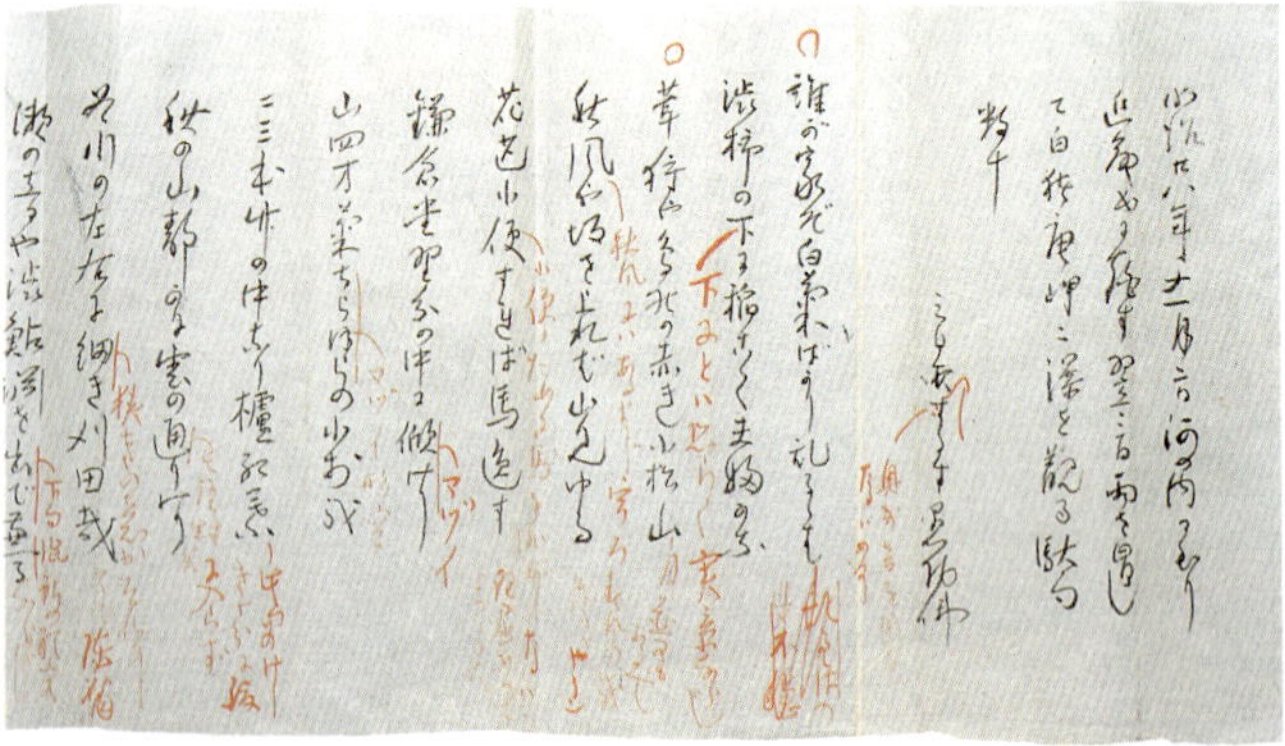

漱石が子規に送った俳句稿に子規が添削し評を加えたもの（本書162-163ページ参照，神奈川近代文学館所蔵）

岩 波 文 庫

31-011-16

漱石・子規往復書簡集

和 田 茂 樹 編

岩 波 書 店

凡　例

一　本書は漱石と子規の間で交わされた今日に伝わる書簡のすべてを年次順に収録する。その中には漱石が子規に批正を乞うた俳句稿とそれに対する子規の添削・評を含む。

一　底本には、岩波書店版の『漱石全集』一二巻「小品」(一九九四)、一七巻「俳句・詩歌」(一九九六)、一八巻「漢詩文」(一九九五)、二二巻「書簡　上」(一九九六)、講談社版の『子規全集』一六巻「俳句選集」(一九七五)、一八巻「書簡　一」(一九七七)、一九巻「書簡二」(一九七八)を用いた。また漱石の俳句に対する子規の添削・評については、神奈川近代文学館、松山市立子規記念博物館、国立国会図書館、東北大学附属図書館、日本近代文学館などに所蔵されている原稿(写真版を含む)を可能なかぎり参照した。

一　本文の表記については、巻末に付した「岩波文庫(緑帯)の表記について」に基づいて表記がえをおこなうとともに、読みやすくするために句読点を整理した。

一　各書簡には発信者ごとに通し番号を「漱1」「規1」のように付した。

一　書簡冒頭の宛先・発信地の住所等の表示については、底本の表記を参考にしつつ本文庫としての統一をはかった。

一　書簡中の漢詩・漢文には、そのすぐ後に読み下し文を〔　〕に入れて添え、漢詩については巻末の注でその大意を記した。

一　巻末に付した注は、前記の『漱石全集』の各巻に付された注(注解者＝清水孝純、坪内稔典、一海知義、紅野敏郎各氏)に基づいて作成した。なお子規に関するものを中心に、成瀬哲生、橋本槇矩両氏ならびに編集部による注を加えた。また本文中の〔　〕内は編集部による補足である。

一　各年のはじめに漱石・子規の交友を中心とする略年譜を掲げた。年表中では今は失われているが、二人の間で交わされたことが推定される書簡を(規・失)などとして示した。

一　巻末に、子規の死を知り虚子に宛てた漱石の手紙(付録1)と中絶した子規追悼の文章(付録2)を付した。

一　本文中に、身分差別、民族差別、身体障害にかかわる不適当な表現が見られるが、原文の歴史性を考慮してそのままとした。

目　次

出会うまでの漱石と子規

漱石

慶応三年（一八六七）　〇歳

1・5（旧暦）　江戸牛込馬場下横町（現在、新宿区喜久井町一）に夏目家の五男として生まれ、のち金之助と命名される。父夏目小兵衛直克は町方名主、母は千枝。

慶応四年・明治元年（一八六八）　一歳

（**9・8**　明治と改元）

11月頃　四谷太宗寺門前名主、塩原昌之助・やす夫妻の養子となって入籍。

明治三年（一八七〇）　三歳

この年、種痘がもとで疱瘡にかかった。

子規

慶応三年（一八六七）　〇歳

9・17（旧暦）　伊予国温泉郡藤原新町（現在、松山市花園町三番五号）に正岡家の次男として生まれる。本名、常規《つねのり》。四、五歳頃に升《のぼる》と改める。父常尚は松山藩士、母八重は藩の儒者大原観山の長女。

明治三年（一八七〇）　三歳

10・1（旧暦）　妹律生まれる。

漱石

明治七年（一八七四） 七歳

12月頃 戸田学校の下等小学第八級に入学。

明治十一年（一八七八） 十一歳

2月 「正成論」を友人との回覧雑誌に掲載。

10・24 錦華学校の小学尋常科二級後期卒業。

明治十二年（一八七九） 十二歳

3月 東京府立第一中学校正則科乙に入学。

子規

明治五年（一八七二） 五歳

3・7（旧暦） 父常尚死去。享年四十歳。

明治六年（一八七三） 六歳

祖父大原観山に素読を習う。末広学校に入学。

明治十一年（一八七八） 十一歳

漢詩「聞子規」作。「画道独稽古」を模写。

明治十二年（一八七九） 十二歳

12・27 勝山学校を卒業。この年擬似コレラにかかり難渋。

明治十三年（一八八〇） 十三歳

3・1 松山中学校に入学。

明治十四年（一八八一）　十四歳

1・9　母千枝没、享年五十五歳。

春　東京府立第一中学校中退、麹町の二松学舎に転校、漢学をもっぱら学ぶ。

明治十五年（一八八二）　十五歳

春　二松学舎を中退。

明治十六年（一八八三）　十六歳

秋頃　東京大学予備門受験のため、神田駿河台の成立学舎に入学。

明治十七年（一八八四）　十七歳

9・11　東京大学予備門（十九年、第一高等中学校と改称）第四級に入学。同級生に子規ほか南方熊楠・山田美妙・芳賀矢一らがいた。

竹村鍛・三並良ら五友会で漢詩集回覧。

明治十六年（一八八三）　十六歳

6月　松山中学校を退学、上京する。政治・演説に関心をよせる。

明治十七年（一八八四）　十七歳

2・13　随筆『筆まかせ』起筆。

9・11　東京大学予備門第四級に入学。旧藩主久松家の給費生。

明治十八年（一八八五）　十八歳

哲学志望。学年試験に落第。

漱石	子規
	夏 帰郷。秋山真之と親しくなり、井手真棹に和歌を学ぶ。
明治十九年(一八八六) 十九歳	
7月 胃病を患い学年末試験を放棄して落第、原級に止まる。	
明治二十年(一八八七) 二十歳	**明治二十年(一八八七) 二十歳**
3月 長兄大助死去。	前年来ベースボールに熱中。神田の下宿から第一高等中学校寄宿舎に移る。
6月 次兄直則死去。	**夏** 帰省。大原其戎の『真砂の志良辺』に投句。
9月 第一高等中学校予科第一級に進級。	
明治二十一年(一八八八) 二十一歳	**明治二十一年(一八八八) 二十一歳**
1月 塩原姓より夏目姓へ復籍。	
7・9 第一高等中学校予科を卒業。	**7・9** 第一高等中学校予科を卒業。
	夏 向島桜餅屋に泊り、『七草集』を執筆。
9月 第一高等中学校本科一部(文科)に進学。	**9月** 第一高等中学校本科一部(文科)に進学。常盤会寄宿舎に入る。

明治二十二年（一八八九、二十二歳）

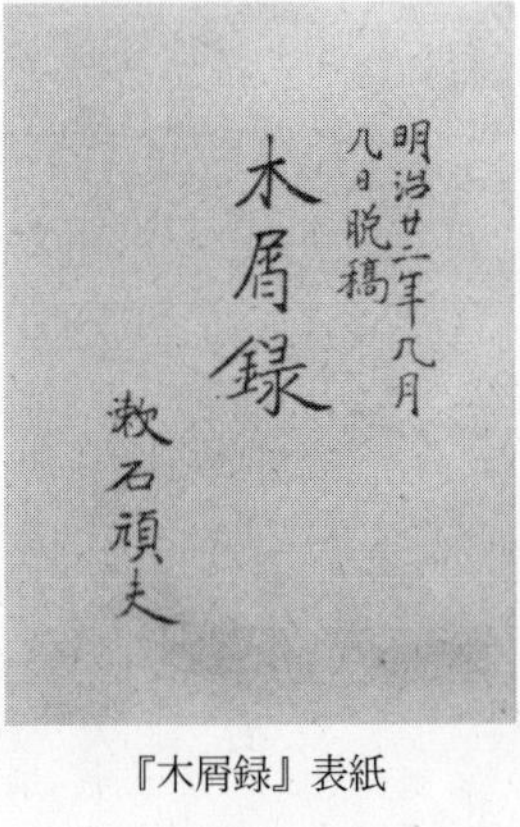

『木屑録』表紙

1月頃　二人の交友が始まる。
2・5　「第一高等中学校英語会」第一回私会開かれる。漱石は“The Death of my Brother”を、子規は“Self-reliance”(自恃)を朗読・発表した。
5・1　子規、『七草集』脱稿。
5・9　子規、この夜、突然喀血。
5・10　子規、俳句四、五十句を作り、「子規」と号す。
5・13　漱石、友人と子規の病床を見舞う。のち医師山崎元修を訪ね、子規の病状・療養法を問う。帰宅後、子規宛の最初の書簡(**漱1**)を投函。俳句二句(漱石最初の俳句)を添え、只今は一大事の時と、入院加療を力説。
5・25　漱石、子規を病床に見舞い、『七草集』に「評」を付して返却する。同評に初めて「漱石」と署名。
5・27　子規宛書簡(**漱2**、『七草集』「評」の末尾に記した七言絶句九首について)。
6・5以前　漱石宛書簡(**規・失**)。学年試験・課題などを問う。
6・5　漱石、子規の問いに答えた書簡(**漱3**)を出す。
7・3　子規、勝田主計に付き添われ帰省、静養。――夏休み中、閻魔大王と子規の対談「啼血始末」を作る。河東碧梧桐にキャッチボールを指導。

8・3　子規宛書簡(漱4、静岡県興津滞在を報告)。

9月　漱石宛書簡(規・失)。

9・9　漱石、房総紀行の漢詩文『木屑録』(子規に寄せた漢詩などを含む)を脱稿、子規に示す。

9・11　そろって第一高等中学校本科一部(文科)二年に進級。

9・15　子規宛書簡(漱5、再試験に間にあうよう帰京することを勧告)。

9・20　子規宛書簡(漱6、五絶一首を送り批評を乞う)。

9・27　子規宛書簡(漱7、子規の再試験を心配し帰京を促す)。

10月初　子規、養生のため、常盤会寄宿舎より下谷黒門町無極庵隣木村方(上野不忍弁天境内)に仮寓。

10・13　子規、漱石の『木屑録』の巻末にその「評」を記す。

11・7　子規、内藤鳴雪、竹村鍛と漢詩・連句・連歌の会「言志会」をおこす。

11・30　子規、第一高等中学校のベースボール大会に参加。

12・24　子規、帰省のため藤野古白と新橋を出発。

12・31　子規宛書簡(漱8、子規の文章や文学の方法を厳しく批判)。

漱1

五月十三日(月)

*牛込区喜久井町一番地　夏目金之助より
本郷区真砂町常盤会寄宿舎　正岡常規へ

今日は大勢罷出《まかりいで》失礼仕候《つかまつりそろ》。然《しから》ばそのみぎり帰途*山崎元修方へ立寄り、大兄《たいけい》御病症幷《なら》びに療養方等委曲質問仕候処、同氏は在宅ながら取込有之由《これあるよし》にて不得面会《めんかいをえず》、乍不本意《ふほんいながら》取次を以て相尋ね申候処、存外の軽症にて別段入院等にも及ぶ間鋪《まじき》由に御座候へども、風邪のために百病を引き起すと一般にて咯血《かっけつ》より肺労または結核の如き劇症に変ぜずとも申しがたく、只今《ただいま》は極めて大事の場合故《ゆえ》出来るだけの御養生は専一と奉存《ぞんじたてまつり》候。小生の考へにては山崎の如き不注意不親切なる医師は断然癈し、幸ひ*第一医院も近傍に有之《これあり》候へば一応同院に申込み医師の診断を受け入院の御用意有之たく、去《さ》すれば看護療養万事行き届き十日にて全快する処は五日にて本復《ほんぷく》致す道理かと存候。かつ少しにても肺患に罹《かか》ル「プロバビリチー」アル以上は*二豎《にじゅ》の膏肓《こうこう》に入らざる前に英断決行有之たく、生あれば死あるは古来の定則に候へども、喜生悲死もまた自然の情に御座候。春夏四時の循環は誰れも知る事ながら、夏は熱を感じ冬は寒を覚ゆるもまた人間の免かるる能《あた》はざる処に御座候へば、小にしては御母堂のため大にしては国家のため自愛せられん事こそ望ましく存候。*雨フラザルニ牖戸《ゆうこ》を綢繆《ちゅうびゅう》ストハ古人ノ名言に候へば平生の客気を一掃して御分別有之たく、この段願上候。

*to live is the sole end of man!

五月十三日

*帰ろふと泣かずに笑へ時鳥《ほととぎす》

聞かふとて誰も待たぬに時鳥

金之助

正岡大人　梧右

いづれ二、三日中に御見舞申上べく、また本日*米山《よねやま》、*龍口《たつのくち》の両名も山崎方へ同行しくれたり。

*僕の家兄も今日吐血して病床にあり。かく時鳥が多くてはさすが風流の某《それがし》も閉口の外なし。呵々《かか》。

漱2　五月二十七日(月)

牛込区喜久井町一番地　夏目金之助より
本郷区真砂町常盤会寄宿舎　正岡常規へ

昨日は存外の長座、定めて御蒼蠅《ごそうよう》の事と恐入り奉《たてまつ》る。そのみぎり妄評を加へ御返呈申上候『*七草集』定めて迂生《うせい》帰宅後御読了の事と存じ候。右に付き後にて胸に手をあて善く〳〵勘考仕《つかまつ》れば、前後の分別もなく無茶苦茶に六《む》ヅカ敷《しき》漢字を行列したるはさすがの某《それがし》も例のヅー〳〵しきに似ず少しく赤面の体《てい》に御座候。何事も不作法者と御堪忍《ごかんにん》遊ばせと御詫《おわび》のついでに願上げまするは批評の後に付したる*二十八字の九絶に御座候。これは余り大人気《おとなげ》なく小児の手習と一般にてただ〳〵*紅燈緑酒の文字を書き散らしたる而已《のみ》に候へば、かかル者を見事の尊著にくッつけ置かん事、『七草集』の恥辱かつは人目を愧《は》づる小生の心底憐《あわ》れと覚し給ひ、一遍の御回向《ごえこう》ならで一刀両断に切り棄てて屑籠《くずかご》の浄土に送らせ玉へ。生レつきの不具者に候へば*扁鵲《へんじゃく》の妙術も一人前には治し難きは無論の儀と存じ候へば、生きて人目に曝《さら》しますより殺した方が親の慈悲かと存候。去りながら凡夫の浅ましさ万一貴君の配剤にて生来の癈疾も頓治の見込なきやと、そればかり心配仕をり候。焼野*〔の〕きぎす夜の鶴不具な子ほど〔可〕愛ゆきはやはり親の欲目に御座候。必ず必ず凡夫と御さげしみなき様願上候。匆々《そうそう》。

二十七日　　菊井の里*　漱石より

丈鬼様*

『七草集』にはさすがの某も実名を曝《さら》すは恐レビデゲスと少しく通《つう》がりて当座の間に合せに漱石となんしたり顔に認《したた》め侍り、後にて考ふれば漱石とは書かで漱石と書きしやうに覚へ候。この段御含みの上御正し被下《くだされ》たく先《まず》はそのため口上左様。

米山大愚先生傍《かたわら》より自己の名さへ書けぬに人の文を評するとは「テモ恐シイ頓馬《とんま》ダナー」チョン々々々々々。

漱3　六月五日(水)

牛込区喜久井町一番地　夏目金之助より

本郷区真砂町常盤会寄宿舎　正岡常規へ

朶雲《だうん》拝読。然《しから》ば御病気日々御快癒の趣珍重この事と存候。御尋《おたずね》の数学試験は月曜にてはなく火曜日の午後一時よりのはずなり。物理の義に付ては山川、*中山*を始め丸善の大将も試験を頼まんと待かまへをれば御安心あるべし。久米先生*は隅田看花、送古荘校長、教育論の三題中一題作れば平生点をくれる由、また学年試験は宿題読大八洲史《おおやしまし》といふ事なり。長沢*は来々週の水曜日に平生試験をなす由、また学年試験の問題四十題ほどあり、その内御目にかけべく候。時間割は新しく御送付致候間、旧表と御対照有之《これある》べし。なほ御快気の際決して軽ハヅミシテ後戻りし給ふべからず。摂生加養百年の寿を保ち千二百ページの白紙《ブランク》小説に通客の腹を穿《うが》ち「凄イネ」の喝采《かっさい》を得給へといふは君の親友なる

菊井の里　野辺の花

五日

明治の　神谷うたゝ殿

漱4　八月三日(土)

*牛込区喜久井町一番地　夏目金之助より
松山市湊町四丁目十六番戸　正岡常規へ

炎暑之候、御病体如何被為渡《いかにわたらせられ》候哉《や》。日夕《にっせき》案じ暮しをり候とは些《ち》と古めかしくかたくるしき文句ながら、近頃の熱さでは無病息災のやからですら胃病か脳病、脚気《かっけ》、腹下シなど種々な二竪《にじゅ》先生の来臨を辱《かたじけの》ふする折からなれば、貴殿の如き残柳衰蒲《ざんりゅうすいほ》も宜《よろ》しくといふ優にやさしき殿御《とのご》は、必ず療養専一摂生大事と勉強して女の子の泣かぬやう余計な御世話ながら願上候。さて悪口は休題としていよいよ本文に取り掛りますれば、小生義愚兄と共に去月二十三日出発、東海道興津《おきつ》へ転地療養のタメ御越し被遊《あそばされ》昨二日夜帰京仕候。興津の景色の美なるは大兄も御承知ならんが先ヅ大体を申せば、

都城之西、六十余里、山勢隆然、抜地而起、潮流直逼山麓、山海之間得平地、纔五十歩、旗亭十数、点綴其間、与蛋戸漁家錯落相間、呼曰興津、所謂東海五十三駅之一也、山腹有古刹、仏閣経楼、高出于青靄之上、望之縹渺如画図、興津之西、山勢漸向北而走、海湾亦南曲、三里而達清水港、港尽而湾再東折、突出洋中二里許、古松無数、遠与天連、白帆明

滅、行其間、是則興津駅之勝概也、呼其寺、曰清見寺、呼其山、曰清見山、呼其湾、曰清見潟、而西南長岬、横断大海者、為三保松原、遠山如黛、白雲蓬勃者、為伊豆大島、天晴気朗之時、仰看芙蓉于東北、大凡騒人墨客、上旗亭坐楼頭者、杯酒談笑之際、一矚而得悉収此数者於眸中焉、蓋所謂東海道、自東都至西京、長二百余里、有駅五十有三、山則函嶺、水則天龍矢矧、都邑則静岡名古屋、其間長亭短駅、名山大川、固不為鮮矣、然至山海之勝、魚蝦之美、則余独推興津為最、是以数年以来、縉紳公卿、避暑遊于此地、陸続麕至、山蒼水明之郷、亦将漸化絃歌熱鬧之地、可嘆也、……

〔都城《とじょう》の西、六十余里、山勢隆然《りゅうぜん》、地を抜きて起つ。潮流直《ただ》ちに山麓《さんろく》に逼《せま》り、山海の間、平地を得ること、纔《わず》かに五十歩。旗亭《きてい》十数、其の間に点綴《てんてい》し、蛋戸《たんこ》漁家《ぎょか》と錯落《さくらく》として相間《あいまじ》り、呼びて興津と曰《い》う。所謂《いわゆる》東海五十三駅の一也。山腹に古刹《こさつ》有り、仏閣経楼、高く青靄《せいあい》の上に出で、之《これ》を望めば縹渺《ひょうびょう》として画図《がと》の如し。興津の西、山勢漸《ようや》く北に向かって走り、海湾も亦《ま》た南に曲がり、三里にして清水港《しみずみなと》に達す。港尽きて湾再び東に折れ、洋中に突出すること二里許《ばかり》、古松無数、遠く天と連なり、白帆《はくはん》明滅して、其の間を行く。是《こ》れ則《すなわ》ち興津駅の勝概《しょうがい》也。其の寺を呼びて清見寺と曰《い》い、其の山を呼びて清見山と曰い、其の湾を呼びて清見潟《がた》と曰う。而《しこ》うして西南の長岬《ちょうこう》の大海を横断する者は、三保《みほ》の松原為《た》り。遠山黛《まゆずみ》の如く、白雲蓬勃《ほうぼつ》たる者は、伊豆の大島為り。天晴気朗《てんせいきろう》の時、仰ぎて芙蓉《ふよう》を東北に看る。大凡騒人墨客《おおよそそうじんぼっきゃく》の旗亭に上《のぼ》り楼頭に坐する者、杯酒談笑の際、一矚《いっしょく》にして悉《ことごと》く此《こ》の数者を眸中《ぼうちゅう》に収むるを得《う》。蓋《けだ》し所謂《いわゆる》東海道は、東都自《よ》り西京に至るまで、長さ一百余里、駅五十有《ゆう》三有《あ》り。山は則ち函嶺《かんれい》、水は則ち天龍・矢矧《やはぎ》、都邑《とゆう》は則ち静岡・名古屋。其の間、長亭短駅《ちょうていたんえき》、名山大川、固《もと》より鮮《すくな》しと為《な》さざるなり。然れども山海の勝《しょう》、魚蝦《ぎょか》の美に至りては、則ち余独《ひと》り興津を推《お》して最《さい》と為す。是《ここ》を以て数年以来、縉紳公卿《しんしんこうけい》の暑《しょ》を避《さ》けて此《こ》の地に遊ぶもの、陸続《りくぞく》として麕《むらが》り至り、山蒼水明《さんそうすいめい》の郷、亦《ま》た将《まさ》に漸《ようや》く絃歌熱鬧《げんかねっとう》の地に化さんとす。嘆く可《べ》き也。……」

余り長イト御退屈先ヅ〳〵御里が露《あら》ハレヌ中《うち》ニ切リ上ゲベク候。右の如く風光は非常に異な処ナレドモ、風俗ノ卑陋《ひろう》ニテ物価の高値ナルニハ実ニ恐レ入リタリ。小生等最初は水口屋と申す方に投宿せしに一週間二円にて誠にいや〳〵雲助《くもすけ》同様の御待遇を蒙《こう》むれり。楼上には*曾我祐準先生将軍乎として鎮座まします者から拙《せつ》如き貧乏書生は*「パラサイト」同様の有様御憫笑可被下候《ごびんしょうくださるべく》。拙曾我中将を呼んで御山ノ大将トいへり*(解に曰く高之謂山、楼者高故曰御山、大将者武人也)。手短かに申せば楼上ノ軍師(梁上ノ君子ニアラズ)トイフ意味也。宿屋ノ主人御山の大将ヲ拝スルコト平蜘蛛《ひらぐも》ノ如ク婢僕《ひぼく》ノこれヲ敬スルコト鬼神ノ如シ。さてさて金銭ほど世ノ中に尊きはあらじと楼下ニテ握《にぎ》リ睾丸《きんたま》をしながら名論を発明仕り候。それより忼慨心《こうがいしん》を鼓舞し身延屋《みのぶや》といふに一週間三円の御散財にて御転居仰せ被出《いだされ》、二、三日逗留《とうりゅう》するとまたまた何処《どこ》かの*縉紳《しんしん》先生のために追出され、*どうにもこうにも駿河《するが》の国立ッたり寐《ね》たり。また興津、清見の浦は清《す》むとても心はすまぬ浜千鳥啼《な》くより外はなかりしが（ヤ、デン）といふ体裁、汗臭き富士講連と同車にて漸々《ようよう》帰京仕候。いづれ道中の御話は御面晤《ごめんご》の節万々可申述《もうしのぶべく》候云々。先《まず》は炎熱の候時候御厭《おいと》ひ可被成《なさるべく》いづれ九月には海水にて真黒に相成りたる顔色を御覧に入べく、それまではアヂュー。

菊井町のなまけ者

丈鬼兄　座右

漱5　九月十五日（日）

牛込区喜久井町一番地　夏目金之助より

松山市湊町四丁目十六番戸　正岡常規へ

露冷残蛍瘠風寒柳影疎なるの時節とはあまり長すぎてゴロが悪くは候へども、僕が創造の冒頭なればだまって御読了被下《くだされ》たく候。さて右のやうな時節到来仕候処、貴兄漸々御快方の由《よし》何よりの事と存候。小生も房州より上下二総を経歴し、去月三十日始めて帰京仕候。その後早速一書を呈するつもりに御座候処、既に御出京に間もあるまじと存じ、日々延頸《えんけい》して御待申上候処、御手紙の趣きにては今一ヶ月も御滞在の由随分御のんきの事と存候。しかし此《ここ》に少々不都合の事有之《これあり》。両三日前小生学校へ参り点数など取調べ候処、大兄三学期の和漢文の点及ビ同学期幷《ならび》に同学年の体操の点無之《これなき》がため試験未済の部に編入致《いたし》をり候が、右は如何なる儀にて欠点と相成をり候哉。もし欠点が至当なら始業後二週間中に受験願差出すはずニ御座候間、右の間に合ふやう御帰京可《しかるべく》然と存候。尤《もっと》も学校の休暇は入学試験の都合にて来る二十日まで延期相成候間、右の御つもりにて御出発被成《なされ》候。なほまた受験不致《いたさず》候て別に点数を得べき道理有之《これあり》候へば、その旨御申越可相成《あいなるべく》小生及ぶ限りは御尽力可申上《もうしあぐべく》候。山川へは未だ一度も面会不仕《つかまつらず》同人宿所も不分明に御座候。しかし面会次第貴意を伝ふべく候。

小生も今度は黄巻青編* 時読罷《ときによみやめ》どころではなくぶら〳〵と暮し過し申候。帰京後は余り徒然のあまり一*篇の紀行やうな妙な書を製造仕候。貴兄の*斧正《ふせい》を乞はんと楽みをり候。

先《ま》ず《ず》は用事のみ。余は拝眉万々、可成《なるべく》はやく御帰りなさいよ。さよなら。

九月十五日夜　　金之助

のぼる様

漱6　九月二十日(金)

牛込区喜久井町一番地　夏目金之助より
松山市湊町四丁目十六番戸　正岡常規へ

〔前半部分欠〕五絶一首小生の近況に御座候。御憫笑可被下《くださるべく》候。

抱剣聴龍鳴、読書罵儒生、如今空高逸、入夢美人声
〔剣を抱《いだ》きて龍鳴《りゅうめい》を聴き／書を読んで儒生を罵《ののし》る／如今《じょこん》空《むな》しく高逸《こういつ》／夢に入る美人の声〕*

第一句は成童の折の事、二句は十六、七の時、転結は即今の有様に御座候。字句はあひかはらず勝手次第、御正し被下《くだされ》たく候云々。

漱7　九月二十七日(金)

牛込区喜久井町一番地　夏目金之助より
松山市湊町四丁目十六番戸　正岡常規へ

貴意の如く懐冷財布瘠の候、大まい二銭の御散財をも顧み給はず四国下《くんだ》りまで御宸翰《ごしんかん》下し賜はる段、御親切さぞかし感涙にむせびて郎君の大悲大慈をありがたがり奉るならんといやに恩に着せて御注進仕《つかまつ》るは余の儀にあらず。先頃手紙を以て依頼されたる点数一条、おつと承知皆までいひ給ふな万事拙《せつ》の方寸《ほうすん》にありやす、先《ま》づ江戸つ子の為す所を御覧《ごろう》じろとひま人のありがたさ、急に用事の持ち上りたるを嬉《うれ》しがり、早速秘術をつくして久米《くめ》の仙人を生捕り先づ安心はした者の、鉄砲ずれで(面ずれより脱化し来るに似たり)手の皮の厚さ一尺もあるといふひなた臭い兵隊を相手の談判は、都《みや》び男やさ男を以て高名なるやつがれには到底出来やせん引き下りやす、と反《そ》り身《み》になつて断はるといふ所だが、そこがそれ君いや妾《しょう》のためでげす、掛《かかり》がへさへあれば命の二つや三は進呈仕りてよろしくといふ位な親切者だから、ちつともひるまず古今未曾有《みぞう》の勇気を鼓舞して二、三回戦争の後これも武運目出たく乃公《だいこう》の勝利と相成、令嬢《れいじょう》の身体は一部*一年三の組の室中を横行しても竪行しても御勝手次第なり。

定めて、

「あらまあほんとうに頼もしい事、ひょっとこの金さんは顔に似合ない実《じつ》のある人だよ」といはれるだらふと乃公の高名手柄を特筆大書して吹聴する事あら〳〵如此《かくのごとし》。

九月二十七日夜　　郎君より

妾へ

この手紙到着の頃は定めて東上の途中ならむ。もしもまた愚図々々して故郷にこびりついて居るならこの書拝見次第馳出《かけだ》して東京へ罷《まか》り出《いづ》べき事。

漱8　十二月三十一日(火)

牛込区喜久井町一番地　夏目金之助より

松山市湊町四丁目十六番戸　正岡常規へ

帰省後は如何、病軀は如何、読書は如何、執筆は如何。如何《いか》にしてこの長き月日を短く暮しめさるるや。けふは大三十日《おおみそか》なりとて家内中大さわぎなるに引きかへ、貧生のありがたさは何の用事もなくただ昼は書に向ひ膳《ぜん》に向ひ夜は床の中にもぐりこむのみ。気取りて申さば閑中の閑、静中の静を領する也。俗に申せば銭のなきためやむをえず握《にぎ》り睾丸《きんたま》をしてデレリと陋巷《ろうこう》にたれこめて御坐《ござ》る也。この休みには「*カーライル」の論文一冊を読みたり。二、三日前より「*アルノルド」の『リテレチュア、エンド、ドクマ』と申者《もうすもの》を読みかけたり。御前兼《かね》て御趣向の小説は已に筆を下し給ひしや。今度は如何なる文体を用ひ給ふ御意見なりや。委細は拝見の上逐一《ちくいつ》批評を試むるつもりに候へども、とかく大兄の文はなよ〱として婦人流の習気を脱せず、近頃は*篁村《こうそん》流に変化せられ旧来の面目を一変せられたるやうなりといへども未だ真率の元気に乏しく、従ふて人をして案《あん》を拍《うつ》て快と呼ばしむる箇処少きやと存候。総《すべ》て文章の妙は胸中の思想を飾り気なく平たく造作なく直叙スルガ妙味と被存候《ぞんぜられ》。さればこそ瓶水《へいすい》を倒して頭上よりあびる如き感情も起るなく、胸中に一点の思想なくただ文字のみを弄する輩《やから》は勿論《もちろん》いふに足らず、思想あるも徒《いたず》らに章句の末に拘泥《こうでい》して天真爛漫の見るべきなければ人を感動せしむること覚束《おぼつか》なからんかと存候。今、世の小説家を以て自称する輩は少しも「オリヂナル」の思想なく、ただ文字の末をのみ研《けん》鑽《さん》批評して自ら大家なりと自負する者にて、北海道の土人に都人の衣裳をきせたる心地のせられ候。なるほど頭の飾り衣の模様仕立の具合寸分の隙間《すきま》なきかは知らねど、その人の価値はと問はば三文にも当せず、その思想はと問はば一顧の価なきのみならず鼻をつまんで却走せざるを得ざる者のみのやうに被思候《おもわれ》。独り篁村翁のみは直ちに胸臆《きようおく》を直叙して天真爛漫の風姿紙上に躍然たる処なきにあらねど、これまた質朴なる老翁のいやみ気なきに過ぎず、田舎漢の通《つう》がりにまさる万々なりといへども、さりとも端粛《たんしゆく》とか遒麗《しゆうれい》とか磊落《らいらく》とか、人をして一見嘆賞感動せしむる風采には乏きやに被存候《ぞんぜられ》。故に小生の考にては文壇に立て赤幟《せきし》を万世に翻《ひるがえ》さんと欲せば首《しゆ》として思想を涵養《かんよう》せざるべからず。思想中に熟し腹に満ちたる上は直《ただち》に筆を揮《ふる》つて、その思ふ所を叙し沛然驟雨《はいぜんしゆうう》の如く勃然《ぼつぜん》大河の海に瀉《そそ》ぐの勢なかるべからず。文字の美、章句の法などは次の次のその次に考ふべき事にてIdea itselfの価値を増減スルほどの事は無之《これなき》やうに被存候。御前も多分この点に御気がつかれをるなるべけれど去りとて御前の如く朝から晩まで書き続けにてはこのIdeaを養ふ余地なからんかと掛念仕る也。勿論書くのが楽《たのしみ》なら無理によせと申訳《もうすわけ》にはあらねど毎日毎晩書て〳〵書き続けたりとて小供の手習《てならい》と同じことにて、このoriginal ideaが草紙の内から霊現する訳にもあるまじ。このIdeaを得るの楽は手習にまさること万々なること小生の保証仕る処なり(余りあてにならねど)。伏して願はくは(雑談《じょうだん》にあらず)御前少しく手習をやめて余暇を以て読書に力を費し給へよ。御前は病人也。病人に責むるに病人の好まぬことを以てするは苛酷のやうなりといへども手習をして生きてゐても別段馨《かんば》しきことはなし。knowledge を得て死ぬ方がましならずや。塵《ちり》の世にはかなき命ながらへて今日と過ぎ昨日と暮すも人世に happiness あるがため也。されど十倍の happiness をすてて十分の一の happiness を貪《むさぼ》り、それにて事足り給ふと思ひ給ふや。しかしこの Idea を得るより手習するが面白しと御意《ぎょい》遊ばさば、それまでなり。一言の御答もなし。ただ一片の赤心を吐露して歳暮年始の礼に代る事しかり。穴賢《あなかしこ》。

御前この書を読み冷笑しながら「馬鹿な奴だ」といはんかね。とかく御前の coldness には恐入りやす。

十二月三十一日　漱石

子規御前

明治二十三年（一八九〇、二十三歳）

野球のバットを持つ子規(明治23年3月，松山市立子規記念博物館所蔵)

1月　漱石宛書簡(**規・失**)。

1月初　子規宛書簡(**漱9**、子規の文章を批判する「漱8」への子規の反論に対し、idea が主、rhetoric は従とする文章論を展開する)。

1・18　漱石宛書簡(**規1**、現存する一番古い漱石宛書簡)。

1月　子規、『銀世界』脱稿、漱石、その短評を書く。

7・5　子規宛書簡(**漱10**、「先生及第、乃公及第、山川落第」)。

7・8　第一高等中学校卒業式。漱石、子規の卒業証書をあずかる。

7・9　漱石、マードックに英文レポート「十六世紀の日本と英国」を提出。同時に提出した子規のものとともに"*THE MUSEUM*"第三号にその一部が掲載される。

7・9　子規宛書簡(**漱11**、卒業証書は「九月に拝眉の上」さしあげると)。

7・15　漱石宛書簡(**規2**、「今度の試験にもとう〳〵及第せしょし誠ニありがた迷惑ニ存候」)。

7・20　子規宛書簡(**漱12**、「富士山」の名吟を吹聴)。

8・9　子規宛書簡(**漱13**、眼病に悩み書籍も筆硯も一切放抛、浮世がいやになるも自殺するほどの勇気なしと)。

8・15　漱石宛書簡(**規3**、詩人が「無垢清浄、人間以外の詩思を得る」時は、「詩人ハなほ詩神として存在する」と)。

8月下旬　子規宛書簡（**漱14**、「詩神は仏なり仏は詩神なりといふ議論斬新にして面白し」）。

8・29　漱石宛書簡（**規4**、「俗世界へ手紙を出すことハ先づこれにておしまひ」）。

8月下旬―9月上旬　漱石、眼病療養のため箱根の姥子温泉に滞在、「函山雑咏」「送友到元函根」「帰途口号」などの漢詩を作り、子規に送った。

9・11　漱石は帝国大学文科大学英文学科に、子規は帝国大学文科大学哲学科に入学。漱石は文部省貸費生となり、年額八十五円が貸与された。

9・15　子規、『筆まかせ』第三編を書きおえ、第四編に着手する。この『筆まかせ』には、本書に収録した漱石の書簡4、6、8―14、子規の書簡1―4が書きとめられている。

9・28　子規、内藤鳴雪・竹村鍛と新井薬師へ。道々連句をおこなう。

9月？　漱石、俳句三句を作り、子規に添削をたのむ。「峰の雲落ちて声あり筧水」（子規、中七下五を「落ちて筧に水の音」と添削）、「東風《こち》吹くや山一ぱいの雲の影」、「雲の影山又山を這ひ回り」（子規、上五を「白雲や」と添削）。

10・24　漱石、写真を送ってもらったお礼に漢詩（謝正岡子規見恵小照……）を子規に送る。

漱9　一月初

牛込区喜久井町一番地　夏目金之助より
松山市湊町四丁目十六番戸　正岡常規へ

いそがしき手習のひまに長々しき御返事わざわざ御つかはし被下《くだされ》候段、御芳志のほどあ*りい(洋語にあらず)。かくまで御懇篤なる君様を何しに冷淡の冷笑のとそしり申すべきや。まじめの御弁護にていたみ入りて穴へも入りたき心地ぞし侍《はべ》るほどに、一時のたわ言と水に流し給へ。七面倒な文章論かかずともよきに、そこがそれ人間の浅ましさ、終《つい》に余計なことをならべて君にまた攻撃せられて大閉口。何事も餅《もち》が言はする雑言過言と御許しやれ。

当年の正月はあひかはらず雑煮を食ひ寐てくらし候。寄席へは五、六回ほど参り、かるたは二返取り候。一日神田《かんだ》の小川亭*と申《もうす》にて鶴蝶*と申《もうす》女義太夫を聞き、女子にてもかかる掘り出し物あるやと愚兄と共に大感心。そこで愚兄余にいふやう「芸がよいと顔までよく見える」と。その当否は君の御批判を願ひます。

米山は当時夢中に禅に凝り、当休暇中も鎌倉へ修行に罷越《まかりこ》したり。山川はあひかはらず学校へは出でこず、過日十時頃ちよつと訪問せしに、未だ褥中《しよくちゆう》にありて煙草《タバコ》を吸ひ、それより起きて月琴《げつきん》を一曲弾《ひ》て聞かせたり。いつも〳〵のん気なるが心は憂鬱《ゆううつ》病にかからんとする最中也。これも貴兄の判断を仰ぐ。とかくこの頃は学校でもわが党の子《し》が少ないから何となく物淋《ものさび》しく面白くなし。なるべく早く御帰り〳〵。もう仙人もあきがきた時分だろうからちよつと已《や》めにして、この夏にまた仙人になり給へ云々。

別紙文章論今一度貴覧を煩《わずら》はす云々。

埋塵道人拝*

四国仙人*　梧下《ごか》

『七草集』*「四日大尽」*「水戸紀行」*その他の雑録を貴兄の文章と也。文章でなしと仰せらるれば失敬御免可被下《くださるべく》候。

〔以下、別紙、横書〕

僕一己ノ文章ノ定義ハ下ノ如シ。

文章 is an idea which is expressed by means of words on paper 故ニ、小生ノ考ニテハ idea ガ文章ノ Essence ニテ words ヲ arrange スル方ハ element ニハ相違ナケレド、

essence ナル idea ホド大切ナラズ。経済学ニテ申セバ wealth ヲ作ルニハ raw material ト labor ガ入用ナルト同然ニテ、コノ labor ハ単ニ raw material ヲ modify スルニ過ギズ、raw material ガ最初ニナクテハ如何ナル巧ノ labor モ手ヲ下スニ由ナキト同然ニテ、idea ガ最初ニナケレバ words ノ arrangement ハ何ノ役ニモ立タヌナリ。

コレヨリ best 文章ヲ解セン。

Best 文章 is the best idea which is expressed in the best way by means of words on paper.

コノ under line ノ処ノ意味ハ、idea ヲソノママニ紙上ニ現ハシテ読者ニ己レノ idea ノ Exact ナル処、(no more no less) ヲ感ゼシムルトイフ義ニテ、コレダケガ即チ Rhetoric ノ treat スル所也。去レバ文章(余ノイハユル)ハ決シテ Rhetoric ノミヲ指スニ非《あら》ズ、コノ儀上ノ解ニテ御合点アリタシ。

ソコデコノ idea ヲ涵養スルニハ Culture ガ肝要ニテ、次ハ己レノ経験ナリ。去レドモ己レノ経験ノ区域ノミニテハ Idea ヲ得ル区域狭キ故 Culture ノ方ガ要用ナリト申スナリ。

シカラバ culture トハ如何ナル者トイフニ、knowing the ideas which have been

said and known in the world ト小生ハ定義ヲ下スツモリナリ。シカラバ culture ヲ得ル方ハトイフニ、読書ヲ捨テテ他ノ方ナキハ貴君モ御左袒《ごさたん》ナルベシ。故ニ読書ヲシ玉ヘト勧ムルナリ。去リナガラ Rhetoric ヲ廃セヨトイフニ非ズ、Essence ヲ先ニシテ form ヲ後ニスベク、Idea ヲ先ニシテ Rhetoric ヲ後ニセヨトイフナリ(時ノ先後ニアラズ軽重スル所アルベシトイフノ意ナリ)。

コレヨリハ厳粛トカ端麗トカイフ文章ヲ analytically ニ御示シ申スベシ。

(1) 厳粛ナル文章＝厳粛ナル idea expressed by means of words.

(2) 遒麗《しゅうれい》ナル文章＝遒麗ナル idea expressed by means of words.

etc.

故ニ idea ニシテ厳粛トカ遒麗トカイフ形容詞ヲ附ケ得ベキ Idea ナラ、紀行文デモ議論文デモ小説デモ何デモ厳粛ナル、マタ遒麗ナル文章トイヒ得ル也。

(シカシ idea ニモカカル形容詞ヲ附シガタキ者アリ。コノ idea ヲ express スル文章ニハ到底カカル形容詞ヲ付シ難シ。コレハ scientific treatises ニテ見出ス物ニテ、pure literary work ニハ何如ナル種類ヲ問ハズ、カカル形容詞ヲ付スルヲ得ベシト存ズ。)

コレヨリ mathematically ニ Idea ト Rhetoric ノ combination ヨリ何如ナル文章ガ出来ルカヲ御目ニカケン。

1 case　Idea = best, Rhetoric = 0 } make up no 文章

啞《おし》ナドハ best idea ガアルトモ Rhetoric ナキタメ、any speech ガデキヌ如シ。タダシコレハ文章ノ例ニアラズ。

2 case　Idea = 0, Rhetoric = best } no 文章　imaginary case

3 case　Idea = best, Rhetoric = best } best 文章

4 case　Idea = bad, R = bad } bad 文章

5 case　Idea = best, R = bad } ordinary 文章

6 case Idea ＝ bad, R ＝ best } bad 文章

コノ last two cases ヲ比較セバ Idea ノ R ヨリ要用ナルヲ知ルベシ。

コノ cases ノ中 1 & 2 ハ殆《ほと》ンド extreme ノ case デ実際ナシトイフモ可ナリ。タダシ尤《もつとも》 important トナルハ 5 & 6 ナリ。元来 best Rhetoric トハ△ナラ△ノ idea ヲ Express シテ人ガ読ンデモ同形同積ノ△ニ感ズルヲイフニアラズヤ。換言スレバ original idea ヲ original ノママニ convey スルガ best Rhetoric ナリ。故ニ仮令《たとい》 R ガ best ナリトモ idea ガ bad ナレバ bad ナ idea ヲ bad ナリニ convey スルニ過ギザレバ文章ハ bad ニシカナラズ、コレニ反シテ R ハ bad ニテモ Idea ガ best ナレバ best ナ Idea ガコノ bad Rhetoric ノタメ幾分カ modify セラレテ best ナリニ express セラルル能ハズ、単ニ ordinary ノ者トナルニ過ギザルナリ。

小生ノ平タク無造作ニ飾気ナク Idea ヲ express スルガ妙文ナリトハ(3)ノ case ヲイフノミ。即チ best ナ Idea ヲ平タク無造作ニ best ナリニ読者ニ感ゼシムル也 (which is only possible by means of the best Rhetoric!)。章句ノ末ニ拘泥《こうでい》スルトハ、第二ノ如キ

case 也。R ハ best ナレドモ Idea ガ 0 ニ近ケレバ幾《ほと》ンド no 文章ナリトイフ也。

君ノ三条ハ　(1) 読ム本ヲ知ラネバ人ニ聞クガイイデハナイカ。
実ニ flimsy　(2) 読ム本ガナクバ買フテモ借リテモイイデハナイカ。
極マルヨ　(3) 英文ガ読メナケレバ勉強シテモヨシ、ヤムヲエズバ日本書漢籍ヲ読ム
デモイイデハナイカ。

君ノイフ二条ノ文学者ノ目的ハ僕ハ大ニ不賛成ダケレドモ、暫《しば》ラク君ノイフ通リ右ノ二条ガ目的ナルニモセヨ君ノイハユル文章(Rhetoric only)デコノ目的ガ達セラルルト思ヒ給フヤ、マタハ(Rhetoric only)ガコノ目的ヲ達スルニ 最《もっとも》必要ナリト思ヒ玉フヤ、今一度御勘考アラマホシウ。

規1　一月十八日(土)

松山市湊町四丁目十六番戸　正岡常規より
牛込区喜久井町一番地　夏目金之助へ

Rhetoric 軽而 Idea 重乎、突如而来未有無 Rhetoric 之文章也、冒頭足下謂 Idea good 而 Rhetoric bad 則不過 good idea 為 bad rhetoric 幾分所変也、引用他書翰来、甚称書牘体、而何不謂 Good idea expressed by bad rhetoric 与 Bad idea expressed by good rhetoric 其価値略相等耶、詰得痛快 若由テ二正当ノ論理学的法則ニ一論レ之、両者未可比較也、詰難無復余蘊 況於文学尤重 Rhetoric 乎 百尺竿頭、更進一歩、況詩文之才、多出於天才乎、更進二歩 雖然、結上起下、一語有千鈞之力、僕豈謂有天才乎、平字畳用、如連珠 只自勉発揮我天真、而不必依頼古人之遺書耳、占地歩 東台山下、共咏敗荷寒鷗、墨陀江畔、相携歩月酔花之日、将在近、書余譲面晤、子規拝具 厳粛之議論、却以閑文字結之、一結悠揚、

〔Rhetoric 軽くして Idea 重きかな。(突如として来る) 未だ Rhetoric 無きの文章有らざる也。(冒頭)足下謂《い》えり、Idea good にして Rhetoric bad なれば則ち good idea は bad rhetoric の幾分変ずる所と為るに過ぎざる也と。(他《ひと》の書翰を引用し来たるは、甚だ書牘《しょとく》の体に称《かな》えり。) 而るに何ぞ Good idea expressed by bad rhetoric と Bad idea expressed by good rhetoric とは其の価値略相等しきと謂わざらんや。(詰り得て痛快) 若《も》し正当の論理学的法則に由りて之を論ずれば、両者未だ比較す可からざる也。(詰難《きつなん》して復《ま》た余蘊《よううん》無し) 況《いわん》や文学の尤《もっと》も Rhetoric を重んずるに於てをや(百尺竿頭《ひゃくしゃくかんとう》更に一歩を進む)。況《いわん》や詩文の才は多く天才より出づるをや。(更に二歩を進む) 然りと雖《いえど》も、(上を結びて下を起こす、一語千鈞《せんきん》の力有り) 僕豈《あに》天才有りと謂わんや。(平字の畳用、連珠の如し) 只自ら勉め我が天真を発揮し、而して必ずしも古人の遺書に依頼せざるのみ。(地歩を占む) 東*

台山下、共に敗荷寒鷗を咏じ、墨陀江畔、相携えて月に歩み花に酔うの日、将《まさ》に近きに在らんとす。書余は面晤《めんご》に譲る。子規拝具（厳粛の議論、却《かえっ》て閑文字を以て之を結ぶ、一たび結べば悠揚たり）」

右千古の迷文。斎戒沐浴《もくよく》して誤熟読奉願《ねがいたてまつり》候。この文のミにても小生の手《て》際《ぎわ》可相分《あいわかるべく》候。呵々《かか》。

同学生近況今更のやうに耳新しく覚え候。我文科誕生已来《いらい》夙《つと》ニ一個の親鸞上人《しんらんしょうにん》あるを知る、一個の達磨《だるま》大師あることを知らざりき。開明の今の世の中、坐禅の節ハ尻の下に空気枕《まくら》をしくやう御注意奉願候。哲学世界二個の生臭《ナマクサ》坊主を出す未《いま》だ喫驚するに足らざる也。文学世界一個の音楽師を出すとハ思ひの外のことに御坐候。朝寐《ね》昼寐に浩然《こうぜん》の気を養ふ処如何にも美術家の本分にて末たのもしく存候。我々ハ到底世に時めく身の上ならねバ、もシ山川、鬱憂《うつゆう》病ニテ眼もつぶれ候ハバ小生ハ犬の代りに同人を導き一個の月琴ニ両人の口を糊《のり》し可申《もうすべく》候。末頼母《すえたのも》敷《しき》とハこの事に御坐候。大兄《たいけい》も余り世渡りニ上手《じょうず》ならぬ御方と見受け奉れバさぞ御同感と存候。山川に御面会の節ハ小生よりほめつかわす旨御伝声被下《くだされ》たく候。

女義太夫鶴蝶とかよほど絶伎《ぜつぎ》の由（尤《もっとも》山川よりハ一段下るべくと存候）。おまけに絶品とか別品とか申《もうす》事、四国仙人千里外より垂涎《すいぜん》、久米仙人《くめのせんにん》よろしくといふ姿に御坐候。大兄の御眼鏡なれバよもや違ひもあるまじく御熱心のほどハ小川亭まで御出張の一事にても奉推察《すいさつたてまつり》候。芸と顔とハ Concomitant variation をなすや否やとの御下問《ごかもん》、名前通りの野《や》暮《ぼ》流に如何でか分り申《もうす》べき、さりながら一事の御注意可申《もうすべき》事の候。そハ外ならず芸がよいから顔がよいのか、顔がよいから芸がよいのか、原因と結果とを御間違へ被成《なされ》ぬやう奉願《ねがいたてまつり》候。

小生二十一日当地御発輦《ごはつれん》。中国へ御廻り被遊《あそばされ》作州ニ脳病子を吊《とむら》ふつもりニ御坐候へバ東京への御入りハ遅くも二十七、八日頃と存候。先ハ右御報知かたがた如斯《かくのごとく》御坐候。穴かしく。

一月十八日　四国仙人

漱石大先生　野暮流　拝啓

虎皮下《こひか》

大兄虎皮を御持参なりや否やハ忘却仕《つかまつり》候。間違たらバ御免被下たく候。

漱10　七月五日(土)

牛込区喜久井町一番地　夏目金之助より
松山市湊町四丁目十六番戸　正岡常規へ

早速御注進。
先生及第、乃公《だいこう》及第、山川落第、赤沼落第、米山未定。*頓首敬白。

七月五日夜

漱11　七月九日(水)

牛込区喜久井町一番地　夏目金之助より
松山市湊町四丁目十六番戸　正岡常規へ

不順の折から、御病体如何、陳《のぶれ》ば昨八日如例《れいのごとく》卒業式有之、大兄卒業証書は小生当時御預上り申上候。差し当り御不都合なくば九月に拝眉の上可差上《さしあぐべく》候。先はそのため口上。さやうなら。

規2　七月十五日(火)

松山市湊町四丁目十六番戸　正岡常規より
牛込区喜久井町一番地　夏目金之助へ

この頃ハめつきりあつく相成《あいなり》毎日〳〵伍右衛門《ごえもん》なかせといふお天気とハちと贅沢《ぜいたく》な話にてたとひ僕ら如き病身の一ッや二ッをあつさのために犠牲に供しても百万の蒼生《そうせい》を餓鬼道より救ひたいとの熱心、それにハこの頃の晴天ハ何よりの妙薬、そう思へバ毎日〳〵このあつさがありがたくて満身より出《い》づる汗涙ハとどめかねたるほどニ御坐候。なんと近頃ハ小生も大分愛国者になつたろふ。しかシまだ愛国公党へハはいらないから御驚き被成《なされ》ぬやう奉　願《ねがいたてまつり》候。

両度の御手紙拝見、小生ハ如何なる前世の悪業にや今度の試験にもとう〳〵及第せしよし誠ニありがた迷惑ニ存候。兼《かね》て御話申上候通り今度の試験ニ落第したる暁ニハ高等中学ハ勿論《もちろん》やめてしまひ一年間ハ故山の風月に浩然の気を養ひ、その後事情によりてハ大学の撰科へはいるつもりニ御坐候処*九仞《きゆうじん》の功《こう》を一簣《いっき》ニ破らず実ニ切歯《せっし》扼腕《やくわん》致居《いたしおり》候。もシ小生が落第せしならバ古今独歩東西絶倫大極上々無類飛切《とびきり》といふ大学者になる処を、月にむら雲のたとへにもれず天公の妬《と》によりて終《つい》に小学者道へ堕落致し候。今後小生が大事業をも成し得ず区々として八十一年を経過し(そんなに長いきすれバよいが)碌々《ろくろく》として三十六年を徒費するとも、そハ小生それ自身の咎《とが》に非《あら》ず天公の為《な》す所と御《お》思召被下《ぼしめしくだされ》たく奉願候……とこんなことでもいっておくのサ。

山川の落第ハ気の毒也。同人が落第する位なら外にも落第すべき人ハいくらも……君が八日の卒業式にのぞまれ卒業証書をまじめなる見えにて受け取り、すましこんで校門を出らるる際に時計台をちよつと尻目《しりめ》にかけ「ああなが〳〵御厄介になったが、これからハ他人だ。親類の資格を以《もっ》てお目にかかるのハきょうがおしまいだ、この世のおなごりだ」と口の中でいって腹の中でせせら笑ひせせられたる状《さま》ハ実ニ見るが如く覚えていとおかし。

当地のあつさハ実ニきびしく昼間ハ読書どころのさわぎでハない、小生ハただ午眠と読経《どきょう》とに日をくらしをり候。消夏の良方ハ実ニこの二者に出《い》でずと信じ候。君ハ昼寝の隊長故その味ハ先刻御承知ならん。読経の味に至《いたっ》てハさすがの君も御不案内と存候故申上候。ただわけも分らぬことをニョーニョコ〳〵いひおるのハ精神を労せず、それだからといつ

て熱さの方へハ気がとられず実ニ無垢《むく》清浄になるが如き心地して有難きものに御坐候。読んで*普門品《ふもんぼん》第二十五

仮使興害意、推落大火坑、
念彼観音力、火坑変成池
〔*仮使《たと》い害意を興して／大火坑に推し落とすとも／彼の観音力を念ずれば／火坑変じて池と成らん〕

といふに至りて身心俄《にわか》に涼しく清風両腋《わき》より起るの感有之《これあり》候。君も試ミに実験して見給へ。尤《もつとも》米山《よねやま》法師ニハ御無言の方可然《しかるべく》と存候。もシ善《よ》き仲間と思ひこまれこのあつい時に坐禅などをやらされてハ蚊の血漬《ちづけ》をこしらへるやうなものにて却而《かえつて》殺生罪ニ陥るべくと存候。*阿耨多羅三藐三菩提心《あのくたらさんみやくさんぼだいしん》。チーン。

七月十五日夜　認《したたむ》　　松山　花風病夫より

漱石大先生

山川氏を吊《ちよう》して

試けん／＼で熱したあげく

やけんなつたる胸の中

漱12　七月二十日(日)

牛込区喜久井町一番地　夏目金之助より
松山市湊町四丁目十六番戸　正岡常規へ

御経づくめに抹香《まっこう》くさき御文盆すぎにてちと時候おくれながら面白をかしく拝見仕候。先以《まずもつ》て御病体日々仏くさく被相成《あいなられ》候段、珍重奉存候。この頃の暑は松山の辺土のみならず花のお江戸も同様にて日中はさながら*甑中《そうちゅう》の章魚《たこ》同然なかなか念仏廻向《えこう》などの騒ぎにあらず。ただ命に別条なきを頼りにて日々消光仕る仕儀なれば、愛国心ある小生もこの暑さをぢつとこらへて蒼生《そうせい》のためじや百姓の為じやとすましこんでゐられたものにあらず(尤《もつとも》血液の少なき冷血動物に近き貴殿などはこの限りにあらず)。その上何の因果か女の祟《たた》りかこの頃は持病の眼がよろしくない方で読書もできずといつて執筆はなほわるし。実に無聊《ぶりよう》閑散の極、試験で責めらるるよりはよほどつらき位也。*無事是《これ》貴人とは如何なる馬鹿の言ひ草やら今に至つて始めてそのうそなる事を知れり。実はこの度非常の大奮発大勉強にて(呉服屋の引札にあらず)平生貯蓄せるポテンシャル、エナージーを化学的作用にてカイネチックに変じ、九月上旬には貴殿の目を驚かしてやらんと心待ちに待ちたる甲斐《かい》もなくあら悲しや、天わが才を妬《ねた》み、そう今から大学者になられては困るといふ一件で卑怯《ひきよう》にも二豎《にじゅ》を以てわが英気を挫折《ざせつ》せり。狭くいへば国のため大きくいへば天下のため実に惜むべき事どもなり。しかし小生が眼病のため貴殿九月になつて小生に面会するも別段目を驚かすこともなく胆を寒からしむるほどの騒動は出来《しゅったい》せずに済むからその点は安心すべしさ。（略）貴意の如く山川を落第させる位なら落第させる人はいくらでもある。第一貴殿などは落第志願生だから同人と変つてやれば善《よ》いのに、そこが人事の不如意でやむをえざる次第さ。

午眠の利益今知るとは愚か〳〵小生などは朝一度昼過一度、二十四時間中都合三度の睡眠也。昼寐して夢に美人に邂逅《かいこう》したる時の興味などは言語につくされたものにあらず。昼寐もこの境に達せざればその極点に至らず。貴殿已に昼寐の堂に陟《のぼ》る。*よろしく、その室に入るの工夫を用ゆべし。

かつて君が「西行の顔も見えけり富士の山」といふ句を自慢したが、僕が先頃富士を見てふと口を銜《つい》て出た名吟にはとても不及《およばず》。かやうな手紙の後《し》りに書くのは勿体《もったい》なけれども別懇の間柄だから拝読さすべし。その名吟に曰く、

西行も笠《かさ》ぬいで見る富士の山

我ながら感々服々だ。しかしかやうの名吟を漫《みだ》りに人に示すは天機を漏らすの恐れあり。*決して他言すべからず。またくだらぬ随筆中にたたき込むべからず。穴賢。

漱石

子規　病牀下

漱13　八月九日(土)

牛込区喜久井町一番地　夏目金之助より

松山市湊町四丁目十六番戸　正岡常規へ

爾後《じご》眼病とかくよろしからず。それがため書籍も筆硯《ひっけん》も悉皆《しっかい》放抛《ほうほう》*の有様にて長き夏の日を暮しかね、やむをえずくくり枕《まくら》同道にて華胥《かしょ》*の国黒甜《こくてん》の郷と遊びあるきをり候へども、未*だ池塘《ちとう》に芳草を生ぜず、腹の上に松の木もはへずこれと申す珍聞も無之《これなく》、この頃ではこ

の消閑法にも殆《ほと》んど怠屈仕候。といつて坐禅観法はなほできず*瀹茗《やくめい》漱水の風流気もなければ仕方なくただ「寐てくらす人もありけり夢の世に」などと吟じて独り洒落《しゃれ》たつもりの処瘠我慢《やせがまん》より出た風雅心と御憫笑可被下《くださるべく》候。しかシ小生の病はいはゆるずる〳〵べッたりにて善くもならねば悪くもならぬといふ有様故、*風光と隔生を免かれたりと喜ぶ事もなきかはりには、*韓家の後苑に花を看《み》て分明ならずといふ嘆《なげき》も無之《これなく》、眼鏡ごしに簾外《れんがい》の秋海棠《しゅうかいどう》の哀れに咲きたるををかしと眺むる位の事は少しも差支無之候。去れば時々は庭中に出て(米山法師の如く蟬《せみ》こそ捉《と》らね)色々ないたづらを致し候。茶の樹の根本に丹波《たんば》ほうづきとかいふ実の赤く色づきて寐ころげたるを何心なく手折りてふと心づけば別に贈るべき人もなし。小さき妹にてもあれかしと願ふも甲斐なし。撫《なで》し子《こ》の凋《しぼ》みたる間より桔梗《ききょう》の一株二株ひよろ長く延びいでたるが雨にうたれて苔《こけ》を枕に打ち臥《ふ》したるに紫の花びらを伝ひて小《こ》蟻《あり》の行きかふさま眼病ながらよく見えたり。女郎花《おみなえし》の時ならぬ粟をちらすを実の餌《えさ》と思ひて雀《すずめ》の群がりて拾ふを見るに付、さてさて鳥獣は馬鹿な者だと思へど、そういふ人間もやはりこの雀と五十歩百歩なれば悪口はいへず、朝貌《あさがお》も取りつく枝なければ所々這《は》ひ廻つた末漸々《ようよう》松の根方にある四角張たる金燈籠《かなどうろう》に纏《まと》ひ付かなし気に、たつた一輪咲きたるは錆《さ》びつきて見る影もなき燈籠の面目なり。病み上りの美人が壮士の腕に倚《よ》りけるが如しとでも評すべきか。呵々《かか》。先ヅ庭中の景はこの位にておやめと致すべし。

この頃は何となく浮世がいやになり、どう考へても考へ直してもいやで〳〵立ち切れず、去りとて自殺するほどの勇気もなきはやはり人間らしき所が幾分かあるせいならんか。「ファウスト」が自ら毒薬を調合しながら口の辺まで持ち行きて遂《つい》に飲み得なんだといふ「ゲーテ」の作を思ひ出して自ら苦笑《にがわら》ひ被致《いたされ》候。小生は今まで別に気兼《きがね》苦労して生長したといふ訳でもなく、非常な災難に出合ふて南船北馬の間に日を送りしこともなく唯七、八年前より自炊の竈《かまど》に顔を焦《こが》し寄宿舎の米に胃病を起しあるいは下宿屋の二階にて飲食の決闘を試みたり、それは〳〵のん気に月日を送りこの頃はそれにも倦《あ》きておのれの家に寐て暮す果報な身分でありながら、定業《じようごう》五十年の旅路をまだ半分も通りこさず、既に息竭《つ》き候段貴君の手前はづかしく、われながら情なき奴と思へどこれも misanthropic 病なれば是非もなし。いくら平等無差別と考へても無差別でないからおかしい。life is a point* between two infinities とあきらめてもあきらめられないから仕方ない。We are such stuff*

As dreams are made of; and our little life
Is rounded by a sleep.

といふ位な事は疾《とう》から存じてをります。生前も眠なり死後も眠りなり、生中の動作は夢なりと心得てはをれどさやうに感じられない処が情なし。*知らず、生れ死ぬる人何方《いずかた》より来りて何《いず》かたへか去る。またしらず、仮の宿誰《た》がために心を悩まし何によりてか目を悦《よろこ》ばしむると。長明《ちょうめい》の悟りの言は記臆すれど悟りの実は迹方《あとかた》なし。これも心といふ正体の知れぬ奴が五尺の身に蟄居《ちっきょ》する故と思へば悪《にく》らしく、皮肉の間に潜むや骨髄の中に隠るるやと色々詮索《せんさく》すれども今に手掛りしれず。ただ煩悩《ぼんのう》の焰熾《さかん》にして甘露《かんろ》の法雨《ほうう》待てども来らず。慾海の波険にして何日《いつか》彼岸に達すべしとも思はれず。已《や》みなん〳〵、目は盲になれよ耳は聾《ろう》になれよ肉体は灰になれかし。われは無味無臭変ちきりんな物に化して、

*I can fly, or I can run,
Quickly to the green earth's end,
Where the bowed welkin slow doth bend;
And from thence can soar as soon

To the corners of the moon.

と申すやうな気楽な身分になりたく候。ああ正岡君、生《いき》てをればこそ根もなき毀誉《きよ》に心を労し無実の褒貶《ほうへん》に気を揉《も》んで鼠糞梁上《そふんりょうじょう》より落つるも胆を消すと禅坊に笑はれるではござらぬか。*御《お》文様《ふみさま》の文句ではなけれど*二ツの目《まなこ》永く閉ぢ一つの息永く絶ゆるときは君臣もなく父子もなく道徳も権利も義務もやかましい者は滅茶《めちゃ》〱にて、真の空々真の寂々に相成《あいなる》べくそれを楽しみにながらへをり候。棺を蓋《おお》へば万事休す。わが白骨の鍬《くわ》の先に引きかかる時分には誰か夏目漱石の生時を知らんや。穴賢。

(略)小生箇様《かよう》な愚痴ッぽい手紙君にあげたる事なし。かかる世迷言《よまいごと》申すはこれが皮きり也。苦い顔せずと読み給へ。

漱石拝

子規　机下

規3　八月十五日(金)

松山市湊町四丁目十六番戸　正岡常規より
牛込区喜久井町一番地　夏目金之助へ

何だと女の祟《たた》りで眼がわるくなつたと、笑ハしやァがらァ、この頃の熱さでハのぼせがつよくてお気の毒だねへといハざるべからざる厳汗の時節、自称色男ハさぞ〳〵御困却と存候《ぞんじ》。しかシ眼病位ですみとなり、まだ顋《あご》で蠅《はえ》を逐《お》ハぬ処がしんしよう〳〵。僕君の眼を気遣《きづこ》ふてこれを卜《ぼく》するに悲しや易の面、甚《はなは》だよろしからず。六三、眇能視、跛能履、履虎尾、咥レ人《フ》凶〔六三、眇能く視、跛能く履《ふ》む、虎の尾を履む、人を咥《くら》う凶なり〕とあり。眇ハ見えぬが当り前、跛ハふめぬが当り前也。しかるに生意気にも眇者《びょうしゃ》が物を判じ盲者が器を評するよりしてとんでもなき間違ひの起るとしるべし。これを今君の身の上にあてて判ずるに君この頃大工の六三を気取り眼疾を粋病と心得、独りよがりの極ハ終《つい》に簾《すだれ》ごしの三平二満《さんぺいじまん》を三十二相の美人と思ひ、その裾《すそ》をふんでいひよる処、さきハ大不服で歯をむぎ出しかみつくやうに怒鳴りちらしたといふ面也。御用心〳〵。僕ハ夜目《よめ》遠目《とおめ》といふ諺《ことわざ》の上に一項を加へて夜目遠目病ミ目となさんとす。定めて御賛成と存候。しかシ病ミ目ハはやり目またハ低度の近眼にて血膜〔ママ〕炎ハ粋病の範囲内に非《あら》ず。朝寐《ね》ハのら息子《むすこ》、昼寐ハ盗人と相場のきまりたるものを得意顔にゐばるとハ笑止の至り也。夢中《むちゆう》の美人を画にかいた牡丹餅《ぼたもち》よりもはかないものとも知らでこれを楽《たのし》むハ、君ら未だ色男の堂に上らざるが故ならん。まして美人を夢ミるの趣向ハ君の発明にハあらず。昔《むか》し孔子《こうし》ハ恐ろしきすきものなりしが、我不復夢見周公*（我復《ふたた》び夢に周公を見ず）といひてその老衰を歎きたり。この周公ハ周子といふ有名なる美人也。孔子ハ生れ落ちてからこの人にのミこがれ給ひしかバ折々ハ思ひ寐の枕神に髣髴《ほうふつ》とその姿を拝せしが、今ハ老ひさらぼひて精気全く竭《つ》きし故に夢にだに見ずと独りごち給ひけるとぞ。しかシ孔子が発明者かと思ふとまだ古くものの本に出ておる。窈窕淑女寤寐求之*（窈窕《ようちよう》たる淑女は寤寐《ごび》に之を求む）とハどうだ。さすがの君も瞠若《どうじやく》と尻餅をついたらう。僕すましこんで曰《いわ》く、*朽木ハ雕《ちよう》すべからずサ。

自作の西行の句を名吟とハさても〳〵豆のやうな量見也。但シ、

　西行も笠ぬいで見るふじの山

と書《かけ》バ意味合も変り富士を尊とむの事となる故一段の光栄あるべし。僕が近製に、

日の本の俳諧見せふふじの山

余り見識が大なから《〔ママ〕》君の咽喉へハ呑《の》ミこめないこと疑なし。さりとてそねむな〳〵。二度目の御手紙ハ打って変っておやさしいこと、ああ眼病ハこんなにも人を変化するや物のあハれもこれよりぞ知り給ふべきといとゆかし、鬼の目に涙とハこの時ヨリいひならハしけるとなん。

またまた華胥黒甜《かしょこくてん》の書き出しで、

*

Our little life
Is rounded by a sleep

の書きおさめ実に睡郷の村長殿かな。おまけに池塘《ちとう》芳草、腹上の松茸《まつたけ》などいふ引き事ハ夢美人の落ちと見えて宜《よろ》しからず。以後謹むべし。

秋海棠《しゅうかいどう》、丹波ほうづきを見て粋界の堂に上り、小妹を思ふて通国《つうこく》の室に入る。士見ざること三日、刮目《かつもく》すべしとか、今君の書を見るに前便後便異なることかくの如し。蕪翠子《ぶすいし》歎じて曰《いわ》く、油断ハ大敵よりも猛也。

〔中欠〕

めざましに朝がほ見るや蚊幮《かや》一重

この時の興味ハ如何ならん。美人を夢ミるのたぐひにあらず。

朝がほや夢の美人の消え処

夕顔の垣根も思ひいだされて我家ながらなつかし。蕉翁《しようおう》が「蕣《あさがお》やこれもまた我友ならず」といひけんハ未だ悟らず。わが、

あさがほや*顔子も居らん裏借家

と口ずさミたるハ其角《きかく》よりいでて其角よりも青しといふべし。

「この頃ハ何となく浮世がいやで〳〵立ち切れず」ときたからまた横に寐るのかと思へバ今度ハ棺の中にくたばるとの事、あなおそろしあなをかし。最少《もすこ》し大きな考へをして天下不大瓢不細〔天下は大ならず、瓢は細ならず〕といふ量見にならでハかなハぬこと也。けし粒ほどの世界に邪魔がられ、うぢ虫めいた人間に追放せらるるとハ、てもさても情なきことならずや。南船北馬ハ愚か、難船落馬の間に日を送つたとて何の事かあらん。*雪中に肘《ひじ》をきつた恵可《えか》を思へバまだ若い〳〵。百年も二百年もいきていたいからとて生きられる人間にあらず。今が今死なうとしても毒薬ハちよつと手に入らず。摺《す》りこぎにハ刃がなく吾《あ》

妻橋《づまばし》にハ巡査がをってなか〳〵思ひ通りに行く人間にもあらず。*頼杏坪《らいきょうへい》が、

　国亡来帰何所見　墳墓纍々満空郭

　*〔国亡びて来帰す何の見る所かある／墳墓纍々《るいるい》として空郭に満つ〕

といひ毛《け》唐人《とうじん》も、

*The populous and the powerful was a lump,
Seasonless, herbless, treeless, manless, lifeless,
A lump of death — a chaos of hard clay.

* * * *

The waves were dead; the tides were in their grave,
The moon, their mistress, had expired before;
The winds were wither'd in the stagnant air,
And the clouds perish'd; Darkness had no need
Of aid from them — She was the Universe

とわめきたり。見よや人間の最期《さいご》も一時代の最期も世界の最後も同じく両極中の一点に過ぎざるべし。それを長いといふハ狭い量見也。短かいといふも小さい見識也。悟れ君。

僕毎年の夏休ミにハ非常の大望を抱く故いつでも日が足らずして十分の一も出来たためしなし。いで今年は大望をすてただ一巻の本をものせんとのミ思ひ、書物も多くハ持ち帰らざりしが何がさてその一巻のむだ書きさへ、まだ手をつける処へ至らず。さらバ何して日を暮すか？　昼寐と読経《どきょう》で焼香オット消光するの外にも色々と用事のあるもの也。ヤレ隣がお客だとか向へが法事だとか、けふハ懇親会、あすハ運動会。古き先生のもとへも伺候せざるべからず。田舎の旧友をも尋ねざるべからず。詩会の課題、俳社の開筵《かいえん》などハいふまでもなく、東京の友人にも手紙を書かざるべからず。ここかしこの美人より文をおこせバ無下《むげ》に返事を断るわけにも行かず。それがうるさいから少し色を黒くしやうと隔日位に海水浴へ出かけるなどそれやこれやで遠慮もなく*白馬ハかけり行《ゆき》て今年の夏もなほ、天、我に功名を与ふることをそねめり(君の調を仮る)。乍併《しかしながら》余事を打ちすてその仕事にかからバなどかならざらんとハ素人《しろうと》のいひ草にて未だ詩人の心事を知らぬもの也。赤髯《ひげ》の口ぐせに「詩人ハ生る作られず」とか、それハ法螺《ほら》とした所がエマーソンも左の如くいへり。

*In poetry, where every word is free, every word is necessary. Good poetry could not have been otherwise written than it is The first time you hear it, it sounds rather as if copied out of some invisible tablet in the Eternal mind, than as if arbitrarily composed by the poet. The feeling of all great poets has accorded with this. They found the verse, not made it. The Muse brought it to them.

そこでどういふ風にしたら詩神《ミューズ》にインスパイアせられるかといふに世俗を棄《す》てて塵外《じんがい》に遊び時候の善《よ》き処景色のよき処を撰バざるべからず。詩歌的小説を作るもまた同じ理《ことわり》也(詩歌的小説ハ世俗的小説に対していふ)。*淵明《えんめい》冠を掛けて菊を東籬《とうり》にとらずんバ帰《き》去来《きよらい》の賦なかるべく、式部、石山寺《いしやまでら》に籠《こも》りて山光水色を眉端《びたん》にながめざれバ『源語』の妙辞を作る能《あた》ハざりしなるべし。市にある者塵《ちり》を避けんとするにハ仕方なく大酒を食《くら》ひて酔郷に遊ぶ。この国や天地渾沌《こんとん》として善もなく悪もなく塵もなくほこりもなし。故に詩人も妙句を得、小説家も奇辞を得。長安《ちょうあん》市上の酔李白《りはく》が三斗合自然といひしもこの懐とハ知られたり。『礼《らい》』にいはく温柔敦厚而不愚則深於詩者也〔温柔敦厚《とんこう》にして愚かならざれば則ち詩に深き者也〕と、温柔敦厚、格別むつかしき事に非《あらざ》るが如しといへども能《よ》く我身の所行を顧ミれバ一点の汚濁《おじょく》なき時ハ少なし。塵の中にまじりてゐれバ俗務にあふてうるさいと思ふこともあり、つまらぬ些事《さじ》がふと心を激するの種となるなど狐禅《きつねぜん》＊、生《ナマ》悟りの人にハ免るべからざる事ども也。我らとても塵の中にすめバこそ無垢《むく》清浄なる名文をも得ざるなれ。もし我をして深山幽谷の中にをらしめバ我文ハ巍々峩々《ぎぎがが》たらん。もシ我をして大河巨海のほとりに住ましめバ我詩ハ滔々《とうとう》洋々たらん。これ即ち詩神が不知不識《しらずしらず》の間に与ふる所の賜物也。目にて見るにあらず耳にて聞くにあらず筆のさきに落ちて心の底にはいるにやあらん。仏偈《ぶつげ》を借りていハバ、

若以色見我　以音声求我
是人行邪道　不能見如来＊

〔若し色を以て我を見／音声を以て我を求むれば／是《こ》の人は邪道を行うなり／如来《にょらい》を見ること能

わず」

これ即ち悟りの域也。悟道境中豈《あに》二神あらんや。また両物あらんや。色もなく香もなく煩悩《ぼんのう》もなく菩提《ぼだい》もなく、無々明亦た無々明尽乃至無老死亦無老死尽〔無明無く亦た無明の尽くること無し乃至《ないしは》老死無く亦た老死の尽くること無し〕となる。而《しか》して有にもあらず無にもあらぬ渾沌《こんとん》たる海鼠《なまこ》の如き者が如来《にょらい》也。我也。是《ここ》において如来と我と隔つる所なき也。さてこの如来といふ怪物ハ実体にあらずして虚体なり。虚体なるが故に見る人によりて如何やうにも見える。あたかも見る人によりて虹《にじ》の位置を殊《こと》にするが如し。仏家が見れバ仏なり老家が見れバ虚無也。久米《くめ》の仙人が見れバ天女也。大津画《おおつえ》かきが見れバ鬼也。而して詩人が見れバ詩神となる。この際にあたつて詩人が無垢清浄、人間以外の詩思を得る也。その得る時ハ詩人ハなほ詩神として存在する也。是《ここ》ニおいて詩人がまた浮世の詩人に帰りてその得たる詩思を吐露する故に、その詩ハ*天籟《てんらい》の如く迦陵頻伽《かりようびんが》の如し。しかるに今の詩人ハ未だこの境涯《きようがい》をしらず漫《みだり》に筆を弄《ろう》して書き去り書き来りたるその詩を読み下すに、その音や河童《かっぱ》の屁《へ》の如く、その調やおさんが火吹竹《ひふきだけ》を吹くが如し。実ニ我々兜率天《とそってん》より見れバ彼らゑせ詩家ハ濁世の糞《ふん》の上に飛びかふ蒼蠅《あおばえ》に似たりとやいハん……と、かくまで悟りこミたる我に一寸の光陰をかさぬ天道様こそうらめしけれ。

朝がほや我筆さきに花もさけ

下手《へた》の長談議さぞありがたく御聴聞可有之《これあるべく》と存候。不一。

花風病夫　拝啓

漱石　雅契

漱14　八月下旬

牛込区喜久井町一番地　夏目金之助より

松山市湊町四丁目十六番戸　正岡常規へ

さすが詩神に乗り移られたと威張られる御手際、読み去り読み来つて河童の何とかの如くならず。天晴《あつぱ》れ〳〵かつぽれ〳〵と手を拍《う》て感じ入候。しかし時々は詩神の代りに悪魔に魅入られたかと思ふやうな悪口あり。君この頃大変偈《げ》をかつぎ出す事が好きになつたから、僕一偈を左右に呈すべし。毎朝焼香してこの偈を唱へこの悪魔を祓ひ給へ。

我昔所造諸悪業　皆由無始貪瞋痴

従身語意之所生　一切我今皆懺悔

〔我昔より造れる諸の悪業は／皆無始の貪・瞋・痴による／身と語と意より生ずるところなり／一切を我今皆懺悔したてまつる〕*

女祟《たたり》の攻撃昼寐の反対奇妙〳〵。しかし滑稽《こっけい》の境を超えて悪口となりおどけの旨を損して冷評となつては面白からず。それも貴様の手紙が癪《しゃく》に障《さわ》るからだと言は〔る〕れば閉口仕《つかまつり》候。悟道徹底の貴君が東方朔《とうぼうさく》*の囈語《げいご》に等しき狂人の大言を真面目に攻撃してはいけない。（略）

詩神は仏なり仏は詩神なりといふ議論斬新にして面白し。君能く色声の外に遊んで清浄無漏の行に住し自己の境界を写し出されたとすれば敬服の外なし。今より朋友の交《まじわり》を絶ち師弟の礼を以て贄《し》を執り君の門に遊ばんかね。しかし例の臆測的揣《し》摩《ま》的の議論なら一切御免蒙《こうむ》る。（悟れ君）なんかと呶《ど》鳴《な》つても駄目だ。（狐禅生悟り）などとおつにひやかしたつて無功とあきらむべし。また理窟詰め雪隠《せっちん》詰めの悟り論なら此方も大分言ひ草あり。反対したき点も沢山あれどこの頃の天気合ひ、とかくよろしからず。攫《つか》み合ひ取組合ひ果ては決闘でもしなければならぬやうになるとどつちが怪《け》我《が》をしても海内《かいだい》幾多の美人を愁殺《しゅうさい》せしむるといふ大事件だから、一先《ひとま》づここは中直りをして置きましよう。いづれ九月上旬には詩神にのりうつられたといふ顔色しみ〴〵と拝見可仕《つかまつるべく》候。

君が散々に僕をひやかしたから僕も左の一詩を咏じてひやかしかへす也。

江山容不俗懐塵。　君是功名場裏人。
*憐殺病軀多客気。　漫将翰墨論詩神。

〔江山容《い》るるや不《いな》や俗懐《ぞっかい》の塵《ちり》／君は是《こ》れ功名場裏《こうみょうじょうり》の人／憐殺《れんさつ》す病軀《びょうく》客気多く／漫《みだ》りに翰墨《かんぼく》を将《もっ》て詩神を論ずるを〕

君の説諭を受けても浮世はやはり面白くもならず。それ故明日より箱根の霊泉に浴しまた〳〵昼寐して美人でも可夢《ゆめむべく》候。

仙人堕俗界。遂不免喜悲。啼血又吐血。憔悴憐君姿。漱石又枕石。
固陋歓吾痴。君痾猶可癒。僕痴不可医。素懐定沈鬱。愁緒乱如糸。
浩歌時幾曲。　一曲唾壺砕。二曲双涙垂。曲闋呼咄々。
衷情欲訴誰。白雲蓬勃起。天際看蛟螭。笑指函山頂。去臥葦湖湄。
歳月固悠久。宇宙独無涯。蜉蝣飛湫上。大鵬嗤其卑。嗤者亦泯滅。

得喪皆一時。寄語功名客。役々欲何為。

＊〔仙人俗界に堕《お》つれば／遂に喜悲《きひ》を免《まぬが》れず／啼血《ていけつ》又た吐血／憔悴《しょうすい》君が姿を憐《あわ》れむ／漱石又た枕石／固陋《ころう》吾《わ》が痴を歓ぶ／君が痾《あ》猶《な》お癒《いや》す可く／僕が痴医《いや》す可からず／素懐《そかい》定めて沈鬱ならん／愁緒《しゅうしょ》乱れて糸の如し／浩歌《こうか》時に幾曲／〔一句欠〕／一曲唾壺《だこ》砕《くだ》け／二曲双涙《そうるい》垂《た》る／曲閲《おわ》りて呼《さけ》ぶこと咄々《とつとつ》／衷情《ちゅうじょう》誰《たれ》にか訴えんと欲する／白雲蓬勃《ほうぼつ》として起こり／天際に蛟螭《こうち》を看る／笑って函《かん》山《ざん》の頂《いただき》を指《ゆび》さし／去《ゆ》きて葦湖《いこ》の湄《ほとり》に臥《が》せん／歳月固《もと》より悠久／宇宙独《ひと》り涯《はて》無し／蜉蝣《ふゆう》湫上《しゅうじょう》を飛べば／大鵬《たいほう》其《そ》の卑《ひく》きを嗤《わら》う／嗤う者も亦《ま》た泯滅《びんめつ》す／得喪《とくそう》皆一時／語を寄す功名《こうみょう》の客に／役々《えきえき》何をか為《な》さんと欲すと〕

真に塵陋《じんろう》で詩とも何とも申しやう御座なく候へども何となく出来《しゅったい》仕候間、御笑ひ草に御目にかけ候。何卒御叱りなく御添删《ごてんさく》のほど偏《ひとえ》に奉願候（どうだこの位卑下したらさすがの君もよもや犬の糞の讐《かた》きうちはなされまい）。

＊露地白牛《びゃくご》

正岡詞兄

規4　八月二十九日(金)

大津市三井寺　正岡常規より
牛込区喜久井町一番地　夏目金之助へ

御手紙拝見寐《ね》耳《みみ》に水の御《ご》譴責《けんせき》状ハ実ニ小生の肝をひやし候(ひやし也ひやかしにあらず)。君を*褒姒《ほうじ》視《し》するにハあらざれど一笑を博せんと思ひて千辛万苦して書いた滑稽《こつけい》が君の万怒を買ふたとハ実に恐れ入つた事にて小生自ら我筆の拙なるに驚かざるを得ず、何ハともあれ失礼の段万々奉　恐　入《おそれいりたてまつり》候。犬の糞のかたきのとそんな心得ハ毛頭も無御坐《ござなく》人がひやかしたからひやかしかへすの、ヤレ師弟の礼を執るのともう〳〵穴へでもはいりたき心地致し候。しかシしやれがこふじてつかみあひになるなどとハ君と小生との如き両大人の間に起るべきことにもあらず。かツまた狐禅生悟りが君をひやかしたなどとハよつぽどおかしい見様《みよう》じやないかねへ。変てこてこへんだわい。

理屈づめなら此方《こつち》も大分言ひ草があると、こりやァ面白い。サア承ハらう。いへるならいつて見ろ。サア早くいへ(喧嘩《けんか》摑《つか》み合《あい》にあらず心得違ひし給ふな)。僕の偈《げ》が癪《しやく》にさわるなら偈をかつぎ出すことハやめにしたから安心し給へ。尤《もつとも》最《も》一度いへといはれてももう偈ハ知らんのだから仕方がない。

喧嘩口論ハおやめとして無言ぴッしやりの誓ひをたて玉首の返事をすべし。

小生飄然《ひようぜん》と琵琶湖畔《びわこはん》に天下り石山寺に参籠《さんろう》し幻住庵の跡に錫《しやく》をとどむるなど大分俗骨を感《(ママ)》したるの感あり(前の手紙に詩神に乗り移られたと書いた覚えなし。そのこれあるハ今より始まる)。

次瑶韻《じよういん》

琵湖携筆避紅塵　山紫水明憶美人　一夜天風吹我去　白雲皎月遇詩神

*〔琵湖筆を携えて紅塵を避け／山紫水明美人を憶う／一夜天風我を吹いて去り／白雲皎月詩神に遇う〕

小生居を三井寺に卜《ぼく》す。山光水色脚下に攢《むらが》り八景七小町皆筆頭に浮ぶ。知らず函嶺《かんれい》葦湖の景また当《まさ》ニ無量の雲烟《うんえん》を君の胸襟《きようきん》に吹きこみしなるべし。山あり水あり関所あり両地何ぞ相似るの甚《はなは》だしきや。乍失敬君《しつけいながら》の詩韻を尻からふんで行けバ、

三伏得閑返。一事無能為。捨筆独歎息。雄飛未得時。只余意気豪。海浅又山卑。負笈再出家。飄然游天涯。東来一百里。小留琶湖湄。

水光如明鏡。山勢似蒼螭。式部不復出。継箕知是誰。桃青溘焉逝。
芳名竹帛垂。今世詩落地。不絶僅如糸。文章皆有病。其奈無良医。
吾不与世移。避塵独守痴。半夜停筆見。彷彿美人姿。眉端月明出。
耳辺天籟悲

*〔三伏《さんぷく》閑を得て返るに／一事として能く為す無し／筆を捨て独り歎息す／雄飛未だ時を得ず／只余すのみ意気の豪なるを／海は浅く又た山は卑《ひく》し／笈《きゅう》を負いて再び家を出で／飄然と天涯に游ぶ／東来す一百里／小留す琶湖の湄／水光明鏡の如く／山勢蒼螭《そうち》の似《ごと》し／式部復《ま》た出でず／箕を継ぐは知んぬ是れ誰ぞ／桃青は溘焉《こうえん》として逝き／芳名竹帛《ちくはく》に垂る／今世詩は地に落ち／絶ゆざること僅かに糸の如し／文章皆病有り／其れ良医無きを奈《いか》んせん／吾は世と移らず／塵を避け独り痴を守る／半夜筆を停めて見る／彷彿たり美人の姿／眉端月明出で／耳辺天籟《てんらい》悲し〕

これハ四*でも五でも六でもなき故《ゆえ》狐の尾を見つけたなどといふべからず。
ちよつと快絅《かいか》をやとひて月見がてら辛崎《からさき》へ行きたり。往復に得たる句の内、

くだけてハ海一めんや月の影
むすぶ手にひやりとしむや水の月

名月や湖水の中に舟一つ

御一笑ニ候。

俗世界へ手紙を出すことハ先づこれにておしまひ。

蔗尾《しやび》道人《どうじん》

漱石　雅契

明治二十四年(一八九一、二十四歳)

友人と富士登山中の漱石(中央)
(明治 24 年夏)

2・7　子規、帝国大学文科大学哲学科から国文科へ転科。
3・25―4・2　子規、房総旅行。
4月　子規、帰京後、『かくれみの』を草し、漱石に示す。
4・18　漱石、子規の『かくれみの』に短評を書き込む。
4・20以前　漱石宛書簡（**規・失**）。
4・20　子規宛書簡（**漱15**、「狂なるかな狂なるかな僕狂にくみせん……君の詩文を得て此の如く数多の感情のこみ上げたるは今が始めてなり」）。
5・28　子規、高浜虚子との文通をはじめる。
6月　子規、学年試験を放棄、木曾路を経て帰郷。碧梧桐・虚子に俳句を説く。
7・9　子規宛書簡（**漱16**、試験結果の報告）。
7・16以前　漱石宛書簡（**規・失**）。
7・16　子規宛書簡（**漱17**、平凸凹（漱石）より物草次郎（子規）へ、子規の追試への奔走と『文学会雑誌』の報告）。
7・18　子規宛書簡（**漱18**、学士に固執するより養生専一にと返事）。
7・24以前　漱石宛書簡（**規・失**）。
7・24　子規宛書簡（**漱19**、「御返事呪文……大兄の呪文を三誦」）。

7月末？　漱石宛書簡（**規・失**）。

8・3　子規宛書簡（**漱20**、嫂登世の早世を嘆く）。

8月　子規、宮島・小豆島に旅行。漱石、中村是公、山川信次郎と富士登山。

9月初　漱石、進級のための追試験の準備をしていた子規を大宮の万松楼に訪ねる。

9・12以前　漱石宛書簡（**規・失**）。

9・12　子規宛書簡（**漱21**、追試の事務上のこと）。

9・28　子規、追試験を希望したが、10・5、物集高見からの書簡で受験を断られる。

9月　漱石、帝国大学文科大学英文学科二学年進学。

11・7以前　漱石宛書簡（**規・失**）。

11・7　子規宛書簡（**漱22**、明治豪傑譚について）。

11・10以前　漱石宛書簡（**規・失**）。

11・10　子規宛書簡（**漱23**、気節論について）。

12・5　漱石、ディクソンの依頼で、鴨長明の『方丈記』の英訳と解説を脱稿。

12月　子規、常盤会寄宿舎を出て、本郷区駒込追分町三十番地に仮寓。
この冬、「俳句分類丙号」に着手。

漱15

四月二十日(月)

牛込区喜久井町一番地　夏目金之助より
本郷区真砂町常盤会寄宿舎　正岡常規へ

狂なるかな狂なるかな僕狂にくみせん。君が芳墨を得て始めはその唐突に驚ろきそれから腹を抱へて満案の哺《ほ》を噴《ふ》き、終りに手紙を掩ふて泫然《げんぜん》たり。君の詩文を得て此《かく》の如く数多《あまた》の感情のこみ上げたるは今が始めてなり。君が心中一点の不平俄然《がぜん》炎上して満脳の大火事となり、余焔筆頭を伝はって三尺の半切《はんせつ》に百万の火の子を降らせたるは見事にも目《ま》ばゆき位なり。平日の文章心を用いざるにあらず、修飾なきにあらず。ただ狂の一字を欠くが故に人をして瞠若《どうじゃく》たらしむるに足らず。ただこの一篇狂気爛漫《らんまん》わが衷情を寸断し、わが五尺の身を戦栗《せんりつ》せしむ。『七草集』はものかは『隠れみの』も面白からず。ただこの一篇……

嗚呼《ああ》狂なる哉、狂なるかな僕狂にくみせん。僕既に狂なる能はず、甘んじて蓄音器となり、来る二十二日午前九時より文科大学哲学教場において団十郎の仮色《こわいろ》おつと陳腐漢《ちんぷんかん》の囈《げい》語《ご》を吐き出さんとす。蓄音器となる事今が始めてにあらず、またこれが終りにてもあるまじけれど五尺にあまる大丈夫が情けなや。何の果報ぞ自ら好んでかかる器械となりはてたる事よ。行く先きも案じられ年来の望みも烟《けぶ》りとなりぬ。梓弓《あずさゆみ》張りつめし心の弦絶えて功名の的射らんとも思はざれば、馬鹿よ白痴と呼ばれて一世を過し、蓄音器となつて紅毛の士に弄《もてあそ》ばるるもまた一興ぞかし。

さやうなら。

二十日夜　　平凸凹*

偸花児殿*

漱16 七月九日(木)

牛込区喜久井町一番地　夏目金之助より

松山市湊町四丁目十六番戸　正岡常規へ

観劇の際御同伴を不得《えず》残念至極至極残念(宛然子規口吻)。去月三十日曇天を冒《おか》して早稲田より歌舞伎座*に赴く。ぶら〳〵あるきの銭いらず。神楽坂より車に乗る。烈《はげ》*しかれとは祈らぬ南風に車夫よたよたあるきの小言沢山、否とよ車主さな怒り給ひそ風に向って車を引けば*ほろふくるるの道理ぞかしと説諭して見たれど*車耳南風にて一向埒《らち》あかず。十時半頃土間の三にて*仙湖先生を待つ。ほどなく先生到着、*錬卿をつれて来ると思ひの外*岩岡保作氏を伴ひし時こそ肝つぶれしか(再模得子規妙)。固《もと》より年来の知己なれば否応なしに桝《ます》に引っぱり込んで共に見物す。桝の内より見てあれば団十郎の春日の局顔長く婆々然として見苦し。しかし御菓子頂戴、御寿もじよろしい口取《くちとり》結構と舞台そっちのけのたら腹主義を実行せし時こそ愉快なりしか。仙湖先生は頻《しき》りに御意に入ってあの大きな眼球から雨滴ほどな涙をこぼす。やつがれは割前《わりまえ》を通り越しての飲食に天咎《てんきゅう》のがれ難く、持病の疝気《せんき》急に胸先に込み上げてしく〳〵痛み出せし時は芝居所《どころ》のさわぎにあらず、腰に手を当て顔をしかめての大ふさぎは、はたの見る目も憐なり。腹の痛さをまぎらさんと四方八方を見廻はせば御意に入る婦人もなく、ただ一軒おいて隣りに円遊を見懸けしは*鼻々おかしかりしな。あいつの痘痕《あばた》と僕のと数にしたらどちらが多いだらうと大に考へて居る内いつしか春日の局はおしまひになりぬ。*公平《きんぴら》法問の場は落語を実地に見たやうにて面白くて腹の痛みを忘れたり。

惣じて申せばこの芝居壱円以上の価値なしと帰り道に兄に話すと、田舎漢が始めて寄席へ行《いく》と同じ事でどこが面白いか分るまいと一本鎗込《やりこめ》られて僕答ふる所を知らず。そこで愚兄得々賢弟黙々。

今日学校に行つて点数を拝見す。君の点で欠けて居る者は*物集見《もずめ》の平生点(但し試験点は七十)と*小中村さんの点数(これは平生も試験も皆無だよ)。余は皆平生点あり*じくそんは平生87に試験46、先以て恐悦至極右の訳だから小中村の平生点六十以上と物集見の平生点六十以上あれば九月に試験を受る事が出来る。しかし今のままでは落第なり。

先は手始めの御文通まで、余は後便。

九日午後　　金之助

正岡常規さま

漱17　七月十六日(木)

牛込区喜久井町一番地　夏目金之助より
松山市湊町四丁目十六番戸　正岡常規へ

貴地御安着、日々風流三昧に御消光の事と羨望仕をり候。小弟あひかはらず*宰予の弟子と相成雕《ちよう》しがたき朽木をごろ〳〵持ちあつかひをり候。

小中村、物集見《もずめ》平常点の義に付き教務掛りへ照会致候処、一日も早く御差出し有之《これある》べくとの事故《ゆえ》去る十二日*芳賀矢一君方へ参り右の談判相頼み候処、小中村は当時伊香保《いかほ》入浴中の由にて、早速木暮金太夫方へ同氏より書状差し出しもらひ候。物集見へも同日同時に頼み状同人より相つかはし候。但し両人とも不承知なら返事をよこすはず承知なら何ともいふて来ぬはずなり。今まで何ともいふて来ぬ故出してくれたに相違なしと断定する者なり(尤もこの頃の暑さに恐れて学校へは参り不申《もうさず》)。由て来る九月に追試験の御覚悟にて随分御勉強可被成《なさるべく》候。

芳賀氏訪問の節同人の話しに、来る九月より大学にて『文学会雑誌』といふ者を発兌《はつだ》する都合にて、その手順とゝのいたる赴きに御座候。過日大兄と御話しの件ふと実行の緒につきたるは随分奇妙、月旦《げつたん》は発兌の上の事。何しろ大学の名誉に関せぬやう願《ねがい》たき者也。大兄も一臂《いつぴ》の御尽力あつては如何(おいやでげすかね)。

先は用事まで、余は後便。

この手紙二本目に付、無性者の本性として非常の乱筆なりおゆるしあれ。

盆の十六日　　平凸凹

物草次郎様*　こもだれの中

試験は是非受けるつもりでなくては困ります。

漱18　七月十八日(土)

牛込区喜久井町一番地　夏目金之助より

松山市湊町四丁目十六番戸　正岡常規へ

去る十六日発の手紙と出違に貴翰到着、早速拝誦仕候。人をけなす事の好きな君にほめられて大に面目に存候。嗚呼《ああ》持つべき者は友達なり。

愚兄得々賢弟黙々の一語、御叱りにあづかり恐縮の至り。以来は慎みます。

御帰省後御病気よろしからざるおもむきまことに御気の毒の至に存候。さやうの御容体にては強いて在学被遊《あそばされ》候とても詮《せん》なき事、御老母のみかは小生までも心配に御座候得ば、貴意の如く撰科にても御辛抱相成る方可然《しかるべし》。人爵*は固より虚栄学士にならなければ飯が食へぬと申す次第にも有之間《これあるま》じく候得ば、命大切と気楽に御修業可然《しかるべし》と存候。それについても学資上の御困難はさこそと御推察申上候といふまでにて、別段名案も無之《これなく》、いくら僕が器械の亀の子を発明する才あるも開いた口へ牡丹餅《ぼたもち》を抛《ほう》りこむ事を知つて居るとも、これぱかりはどうも方がつきませんな。それも僕が女に生れていればちよつと青楼《せいろう》へ身を沈めて君の学資を助るといふやうな乙な事が出来るのだけれど……それもこの面ではむづかしい。

試験癈止論貴察の通り。泣き寐入りの体裁やつた所が到底成功の見込なしと観破したね。

ゐゐともう何か書く事はないかしら。ああそう〳〵、昨日眼医者へいつた所が、いつか君に話した可愛らしい女の子を見たね。——〔銀〕杏返《いちようがえ》*しに竹なはをかけて——天気予報なしの突然の邂逅《かいこう》だからひやつと驚いて思はず顔に紅葉《もみじ》を散らしたね。まるで夕日に映ずる嵐山の大火の如し。その代り君が羨《うら》ましがつた海気屋*で買つた蝙蝠傘《こうもりがさ》をとられた。それ故今日は炎天を冒《おか》してこれから行く。

七月十八日　　　　凸凹

物草次郎殿

漱19　七月二十四日(金)

牛込区喜久井町一番地　夏目金之助より
松山市湊町四丁目十六番戸　正岡常規へ

*御返事呪文《じゆもん》

*燬尽朱顔爛痘痕失来軽傘却開昏痴漢悟道非難事吾是宛然不動尊(朱顔を燬《や》き尽くして痘痕爛《ただ》れ軽傘を失い来たって却って昏を開く。痴漢の道を悟るは難事に非ず。吾は是れ宛然不動尊)(大兄の呪文を三誦《さんしょう》して悟りたる境界に御座候)。

岐岨道中の詩拝見、佳句も沢山あるやうなり。次韻したけれどそう急には出来ず。昨日『故人五百題』といふ者を見て急に俳諧が作りたくなり、十二、三首を得たり。御笑ひ草に供したけれど端書《はがき》故いづれ後便にて御斧正《ごふせい》相願たく候。

漱20　八月三日(月)

牛込区喜久井町一番地　夏目金之助より
松山市湊町四丁目十六番戸　正岡常規へ

一丈余の長文被下《くだされ》ありがたく拝見。小子俳道発心につき草々の御教訓情人の玉章よりも嬉《うれ》しく熟読仕候。天稟《てんぴん》庸愚のそれがし物になるやらならぬやら覚束なき儀には存候得ども性来かかる道は下手の横好とやらに候得ば向後驥尾《きび》に附して精々《せいぜい》勉強可仕〔候〕《つかまつるべく》間、何卒御鞭撻《ごべんたつ》被下たく候。

玉作数首謹《つつし》んで拝見。俳句はいづれも美事に御座候。仰せの如く句調の具合、先日中拝見仕候者と夐《はる》かに別機軸の御手際と感心仕候。峡中雑詩第一五首中の翹楚《ぎようそ》と存候。管々《くだくだ》しき細評は仏頭の天糞*とやらにつき御免蒙り候。実は負けぬ気に次韻でもして君の一粲《いっさん》を博せんと存居候処、去月下旬一族中に不慮の不幸を生じ、それがためかれこれ取紛れ只今にては硯《すずり》に対する閑暇はあれど筆を執る忍耐力なく『幼学詩韻』をひねくり廻す騒ぎにも参り兼候間、次韻の義も願下に致候。

不幸と申し候は余の儀にあらず、小生嫂*の死亡に御座候。実は去る四月中より懐妊の気味にて悪阻と申す病気にかかり、とかく打《う》ち勝《すぐ》れず漸次重症に陥り、子は闇より闇へ、母は浮世の夢二十五年を見残して冥土《めいど》へまかり越し申候。夭寿は天命死生は定業《じょうごう》とは申しながら洵《まこと》に〳〵口惜しき事致候。

わが一族を賞揚するは何となく大人気なき儀には候得ども、あれほどの人物は男にもなか〳〵得やすからず、まして婦人中には恐らく有之《これある》間じくと存居候。そは夫に対する妻として完全無欠と申す義には無之《これなく》候へども、社会の一分子たる人間としてはまことに敬服すべき婦人に候ひし。先づ節操の毅然《きぜん》たるは申すに不及《およばず》、性情の公平正直なる胸懐の洒々《しゃしゃ》落々《らくらく》として細事に頓着せざるなど、生れながらにして悟道の老僧の如き見識を有したるかと怪まれ候位、鬚髯鬖々《しゅぜんさんさん》たる生悟りのえせ居士《こじ》はとても及ばぬ事、小生自から慚愧《ざんき》仕候事幾回なるを知らず。かかる聖人も長生きは勝手に出来ぬ者と見えて遂《つい》に魂帰冥漠魄帰泉只住人間二十五年（魂は冥漠に帰し魄は泉に帰る。只だ住む人間《じんかん》二十五年）と申す場合に相成候。さはれ平生仏《ほと》けを念じ不申《もうさず》候へば、極楽にまかり越す事も叶《かな》ふ間じく、耶蘇《ヤソ》の子弟にも無之候へば、天堂に再生せん事も覚束なく、一片の精魂もし宇宙に存するものならば二世と契りし夫の傍か平生親しみ暮せし義弟の影に髣髴《ほうふつ》たらんかと夢中に幻影を描き、ここかかしかと浮世の覊絆《きはん》につながるる死霊を憐み、うた不便の涙にむせび候。母を失ひ伯仲二兄を失ひし身のかかる事には馴《な》れやすき道理なるに、一段ごとに一層の悼惜《とうせき》を加へ候は、小子感情の発達未だその頂点に達せざる故にや、心事御推察被下《くだされ》たく候。

悼亡の句数首、左に書き連ね申候。俳門をくぐりしばかりの今道心《いまどうしん》佳句のありやうは無之《これなく》、一片の衷情御酌《おくみと》取り御批判被下《くだされ》候はば幸甚。

朝貌《あさがお》や咲た許《ばか》りの命哉《かな》　(未だ元服せざれば)*

細《ほそ》眉《まゆ》を落す間もなく此世をば

人生を廿五年に縮めけり　(死時廿五歳)

君逝《ゆ》きて浮世に花はなかりけり　(容姿秀麗)

仮位牌焚《た》く線香に黒む迄《まで》

こうろげの飛ぶや木魚《もくぎょ》の声の下

通《つ》夜《や》僧の経の絶間やきりぐ＼す　(三首通夜の句)

骸骨や是も美人のなれの果　(骨揚《こつあげ》のとき)

何事ぞ手《た》向《むけ》し花に狂ふ蝶

鏡台の主の行衛や塵《ちり》埃《ほこり》（二首初七日）
ますら男《お》に染模様あるかたみかな（記念分《かたみわけ》）
聖人の生れ代りか桐《きり》の花（其人物）
今日よりは誰に見立ん秋の月（心気清澄）
先日御話しの句左に抄録す。これまた御郢正《えいせい》奉願候。＊
馬の背で船漕《こ》ぎ出すや春の旅〔子規の添削〕
行燈《あんどん》にいろはかきけり独旅《ひとりたび》下五「秋の旅」
親を持つ子のしたくなき秋の旅
さみだれに持ちあつかふや蛇目傘《じゃのめがさ》
見るうちは吾も仏の心かな（蓮《はす》の花）
蛍狩《ほたるがり》われを小川に落しけり
藪陰《やぶかげ》に涼んで蚊にぞ喰はれける
世をすてゝ太古に似たり市の内
雀《すずめ》来て障子にうごく花の影

秋さびて霜に落けり柿一つ
吾恋は闇夜《やみよ》に似たる月夜かな
柿の葉や一つ一つに月の影
涼しさや昼寐の貌《かお》に青松葉
あつ苦し昼寐の夢に蟬《せみ》の声
とぶ蛍《ほたる》柳の枝で一休み
朝貌に好かれそうなる竹垣根
秋風と共に生《は》へしか初白髪

先づこんな物に御座候。向来物になられませうか。
＊鷗外の作ほめ候とて図《はか》らずも大兄の怒りを惹《ひ》き申訳も無之《これなく》、これも小子嗜好の下等なる故と只管《ひたすら》慚愧致《いたし》をり候。元来同人の作は僅《わず》かに二短篇を見たるまでにて全体を窺《うかが》ふ事かたく候得ども、当世の文人中にては先づ一角ある者と存《ぞん》じをり候ひし。試みに彼が作を評し候はんに結構を泰西《たいせい》に得、思想をその学問に得、行文は漢文に胚胎《はいたい》して和俗を混淆《こんこう》したる者と存候。右等の諸分子相聚《あいあつま》つて小子の目には一種沈鬱奇雅の特色あるやうに思はれ候。尤

も人の嗜好は行き掛りの教育にて(仮令《たと》ひ文学中にても)種々なる者故己《おの》れは公平の批評と存候ても他人には極めて偏窟な議論に見ゆる者に候得ば、小生自身は洋書に心酔致候心持ちはなくとも大兄より見ればさやうに見ゆるも御尤もの事に御座候。全体あの時君と僕の嗜好はこれほど違ふやと驚き候位、しかし退いて考ふればこれ前にもいへる如く元来の嗜好は同じきも従来学問の行き掛りにて、かかる場合に立ち到り候事と存じ、それよりは可成《なるべく》博覧をつとめ偏僻に陥ざらんやうに心掛をり候。その上日本人が自国の文学の価値を知らぬと申すも日本好きの君に面目なきのみならず、日本にそれほど好き者《よ》のあるを打ち棄ててわざ〳〵洋書にうつつをぬかし候事、馬鹿々々敷限りに候のみならず、我らが洋文学の隊長とならん事思ひも寄らぬ事と先頃中より己れと己れの貫目が分り候得ば、以後はなるべく大兄の御勧めにまかせ邦文学研究可《つかまつるべく》仕候。さはれ成童の頃は天下の一人と自ら思ひ上り三身の己れを欺いて今まで知らずに打ち過ぎけるよと思へば自ら面目なきまでに愧入《はじいり》候。性来多情の某《それがし》何にでも手を出しながら何事もやり遂《と》げぬ段無念とは存候得ども、これまた一つは時勢の然らしむる所と諦《あきら》めをり候。御憫笑。

頃日来《けいじつ》、司馬江漢の『春波楼筆記』を読み候が、書中往々小生のいはんと欲する事を発揮し意見の暗合する事間々《まま》有之、図らず古人に友を得たる心にて愉快に御座候。これはついでながら中上候。

時下炎暑のみぎり御道体精々御いとひ可被成《なさるべく》候。拝具。

八月三日　平凸凹拝

のぼるさま

漱21　九月十二日(土)

牛込区喜久井町一番地　夏目金之助より

埼玉県大宮駅氷川公園万松楼高島方　正岡常規へ

屁理窟《へりくつ》を海容の上はちときびし過ぎる、なれど御採用にあづかりて千万辱《かたじ》けなし。試験の可否今日念のため小泉と談判に及び候ところ、異論のあるべきはずなく御都合次第、教師と相談の上御受験可被遊《あそばさるべく》との趣に候。向後《こうご》一週間位の中に完結可致《いたすべき》規則にやと問返したれば否さにあらず今少々は後《おく》れてもよろしく、しかしなるべく早き方こそ望ましけれといふ次第なれば下読済《すみ》次第、御帰京目前の障礙《しょうがい》御取り祓《はら》ひ可被成《なさるべく》候。小生などは心の不平のみならず顔も一面に不平なれば君よりは申し分もあるはずなるに、大人しく今まで辛抱致しをり候へば大兄も少しは苦しむ方、朋友へ対しての義理なり。試験の問題は悉《ことごと》く忘れたれば菊池より送ってもらふはず、しかし問題外の処も目を通さなくつては困るぜ。何しろ下読済次第御帰京可然《しかるべく》候。

余は拝眉の上。

十二日午後　　　　　　　　平凸凹

もの草次郎どの

漱22　十一月七日(土)

牛込区喜久井町一番地　夏目金之助より

本郷区真砂町常盤会寄宿舎　正岡常規へ

思ひ掛なき君が思ひがけなくも明治豪傑譚に気節論まで添へて御恵投あらんとは真以《まことにもつ》て思ひがけなく驚入候。何はさてありがたく受納仕候。御手紙は再三繰返し豪傑譚は興味に連れ一息に読了仕候。当時少しく風邪の気味にて脳巓岑々《のうてんしんしん》の折から、はからずも半日消閑の工夫を得申候段、拝謝仕候。

豪傑譚は仰せの如く先頃中より『読売』紙上にて時たま閲覧仕をり候。その頃よりこれが豪傑の行為にやと不審を抱き候角《かど》も不少《すくなからず》欣慕《きんぼ》などと申す感情はさて置《おき》中には眉を顰《ひそ》めて却走せんと欲する件《くだ》りも有之、昨日興味につれ読了候は聊《いささか》も感服敬服などと申す念慮より生じたる事に無之、編中人物の行為、矯激極端にして殆《ほと》んど狂縦《きょうしょう》の痕跡あるかを疑ふ位故、何となく好奇の念禁じがたく一部の天然滑稽戯を披覧する心地にて通過致し、さて巻を掩《おお》ふてこれらの人物が如何に小生の心緒を攪動せしやと諦観《ていかん》仕候へば寸毫《すんごう》も高尚だの優美だのと申す方向に導びきし点無之、中には索隠行怪の余弊殆んど人をして嘔吐《おうと》を催ふせしむる件りも有之やに見受られ候。かく申せばとて編中の人間皆気節なき「グータラ」のみと申す次第には無之、中には仰《おおせ》の如き、稜々たる風骨を具したる人も有之べく、その代りには一点の意気地なき輩も交り居るべく、そも気節と申すは己れに一個の見識を具へて造*《ぞう》次《じ》顚沛《てんぱい》の際にもこれを応用し、その一生を貫徹するの謂《いい》に候得ば、その人の気節の有無はその人の前後を通観せず候ては、全体上その人の行為がその人の主義と並行するや否やは判じがたきかと存候。今この編に記載する件りは単に豪傑の(流俗の豪傑)一言半行位にとどまりてその人の気節を断定するの材料には為しがたきやと存候。先づ書中の事件を大別すれば第一即座の頓智、第二その場の激情等多くこれに属せざるものはあるいは何人の生活中にも穿鑿《せんさく》したらば出てきさうなる失策話しか尋常一様の世間話しにて偶《たまたま》その人が後日に盛名を博したるため役もなき好奇漢の詮議立てよりこれも豪傑の行ひぞと人にいはるるに至りたる件りも見受け候位、これらはこの失策話しが豪傑の伝を構造するにあらずして豪傑の盛名が溯《さかのぼ》つてこの失策話しを著名にしたるに過ぎず。なほ分類せば他の族門をも設け得ん。その中には欣慕《きんぼ》とまで行かずと〔も〕感心な行ひと賞する位の事は暁星のごとくちらほらと見ゆる事もあらんなれど、先づ右の三種と大別した処で即座の頓智といふ事はその人天稟の賦性にて能もあり不能もあり頓智あるがために気節あり頓智なきがために気節なしとは誰も許さぬ事なるべし。否気節を尊む人は場合に依れば出る頓智もわざ〳〵引き込《こま》す事あり。これはその人の行為を支配するものは一定の主義にして頓智とは即座の出放題その場逃れの便宜なれば、いやしくも頓智にして己れの主義と相反する以上は一時の便宜はさておき、かかる方便を用ゆる事あるべからず。よしんば頓智が己れの気節を貫くに必要なる場合ありとするも、かかる能を有せざる人は到底用ゆる事の出来ぬ話しなり。

第二に一時の激昂にて感情的に為したる事が気節を表顕すといふも受取りがたし。気節とは前にもいふ如く(余の考へにては)一定断乎の主義を抱懐して動かざるに外ならず、已れに特有なる一個の標準を有し、この標準を何処にも応用せんとするの観念に過ぎず。一時の感情もしこの標準と合せば卒然の行為必ずしも気節を発揮せずとはいひ難けれど、感情はいつも智識と並行して起るものにあらず、のみならずしばしば背馳《はいち》して相戻《あいもと》る事あるは君の知る所なれば、この点にても気節の有無は知りがたからん。第三種に属する失策話し(逸話にせよ)は吾人の生活中、日々眼前に横たはるものにて、中にも小生などは人一倍失策多ければ、もしこれを以て気節の発したるものとせば僕などは風骨稜々の冠を戴くを得べし。とにかく失策は豪傑に限りて多きにあらず。また気節あるがために大なるにあらず。これは申すまでの事もなからん。かく右の三者いづれをとるも編中の人物に気概ありや否やを判ずるの材料とは致しがたくはなきやと愚考仕候。今一歩を譲ってこの片言隻行《へんげんせっこう》の間に豪傑の気宇躍然としてあらはるるにもせよ、編中の人は皆同鋳型中に鍛錬《たんれん》せられたるにあらず。甲の為す処は乙の為す処と牴牾《ていご》し丙の言ふ所は丁の言ふ所と隔違す。或人は塩を振りかけられたるさへ辛抱し、或人は師の教訓に堪《た》へずして長者を撃つ。一方が気節あらば一方は意気地なきなり、一方が風骨を有するならば一方は馬骨を有するなり。君何が故に稜々の字を下して軒軽《けんち》する所なきや。君が意はその行為の裏面に横たはる精神を見よとの事なるや。精神を見るも二人の心行きは決して同じからず。一は堪忍《かんにん》を大事となし一は任意直情を潔しとせるなり。堪忍の方が気節あらば任意の方気節なきなり。但し両方共に気節ありといふや、職を高官に奉じて座睡禁ぜず、これ耄碌《もうろく》なり、気節にあらず。格闘を挑まれて敢《あえ》てせず、これを酒楼に誘って逃る、これ卑怯なり。(昔しの武士道より見れば気節にあらず故に仮令《たと》ひ気節をして片言隻行の間にあらはるるものとするも編中の事悉《ことごと》く気節的の件りのみとは云ひがたからんと存候。君もし以上の論議に不同意ならば再び方針を転じて総概《エキゾースチーブ》的に気節の何物たるを説明致さんと存候。御存じの如く人間の能力は智、情、意の三者に外ならず。気節は人間能力の一部なる以上は三者の中、何にか属せざるべからず。第一気節とは情に属するやといふに決して然らず。一時の怒りに激して人を痛罵す、これ気節なりや。余は気節とは思はざるなり。年来の怒りに激して日常人を痛罵す、これ気節なりや。これもまた気節とは思はれず。さらば一時の感情にもせよ年来の感情にもせよ、感情を以て為したる行為は気節といふべからず。気節既に感情に属せずんば、これを意志の作用とせんか。打つべきの道理なく打ちたしの感情なく妄《みだ》りに鉄拳を挙て人に加ふ、これ気節なりや。同じく打つべきの道理なくまた打ちたしの念慮なきに日常鉄拳を挙げて人に加ふ、また気節にあらず。去らば一時の意志にせよ年来の意志にせよ意志より来るもの気節なりといふべからず。意志に属せず感情に属せずんば気節の属する処は智の範囲内にあらずんばあらず。親には孝を尽すべき理ありと心得て孝を尽す、これ気節なり。君に忠を致すべき道存すとて忠を致す、これ気節なり。人を罵しるべきの理あり、故に罵しる、人を打つべきの理あり、故に打つ、これ気節なり。しかれど一時の理を行ふ、これ一時の気節を表はすのみ。一小見識を抱いてこれを行ふ、これ一小見識の気節のみ。一時の気節一小見識の気節有《ある》もよし、無くとも差支へなし。吾人の欲する所は絶大見識を抱懐して人生の前後を貫き通ずるにあり。書物にても一頁には一頁の主意あり文字あり。一篇には一篇の主意あり文字あり。一巻には一巻を貫くの主意あり文字なかるべからず。一頁の主意、一篇の文字は一時の気節一小見識の気節のみ。人生五十年の浩帙《こうちつ》、人生天大の主意決して一章一篇の中に存せざるなり。故に僕いふ、気節は情に属せず意に属せずして智に属す、而して大気節は人生を掩ふ大見識に属すと。君もし気節は情若《も》しくは意に属すといはば僕一言なし。唯見解の異なるを悲しむのみ。君もし気節は小見識を一時に行ふにありといはば僕また一言なし。いよいよ見解を異にするを悲しむなり。

小生元来大兄を以て吾が朋友中一見識を有し、自己の定見に由つて人生の航路に舵《かじ》をとるものと信じをり候。その信じきりたる朋友がかかる小供だましの小冊子を以て気節の手本にせよとてわざ〳〵恵投せられたるは、つや〳〵その意を得ず。小生不肖といへドモまた人生について一個の定見なきにあらず。この年頃日頃詩を誦《しょう》し書を読むも読むに従ひ誦するに従つて、この定見の自然と発達して長大になるがためのみ。徒らに彫琢《ちょうたく》の末技に拘して一字一句の是非を論ずるは愉快なきにあらず。しかれども遂《つい》に小生が心を満足せしむるに足らざるなり。去れど小生とて我が見識こそ絶大なれ最高なれといふにあらず。もし吾が主義の卑野ならんか大兄の高説を拝聴してその愚を癒するも可なり。前賢の遺書に因てこれを啓発するも可なり。何を苦んでこの蕞爾《さいじ》たる一俗冊を用いん。君この書を読んで自ら思へらく日本男子の区域外に放逐せられて饕餮《とうてつ》飽くなきの蛮夷と伍するに至らざるを喜こぶなりと。しかれども君の目して蛮夷となすもの饕餮飽くなきの輩となすもの実に余に誨ゆるに人生の大思想を以てせり。僕をしてもし一点の節操あらしめば、その節操の一半は＊缺舌《げきぜつ》の書中より脱化し来つて余が脳中にあり。この脳中にあるの秤量を以てこの書の貫目をはかるにその軽き事秋毫《しゅうごう》の如し。君何を以てこの書を余に推挙するや、余殆《ほと》んど君の余を愚弄するを怪しむなり。君の手翰を通観するに字義共に真面目にして通例滑稽的の文字にあらず、かつ結末に(僕がこれを贈るの微意を察せよ)とあり。小子翻読再三に及んで、なほその微意のある所を知るに苦しむ。不敏の罪逃るるに由なきは是非なし。但し小子は賢愚無差別高下平等の主義を奉持するものにあらず。己より賢なるものを賢とし己より高きものを高しとするにおいては敢て人に遜《ゆず》らずといへドモ、この編中の人吾より賢なる人吾より高き人吾の取て以て崇拝せんと欲するもの果して幾人かある。由《よ》しやこれありとするも君の余に勧めんと欲するものは抽象的の気節にして実体的の片言隻行にあらず。余も三尺の童子にあらざれば、この片言隻行を誦して気節ここにありと歎賞する能はず。故に聊《いささ》か疑を書して机下に呈す。

君の書に曰く、試みに学校の児童を見よ、工商の子多くは上座にあり、士家の子多くは末席にあり、しかれどもその学校を出づるや工商の子弟は終に士家の子弟に〔一籌《いっちゅう》を〕輸するを常とすと。これは君一家の経験にていふなるか統計などにていふや、(僕かつていふ)

とあれば貴君一家の説なるべし。しかし小生のをりし学校にては工商の子弟より士家の子弟常に上席を占めたり。かく事実相反する以上は議論の土台と為りがたし。かつ学校を出《い》でて商工の子が士家の子弟に一籌《いっちゅう》を輸すとは学問の点なりや世渡りの巧拙なりや、はた君のいはゆる気節の点なりや。学問の点よりいへば商工は商工の業あり、専意学問に従事する事能はず。士家の子弟は学を以て身を立つるもの多ければ商工の及ばざるは勿論の話しなり。世渡りの巧拙に至つては容易に断言しがたし。商工は世に応じて甘《うま》く切りぬけ行くもの沢山ならん。士人の子弟にても御鬚《おひげ》の塵《ちり》を払ひおべつか専一にて世に時めく者幾千万なるを知らず、また気節の点に至つても商工の子無下《むげ》に意気地なしと思ひ給ふべからず。身分〳〵に応じて相応の意地はあるものなり。但し無学なる工商に望むに絶大の見識を以てするは赤子をして郵便配達吏たらしめんとするが如し。いはずとも分り切た話しなり。これに反して士人の子といへドモあながち気節ある人多しとはいふべからず。方今紳士ともいはるる輩青萍《せいひょう》とも浮草とも評すべき行為あるもの枚挙《まいきょ》すべからず。その身元を尋ねたらば大方は士族なるべし。とにかく気節の有無などは教育次第にて、工商の子なりとて相応の教育を為し一個の見識を養生せしめば敢て士家の子弟に劣らんとも覚えず。暫《しば》らく気節は士人の子の手に落ち工商の夢視せざる処とするも、これは工商たるがために気節なきにあらずして気節を涵養《かんよう》するの時機に会せざりしのみ。試みに士家の子弟をとりて幼少より丁稚《でっち》たらしめば数年を出ずして銅臭の児とならん。君の議論は工商の子たるが故に気節なしとて四民の階級を以て人間の尊卑を分たんかの如くに聞ゆ。君何が故かかる貴族的の言語を吐くや。君もしかくいはば、われこれに抗して工商の肩を持たんと欲す。

君また曰《いわ》く、僕は賢愚の差において人を軽重する事少し、しかれども善悪の違に至っては一歩もこれを仮さず、小悪あれば即ち極口《くちをきわめて》これを罵詈《ばり》し小善あれば則ち極口これを褒美す……僕これを以て得意となす、他人の毀誉敢て関せざるなりと。君既に他人の毀誉に関せず、その主義を貫かんとす。故に僕敢て君を褒貶せず。しかれども善悪の差を重んず〔る〕事君のいふ所の如くならば、願くは僕が言の善か悪かを聞け。君が脳中には至善なる理想あり、この理想を標準として他を褒貶せらるるならん。しかるに世界の人間中君が理想を以て厳正なる判定を下し、この人こそ至善なれと君が道徳試験に満点を得て及第する者ありや。余は断じてかかる人間なしといはん。人は完全なる者にあらず。頭の頂点より足の爪先まで円満の徳を具へたる聖人は実際世間に存するものにあらず。人間の思想は実より空に入り卑より高きに推移す。実を離れたる善世間より高きの善これ君が脳中の理想なり。この理想の尺度を以てこの善悪混合の人間をはかる、決して合格者あるべからず。もし合格者なきときは君朋友中において又知人中において遂に一人も君の意に合する者を見出す能《あた》はざらんとす。見出す能はざれどもこれを我慢すれば差支へなし。しかし君の如く善悪の差においては一歩も仮さずといふ以上は君遂に満天下を見渡して一の交るべき者なく、言語を交はす者なきを見ん。もしまた善は善でとり悪は悪としてすつるといふ意ならば君既に善を褒すると同時に悪を寛仮《かんか》したるなり。由しや悪を寛仮せずとするも、もし一人に接して毫末《ごうまつ》の悪を見出し、彼れ談ずるに足らずとてこれを嫉視せば、彼人仮令《たと》ひ他に蓋世《がいせい》の善あるも君遂にその善を知る能はずして已まん。また彼れ涓滴《けんてき》の善ありとてこれに交はるともその人滔天《とうてん》の悪ある以上はこれを奈何《いかん》すべき。必竟《ひっきょう》人間界にては善は善、悪は悪と範囲を分ち善の区域にあるものは生涯悪を見ず、悪の領分に居るものは終身善を知らずといふやうな勝手な事は行はるるものにあらず。何人にても取るべき所あり、また貶《けな》すべき所あり。君既に寸善を容るるの量あらばまた分悪を包むの度なかるべからず。乍失礼《しつれいながら》君の一身でさへ前後を通看したなら機微の際忽然《こつぜん》として悪念の心頭に浮びし事あるべし(仮令ひこれを行はぬにもせよ)。何となれば人間は善悪二種の原素を持つてこの世界に飛び出したるものなればなり。もし人性は善なりといはば悪といふ事を知るべきの道理なし。悪といふ事を行ふはずなし。善悪二性共に天賦なりとせば善を褒すると同時に不善をも憐まざるべからず。今君皆睚《しがい》の不善を仮さずして終身これを忘れずんば僕実に君が慈憐の心に乏しきを嘆ぜずんばあらず。僕思ふに君実にかかる主義を応用するにあらず、論じて筆端に上る至つて遂にこの過激の文字となりしならん。先年僕が厭世の手紙の返事に天下不大瓢不細〔天下は大ならず、瓢は細ならず〕の了見で居るべしといひ給へり。その了見で居る君がかかる狭隘なる意見を述べて(得意となす)などいふに至つては実に前後の隔絶せるに驚かずんばあらず。先にいふ処のものは単に壮言大語僕を驚かせしなれば僕向後《こうご》決して君を信ずまじ。また冗談ならば真面目の手紙の返事にかかる冗談は癈してもらはんと存ず。また先年の主義を変じ今日の主義となしたりといはばそれでよし。人間の主義終始変化する事なければ発達するの期なし。変じたるは賀すべし、しかし変じ方の悪きは驚かざるを得ず。高より下に上り大人より小児に生長したるやうな心地するなり。僕決して君を誹謗《ひぼう》するにあらず、唯君が善悪の標準を以て僕が言の善か悪かを量れ。

実は黙々貰ひ放しにしておかんと存じたれど、かくては朋友切磋《せっさ》の道にあらず、君が真面目に出掛たものを冷眼に看過しては済まぬ事と再考の上、好んで忌諱《きい》に触る。狂妄多罪。

十一月七日　　金之助拝

常規殿

漱23　十一月十日(火)

牛込区喜久井町一番地　夏目金之助より

本郷区真砂町常盤会寄宿舎　正岡常規へ

僕が二銭郵券四枚張の長談議を聞き流しにする大兄にあらずと存をり候処、案の如く二枚張の御返礼にあづかり、金高よりいへば半口たらぬ心地すれど芳墨の真価は百枚の黄白にも優《まさ》り嬉しく披見仕候。仰《おおせ》の如く小生十七、八以後かかるまじめ腐つたる長々しき囈語《げいご》を書き連ねて紙筆に災ひせし事なく、議論文などは君に差上候手紙にもめつたに無之、唯君の方で足下呼はりで六づかしく出掛られた故つい乗気になり色々の雑言申上恐縮の至に不堪《たえず》決して〳〵御気にかけられざるやう願上候。

頑固の如くには候へども片言隻行にては如何にしても気節は見分けがたくと存候。＊良雄喜剣の足を舐《なめ》る。良雄の主義、人の辱《はずかしめ》を受けざるにあれば足を舐るは気節を損したるなり。良雄の主義、復讐にあれば足を舐るは気節を全《まっと》ふしたるなり。喜剣良雄の墓前に死す。喜剣の主義、長生にあらば墓前に死するは節を損したるなり。喜剣の主義、任俠にあれば墓前に死するは節を全ふしたるなり。去れば一言一行をその人の主義に照り合せざれば分らぬ事と存候（その人の主義の知れておる時は例外）。

気節は（己れの見識を貫き通す）事と申し上候つもり。これ（見識）は智に属し（貫く）（即ち行ふ）は意に属す。行はずして気節の士とは小生も思ひ申さず、唯行へと命令する者が情にもあらず意にもあらず智なりと申す主意に御座候処、筆が立ぬ故其処まではり兼疎漏の段、御免被下たく候。

僕決して君を小児視せず小児視せば笑って黙々たるべし。八銭の散財をした処が君を大人視したる証拠なり。恨まれては僕も君を恨みます。

君は人の毀誉を顧みず。毀誉を顧みぬ君に喃々《なんなん》するは君を褒貶するの意にあらず。唯僕の説が道徳上嘉《よみ》すべき説なりや、道徳上悪しき説なるやを判じ給へとの意に御座候。唯卑説の論理に傾きたるため善悪の字を以て正否の字に見違へらる。これまた僕の誤り（説に善悪あり、また真偽あり。多妻論は耶蘇教徒より見れば論理的なると否とを問はず悪説なり。進化主義も神造物者主義より見れば悪説なり。社会主義*は高天原連より見れば悪説なり）。

「その悪を極口《くちをきわめて》罵詈せしとてその人と交らぬといふにはあらず」御説明にて恐れ入候。叩頭謝罪。

僕前年も厭世主義、今年もまだ厭世主義なり。かつて思ふやう世に立つには世を容るるの量あるか世に容れらるるの才なかるべからず。御存《ごぞんじ》の如く僕は世を容るるの量なく世に容れらるるの才にも乏しけれど、どうかこうか食ふ位の才はあるなり。どうかこうか食ふの才を頼んでこの浮世にあるは説明すべからざる一道の霊気隠々として或人と我とを結び付るがためなり。この或人の数に定限なく、またこの愛気に定限なく、双方共に増加するの見込あり。この増加につれて漸々慈憐主義に傾かんとす。しかし大体より差引勘定を立つればやはり厭世主義なり、唯極端ならざるのみ。これを撞着《どうちゃく》と評されては仕方なく候。最後の一段は少々激し過ぎたる由貴意の如くかも知れず。（僕の愚を憐んで可なり）などと出られては真に慚愧不禁、再び叩頭謝罪。

道徳は感情なりとは御同意に候。絶大の見識もその根本を煎《せん》じ詰れば感情に外ならず形而下の記号にて証明しがたければなり。去れどこの理想の標準に照し合せて見る過程《プロセス》が智の作用と存候。

君の道徳論について別に異議を唱ふる能はず、唯貴説の如く悪を嫉《にく》むの一点にて君と僕の間に少しく程度の異なる所あるのみ。どう考へても君の悪を嫉む事は余り酷過ぎると存候。

微意の講釈は他日拝聴仕るべく候。

君の言を借りて、

(偏へに前書及び本書の無礼なるを謝す。不宣。)

また〳〵行脚の由あひかはらず御清興賀し奉候。

秋ちらほら野菊にのこる枯野かなの一句千金の価あり。

*皐丸の句は好まず、*笠の句もさのみ面白からず。

十一月十日夜　　平凸凹乱筆

子規　臥禅傍

明治二十五年（一八九二、二十五歳）

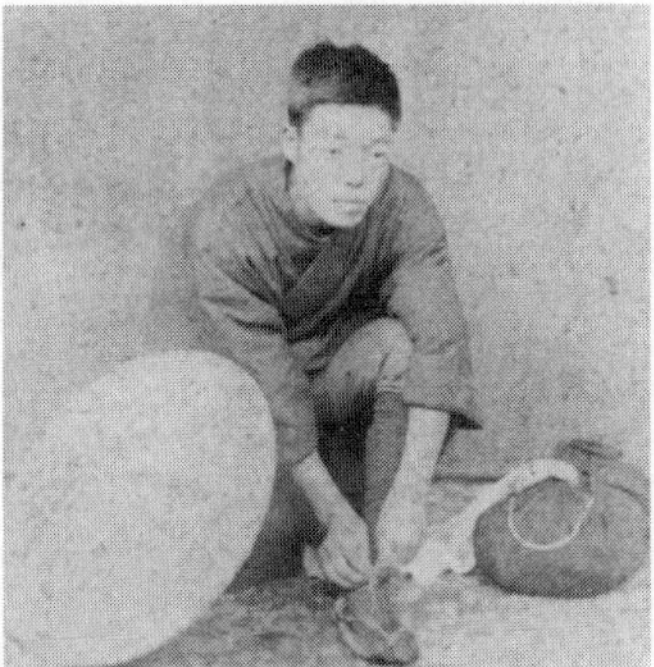

箱根を旅した折の子規，三島にて（明治 25 年 10 月，松山市立子規記念博物館所蔵）

1月　子規、小説「月の都」を脱稿。
1・14　子規、漱石を訪ね「月の都」の話をして泊まる。
1・15　子規、精神物理学の講義に出席。ノートも金もないと子規は好意を断るが漱石買い与う。
2・29　子規、下谷区上根岸町八十八番地に転居。
2月　子規、「俳書年表」「日本人物過去帳」「俳諧系統」等を作成。
5月　漱石、東京専門学校(現・早稲田大学)講師に就任。
6・14　漱石、「御粗末ながら呈上」と裏書きして、子規に写真を送る(一一二ページ)。
6・19　子規宛書簡(**漱24**、追試験について)。
7・7　漱石と子規、一緒に新橋を出発。
7・8　漱石と子規、京都に着き柊屋に宿をとる。夜、清水寺などを観光。
7・10　子規は漱石と別れ松山に向かう(11日着)。
7・16　漱石、岡山に着き嫂小勝の実家片岡家に三週間余滞在。
7・17　漱石宛書簡(**規・失**、学年末試験に落第、帝国大学文科大学退学を決意する)。
7・19　子規宛書簡(**漱25**、追試験を受けよと)。
8・4以前　漱石宛書簡(**規・失**)。
8・4　子規宛書簡(**漱26**、岡山での水害を報告、金毘羅に寄り松山を訪ねる旨知らせる)。

8・10　漱石、子規と再会し、虚子に初めて会う。
8・26　漱石と子規、三津浜港より乗船、帰京。
9・26　子規と漱石、坪内逍遥と面談。子規は以後『早稲田文学』の俳句欄を担当。
10・7　漱石宛書簡（**規5**）。
10月　子規、箱根から修善寺を旅行、範頼の墓へ参る。
11・17　子規、母八重と妹律とともに東京着。陸羯南家で万事世話を受ける。
11・20以前　漱石宛書簡（**規・失**）。
11・20　子規宛書簡（**漱27**、子規の母、妹の無事東京へ到着したことをよろこぶ）。
11・23　漱石、子規宅を訪問。
11・30　漱石、帝国大学で哲学担当のL・ブッセ退任帰国にあたり、送別の辞を英文で起草。
12・1　子規、日本新聞社に入社、月給十五円。
12・14以前　漱石宛書簡（**規・失**）。
12・14　子規宛書簡（**漱28**、自分に対する辞職運動を知らせてくれたことへの感謝と感想）。
12・17　漱石、子規宅を訪問。東京専門学校講師退職の決意を伝える。

漱石が「御粗末ながら呈上」として子規に送った写真(明治25年6月，本郷で撮影)

漱24　六月十九日(日)

*牛込区喜久井町一番地　夏目金之助より
下谷区上根岸町八十八番地　正岡常規へ

凸凹昨君の青白の容《かお》を拝むに何ぞ累々として喪家の犬に似たるや。ついては九時頃ブッセの試験問題到着、皆哲学の試験を済《すま》せをはんぬ。ところが君の平生点があれだから困る訳だけれど、昨日のやうな条件のある試験だから後から受る事も出来るだらう故、都合次第さやう談判可相成《あいなるべく》候。先《まず》は用事まで。早々頓首。

十九日早朝

漱25　七月十九日(火)

岡山市内山下《うちさんげ》町百三十八番邸片岡方　夏目金之助より
松山市湊町四丁目十六番戸　正岡常規へ

貴地十七日発の書状正に落手拝誦《はいしょうつかまつり》仕候。先は炎暑の候御清適奉《がしたてまつり》賀候。小子来岡*

以来いよいよ壮健日々見物と飲食と昼寐とに忙がはしく取紛れ打ち暮しをり候。去る十六日当地より*金田《かなた》と申す田舎へ参り二泊の上今朝帰岡仕候。閑谷黌《しずたにこう》へは未だ参らず後楽園天守閣等は諸所見物仕候。当家は旭川に臨み前に三櫂山を控へ東南に京橋を望み夜に入れば河原の掛茶屋無数の紅燈を点じ、納涼の小舟三々五々橋下を往来し燭光清流に徹して宛然《えんぜん》たる小不夜城なり。君と同遊せざりしは返すぐ〳〵す残念なり。今一度閑谷見物かたぐ〳〵御来岡ありては如何《いかん》。一向平気にて遠慮なき家なり。試験の成蹟面黒き結果と相成候由、鳥に化して跡を晦《くら》ますには好都合なれども文学士の称号を頂戴《ちょうだい》するには不都合千万なり。君の事だから今二年辛抱し玉へといはば、なに鳥になるのが勝手だといふかも知れぬが先づ小子の考へにてはつまらなくても何でも卒業するが上分別と存候。願くば今一思案あらまほしう。

鳴くならば満月になけほとゝぎす

余は後便にゆづる。乱筆御免。

十九日午後　　　　　　　　平凸凹より

*獺祭《だつさい》詞兄　尊下

漱26　八月四日(木)

岡山市内山下町百三十八番邸片岡方　夏目金之助より
松山市湊町四丁目十六番戸　正岡常規へ

朶雲《だうん》拝誦仕候。御申越の如く当地の水害は前代未聞の由にて、この前代未聞の洪水を東京より見物に来たと思へば大《おおい》に愉快なる事ながら、退いて勘考すれば居席を安んぜず食飽に至らず随分酸鼻《さんび》の極に御座候。御地は別段の水害もなき模様先々結構の至《いたり》に存候。津山はよほどの損害と承る。これ空子*の処は如何。

小生去る二十三日以後の景況御報《おしらせ》申し上んと存をり候へども鳥に化して跡をかくすとありし故、旅行中にも〔し〕やと案じ別段書状もさし上げずをり候。先便にも申し上候通り当家は旭水に臨む場所にて水害なか〳〵烈《はげ》しく床上五尺ほどに及び、二十三日夜は近傍へ立《たち》退《のき》終夜眠らずに明《あか》し二十五日より当地の金満家にて光藤*《みつどう》といふ人の離れ座敷に迎へ取られ候処、同家にても老祖母大患にて厄介に相成《あいなる》も気の毒故、八日目に帰宅仕候。帰寓《きぐう》して観れば床は落ちて居る、畳は濡れて居る、壁は振い落してある。いやはや目も当てられぬ次第。四斗樽の上へ三畳の畳を並べこれを客間兼寐処となし、戸棚の浮き出したるを次の間の中央に据へ、その前後左右に腰掛と破《や》れ机を併べ、これを食堂となす。屋中を歩行する事、峡中を行くが如し。一歩を誤てば椽《えん》の下に落つ。いやはやまるで古寺か妖怪屋敷といふもなほ形容しがたかり。それでも五日が一週間となるに従ひ、この野蛮の境遇になれてさのみ苦とも思はず可笑《おか》しき者なり。実は一時避難のため君の所へでも罷《まか》り出《いで》んと存をり候ひしが旅行中で留守にでも遇《あ》つたら困ると思ひ、今まで差し控へをり候。かかる場合に当方に厄介に相成候も気の毒故、先日より帰京せんと致候処、今少し落付くまで是非逗《とう》留《りゆう》の上緩々《ゆるゆる》帰宅せよと強て抑留せられ候へども、此方にては先方へ気の毒、先方では此方へ気の毒、気の毒と気の毒のはち合せ、発矢面目玉をつぶすといふ訳御憫笑可被下《ごびんしようくださるべく》候。

それ故閑谷黌へもなほ参らず。しかし近日当主人の案内にて金比羅《こんぴら》へ参る都合故、その節ちよつと都合よくば御立寄可申《もうすべし》。帰京は九月上旬と御約束申上置候へども、右の次第故少々繰り上、本月中旬かまたは下旬頃に致したくと存候。大兄の御見込は如何に御座候や、もし御不都合無之《これなく》ば御同伴仕りたくと存候。来る六、七日頃太田達人*より為替《かわせ》送付致しくれ候はず故、それより後なら何時《いつ》でも帰京差支へなし。

実に今回の水は驚いたやうな面白いやうな怖《おそろ》しいやうな苦しいやうな種々な原素を含み、岡山の大洪水また平凸凹一生の大波瀾《だいはらん》といふべし。しかし余波が長くて今に乞食同様の生活を為すは少し閉口、石関の堤防をせき留めるや否や小生肛門《こうもん》の土堤が破れて黄水汎濫《はんらん》には恐れ入る。それに床下は一面の泥でその上に寐る事故《ゆえ》よほど身体には害があるならんと愚考仕るばかりで、目下の処では当分この境界《きょうがい》を免がるる事能《あた》はざらんとあきらめをり候。なほ委細は御面会の節。頓首頓首。

八月四日　平凸凹

子規さま　尊下

規5　十月七日(金)

大磯《おおいそ》松林館　正岡常規より

牛込区喜久井町一番地　夏目金之助へ

拝啓　小生つづまりけり。当地へ滞留、帰京は早くともなほ四、五日を要すべしと存候。明月は如何《いかん》。十六夜《いざよい》は如何。

十六夜は待《まつ》宵《よい》程にはれにけり

相模《さがみ》大磯松林館　子規　拝

漱27　十一月二十日(日)

牛込区喜久井町一番地　夏目金之助より
下谷区上根岸町八十八番地　正岡常規へ

御一家御無事御着京の趣大慶奉存《ぞんじたてまつり》候。早速参上可仕《つかまつるべき》のところ御(惘然《ぼうぜん》)の際御邪魔と存じ差控へをり候。*御老母さま幷《なら》びに御令妹へよろしく御鳳声被下《くだされ》たく候。いづれその内拝趨万々。

漱28　十二月十四日(水)

牛込区喜久井町一番地　夏目金之助より
下谷区上根岸町八十八番地　正岡常規へ

貴書拝見。目下いよいよ寒気に差し向ひ候ところ筆硯《ひっけん》ます〳〵御清栄奉賀候。小生あひかはらず毎日々通学仕居候間乍　憚《はばかりながら》御休神被下《くだされ》たく候。さて運動一件御書状にて始めて承知仕り少しく驚き申候。しかし学校よりは未だ何らの沙汰《さた》も無之《これなく》辞職勧告書なども未だ到着不仕、御報に接するまでは頓《とん》とそんな処に御気がつかれず平気の平左に御座候。過日学校使用のランプの蓋《ふた》に「文集はサッパリ分らず」と書たるものあれどこれは例の悪口。かかる事を気にしては一日も教師は務まらぬ訳と打捨をき候。その後講義の切れ目にて時間の鳴らぬ前無断に室外に飛び出候生徒ありし故、次の時間に大に譴責《けんせき》致候。これは前の金曜の事、その外別段異状も無之、今日まで打過をり候。元来小生受持時間は二時間のところ生徒の望みにて三時間と致し、かつ先日前学年受持の生徒来り同級へも出席致しくれずやと頼み候位故、さほど評判の悪しき方ではないと自惚《うぬぼれ》仕をり候処、豈計《あにはか》らんやの訳で大兄の御手紙にて運動一件小生の耳朶《じだ》に触れ申候。勿論小生は教方下手の方なる上、過半の生徒は力に余る書物を捏《こ》ね返す次第なれば、不満足の生徒は沢山あらんとその辺は疾《と》くより承知なれど、これは一方より見ればあながち小生の咎《とが》にもあらず学校の制度なれば是非なしと勘弁仕をり候。去るにても小生のためにこの間運動など致すほどとは実に思ひも寄らずと存をり候段、随分御目出度かりし。無論生徒が生徒なれば辞職勧告を受てもあながち小生の名誉に関するとは思はねど、学校の委托を受けながら生徒を満足せしめ能はずと有ては責任の上また良心の上よりいふも心よからずと存候間、この際断然と出講を断はる決心に御座候。

*(巨燵《こたつ》から追ひ出《だ》されたる)は御免蒙りたし。

病 む 人 の 巨 燵 離 れ て 雪 見 か な

金之助

子規さま

御報知の段ありがたく奉謝《しやしたてまつり》候。坪内へは郵便にて委細申し遣はすべく候。その文言《もんごん》中には証人として君の名を借る。親友の一言なれば固《もと》より確実と見認《みと》むるといへば突然辞職しても軽卒の誹《そし》りを免が〔る〕る訳なればなり。願くば証人として名前だけをかし給へ。但し出処は命ぜず召還の気使ひも無用なり。

明治二十六年（一八九三、二十六歳）

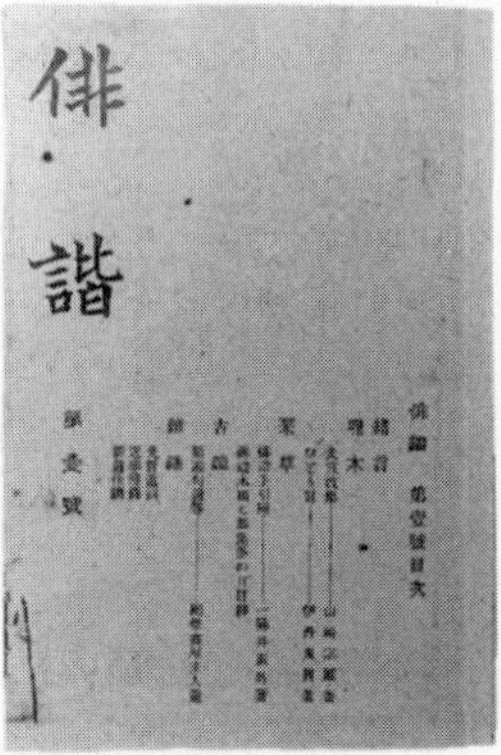

『俳諧』創刊号表紙
(明治 26 年 3 月)

1・1 子規、母妹とともに一家を構えて初めての正月を迎える。陸羯南、久松邸など年賀、日本新聞社出社。『日本』に日記「獺祭書屋日記」の連載をはじめる(9・23まで)。
1・3 子規と漱石、坪内逍遥を訪問。
1・6 子規宛書簡(**漱29**、竹村錬卿赴任地の住所の教示を乞う)。
1・15 子規、鳴雪・松宇・古白らと句会(「根岸庵小集の記」)。
2・3 子規、『日本』の文苑欄に俳句欄を設ける。日本派俳句普及の緒となった。
2・11 漱石、子規宅を訪問。
2・20 子規宛書簡(**漱30**、文学談話会に病気欠席したことを心配して容体をたずねる)。
3・12 漱石、隅田川堤で子規と出会い、百花園に梅を見、青陽楼で夕食をとる。
3・23 子規、雑誌『俳諧』第一号を刊行。一部六銭。
3・31 子規宛書簡(**漱31**、下宿か寄宿舎に入る覚悟を知らせる)。
3月末 子規、帝国大学文科大学を中退。
4・2 子規宛書簡(**漱32**、下宿に移ったことを通知)。
4・11 子規、漱石を訪問。
4・16 漱石、子規宅を訪問。
4・23 漱石、子規宅を訪問。

5・2　子規、漱石を訪問。

5・21　子規、『日本叢書 獺祭書屋俳話』を刊行。

5・23　子規、漱石を訪問。

6・4　漱石、子規宅を訪問。

6・12　子規、寒気が出て発熱、瘧《おこり》と判明。

6・19　子規、漱石を訪問。

7・1　漱石、子規宅を訪問。

7・10　漱石、帝国大学文科大学英文学科を卒業。帝国大学大学院に入学を許可される。この頃、帝国大学の寄宿舎に入る。

7・19―8・20　子規、東北旅行(「はて知らずの記」など)。

8・16　漱石宛書簡(**規6**、秋田・大曲から旅の様子を報告)。

8・29　子規、自宅で「奥州帰り」句会。

10・19　漱石、東京高等師範学校英語講師に就任(年俸四百五十円)。

11・13　子規、『日本』で「芭蕉雑談」の連載開始。

漱29　一月六日(金)

牛込区喜久井町一番地　夏目金之助より
下谷区上根岸町八十八番地　正岡常規へ

先夜は失敬仕候。竹村錬卿赴任地宿所、御承知に御座候はばちよつと御一報被下《くだされ》たく候也。

一月六日

漱30　二月二十日(月)

牛込区喜久井町一番地　夏目金之助より
下谷区上根岸町八十八番地　正岡常規へ

過日文学談話会*へ出席仕候処、大兄御病気の趣にて御来駕《ごらいが》無之《これなく》、右は御風邪にても有之《これあり》候や、または例の御持病にや心元なく存候間、御容体ちよつと相伺ひ申上候。随分御養生専一と奉存候。

二月二十日

漱31　三月三十一日(金)
牛込区喜久井町一番地　夏目金之助より
下谷区上根岸町八十八番地　正岡常規へ

*『俳諧』一部御贈与にあづかりありがたく奉謝候。小生来月より下宿か寄宿舎に入る覚悟、下宿の相手なき故少しく困却致をり候。いづれ落付次第御報知可申上候。

漱32　四月二日(日)
*本郷区台町四番地富樫《とがし》方　夏目金之助より
下谷区上根岸町八十八番地　正岡常規へ

拝啓　小子遂《つい》に左の処に当分寄寓《きぐう》する事と相成候。御閑暇の節、御来駕のほど奉待上《まちあげたてまつり》候。早々。

四月二日

本郷台町四番地　富樫方　夏目金之助

規6　八月十六日(水)

羽後国仙北郡大曲駅旅館　正岡常規より
本郷区帝国大学寄宿舎　夏目金之助へ

拝啓　寄宿舎の夏期休暇果して如何《いかん》。愚生財政困難のため真成の行脚《あんぎゃ》と出掛候処、炎天熱地の間にむし殺されんづ勢にて大《おおい》に辟易《へきえき》し、この頃ハ別仕立《べつじたて》の人車《じんしゃ》追ひ通しに御坐候。風流ハ足のいたきもの紳士ハ尻のいたきものに御坐候。

秋高う象潟《きさかた》晴れて鶴一羽
喘《あえ》ぎ〳〵撫《なで》し子の上に倒れけり

四、五日内に帰京可致《いたすべく》候。

明治二十七年(一八九四、二十七歳)

漱石の見合い写真
(明治 27 年 3 月)

2・1 子規、下谷区上根岸町八十二番地に転居。陸羯南宅の東隣となる。

2・11 『日本』の姉妹紙『小日本』が創刊され子規はその編集主任となり、「月の都」「一日物語」「当世媛鏡」「俳諧一口話」「文学漫言」などを相次いで発表。

2月 漱石、風邪の経過はかばかしくなく、血痰をみた。

3・7 子規、中村不折の挿絵を『小日本』に掲載。

3・12 子規宛書簡(**漱33**、「病勢次第に軽快に相成」と)。

(**3月** 松山で野間叟柳ら松風会を結成。)

4・20 『小日本』に漱石の俳句が初めて掲載される。「烏帽子着て渡る禰宜あり春の川」。

4・25、4・28 『小日本』に漱石の俳句一句ずつ掲載(「小柄杓や蝶を追ひ〳〵子順礼」「菜の花の中に小川のうねりかな」)。

5・30 子規、『小日本』付録小冊子として、子規最初の選句集叢書『俳句二葉集・春の部』を刊行。漱石の句を二句(前項の「烏帽子着て……」「菜の花の……」)収録。

7・15 『小日本』廃刊。子規は『日本』の編集に復帰。

7月中旬 子規、上野の山を散策。御成道から広小路を経て山内へ。彰義隊の墓を見、浅草を遠望、清水堂・摺鉢山・博物館・寛永寺(中略)東照宮・不忍池と一時間漫遊(「上野紀行」)。

(**8・1** 日清戦争始まる。)

9・4　子規宛書簡(**漱34**、「学問の府たる大学院にあつて勉強すべき時間はありながら勉強の出来ぬは実心苦しき限に御座候」)。

9月頃　漱石、寄宿舎を出て小石川区指ケ谷町の菅虎雄宅に下宿。

10・16　漱石、小石川区表町七十三番地の尼寺法蔵院に転居。子規宛書簡(**漱35**、転居通知)。

10・31　子規宛書簡(**漱36**、法蔵院の場所を図示)。

12・23　漱石、鎌倉の円覚寺に参禅、釈宗演から「父母未生以前本来の面目如何」と公案が与えられ、越年する。

漱33　三月十二日(月)

本郷区帝国大学寄宿舎　夏目金之助より
下谷区上根岸町八十二番地　正岡常規へ

その後は御無音《ごぶいん》に打過候。目下は新聞事業にて定めし御多忙の事と存候。過日は小生病気につき色々御配慮被下《くだされ》ありがたく奉　謝《しやしたてまつり》候。その後病勢次第に軽快に相成、目下は平生に異なるところなく至て健全に感じをり候へども、服薬はやはり以前の通致し滋養物もなるべく食ひをり候。固より死に出た浮世なれば命は別段惜しくもなけれど先づ懸替《かけがえ》のなき者なれば使へるだけ使ふが徳用と存じ、精々養生は仕る覚悟に御座候へば先づ御安心可被下《くださるべく》候。小生も始め医者より肺病と承り候節は少しは閉口仕候へども、その後以前よりは一層丈夫のやうな心持が致し医者も心配する事はなしなど申《もうす》ものから、俗慾再燃正《まさ》に下界人の本性をあらはし候。これだけが不都合に御座候へども、どうせ人間は慾のテンションで生て居る者と悟れば、それもさほど苦にも相成不申、先づかやうに慾がある上は当分命に別条は有之間敷《これあるまじく》かと存候。当時は弓の稽古《けいこ》に朝夕余念なく候。

弦音にほたりと落る椿かな
弦音になれて来て鳴く小鳥かな
弦音の只《ただ》聞ゆなり梅の中

御一笑可被下候。
*銀婚式は生憎《あいにく》の天気、小生はただ池《いけ》の端《はた》を散歩せるのみにて市内の景況を知らず。

春雨や柳の下を濡れて行く

先日来、尋常中学英語教授法方案取調べのため随分多忙に有之候処、本日漸《ようや》く結了大に閑暇に相成候。

春雨や寐ながら横に梅を見る

閑情御一掬《ごいっきく》、先は近況のみ。匆々。

三月十二日　金之助

子規子　梧下

漱34

九月四日(火)

本郷区帝国大学寄宿舎　夏目金之助より
下谷区上根岸町八十二番地　正岡常規へ

拝啓　昨夜またまた持て余したる酒嚢飯袋《しゅのうはんたい》を荷ひてのそ〳〵と帰京仕候。小生の旅行を評して健羨《けんせん》々々と仰せらるる段情なき事に御座候。元来小生の漂泊はこの三、四年来沸騰せる脳漿《のうしょう》を冷却して尺寸の勉強心を振興せんためのみに御座候。去すれば風流韻事などは愚か、ただ落付かぬ尻に帆を挙げて歩けるだけ歩く外他の能事無之、願くば到る処に不平の塊《かた》まりを分配して成し崩しに心の穏かならざるを慰めたしと存候へども、何分その甲斐なく理性と感情の戦争益《ますます》劇しくあたかも虚空につるし上げられたる人間の如くにて、天上に登るか奈落に沈むか運命の定まるまでは安心立命到底無覚束《おぼつかなく》候。俊鶻一搏《しゅんこついっぱく》起てばまさに蒼穹《そうきゅう》を摩すべし。ただこの頸頭《けいとう》の鉄鎖を断ずるの斧なきを如何せんなどと愚痴をこぼしをり候も必竟《ひつきょう》驀向《まっしぐら》に直前するの勇気なくなり候ためと深く慚愧《ざんき》に不堪《たえず》、去月松島に遊んで瑞巌寺《ずいがんじ》に詣でし時、*南天棒の一棒を喫して年来の累を一掃せんと存候へども、生来の凡骨到底見性《けんしょう》の器にあらずとそれだけは断念致し候故、踵《きびす》を回《めぐ》らして故郷に帰るや否や再び半肩の行李《こうり》を理して南相の海角に到り、日夜鹹水《かんすい》に浸り宕《みだ》りに手足を動かして落付かぬ心を制せんと企てをり候。折から八朔《はっさく》二百十日の荒日と相成、一面の青海原凄《すさ》まじき光景を呈出致候。これ究竟《くっきょう》と心の平《たいら》かならぬ時は随分乱暴を致す者にて、直ちに狂瀾の中に没して瞬時快哉《かいさい》を呼ぶ折、宿屋の主人岸上より危ない〳〵と叫び候故、不入驚人浪難得称意魚*〔人を驚かす浪に入らずんば意に称《かな》う魚を得ること難し〕と吟出したれど主人禅機なき奴と相見え〕問答もそれだけにて方がつき申候。右の有様故別段面白き事もなくただ銭を使った処が大兄よりは幅が利くだけにて、その他の「コンヂション」は大兄の方遥かによろしくと断定仕候間、御自身もさやう御承知可被下候。俗界に在て勉強が出来ぬ由御嘆息御尤《ごもっと》もには御座候へども、学問の府たる大学院にあって勉強すべき時間はありながら勉強の出来ぬは実《まこと》心苦しき限に御座候。この三、四年来勉強といふほど勉強をした事なく常に良心に譴責せらるる小生の心事は傍《はた》で見るほど気楽な者には無之候。しかし申訳のため暇さへあれば終日机に向ふ処幾分か殊勝《しゅしょう》に御座候。この度も読《よみ》もせぬ書籍を山ほど携帯致候段、我ながらその意を了解するに苦しみ候。ただ*「シェレー」の詩集一巻は常にといはざれど時々あまり不快の時は繰り返し〳〵或部分を熟読致し大に愉快を覚え候。必竟小生この不平を散ぜんためではなけれど、この不平の頂点に達せる折忽《たちま》ち脳中の霊火炎上して一路通天の路を開き、或る「プリ〔ン〕シプル」を直覚的に感得したる如き心地致し、大に胸中落付候。そのみぎり「シェレー」の詩を読み候に、その句々甚だ小生の考へと合し天外またこの同情の人あるかと大に愉快に存候故に御座候。

小生、近日中、下宿致すやも計りがたく候。その折はまた御報知可申上候。先は右近況まで。早々不一。

九月四日　　金之助

正岡賢契　座下

漱35　十月十六日(火)
*小石川区表町七十三番地法蔵院　夏目金之助より
下谷区上根岸町八十二番地　正岡常規へ

塵界《じんかい》茫々毀誉《きよ》の耳朶《じだ》を撲《うつ》に堪《たえ》ず。此《ここ》に*環堵《かんと》の室を賃して蠕〔ママ〕袋を葬りをはんぬ。なほ尼僧の隣房に語るあり、少々興覚申候。御閑《おひま》の節是非御来遊を乞ふ。

漱36

十月三十一日(水)

小石川区表町七十三番地法蔵院　夏目金之助より
下谷区上根岸町八十二番地　正岡常規へ

小生の住所は先《まず》　殿〔伝〕通院の山門につき当り左りに折れてまたつき当り、今度は右に折れて半町ほど先の左側の長屋門のある御寺に御座候。浄土宗の寺にて住持は易断人相見などに有名な人豊田立本といふ。図にて示せば、

大略右の如し。午後は大抵閑居す。必用なければ何処へも出ず。隣房に尼数人あり、少し

も殊勝ならず、女は何時《いつ》までもうるさき動物なり。

尼寺に有《う》髪《はつ》の僧を尋ね来よ

三十一日　　　　　　　　　　夏目金之助

正岡賢契　座右

明治二十八年（一八九五、二十八歳）

当時の伊予鉄道列車

1・7 漱石、円覚寺より下山、帰京。
3月 漱石、東京高等師範学校講師、東京専門学校講師辞職。
4・7 漱石、松山中学校の英語教師として赴任するため東京を出発。9日松山に到着。
4・10 子規、日清戦争従軍記者の希望がかない宇品を出港。
5・17 子規、日清戦争従軍からの帰還の船中で喀血。5・23、県立神戸病院に入院。
5・26 子規宛書簡（**漱37**、病気見舞かたがた「小子近頃俳門に入らんと存候。御閑暇の節は御高示を仰ぎたく候」と伝える）。
5・30 子規宛書簡（**漱38**、松山入りの感懐を述べた漢詩一首）。
6月下旬 漱石、松山市二番町八番戸上野方に移住。ここを「愚陀仏庵」と名づける。
8・27 子規宛書簡（**漱39**、愚陀仏庵への子規の入居を勧誘）。この日、子規は、漱石下宿の二番町上野方の離れ愚陀仏庵に入居。松風会の句会が連日行われ、漱石も参加して俳句に熱中した。
9・23 子規宛書簡（**漱40**・〈**規7**〉、句稿一）。
10・6 子規、漱石と道後温泉楼上、一遍上人誕生地等を散策。
10・10 漱石、子規の「名所読みこみ句会」に出席。
10・12 漱石、帰京する子規の送別に際し、子規を送る五句を作る。「疾く帰れ母一人ます菊の庵」「秋の雲只むら〳〵と別れ哉」「見つゝ行け旅に病むとも秋の不二」「この夕野分に向て分れけり」「お立ちやるかお立ちやれ新酒菊の花」。
10・19　子規、松山を離れ上京の途へ(10・31帰京、漱石と別れる句「ゆく我とどまる汝に秋二つ」)。
10月　子規宛書簡(漱41・〈規8〉、句稿二)。
10月末　子規宛書簡(漱42・〈規9〉、句稿三)。
11・3　子規宛書簡(漱43・〈規10〉、句稿四、白猪唐岬での観瀑行の句)。
11・6以前　漱石宛書簡(規・失)。
11・6　子規宛書簡(漱44、句稿五)。
11・13以前　漱石宛書簡(規・失)。
11・13　子規宛書簡(漱45・〈規11〉、句稿六)。
11・22　子規宛書簡(漱46・〈規12〉、句稿七)。
12・14　子規宛書簡(漱47・〈規13〉、句稿八、「一日も早く〔子規の〕俳会に出席せんと心待ちをり候」)。
12・18以前　漱石宛書簡(規・失)。
12・18　子規宛書簡(漱48・〈規14〉、句稿九、縁談のことなど)。
12・28　前日上京した漱石は、中根鏡子(貴族院書記官長中根重一長女)と見合いをし、婚約。
冬、子規、漱石を詠んだ俳句(四句)を作る。「語りけり大つごもりの来ぬところ」「漱石が来て虚子が来て大三十日」「梅活けて君待つ菴の大三十日」「足柄はさぞ寒かったでござんしょう」。

漱37　五月二十六日(日)

松山市一番町*愛松亭　夏目金之助より
神戸市神戸県立病院　正岡常規へ

拝呈　首尾よく*大連湾より御帰国は奉　賀《がしたてまつり》候へども神戸県立病院はちと寒心致候。長途の遠征旧患を喚起致候訳にや、心元なく存候。*小生当地着以来、昏々俗流に打混じアッケラ閑《かん》として消光、身体は別に変動も無之候。教員生徒間の折合もよろしく好都合に御座候。東都の一瓢生《ひょうせい》を捉へて大先生の如く取扱ふ事返す〲恐縮の至に御座候。八時出の二時退出にて事務は大概御免蒙りをり候へども少々煩瑣なるには閉口致候。僻地師友なし面白き書あらば東京より御送を乞ふ。結婚、放蕩、読書三の者その一を択《えら》むにあらざれば大抵の人は田舎に辛防《しんぼう》は出来ぬ事と存候。当地の人間随分小理窟をいふ処のよし。宿屋下宿皆ノロマのくせに不親切なるが如し。大兄の生国を悪く云ては済まず失敬々々。

道後へは当地に来てより三回入湯に来《まい》り候。小生宿所は裁判所の裏の山の半腹にて眺望絶佳の別天地、恨《うらむ》らくはなほ俗物の厄介を受け居る事を当地にては先生然とせねばならぬ故、衣服住居も八十円の月俸に相当せねばならず小生如き丸裸には当分大閉口なり。貴君御親戚《ごしんせき》*大原君より中学校員*太田先生を以て不都合の事あらば何角《なにかど》世話をしてやらんと申し込れたり所が、小生例の放任主義で未だ参堂面謁の場合にも至らず、おついでの節はよろしく御伝声被下たく候。

*古白《こはく》氏自殺のよし当地に風聞を聞き驚入《おどろきいり》候。随分事情のある事と存候へども惜しき極《きわみ》に候。

当地着後直ちに貴君へ書面差上候処、最早清国御出発の後にて詮方《せんかた》なく御保養の途次ちよつと御帰国は出来悪《にく》く候や。

小子近頃俳門に入らんと存候。御閑暇の節は御高示を仰ぎたく候。

近作数首拙劣ながら御目に懸《かけ》候。

快刀切断両頭蛇　不顧人間笑語譁
黄土千秋埋得失　蒼天万古照賢邪
微風易砕水中月　片雨難留枝上花

大酔醒来寒徹骨　余生養得在山家
＊〔快刀切断す両頭の蛇／顧みず人間《じんかん》笑語譁《かまびす》しきを／黄土《こうど》千秋得失を埋《うず》め／蒼天《そうてん》万古賢邪を照らす／微風砕《くだ》き易《やす》し水中の月／片雨留《とど》め難《がた》し枝上《しじょう》の花／大酔醒《さ》め来たりて寒《かん》骨に徹し／余生養い得て山家に在り〕

辜負東風出故関　鳥啼花謝幾時還
離愁似夢迢々淡　幽思与雲澹々間
才子群中只守拙　小人囲裏独持頑
寸心空托一杯酒　剣気如霜照酔顔
＊〔東風に辜負《こふ》して故関《こかん》を出《い》づ／鳥啼き花謝して幾時か還る／離愁夢に似て迢々《ちょうちょう》として淡く／幽思雲と与《とも》に澹々《たんたん》として間《しず》かなり／才子群中只《た》だ拙を守り／小人囲裏《いり》独り頑《がん》を持《じ》す／寸心空《むな》しく托《たく》す一杯の酒／剣気霜の如く酔顔を照らす〕

二頃桑田何日耕　青袍敝尽出京城

稜々逸気軽天道　漠々痴心負世情
弄筆慵求才子誉　作詩空博冶郎名
人間五十今過半　愧為読書誤一生
*〔二頃《にけい》の桑田《そうでん》何《いず》れの日か耕さん／青袍《せいほう》敝《やぶ》れ尽くして京城《けいじょう》を出づ／稜々《りょうりょう》たる逸気《いっき》天道を軽《かろ》んじ／漠々《ばくばく》たる痴心世情《せじょう》に負《そむ》く／筆を弄《もてあそ》びて求むるに慵《ものう》し才子の誉《ほまれ》／詩を作りて空しく博す冶郎《やろう》の名／人間五十今半《なか》ばを過ぎ／愧《は》ずらくは読書の為《ため》に一生を誤るを〕

駑才恰好臥山隈　夙把功名投火灰
心似鉄牛鞭不動　憂如梅雨去還来
青天独解詩人憤　白眼空招俗士咍
日暮蚊軍将満室　起揮紈扇対崔嵬
*〔駑《ど》才恰《さいあたか》も好し山隈《さんわい》に臥《が》するに／夙《つと》に功名を把《と》って火灰《かかい》に投ず／心は鉄牛に似て鞭《むち》うつも動かず／憂《うれい》は梅雨の如く去って還《ま》た来たる／青天独《ひと》り解す詩人の憤《いきどお》り／白眼空《むな》しく招く俗士の咍《わら》い／日暮れて蚊軍将《ぶんぐんまさ》に室に満ちんとし／起ちて紈扇《がんせん》を揮《ふる》って崔嵬《さいかい》に対す〕

御一嘱《ごいちぎやく》可被下候。

当地出生軍人の娘を貰《もら》はんか〳〵と勧むるものあり。貰はんか貰ふまいかと思案せしが少々血統上思はしからぬ事ありて御免蒙れり。

先は右近況御報知まで、余は後便に譲り申候。

五月二十六日　　　　　　夏目金之助

正岡賢兄　研北

漱38　五月三十日(木)

松山市一番町愛松亭　夏目金之助より
神戸市神戸県立病院　正岡常規へ

破砕空中百尺楼巨濤却向月宮流大魚無語没波底俊鶻将飛立岸頭剣上風鳴多殺気枕辺雨滴鎖閑愁一任文字買奇禍笑指青山入予洲

(空中百尺の楼を破砕すれば、巨濤《きよとう》却《かえ》って月宮《げつきゆう》に向かって流る。大魚語らずして波底に没し、俊鶻《しゆんこつ》*

将《まさ》に飛ばんとして岸頭《がんとう》に立つ。剣上風鳴りて殺気多く、枕辺《ちんぺん》雨滴《したた》りて閑愁《かんしゅう》を鎖《と》ざす。一《ひと》えに任す文字の奇禍を買うを、笑うて青山を指《さ》して予洲に入る〕

追加一律斧正《ふせい》を乞ふ。

漱39 八月二十七日(火)

松山市二番町八番戸上野方 夏目金之助より
松山市湊町四丁目十九番戸大原方 正岡常規へ

拝呈 今朝鼠骨子《そこつし》来訪。貴兄既に拙宅へ御移転の事と心得御目にかかりたき由申をり候間、御不都合なくばこれより直に御出《おいで》でありたく候。尤《もっと》も荷物など御取纏《おとりまと》め方に時間とり候はば後より送るとして身体だけ御出向如何に御座候や。先は用事まで。早々頓首。

八月二十七日 漱石

子規俳仙 研北

漱40　九月二十三日(月)
松山市二番町八番戸上野方　夏目金之助より
正岡常規へ

〔句稿一、三十二句〕

蘭の香《か》や門を出づれば日の御旗
芭蕉破れて塀破れて旗翩々《へんぺん》たり
朝寒に樒《しきみ》売り来る男かな
朝貌や垣根に捨てし黍《きび》のから
柳ちる紺屋《こうや》の門の小川かな
見上ぐれば城屹《きっ》として秋の空
○烏《からす》瓜《うり》塀に売家の札はりたり
繩簾《なわすだれ》裏をのぞけば木槿《むくげ》かな
崖下に紫苑《しおん》咲きけり石の間
独りわびて僧何占ふ秋の暮

規7　〔子規の添削・評。句頭の○も子規の評〕

瘦《やせ》馬《うま》の尻こそはゆし秋の蠅《はえ》

鶏《けい》頭《とう》や秋田漠々家二三

○○秋の山南を向いて寺二つ

汽車去って稲の波うつ畑かな

○○鶏頭の黄色は淋し常*楽寺

杉木立中に古《ふ》りたり秋の寺

○尼二人梶*の七葉に何を書く

○聯《れん》古りて山門閉ぢぬ芋《いも》の蔓《つる》

○○渋柿や寺の後の芋《いも》畠《ばたけ》

○○肌寒や思ひ〳〵に羅《ら》漢《かん》坐す　中七下五「羅漢思ひ〳〵に坐す」

秋の空名もなき山の愈高し

曼《まん》珠《じゅ》沙《しゃ》花《げ》門前の秋風紅一点

黄《おう》檗《ばく》の僧今やなし千*秋寺

○○三方は竹緑なり秋の水

○藪《やぶ》影《かげ》や魚も動かず秋の水
○山四方中を十里の稲《いな》莚《むしろ》
一里行けば一里吹くなり稲の風
○色鳥や天高くして山小なり
○大藪や数を尽して蜻蛉《とんぼ》とぶ
○秋の山後ろは大海ならんかし
○土佐で見ば猶《なお》近からん秋の山
帰《き》燕《えん》いづくにか帰る草茫《ぼう》々《ぼう》

明治二十八年九月二十三日　散策途上口号三十二首
愚陀仏庵主*

漱41　十月

松山市二番町八番戸上野方　夏目金之助より
正岡常規へ

〔句稿二、四十六句〕

凩《こがらし》に裸で御《お》はす仁王哉《かな》

吹き上げて塔より高き落葉かな
五重の塔吹き上げられて落葉かな
（何レヲ存セン）

滝壺に寄りもつかれぬ落葉かな
半途より滝吹き返す落葉かな
（何レカヨキ）

男《お》滝《だき》女《め》滝《だき》上よ下よと木の葉かな
時《し》雨《ぐ》るゝや右手なる一の台場より
洞門に颯《さつ》と舞ひ込む木の葉かな
御手洗《みたらし》や去ればこゝにも石蕗《つわ》の花
寒菊やこゝをあるけと三*俵

規8　〔子規の添削・評〕

中七「塔より上の」

冬の山人通ふとも見えざりき

此《この》枯野あはれ出よかし狐だに

閼《あ》伽《か》桶《おけ》や水仙折れて薄氷

凩に鯨《くじら》潮吹く平戸かな

勢ひひく逆《さか》艪《ろ》は五丁鯨舟　（鯨ハ季ニナラヌカナ）

枯柳芽ばるべしとも見えぬ哉

茶の花や白きが故に翁の像

山茶花《さざんか》の折らねば折らで散りに鳧《けり》

時雨るゝや泥猫眠る経の上　（＊碌堂曰ク御免蒙リタシ）

凩や弦のきれたる弓のそり

＊霽月《せいげつ》に酒の賛を乞はれたるとき
一句ぬき玉へとて遣はす　五句

飲一斗白菊折つて舞はん哉　上五「飲む事一斗」

憂ひあらば此酒に酔へ菊の主

黄菊白菊酒中の天地貧ならず

菊の香や昔の人は酒が好き（落第？）　中七「晋*の高士は」

酒名を凱歌といふ

兵《つわ》ものに酒給はらん菊の花　中七「酒ふるまはん」

紅葉散るちり〳〵とちゞくれて（「アリテレーション」デアリマス）

簫《しよう》吹くは大納言なり月の宴

紅葉をば禁裏《きんり》へ参る琵琶《びわ》法師

紅葉ちる竹縁ぬれて五六枚

麓《ふもと》にも秋立ちにけり滝の音

うそ寒や灯火ゆるぐ滝の音

宿かりて宮司が庭の紅葉かな

むら紅葉是《これ》より滝へ十五丁

雲処々岩に喰ひ込む紅葉哉

見ゆる限り月の下なり海と山

時鳥《ほととぎす》あれに見ゆるが知恩院

名は桜偖《さて》も見事に散る事よ　中七「物の見事に」

巡礼と野辺につれ立つ日永《ひなが》哉

反《そり》橋《ばし》に梅の花こそ畏しこけれ（碌堂曰ク無クモガナ）

初夢や金も拾はず死にもせず

柿売るや隣の家は紙を漉《す》く

蘆《あし》の花夫《それ》より川は曲りけり

秋の川故ある人を脊負ひけり　上五「春の川」

草山の重なり合へる小春哉

時《し》雨《ぐ》るゝや聞としもなく寺の屋根

放蕩を仕尽して風流に
入れる人に遣はす〔一句〕

憂き事を紙《かみ》衣《こ》にかこつ一人哉

漱42　十月末

松山市二番町八番戸上野方　夏目金之助より
正岡常規へ

二十八年十月末作

〔句稿三、四十二句〕

規9　〔子規の添削・評。句頭の○、傍線も子規〕

煩《ぼん》悩《のう》は百八減って今朝の春
ちとやすめ張《はり》子《こ》の虎も春の雨　〔消す〕
恋猫や主人は心《ここ》地《ち》例ならず（意味が通ズルカ）
見返れば又一ゆるぎ柳かな　月並
○不《ふ》立《りゅう》文《も》字《じ》梅咲く頃の禅坊主　中七下五「白梅一木咲きにけり」
春風や女の馬《ま》子《ご》の何歌ふ
春の夜の若衆にくしや伊《だ》達《て》小《こ》袖《そで》
春の川橋を渡れば柳哉《かな》　不用

うね〳〵と心安さよ春の水　春ノ形容ナラズ
◎思ふ事只《ただ》一筋に乙鳥《つばめ》かな（既経検定）
鶯《うぐいす》や隣の娘何故のぞく
行く春を*鉄牛ひとり堅いぞや（句ニナルカ）
春の雨鶯も来よ夜《よ》着《ぎ》の中（月並か）
春の雨晴れんとしては烟《けぶ》る哉　陳
咲たりな花山続き水続き
◎桜ちる*南《なん》八《ぱち》男《だん》児《じ》死せんのみ
一死報君恩といふ意を〔一句〕
◎鵜《う》飼《かい》名を*勘作と申し哀れ也（既ニ及第）
時鳥たつた一声須《す》磨《ま》明石
○五反帆の真上なりけり時鳥　中七下五「真上なり初時鳥」
裏河岸の杉の香《にお》ひや時鳥　匂ひトハ生キトル木ノヤウダ
◎猫も聞け杓《しゃく》子《し》も是へ時鳥

○湖や湯元へ三里時鳥

時鳥折しも月のあらはるゝ

五月雨《さみだれ》ぞ何処まで行ても時鳥

◎時鳥名乗れ彼《かの》山此《この》峠

夏《なつ》痩《やせ》の此頃蚊《か》にもせゝられず

棚《たな》経《ぎよう》や若い程猶《なお》哀れ也

弔古白

○*御死にたか今少ししたら蓮《はす》の花

弔*逍遥〔二句〕

百年目には参《も》うず程蓮の飯

聞え叵《がた》し。目にはを改めてもとすべし

○蜻《せい》蛉《れい》や杭を離るゝ事二寸

轡《くつわ》虫《むし》すはやと絶ぬ笛の音(落第カ)

谷深し出る時秋の空小《ちさ》し

雁《かり》ぢやとて鳴《なか》ぬものかは妻ぢやもの（又始ツタ）

◎鶏頭に太鼓敲《たた》くや本門寺＊（少シヲヂタリ）

朝《あさ》寒《さむ》の鳥居をくゞる一人哉（今度ハ＊梅屋のを）

稲刈りてあないたはしの案山子《かがし》かも

時雨るや裏山続き薬師堂

時雨るや油揚烟る縄簾《なわのれん》

◎やよ海鼠よも一つにては候まじ（ワカルカ）　上五「海鼠哉」

淋しいな妻ありてこそ冬籠

弁慶に五条の月の寒さ哉

妹が文候二十続きけり（季がない）　上五「行春や」

漱43　十一月三日(日)

松山市二番町八番戸上野方　夏目金之助より
下谷区上根岸町八十二番地　正岡常規へ

明治二十八年十一月二日＊河の内に至り近藤氏に宿す。翌三日雨を冒して＊白猪《しらい》唐岬《からかい》に瀑《たき》を観る。駄句数十。

三日夜するす――　愚陀仏

〔句稿四、五十句〕

○誰《た》が家ぞ白菊ばかり乱るゝは
渋柿の下に稲こく夫婦かな
○茸《たけ》狩《がり》や鳥居の赤き小松山
秋風や坂を上れば山見ゆる

規10　〔子規の添削・評。句頭の○、傍線も子規〕

しるす、奥州音を用ゐたるは如何

下にとハ恐らく実景ならじ

月並にもあるべし

秋風にハあるまじ　寧ろ春風の感深きやう也

花《はな》芒《すすき》小便すれば馬逸す　小便ノために馬を逃がしたるハ理屈ありてよからず

*鎌倉堂野《の》分《わき》の中に傾けり　マヅイ

山四方菊ちらほらの小村哉　マヅイ形容

二三本竹の中なり櫨《はぜ》紅《も》葉《みじ》　此句のけしき十分に腹に入らず

秋の山静かに雲の通りけり　此語生《ナマ》矣

谷川の左右に細き刈《かり》田《た》哉　狭きの意か　それにしても陳腐

瀬の音や渋《さび》鮎《あゆ》淵を出で兼る　下句渋鮎の形容ならじ

○赤い哉仁右衛門が脊戸の蕃椒《とうがらし》

芋洗ふ女の白き山《やま》家《が》かな　女の白きトハ雪女ノ事ニヤ

鶏《とり》鳴くや小村〱の秋の雨　イラヌ処ニ語を重ぬるハ初心者の窮策也

掛《かけ》稲《いね》や塀の白きは庄屋らし　碌堂の句に柿に庄屋の白壁の取合あり

四里あまり野分に吹かれ参りたり

参る抔いふ言葉は普通の場合に適せず

新酒売る家ありて茸《たけ》の名所哉

新酒売家と茸の名所とハ思ひ合ハぬ取り合せ也

秋雨に行燈《あんどん》暗き山家かな

秋雨にも限るまじ　夜長にてもよからん　但しどちらにしても陳腐ハ免れじ

孀《やもめ》の家独り宿かる夜寒かな

人聞きのワルイ句也

○客人を書院に寐かす夜寒哉

○乱菊の宿わびしくも小雨ふる

木枕の堅きに我は夜寒哉

此処の言ひ廻し未だし

秋雨に明日思はるゝ旅寐哉

初心、平凡、イヤミ

世は秋となりしにやこの蓑と笠

趣向も言葉もマヅイ

山の雨案内の恨む紅葉かな

発句にては候まじ

鎌さして案内の出たり滝紅葉　こんな処は文学的ノ見付場なるまじ

○朝寒や雲消て行く少しづゝ

○絶壁や紅葉するべき蔦もなし　稍陳

山紅葉雨の中行く瀑《たき》見《み》かな　滝見などハ俗な言葉也

うそ寒し瀑は間近と覚えたり　うそ寒には利かぬ

山鳴るや瀑とう〳〵と秋の風　満山の紅葉の句に如《し》かず

満山の雨を落すや秋の滝　新ならず妙ならず

大岩や二つとなつて秋の滝　秋の滝といふも面白からず

水烟《けぶ》る瀑の底より嵐かな　箇様な雑の句にてハ味少し

白滝や黒き岩間の蔦紅葉　初心の作意

瀑《たき》五段一段毎《ごと》の紅葉かな　陳也　拙也

○荒滝や野分を斫《きり》て捲《ま》き落す

秋の山いでや動けと瀑の音　まだ〳〵

瀑暗し上を日の照るむら紅葉　句法拙る

むら紅葉日《ひ》脚《あし》もさゝぬ瀑の色　同前

◎雲来り雲去る瀑の紅葉かな

瀑半分半分をかくす紅葉かな　拙句

霧晴るゝ瀑は次第に現はるゝ　〔次第に〕ノ次第ノ語尤わろし

成程

大滝を北へ落すや秋の山」

秋風や真北へ瀑を吹き落す」　こんな句でハ吾兄得意の秋山の句になるまじ

絶頂や余り尖《とが》りて秋の滝　巧ならんとして拙也

旅の旅宿に帰れば天長節」

君が代や夜を長々と瀑の夢　非俳句

長き夜を我のみ滝の噂《うわ》さ哉」

◎唐《とう》黍《きび》を干すや谷間の一軒家

漱44　十一月六日（水）

松山市二番町八番戸上野方　夏目金之助より
下谷区上根岸町八十二番地　正岡常規へ

遂《つい》に東京へ御帰りのよし大慶の至《いたり》に存候。*僂麻も差したる事ならざるよし随分御気をつけ可被成《なさるべく》候。

小生去る二日観瀑《かんばく》のため河の内へ参り近藤氏へ一宿。翌日雨中簑《みの》と笠《かさ》にて白猪唐岬に瀑一覧致候。近藤宅にて観瀑の書画帖一覧中に貴兄の発句及び歌あり。発句も書も頗《すこぶ》る拙のやうに思はれ候。僕この書画帖を看《み》て貴兄の処に至り不覚《おぼえず》破顔微笑す。番頭傍にありて曰《いわ》く、その内には甚だ拙なるのも御座りますと。僕叱《しっ》していふ。見苦しき故に笑へるにあらず知人あるがためなり。

十二月には多分上京の事と存候。この頃愛媛県には少々愛想が尽き申候故どこかへ巣を替へんと存候。今までは随分義理と思ひ辛防致し候へども、只今では口さへあれば直ぐ動くつもりに御座候。貴君の生れ故郷ながら余り人気《じんき》のよき処では御座なく候。駄句あひかはらず御叱正被下たく候。なるべく酷評がよし。啓発する所もあらんと存候。

以上。

十一月六日夜　　金之助

升様

〔句稿五、十八句〕

いたづらに菊咲きつらん故郷は

名月や故郷遠き影法師

或人に俳号を問はれて一句

去《さ》ん候《ぞうろう》是《これ》は名もなき菊作り

野分吹く瀑砕け散る脚下より

滝遠《おち》近《こち》谷も尾上も野分哉

凩《こがらし》や滝に当って引き返す

或人を訪うて

炭売の後をこゝまで参りけり

傾城倚欄《けいせいらんによる》
去ればにや男心と秋の空
昔々春秋　一句
春王の正月蟹の軍《いく》さ哉
待て座《ざ》頭《とう》風呂敷かさん霰《あられ》ふる
一木二木はや紅葉《もみず》るやこの鳥居
三十六峰我も〱と時雨けり
初時雨五山の交る〱哉
菊提《さげ》て乳母在《ざい》所《しょ》より参りけり
放蕩病に臥して見舞を呉れといふ　一句
酒に女御《ぎょ》意《い》に召さずば花に月
菊の香や故郷遠き国ながら
秋の暮関所へかゝる虚《こ》無《む》僧《そう》あり
来迎寺観菊*

八寸の菊作る僧あり山の寺

十一月三日

漱45 十一月十三日(水)

松山市二番町八番戸上野方 夏目金之助より
下谷区上根岸町八十二番地 正岡常規へ

御手紙拝見致候。その後両待《リヨウマチ》とかくよろしからぬよし怪《け》しからぬ事、随分御加養可被遊《あそばさるべく》候。小生四、五日風気にてやはり臥褥《がじよく》。しかし大した事なく結句気楽に御座候。*俳壇の老将御手合せのよし定め〔て〕佳句如山湧出《やまのごとくゆうしゆつ》致候事と存候。霽月《せいげつ》などもやはり東京にぶら付をり候にや、今冬上京の節は仰せなくとも押しかけて見参《けんざん》仕る覚悟に候へども昨今の力量にては甚だ心元なく存をり候。三々九度の方はやめにするかも知れず。如何となれば先づ金の金主から探さねばならぬからな。仰せの如く*鉄管事件は大に愉快に御座候。小生近頃の出来事の内尤《もつと》もありがたきは*王妃の殺害と*浜茂の拘引に御座候。俳句精細の御評ありがたく奉謝候。折ふし碌堂《ろくどう》参り合せて大に喜悦致しをり候。人の悪口をうれしがるとは随分性《しよう》のわるき男なり。小生の写実に拙なるは入門の日の浅きによるは無論なれど、天性の然らしむる所も可有之《これあるべく》と存候。拙句また〳〵御送致候故、先便の如く御存分に御成敗可被下候。以上。

十一月十三日　　　　　　　　　　　　　　　　　愚陀拝

両待様　御枕元

規11　〔子規の添削・評。句頭の○、傍線も子規〕

〔句稿六、四十七句〕

喰《くい》積《つみ》やこゝを先途と悪太郎

婆様の御寺へ一人桜かな

◎雛《ひな》に似た夫婦もあらん初桜

○裏返す縞《しま》のずぼんや春暮るゝ

◎＊普《ふ》陀《だ》落《らく》や憐み給へ花の旅

土筆《つくづくし》人なき舟の流れけり

白魚に己れ恥ぢずや川蒸気

白魚や美しき子の触れて見る

女《メ》郎《ろう》共推《すい》参《さん》なるぞ梅の花

◎朝桜誰ぞや紹《ろ》鞘《ざや》の落しざし　　ケ様ノモノアルニヤ

◎其夜又朧《おぼろ》なりけり須磨の巻

◎亡き母の思はるゝ哉衣《ころも》がへ

便《びん》なしや母なき人の衣がへ

卯の花に深編《あみ》笠《がさ》の隠れけり

◎卯の花や盆に奉《ほう》捨《しゃ》をのせて出る

○細き手の卯の花ごしや豆腐売

時鳥物《もの》其《その》物《もの》には候はず

時鳥弓《ゆん》杖《づえ》ついて*源《げん》三《ざん》位《み》

○罌《け》粟《し》の花左《さ》様《よう》に散るは慮外なり

願かけて観音様へ紅の花

○塵《ちり》埃《ほこ》り*晏《あん》子《し》の御者の暑《あつさ》哉

○銀燭《ぎんしょく》にから紅《くれな》ひの牡丹《ぼたん》哉

小生旧作ニ「咲にけり唐紅の大牡丹

旅に病んで菊恵まるゝ夕哉

客中病

行秋《ゆくあき》や消えなんとして残る雲

有感〔一句〕

○二十九年骨に徹する秋や此風

◎我病めり山茶花《さざんか》活けよ枕元

号外の鈴ふり立る時雨哉

病む人に鳥鳴き立る小春哉

*廓然《かくねん》無聖《むしょう》達磨《だるま》の像や水仙花

コヽノ言ヒマハシワルシ　惜ムべし

○大雪や壮夫《そうふ》羆《ひぐま》を獲《え》て帰る

星一つ見えて寐られぬ霜夜哉

霜の朝袂《たもと》時計のとまりけり

木枯の今や吹くとも散る葉なし
塵も積れ払子《ほっす》ふらりと冬籠
*人か魚か黙然として冬籠
○四壁立つらんぷ許《ばか》りの寒《さむさ》哉
疝《せん》気《き》持《もち》臀《しり》安からぬ寒哉
◎凩の上に物なき月夜哉
◎緑竹の猗《い》々《い》たり霏《ひ》々《ひ》と雪が降る
◎凩や真赤になつて仁王尊　　仁王尊トハ云フニヤ
初雪や庫《く》裏《り》は真鴨をたゝく音　　真ノ字不用也
我を馬に乗せて悲しき枯野哉　　余リコトサラト思フ如何
*土佐坊の生《いけ》擒《どら》れけり冬の月　　時コレ秋ナランカ　再考
ほろ武者の影や白浜月の駒

保元物語〔一句〕

月に射ん的は*栴《せん》檀《だん》弦《つる》走《ばし》り

○市中は人様々の師走哉

三冬氷雪の時*什《しゅう》麼《も》と問はれて

何となく寒いと我は思ふのみ

二十八年十一月十三日

善悪を問はず出来ただけ送るなり。さやう心得給へ。わるいのは遠慮なく評し給へ。その代りいいのは少しほめ給へ。

前日のに比してうまきこと数等なり　悪句なきに非るも前日の如き悪句ハ見あたらず

漱46　十一月二十二日(金)

松山市二番町八番戸上野方　夏目漱石より
下谷区上根岸町八十二番地　正岡常規へ

規12　〔子規の添削〕

〔句稿七、六十九句〕

我脊《せ》戸《ど》の蜜《み》柑《かん》も今や神《かん》無《な》月《づき》

*達《だる》磨《ま》忌《き》や達磨に似たる顔は誰

*芭蕉忌や茶の花折つて奉る

本堂へ橋をかけたり石蕗《つわ》の花

乳兄弟名乗り合たる榾火《ほたび》哉

かくて世を我から古りし紙衣《かみこ》哉

我死なば紙衣を誰に譲るべき

橋立の一筋長き小春かな

武蔵下総《しもうさ》山なき国の小春哉

初雪や小路へ入る納豆売

御手洗《みたらし》を敲《たた》いて砕く氷かな

寒き夜や馬は頻《しき》りに羽目《はめ》を蹴る

来ぬ殿に寐《ね》覚《ざめ》物うき火燵《こたつ》かな

酒菰《さかごも》の泥に氷るや石蕗の花

古綿衣《わたぎぬ》虱《しらみ》の多き小春哉

すさましや釣鐘《つりがね》撲《う》つて飛ぶ霰《あられ》

昨日しぐれ今日又しぐれ行く木曾路

鷹狩や時雨にあひし鷹のつら

辻の月座頭を照らす寒さ哉

枯柳緑なる頃妹逝《ゆ》けり

枯蓮を被《か》むって浮きし小《こ》鴨《がも》哉

京や如何に里は雪積む峰もあり

旅宿の女十二、三歳時々
発句を云ひ出づ　一句

女の子発句を習ふ小春哉

ほのめかすその上如何に帰《かえり》花《ばな》

恋をする猫もあるべし帰花

一輪は命短かし帰花

吾も亦衣《ころも》更《か》へて見ん帰花

太刀一つ屑《くず》屋《や》に売らん年の暮

志はかくあらましを年の暮

長松《ちょうまつ》は蕎《そ》麦《ば》が好きなり煤《すす》払《はらい》

むつかしや何もなき家の煤払

煤払承塵の槍を拭《ぬぐ》ひけり

懇《ねんご》ろに雑炊たくや小《さ》夜《よ》時《し》雨《ぐれ》

里《さと》神《か》楽《ぐら》寒さにふるふ馬鹿の面

夜や更《ふけ》ん庭《にわ》燎《び》に寒き古《ふる》社《やしろ》

客僧の獅《し》嚙《がみ》付《つき》たる火《ひ》鉢《ばち》哉

冬の日や茶色の裏は紺の山

冬枯や夕陽多き黄《おう》檗《ばく》寺《じ》

あまた度《たび》馬の嘶《いなな》く吹雪哉

嵐して鷹のそれたる枯野哉

あら鷹の鶴蹴《け》落《おと》すや雪の原

竹藪に雉子《きじ》鳴き立つる鷹野哉
なき母の忌日と知るや網代守《あじろもり》
静なる殺生なるらし網代守
くさめして風引きつらん網代守
焚火《たきび》して居眠りけりな網代守
賭《かけ》にせん命は五文河豚汁《ふぐとじる》
河豚汁《ふぐじる》や死んだ夢見る夜もあり

悼亡〔一句〕

夕日寒く紫の雲崩れけり

悼亡一句

亡骸《なきがら》に冷え尽したる煖甫《たんぽ》哉
あんかうや孕《はら》み女の釣るし斬り
あんかうは釣るす魚なり縄簾《なわのれん》
此頃は女にもあり薬喰《くすりぐい》

薬喰夫《それ》より餅に取りかゝる

落付や疝気も一夜薬喰

乾鮭と並ぶや壁の棕《しゅ》櫚《ろ》箒《ぼうき》

魚河岸や乾鮭洗ふ水の音

本来の面目如何雪《ゆき》達《だる》磨《ま》

仲仙道夜汽車に上る寒さ哉

西《さい》行《ぎょう》の白状したる寒さ哉

温泉をぬるみ出るに出られぬ寒さ哉

本堂は十八間の寒さ哉

愚陀仏は主人の名なり冬籠

情けにはごと味噌贈れ冬籠

冬籠り今年も無事で罷《まか》りある　中七「小猫も無事で」

すべりよき頭の出たり紙《かみ》衾《ふすま》　上五中七「すべりよさに頭出るなり」

両肩を襦《じゅ》袢《ばん》につゝむ衾哉
合《あい》の宿《やど》御白い臭き衾哉
水仙に緞《どん》子《す》は晴れの衾哉

大政
愚陀拝

漱47 十二月十四日(土)

松山市二番町八番戸上野方　夏目金之助より
下谷区上根岸町八十二番地　正岡常規へ

両三日来当地は雪と霰《あられ》のみ降り非常の寒気大に恐縮致候。東京は如何に御座候や。大兄御変りもなく漸次御快気に御座候や。さて東上の時期も漸々近づき一日も早く俳会に出席せんと心待ちをり候。先日差上候駄句中には句にならぬもの多く大に赤面致をり候。今度の分も同じく不出来に候へども、おついでの節御斧《ごふ》正被下《せいくだされ》たく候。小生、二十五日頃当地出発のはずに有之候へば、拙稿同日位までに当地へ着致さず候はば御手元へ御留置被下たく候。

承はり候へば『*日本』はまた〳〵停止の厄にかかり候出、十一日より右災難にかかり候やに承はり候。さすれば十日の分は当地へ参る間敷、もし御手元に御座候はば三ページだけでもよし御郵送被下たく候。『*帝国文学』で似角先生の悪口をいひしは*醒雪《せいせつ》と申す人にや喧嘩《けんか》も悪口のやりとりと成つては下落致候。

先は当用まで。匆々頓首。

十二月十四日　金

升様　御もと

〔句稿八、四十一句〕　規13 〔子規の添削・評。子規の評の印は傍線であるが○とした〕

定《じよう》に入る僧まだ死なず冬の月
幼帝の御運も今や冬の月
寒月やから堀端のうどん売
寒月や薙刀《なぎなた》かざす荒法師
寒垢離《かんごり》や王事*盬《もろ》きなしと聞きつれど

絵にかくや昔し男の節《せっ》季《き》候《ぞろ》

○水仙は屋根の上なり煤《すす》払《はらい》

寐て聞くやぺたり〳〵と餅《もち》の音

餅《もち》搗《つき》や小首かたげし鶏の面

*衣《きぬ》脱《ぬい》だ帝《みかど》もあるに火燵哉

君が代や年々に減る厄《やく》払《はらい》

勢ひやひしめく江戸の年の市

是《これ》見よと松提げ帰る年の市

行年や刹《せっ》那《な》を急ぐ水の音

行年や*実《さね》盛《もり》ならぬ白《しら》髪《が》武《む》者《しゃ》

○春待つや云へらく無事は是貴《き》人《にん》

年忘れ腹は中々切りにくき

○屑《くず》買《かい》に此《この》髭《ひげ》売らん大《おお》晦《み》日《そか》

穢多寺へ嫁ぐ憐れや年の暮

○○白馬遅々たり冬の日薄き砂堤《すなづつみ》

○○山陰に熊笹寒し水の音

○○初冬や竹切る山の鉈《なた》の音

○○冬枯れて山の一角竹青し

○炭焼の斧《おの》振り上ぐる嵐哉

○○冬木立寺に蛇《じゃ》骨《こつ》を伝へけり
碧《へき》潭《たん》に木の葉の沈む寒哉

○○岩にたゞ果《は》敢《か》なき蠣《かき》の思ひ哉

○○炭《すみ》竈《がま》に葛《くず》這《は》ひ上る枯れながら

○○炭売の鷹括《くく》し来る城下哉
一時雨此《この》山門に偈《げ》をかゝん

○五六寸去《こ》年《ぞ》と今年の落葉哉
水仙白く*古《こ》道《どう》顔《がん》色《しょく》を照らしけり

○冬籠り黄表紙あるは赤表紙

○○禅寺や丹田《たんでん》からき納豆汁
○東西南北より吹雪哉
家も捨て人世を捨てたる吹雪哉　中七「世も捨てけるに」
円福寺新田義宗脇屋義治
二公の遺物を観る（二句）
○つめたくも南蛮鉄の具足《ぐそく》哉
○山寺に太刀を頂だく時雨哉
日浦山二公の墓に謁す（二句）
○塚一つ大根畠の広さ哉
○○応永の昔しなりけり塚の霜
湧が淵三好秀保大蛇を斬るところ
○蛇を斬つた岩と聞けば淵寒し

大政
愚陀拝

明治二十八年十二月十四日夜

漱48　十二月十八日(水)

松山市二番町八番戸上野方　夏目金之助より
下谷区上根岸町八十二番地　正岡常規へ

遠路わざ〳〵拙宅まで御出被下候よし恐縮の至に存候。その節何か愚兄より御話し申上候由にて種々御配意ありがたく存候。小生は教育上性質上、家内のものと気風の合はぬは昔しよりの事にて小児の時分より「ドメスチック　ハッピネス」などいふ言は度外に付しをり候へば、今更ほしくも無之候。近頃一段と隔意を生じ候事も甚だ不本意に存をり候。しかしこれがため御配慮を受けんとは期しをらず候ひしなり。愚兄の申す処も幾分の理窟も可有之、上京の節緩々《ゆるゆる》可伺候。結婚の事などは上京の上、実地に処理致すつもりに御座候。かかる事までに貴意を煩《わずら》はす必要も無之かと存候。尤も家内のもの確《しか》と致候もの少なき故《ゆえ》この度の縁談につきても至急を要する場合には貴兄に談合せよとは兼《かね》て申しやり置候。中根の事に付ては写真で取極候事故《ゆえ》当人に逢た上でもし別人なら破談するまでの事とは兼てよりの決心、これは至当の事と存候。

小生、家族と折合あしきため外に欲しき女があるのに、それが貰《もら》へぬ故それですねて居るなどと勘違をされては甚だ困る。今までも小生の沈黙し居たるため友人などに誤解された事も多からんと思ふ。家族につかはしたる手紙にも少々存意あつて心になき事までも書た事あり。今となつては少々困却して居るなり。是非雲煙の如し、善悪また一時只守拙持頑で通すのみに御座候。この頃は人に悪口されるとかへつて愉快に相成候。呵々《かか》。

切角送った発句の草稿をなくしては困るではありませんか。旧稿を再録して上るからついでの時に直して下さい。

過去日虚子に手紙を送る、返事来る、小生の発句を褒めてくれたり、有難いやら恥しいやら恐縮の至やら。

漸々寒気相増候。龍魔《リヨウマ》随分御気を付可被遊候。

出京の宿も御心配ありがたし。一先づ帰宅、時宜によつたら御厄介になるかも知れず。

小生の事につき愚兄がどんな事を申し候やは出京の上で篤《とく》と伺ひ可申《もうすべく》候へども、大兄の御考へで小生が悪いと思ふ事あらば遠慮なく指摘してくれ玉へ。これ交友の道なり。諷刺嘲罵は小生の尤《もつとも》癪にさはる処、単刀直入の説法なら喜んで受納可致候。

先は御返事まで。草々頓首。

十二月十八日　　　　　　　金

升様

〔句稿九、六十一句〕　　規14 〔子規の添削・評。句頭の○も子規の評〕

飯《めし》櫃《びつ》を蒲《ふ》団《とん》につゝむ孀《やもめ》哉

煨《やき》芋《いも》を頭巾に受くる和尚哉

○盗人の眼ばかり光る頭巾哉

○辻番の捕へて見たる頭巾哉

○頭巾きてゆり落しけり竹の雪

さめやらで追手のかゝる蒲団哉

○毛蒲団に君は目出度寐顔かな

○薄き事十年あはれ三《み》布《の》蒲《ぶ》団《とん》

片々や犬盗みたるわらじ足《た》袋《び》

羽《は》二重《ぶたえ》の足袋めしますや嫁が君　嫁が君とハ正月の鼠の事ナリ
雪の日や火燵をすべる土佐日記
○応々と取次に出ぬ火燵哉
埋火《うずみび》や南京茶椀塩煎餅
○埋火に鼠の糞の落ちにけり
暁の埋火消ゆる寒さ哉
門閉ぢぬ客なき寺の冬構《ふゆがまえ》
○○冬構米搗《つ》く音の幽《かす》かなり　上五「冬籠」
○○砂浜や心元なき冬構
○銅瓶《どうびん》に菊枯るゝ夜の寒哉
○五つ紋それはいかめし桐火桶
冷たくてやがて恐ろし瀬戸火鉢
○親展の状燃え上る火鉢哉
○黙然と火鉢の灰をならしけり

○なき母の湯婆《たんぽ》やさめて十二年
○湯婆とは倅《せがれ》のつけし名なるべし
風吹くや下京辺の綿帽子
○清《きよ》水《みず》や石段上る綿帽子
綿帽子面《つら》は成程白からず
○炉開きや仏間に隣る四畳半
炉開きに道也の釜を贈りけり
○口《くち》切《きり》や南天の実の赤き頃
口切にこはけしからぬ放《ほう》屁《ひ》哉
○吾《わぎ》妹《も》子《こ》を客に口切る夕哉
花嫁の喰はぬといひし亥《い》の子《こ》哉
到来の亥の子を見れば黄な粉なり
水臭し時雨に濡れし亥の子餅
枯ながら蔦の氷れる岩《いわお》哉

○湖は氷の上の焚火《たきび》哉
痩馬に山路危き氷哉
○筆の毛の水一滴を氷りけり
井戸縄の氷りて切れし朝哉
雁《かりがね》の拍子ぬけたる氷哉
枯《かれ》蘆《あし》の廿日流れぬ氷哉
水仙の葉はつれなくも氷哉
凩に牛怒りたる縄《なわ》手《て》哉
○冬ざれや青きもの只菜大根
山路来て馬やり過す小春哉
橋朽ちて冬川枯るゝ月夜哉
＊範頼《のりより》の墓に謁して二句
○○蒲《かば》殿《どの》の愈《いよいよ》悲し枯尾花
○凩や冠《か》者《じゃ》の墓撲《う》つ落松葉

○山寺や冬の日残る海の上
○○古池や首塚ありて時雨ふる
穴蛇の穴を出でたる小春哉
空木《うつおぎ》の根あらはなり冬の川
納豆を檀家へ配る師走哉
親の名に納豆売る児の憐れさよ
からつくや風に吹かれし納豆売
榾《ほた》の火や昨日碓氷《うすい》を越え申した
○梁山泊毛《け》脛《ずね》の多き榾火哉
裏表濡れた衣《きぬ》干す榾火哉
積雪や血痕絶えて虎の穴

大政

十二月十八日　今度のはなくしてはいやであります。

悪句には△か□の符号をつけ玉へ。　愚陀仏稿

明治二十九年（一八九六、二十九歳）

明治 29 年 11 月，東北日報（後の河北新報）に入社する佐藤紅緑の送別会記念写真．前列右より高浜虚子，福田把栗，子規，内藤鳴雪，佐藤肋骨，大谷繞石，吉野左衛門，後列右より河東碧梧桐，下村為山，佐藤紅緑，五百木飄亭，某錦浦（松山市立子規記念博物館所蔵）

1・3 漱石、子規庵初句会に出席。十四句をのこす。ここで句会に出ていた森鷗外と初めて会う。他に虚子・鳴雪・碧梧桐らが出席。
1・7 漱石、東京を発ち松山に帰る。
1・12以前 漱石宛書簡（**規・失**）。子規の漢詩「送夏目漱石之伊予」はここに入っていたか。
1・12 子規宛書簡（**漱49**、子規の漢詩に対する返礼として五律を送る）。
1・16 子規宛書簡（**漱50**、「日々東京へ帰りたくなるのみ」と）。
1・28 子規宛書簡（**漱51**・〈**規15**〉、句稿一〇）。
1・29 子規宛書簡（**漱52**・〈**規16**〉、句稿一一）。
3・5 子規宛書簡（**漱53**・〈**規17**〉、句稿一二）。
3月 子規宛書簡（**漱54**・〈**規18**〉、句稿一三）。
3・24 子規宛書簡（**漱55**、句稿一四）。
3・27 子規、カリエスの手術を受ける（佐藤三吉博士執刀）。
4・8 漱石、松山中学校を辞し、熊本の第五高等学校講師に転任。
6・6以前 漱石宛書簡（**規・失**）。
6・6 子規宛書簡（**漱56**、子規の後継者となることを断わった虚子のことについて「今度の事につき別に御介意なく虚子と御交誼ありたく小生の至望に候」と）。

6・9　漱石、自宅で中根鏡子との結婚式を行う。子規、漱石の結婚式に対し、祝句を贈る。「蓁々たる桃の若葉や君娶る」。

6・10　子規宛書簡（**漱57**、結婚式のこと）。

7・8　子規宛書簡（**漱58**・〈**規19**〉、句稿一五）。

8・1　子規、『早稲田文学』の子規選「名所雑詠」で漱石の句を一句選ぶ。「尼寺や芥子ほろ〳〵と普門品」。

8月　子規宛書簡（**漱59**、句稿一六）。

9・20頃　漱石、熊本市合羽町二百三十七番地の借家に転居。

9・25　子規宛書簡（**漱60**・〈**規20**〉、句稿一七、俳壇の様子を教えてほしいことと転居のことなど報告）。

10月　子規宛書簡（**漱61**、句稿一八、**漱62**・〈**規21**〉、句稿一九）。

11・15　子規宛書簡（**漱63**、漢詩人本田種竹への漢詩添削を依頼）。

11月　子規宛書簡（**漱64**、句稿二〇）。

12月　子規宛書簡（**漱65**、句稿二一）。

漱49　一月十二日(日)

松山市二番町八番戸上野方　夏目金之助より
下谷区上根岸町八十二番地　正岡常規へ

海苔《のり》ひねになつたる由御気の毒に存候。送別の詩*拝誦、後聯尤《もつと》も生に適切、乍粗末次韻《そまつながら》
却呈。

海南千里遠　欲別暮天寒　鉄笛吹紅雪　火輪沸紫瀾
為君憂国易　作客到家難　三十巽還坎　功名夢半残

*〔海南千里遠く／別れんと欲して暮天《ぼてん》寒し／鉄笛紅雪《てつてきこうせつ》を吹き／火輪紫瀾《かりんしらん》を沸《わ》かす／君と為《な》りて国を憂《うれ》うるは易《やす》く／客と作《な》りて家に到るは難《かた》し／三十巽《そん》にして還《ま》た坎《かん》／功名夢半《なか》ば残《ざん》す〕

東風《こち》や吹く待つとし聞かば今帰り来ん

一月十二日

漱50

一月十六日(木)

松山市二番町八番戸上野方　夏目金之助より
下谷区上根岸町八十二番地　正岡常規へ

その後御病勢如何なるべく書状を見合せられたし。小生依例《れいによって》如例《れいのごとく》日々東京へ帰りたくなるのみ。帰途米山より『陶淵明全集』を得て目下誦読中、甚だ愉快なり。錬卿を神戸に訪ひ*築島寺及び*和田岬を見る。その後俳会の模様如何、過日霽月《せいげつ》来る。半夜過ぎまで話して帰る。

帰松後何となく倉忙《そうぼう》俳句を作るの閑を得ず、偶《たまたま》得る処また皆拙悪なり。しかしながら習慣をかくと退歩の憂あり、故に*送る。面倒ながら御批政可被下候。余は後便に譲り申候。拝具。

十六日　金

升様

漱51

一月二十八日(火)

松山市二番町八番戸上野方　夏目金之助より
下谷区上根岸町八十二番地　正岡常規へ

〔句稿一〇、四十句〕

◎此《この》土手で追ひ剝《は》がれしはいつ初桜
◎凩に早鐘《はやがね》つくや*増《ぞう》上《じょう》寺《じ》
◎谷の家竹《たけ》法《ぼ》螺《ら》の音に時雨けり
◎(虚)冴《さえ》返《かえ》る頃を御《お》厭《いと》ひなさるべし
◎(虚)出《で》代《がわ》りや花と答へて跛なり
◎雪霽《はれ》たり竹婆《ば》娑《さ》〳〵と跳《はね》返《かえ》る
水青し土橋の上に積る雪
若菜摘《つ》む人とは如《い》何《か》に音《ね》をば泣く
花に暮れて由ある人にはぐれけり

規15　〔子規の添削・評。句頭の◎も子規。(虚)は虚子の評点〕
中七「追ひ剝がれしか」

見て行くやつばら〳〵に寒の梅　此ハ捨ツベシ

(虚)静かさは竹折る雪に寐《ね》かねたり

武蔵野を横に降る也《なり》冬の雨

太箸《ふとばし》を抛《な》げて笠着る別れ哉

いざや我虎《こ》穴《けつ》に入らん雪の朝

○絶頂に敵の城あり玉《たま》霰《あられ》

御天守の鯱《しやち》いかめしき霰かな

○(虚)一つ家のひそかに雪に埋れけり

○(虚)春《はる》大《だい》震《しん》塔も擬《ぎ》宝《ぼ》珠《し》もねぢれけり　擬宝珠トハ何ノ擬宝珠カ分ラヌ

○(虚)疝《せん》気《き》持《もち》雪にころんで哀れなり　ハナシ

天と地の打ち解けりな初霞

呉《くれ》竹《たけ》の垣の破《やれ》目《め》や梅の花

御車を返させ玉ふ桜かな

◎掃溜《はきだめ》や錯落《さくらく》として梅の影

◎永き日や*韋陀《いだ》を講ずる博士あり（*井の哲の事）

日は永し三十三間堂長し

○素琴《そきん》あり窓に横《よこた》ふ梅の影

(虚)永き日を順礼渡る*瀬田の橋　陳腐

○(虚)鶴獲《え》たり月夜に梅を植ん哉

*錦帯の擬宝珠《ぎぼし》の数や春の川

里の子の草鞋《わらじ》かけ行く梅の枝

紅梅に青葉の笛を画《えが》かばや

紅梅にあはれ琴ひく妹《いも》もがな

*源蔵の徳利をかくす吹雪哉

○したゝかに饅《まん》頭《じゅう》笠《がさ》の霰哉

○(虚)冬の雨柿の合羽《かっぱ》のわびしさよ

下馬札の一つ立ちけり冬の雨

展先妣墓《せんぴのはかをてんず》〔一句〕

(虚)梅の花不肖なれども梅の花　ドツチカ梅ノ花ヲ一ツニシタラヨカロ

まさなくも後ろを見する吹雪哉

○(虚)氷る戸を得《え》たりや応《おう》と明け兼し　下五「明け放し」

吾《わが》庵《いお》は氷柱《つらら》も歳を迎へけり

政

二十九年一月二十八日　愚陀仏稿

漱52　一月二十九日(水)

松山市二番町八番戸上野方　夏目金之助より
下谷区上根岸町八十二番地　正岡常規へ

〔句稿一一、二十句〕　**規16**〔子規の添削〕

元日に生れぬ先の親恋し

あたら元日を餅も食はずに紙衣《かみこ》哉

山里は割木《わりき》でわるや鏡餅

砕けよや玉と答へて鏡餅

国分寺の瓦《かわら》掘出す桜かな

断礎《だんそ》一片有明桜ちりかゝる

堆《うずたか》き茶殻わびしや春の夜　下五「春の宵」

古寺に鰯《いわし》焼くなり春の夜　下五「春の宵」

配所《はいしょ》には干網《ほしあみ》多し春の月

口惜しや男と生れ春の月

よく聞けば田螺《たにし》鳴くなり鍋の中

山吹に里の子見えぬ田螺かな

白梅に千鳥啼《な》くなり浜の寺

梅咲て奈良の朝《ちょう》こそ恋しけれ

消にけりあわたゞしくも春の雪

春の雪朱盆に載せて惜まるゝ
居《すえ》風《ぶ》呂《ろ》に風ひく夜や冴返る
頃《ころ》しもや越《こし》路《じ》に病んで冴返る
霞む日や巡礼親子二人なり
旅人の台場見て行く霞かな
　　　　　　　　　　　　　漱石
政
　明治二十九年一月二十九日　愚陀仏庵小集一題二句

漱53　三月五日(木)
松山市二番町八番戸上野方　夏目金之助より
下谷区上根岸町八十二番地　正岡常規へ
〔句稿一二、百一句〕
つくばいに散る山茶花の氷りけり

規17　〔子規の添削・評〕
小生旧作ニ山茶花ノ落テ氷ルヤ
手水鉢

○鳥飛んで夕日に動く冬木かな
の落るトシテハ如何
○船火事や数をつくして鳴く千鳥
○壇築《つき》て北斗祭るや夜の霜
下五「剣の霜」
龍寒し絵筆抛《なげう》つ*古《こ》法《ほう》眼《げん》
つい立の龍蟠《わだか》まる寒さかな
○廻廊に吹き入る海の吹雪かな
中七「吹きこむ海の」
○梁《うつばり》を画龍のにらむ日《ひ》永《なが》かな
上五「梁に」（中七下五）睨《にらむ》ハ日永ニ如何
○奈良の春十二神将剝《は》げ尽せり
○乱山の尽きて原なり春の風
小生ハ下五文字を「野菊さく」等に改めたし
*都《と》府《ふ》楼《ろう》の瓦《が》硯《けん》洗ふや春の水
○門《かど》柳《やなぎ》五本並んで枝《し》垂《だ》れけり
去来ノ句　五六本よりてしだるゝ柳哉
若草や水の滴《した》たる蜆《しじみ》籠

○月落ちて仏灯青し梅の花

春の夜を辻《つじ》講釈《こうしやく》にふかしける

○○蕭《しよう》郎《ろう》の腕環偸《ぬす》むや春の月

○護《ご》摩《ま》壇《だん》に金《きん》鈴《れい》響く春の雨

○○春の夜の御《ご》悩《のう》平癒の祈禱哉

鳩の糞春の夕の絵《え》馬《ま》白し

○○伽《きや》羅《ら》焚て君を留めて朧《おぼろ》かな

中七「君を留むる」

○辻《つじ》占《うら》のもし君ならば朧月

○○蘭《らん》燈《とう》に詩をかく春の恨み哉

恐ろしや経を血でかく朧月

着《き》衣《そ》始《はじ》め紫《し》衣《い》を給はる僧《そう》都《ず》あり

物草の太郎の上や揚《あげ》雲《ひ》雀《ばり》

野を焼けば焼けるなり間の抜ける程

涅《ね》槃《はん》像《ぞう》鰒《ふぐ》に死なざる本《ほ》意《い》なさよ

○春恋し*浅《あさ》妻《づま》船《ぶね》に流さるゝ

○潮風に若君黒し*二日灸

○枸《く》杞《こ》の垣田《でん》楽《がく》焼くは此奥か

春もうし東楼西家何歌ふ

○猫知らず寺に飼はれて恋をする　下五「恋わたる」

芹《せり》洗ふ藁家の門や温泉《ゆ》の流

陽《かげ》炎《ろう》に蟹の泡ふく干瀉かな　〔「瀉」を「潟」に訂正〕

さら〳〵と筮《ぜい》竹《ちく》もむや春の雨

日《ひ》永《なが》哉《かな》豆に眠がる神の馬

古《ふる》瓢《ふくべ》柱に懸けて蜂巣くふ

○ゆく春や振《ふり》分《わけ》髪《がみ》も肩過ぎぬ

御館《ヤカタ》のつら〳〵椿咲にけり

○二つかと見れば一つに飛ぶや｜蝶　胡トナス如何

唐人の飴《あめ》売《うり》見えぬ柳かな

刀うつ槌《つち》の響や春の風
踏はづす蛙是へと田《た》舟《ぶね》哉
初蝶や菜の花なくて淋しかろ
曳《ひき》船《ふね》やすり切つて行く蘆《あし》の角《つの》
勅なれば紅梅咲て女かな
紅梅に通ふ築《つい》地《じ》の崩哉
桔《はねつるべ》槹切れて梅ちる月夜哉
濡《ぬれつばめ》燕御休みあつて然るべし
雉《き》子《じ》の声大竹原を鳴り渡る
雨がふる*浄《じよう》瑠《る》璃《り》坂《ざか》の傀《かい》儡《らい》師《し》
◎むく〳〵と砂の中より春の水
白き砂の吹ては沈む春の水
金《きん》屛《びよう》を幾《いく》所《しよ》かきさく猫の恋
春に入つて近頃青し鉄《てつ》行《あん》灯《どん》

朧の夜五右衛門風呂にうなる客

夫子風呂ノ中ニ在ツテ義太夫ヲウナル　此句恐ラクハ写実カ　呵々

○永き日や*徳山《とくさん》の棒*趙州《じようしゆう》の払《ほつ》

飯食ふてねむがる男畠打つ

○春風や*永井兵助の人だかり

居合抜けば燕ひらりと身をかはす

物言はで腹ふくれたる河豚《ふぐと》かな

戛《かつ》々《かつ》と鼓《こ》刀《とう》の肆《みせ》に時雨けり

枯野原汽車に化けたる狸あり

其中に白木の宮や梅の花

○章《た》魚《こ》眠る春《しゆん》潮《ちよう》落ちて岩の間

○山伏の並ぶ関所や梅の花

○梅ちるや月夜に廻る水車

*兵児《へこ》殿の梅見に御《お》ぢやる朱鞘《しゅざや》哉
酒醒《さめ》て梅白き夜の冴返る
飯蛸《いいだこ》の頭に兵《ひょう》と吹矢かな
蟹に負けて飯蛸の足五本なり
○梓《あずさ》弓《ゆみ》岩を砕けば春の水
山路来て梅にすくまる馬上哉
若《わか》党《とう》や一歩さがりて梅の花
青石を取り巻く庭の菫《すみれ》かな
犬去つてむつくと起る蒲公英《たんぽぽ》が
大和路や紀の路へつゞく菫草
川幅の五尺に足らで菫かな
◎三日雨四日梅咲く日誌かな
○双《すご》六《ろく》や姉妹《きょうだい》向ふ春の宵
生海苔のこゝは品川*東海寺

菜の花の中に糞ひる飛脚哉
菜の花や門前の小僧経を読む
菜の花を通り抜ければ城下かな
海見ゆれど中々長き菜《な》畑《ばた》哉　菜畑ニテハ季ニナラズ菜種ナラバ菜花ノコト也
海見えて行けども〳〵菜畑哉
麦二寸あるは又四五寸の旅路哉
筵《むしろ》帆《ほ》の真上に鳴くや揚雲雀
風船にとまりて見たる雲雀哉
落つるなり天に向って揚雲雀
◎雨晴れて南山春の雲を吐く
○むづからせ給はぬ雛《ひな》の育ち哉
去年今年大きうなりて帰る雁
一群や北《きた》能《のう》洲《しゅう》へ帰る雁

爪《つま》下《さが》り海に入日の菜畑哉

里の子の猫加へけり涅《ね》槃《はん》像《ぞう》

○鶯のほうと許《ばか》りで失せにけり

〔下五を「酢うり哉」と直した後でこれをやめ、「イキ」とする〕

鶯や雨少し降りて衣《え》*紋《もん》坂《ざか》

鶯の去れども貧にやつれけり

○鶯や田《たん》圃《ぼ》の中の赤鳥居

鶯をまた聞きまする昼《ひる》餉《げ》哉

明治二十九年三月初五日

松山市二番町八番戸上野方　夏目金之助より

下谷区上根岸町八十二番地　正岡常規へ

〔句稿一三、二十七句〕

〔子規の評。句頭の○も子規〕

規18

漱54　三月

三日月や野は穢多村へ焼て行く

旧道や焼野の匂ひ笠の雨

○*春日野《かすがの》は牛の糞まで焼てけり

○○宵々の窓ほのあかし山焼く火

野に山に焼き立てられて雉《きじ》の声

○野を焼くや道標焦《こげ》る官有地

篠竹の垣を隔てゝ焼野哉

村と村川を隔てゝ焼野哉

蝶に思ふいつ振《ふり》袖《そで》で嫁ぐべき

○老ぬるを蝶に背いて繰る糸や

○○御《み》簾《す》揺れて蝶御覧ずらん人の影

○○蝶舐《なめ》る朱《しゅ》硯《すずり》の水澱《よど》みたり

○蔵《くら》つきたり紅梅の枝黒い塀

○山三里桜に足駄穿《は》きながら

花を活けて京《きよう》音《おん》の寡婦なまめかし
○鶯や隣あり主人垣を覗《のぞ》く
○連立て帰《かえろ》うと雁皆去りぬ
○歯ぎしりの下《か》婢《ひ》恐ろしや春の宵
太刀佩《は》くと夢みて春の晨《あした》哉
○鳴く事を鶯思ひ立つ日哉
吾《わぎ》妹《も》子《こ》に揺り起されつ春の雨　ふるい〳〵
*普《ふ》化《け》寺《でら》に犬逃げ込むや梅の花
紅梅は愛せず折て人に呉れぬ
○○花に来たり*瑟《しつ》を鼓するに意ある人
○禿《かぶろ》いふ*わしや煩ふて花の春　取らいでもよし
きぬ〴〵の鐘につれなく冴え返る
虚《こ》無《む》僧《そう》の敵《かたき》這入ぬ梅の門

漱55

三月二十四日(火)

松山市二番町八番戸上野方　夏目金之助より
下谷区上根岸町八十二番地　正岡常規へ

〔句稿一四、四十句〕

先達《せんだつ》の斗《と》巾《きん》の上や落椿
御《み》陵《ささぎ》や七つ下りの落椿
*金《きん》平《びら》のくるり〳〵と鳳巾
舟軽し水皺《しわ》よって蘆《あし》の角《つの》
薺《なずな》摘んで母なき子なり一つ家
種《たね》卸《おろ》し〳〵婿と舅かな
鶯の鳴かんともせず枝移り
仰向て深編笠の花見哉
女らしき虚無僧見たり山桜
*奈《な》古《こ》寺《でら》や七重山吹八重桜

春の江《え》の開いて遠し寺の塔
柳垂れて江は南に流れけり
川向ひ桜咲きけり*今《いま》土《ど》焼《やき》
頼もうと竹庵来たり梅の花
雨に濡れて鶯鳴かぬ処なし
居士《こじ》一驚を喫し得たり江南の梅一時に開く*
手習や*天《てん》地《ち》玄《げん》黄《こう》梅の花
霞むのは高い松なり国境
奈良七重菜の花つゞき五《ご》形《ぎよう》咲く
草山や南をけづり麦畑
御《み》簾《す》揺れて人ありや否や飛ぶ胡蝶
端然と恋をして居る雛《ひいな》かな
藤の花本妻尼になりすます
待つ宵の夢ともならず梨の花

春風や吉田通れば二階から＊

風が吹く幕の御紋は下《さが》り藤《ふじ》

花売は一軒置て隣りなり

登りたる凌《りよう》雲《うん》閣《かく》の霞かな＊

思ひ出すは古《こ》白《はく》と申す春の人

山城や乾《いぬい》にあたり春の水

夫《ふう》子《し》暖かに無用の肱《ひじ》を曲げてゐる

家あり一つ春風春水の真中に

模糊として竹動きけり春の山

限りなき春の風なり馬の上

乙《つば》鳥《くろ》や赤い暖《の》簾《れん》の松坂屋＊

古ぼけた江戸錦絵や春の雨

蹴《け》爪《つま》づく富士の裾野や木《ぼ》瓜《け》の花

朧《おぼろ》故に行《ゆく》衛《え》も知らぬ恋をする

春の海に橋を懸けたり五*大堂
足《あし》弱《よわ》を馬に乗せたり山桜

明治二十九年三月二十四日

漱56 六月六日(土)
*熊本市光琳寺町　夏目金之助より
下谷区上根岸町八十二番地　正岡常規へ

御紙面拝誦仕候。*虚子の事にて御心配の趣御尤《ごもっとも》に存候。先日虚子よりも大兄との談判の模様相報じ来り申候。虚子いふ、敢て逃るるにあらず一年間退て勉強の上入学するつもりなりと。一年間にどう変化するや計りがたけれど勉強の上入学せばそれでよからん。色々の事情もあるべけれど先づ堪忍して今までの如く御交際ありたしと希望す。小生の身分は固《もとより》何時免職になるか辞職するか分らねど、出来るだけは虚子のためにせんとて約束したる事なり。当人もそれを承知で奮発して見やうといひ放ちたるなり。双方共別段の事故《ゆえ》新たに出来ざる内はそのつもりで居らねばならぬと存候。小生が余慶な事ながら虚子にかかる事を申し出たるは虚子が前途のためなるは無論なれど同人の人物が大に松山的ならぬ淡泊なる処、のんきなる処、気のきかぬ処、無器用なる点に有之候。大兄の観察点は如何なるか知らねど先づ普通の人間よりは好《よ》き方なるべく、さすれ〔ば〕さほど愛想づかしをなさるるにも及ぶまじきか、或は大兄今まで虚子に対して分外の事を望みて成らざるがため失望の反動、現今は虚子実際の位地より九層の底に落ちたる如く思ひはせぬや。何にせよ今度の事につき別に御介意なく虚子と御交誼《ごこうぎ》ありたく小生の至望に候。小生よりも虚子へは色々申し遣はすべく候。

　妻呼迎の件色々御心配被下ありがたく存候。実は先便申上候通《とおり》父同道にて両三日中に当地へ下向のはずに御座候間、御休神被下たく候。当夏は東京へ参りたく候へども妻の事件で如何《どう》なるやら分らず。

　近頃は一月頃より身体の御具合あしき由精々御保養可然《しかるべく》、名誉齷齪《あくせく》世事頓着深く御禁じ可被成《なさるべく》、虚子の事などはどうでも御抛擲《ごほうてき》なさいよ。頓首。

愚陀仏

子規様

漱57 六月十日(水)

熊本市光琳寺町　夏目金之助より
下谷区上根岸町八十二番地　正岡常規へ

*中根事去る八日着、昨九日結婚略式執行致候。近頃俳況如何に御座候や。小生は頓《とん》と振はず当夏は東京に行きたけれど未だ判然せず。俳書少々当地にて掘り出すつもりにて参り候処、案外にて何もなく失望致候。右は御披露まで、余は後便に譲る。頓首。

衣更へて京より嫁を貰ひけり

愚陀仏

子規様

漱58 七月八日(水)

熊本市光琳寺町　夏目金之助より
下谷区上根岸町八十二番地　正岡常規へ

〔句稿一五、四十句〕

海嘯《つなみ》去って後すさまじや五月雨

かたまるや散るや蛍の川の上

一つすうと座敷を抜る蛍かな

竹四五竿《かん》をり〱光る蛍かな

うき世いかに坊主となりて昼寐する

さもあらばあれ時鳥啼《なき》て行く

禅定《ぜんじょう》の僧を囲んで鳴く蚊かな

うき人の顔そむけたる蚊遣《かやり》かな

筋違《すじかい》に芭蕉渡るや蝸牛《かたつむり》

袖に手を入て反《そ》りたる袷《あわせ》かな

短夜《みじかよ》の芭蕉は伸びて仕まひけり

もう寐ずばなるまいなそれも夏の月

短夜の夢思ひ出すひまもなし

規19

〔子規の添削〕

仏壇に尻を向けたる団扇《うちわ》かな
ある画師の扇子捨てたる流《ながれ》かな
貧しさは紙《し》帳《ちょう》ほどなる庵かな
号砲や地《じ》城《しろ》の上の雲の峰　上五中七「午砲打つ地城の上や」
黒船の瀬戸に入りけり雲の峰
行軍の喇《らっ》叭《ぱ》の音や雲の峰
二里下る麓《ふもと》の村や雲の峰
涼しさの闇《やみ》を来るなり須磨の浦
涼しさの目に余りけり千《ち》松《まつ》島《じま》
袖腕に威《い》丈《たけ》高《だか》なる暑かな
銭湯に客のいさかふ暑かな
かざすだに面《おも》はゆげなる扇子哉
涼しさや大釣鐘を抱て居る
夕立の湖に落ち込む勢《きおい》かな

涼しさや山を登れば*岩谷寺《いわやでら》
吹井戸やぼこり〳〵と真桑瓜《まくわうり》
涼しさや水干《すいかん》着たる白拍子《しらびょうし》
ゐいやつと蠅《はえ》叩《たた》きけり書生部屋
吾老いぬとは申すまじ更衣《ころもがえ》
異人住む赤い煉《れん》瓦《が》や棕《しゅ》櫚《ろ》の花
敷石や一丁つゞく棕櫚の花
独《ひとり》居《い》の帰ればむつと鳴く蚊哉
尻に敷て笠忘れたる清水哉
据《すえ》風《ぶ》呂《ろ》の中はしたなや柿の花
短夜を君と寐ようか*二千石とらうか
祖《ば》母《ば》様《さま》の大振袖や土用干
玉《たま》章《ずさ》や袖裏返す土用干

明治二十九年七月八日　愚陀拝

漱59

八月

熊本市光琳寺町　夏目金之助より
下谷区上根岸町八十二番地　正岡常規へ

〔句稿一六、三十句〕

すゞしさや裏は鉦《かね》うつ光琳寺
涼しさや門にかけたる橋斜め
眠らじな蚊帳に月のさす時は
国の名を知っておぢやるか時鳥
西の対《たい》へ渡らせ給ふ葵《あおい》かな
淙《そう》々《そう》と筧《かけひ》の音のすゞしさよ
橘や通るは近《こ》衛《のえ》大《だい》納《な》言《ごん》
朝貌の黄なるが咲くと申し来ぬ
紅白の蓮《はす》擂《すり》鉢《ばち》に開きけり

涼しさや奈良の大仏腹の中

淋しくもまた夕顔のさかりかな

あつきものむかし大坂夏御陣

夕日さす裏は磧《かわら》のあつさかな

午時《ひるどき》の草もゆるがず照る日かな

*琵琶の名は青山とこそ時鳥

就中《なかんずく》大なるが支那の団扇にて

くらがりに団扇の音や古槐《ふるえんじゅ》

夏痩せて日に焦《や》けて雲水《うんすい》の果はいかに

床に達磨《だるま》芭蕉涼しく吹かせけり

百日紅《さるすべり》浮世は熱きものと知りぬ

手をやらぬ朝貌のびて哀なり

絹団扇墨画の竹をかゝんかな

独身《ひとりみ》や髭《ひげ》を生《はや》して*夏《げ》に籠る

*夏書《げがき》すとて一筆しめし参らする
なんのその南瓜《かぼちゃ》の花も咲けばこそ
我も人も白きもの着る涼みかな
物や思ふと人の問ふまで夏痩せぬ
満潮や涼んで居れば月が出る
*大慈《だいじ》寺の山門長き青田かな
唐茄子《とうなす》と名にうたはれて窳《ゆが》みけり

明治二十九年八月　　愚陀拝

漱60

九月二十五日(金)

*熊本市合羽町二百三十七番地　夏目金之助より
下谷区上根岸町八十二番地　正岡常規へ

その後御月見も無事に打過候処、世間は何となく海嘯《つなみ》*以来騒々しきやに被存候。東京は定めて目ざましき模様ならんと存候。大兄御病気過日来少々よろしからぬやに承はり候。

只今の処如何に候や。随分御養生専一に御座候。小生当夏は一週間ほど九州地方汽車旅行仕候。俳句も近頃は頓《とん》と浮び申さず困却致候。それにも関らず小生の駄句時々雑誌などに出るよし、生徒などの注進にて承知致候。少々赤面の至と存じ何か傑作をものせんと思ひ立つ事有之候へども、思ひ立つのみにて毫《ごう》ものにはならない事が不思議に御座候。大兄近頃は文筆の方はよほど御勉強の模様、雑誌の広告にて承知仕候。新体詩会などにも御発起のよし結構に存候。時に竹の里人と申すは大兄の事なるやついでながら伺ひ上候。虚子修竹大坂にて満月会に出席致よし露石より申し来り候。ちと御閑の節俳壇の様子にても御報知被下たく候。俳書購求一件は大兄より虚子にでも御托し被下たく候。また同子に御面会の節活版の『七部集』及『故人五百題』一部づつ乍面倒《めんどうながら》送るやう御依頼被下たく候。

ついでに附記す。小生今回表面の処に移転せり。熊本の借家の払底なるは意外なり。かかる処へ来て十三円の家賃をとられんとは夢にも思はざりし。「名月や十三円の家に住むかね。転居の事虚子にも御伝被下たく候。

月東君は今頃寐て居るか

九月二十五日　　　　　　　　　　愚陀仏

子規様

駄句少々御目にかけ候。友人菅虎雄*の句も同時に御批点被下たく候。

規20 〔子規の添削。句頭の○◎も子規の評。この句稿の批点は国立国会図書館所蔵『夏目漱石眞蹟俳稿』による〕

〔句稿一七、四十句〕

博多公園

○初秋の千本の松動きけり

箱崎八幡*

◎鹹《しお》はゆき露にぬれたる鳥居哉

香椎宮《かしいぐう》*

◎秋立つや千早《ちはや》古《ふ》る世の杉ありて

天拝山*

○見上げたる尾の上に秋の松高し

太宰府天神

◎反《そり》橋《はし》の小さく見ゆる芙《ふ》蓉《よう》哉

*観世音寺

古りけりな道*《とう》風《ふう》の額秋の風

都府楼

鴫《しぎ》立つや礎《いしずえ》残る事五十

二日市温泉

○温《ゆ》泉の町や踊ると見えてざんざめく

*梅林寺

○碧《へき》巌《がん》を提唱す山《さん》内《ない》の夜ぞ長き

*船後屋温泉

◎ひや〳〵と雲が来る也温《ゆ》泉の二階

都府楼瓦を達磨の前に置きて

○玉か石か瓦かあるは秋風か

*内君《ないくん》の病を看護して　一句

◎枕辺や星別れんとする晨《あした》

◎稲妻に行手の見えぬ広野かな
○秋風や京の寺々鐘を撞《つ》く
○明月や琵琶を抱へて弾きもやらず
◎廻廊の柱の影や海の月
◎明月や丸きは僧の影法師
◎酒なくて詩なくて月の静かさよ
○明月や背戸で米搗《つ》く作右衛門
○明月や浪華に住んで橋多し
◎引かで鳴る夜の鳴子の淋しさよ
○無性《ぶしよう》なる案山子朽ちけり立ちながら
○打てばひゞく百戸余りの砧《きぬた》哉
○衣擣《う》つて郎に贈らん小包で
○鮎渋《さび》ぬ降り込められし山里に
○鱸《すずき》魚《こ》肥えたり楼に登れば風が吹く

白壁や北に向ひて桐《きり》一《ひと》葉《は》

柳ちりて長安は秋の都かな

○垂れかゝる萩静かなり背戸の川

落ち延びて只一騎なり萩の原

◎蘭の香や*聖教帖《しょうぎょうじょう》を習ふべし　下五「習はんか」

後に鳴き又先に鳴き鶉《うずら》かな

○窓をあけて君に見せうず菊の花

◎作らねど菊咲にけり活にけり　下五「折りにけり」

○世は貧し夕日破《やれ》垣《がき》烏瓜

◎鶏頭や代官殿に御《ぎょ》意《い》得たし

◎長けれど何の糸瓜《へちま》とさがりけり

禅寺や芭蕉葉上愁雨なし

○無雑作に蔦《つた》這《はい》上《あが》る厠かな

○仏には白菊をこそ参らせん

二十九年九月二十五日　　愚陀　　子規妄圏

漱61　十月

熊本市合羽町二百三十七番地　夏目金之助より
下谷区上根岸町八十二番地　正岡常規へ

〔句稿一八、十六句〕

行く秋をすうとほうけし薄《すすき》哉
行く秋の犬の面こそけゞんなれ
綈《てい》袍《ほう》を誰か贈ると秋暮れぬ
祭《さい》文《もん》や小《こ》春《はる》治《じ》兵《へ》衛《え》に暮るゝ秋
僧堂で痩せたる我に秋暮れぬ
行秋や此頃参る京の瞽《ご》女《ぜ》
行秋を踏張て居る仁王哉
行秋や博多の帯の解け易き

機《はた》を織る孀《やもめ》二十で行く秋や
行く秋やふらりと長き草鞋《わらじ》の緒《お》
日の入や五重の塔に残る秋
行く秋や椽《えん》にさし込む日は斜《ななめ》
山は残山水は剰水にして残る秋
二十九年十月　　　愚陀拝
原広し吾門前の星月夜
新らしき蕎《そ》麦《ば》打て食はん坊の雨
憶古白
古白とは秋につけたる名なるべし

漱62

十月

熊本市合羽町二百三十七番地　夏目金之助より
下谷区上根岸町八十二番地　正岡常規へ

〔句稿一九、十五句〕

初恋〔二句〕

今年より夏書《げがき》せんとぞ思ひ立つ
独り顔を団扇でかくす不審なり

逢恋〔三句〕

降る雪よ今宵ばかりは積れかし
㊚思ひきや花にやせたる御姿
㊚影法師月に並んで静かなり

別恋〔二句〕

㊚きぬ〴〵や裏の篠原露多し
見送るや春の潮のひた〳〵に

規21　〔句頭の㊚は子規の批点、別に誰のものか不明の批評があるが略す〕

忍　恋〔二句〕

㊈人に言へぬ願*の糸の乱れかな

㊈君が名や硯《すずり》*に書いては洗ひ消す

絶　恋〔二句〕

橋落ちて恋中絶えぬ五月雨

㊈忘れしか知らぬ顔して畠打つ

恨　恋〔二句〕

㊈行春を琴搔《か》き鳴らし搔き乱す

㊈五月雨や鏡曇りて恨めしき

死　恋〔二句〕

生れ代るも物憂からましわすれ草

化石して強面《つれ》なくならう朧月

二十九年十月　　　　　　　子規　妄㊈

愚陀拝

漱63　十一月十五日(日)

熊本市合羽町二百三十七番地　夏目金之助より
下谷区上根岸町八十二番地　正岡常規へ

拝啓

ここに一つの御願有之候。先頃学校の教務掛の庭に霊芝《れいし》とか何とかいふものが生たと申すにより小生にその詩を作つてくれと申し来り候処が、小生は御存じの通りの詩人なれば何とか言ひ抜けて胡魔化さんと存候処、運のわるき時は困るものにて小生の断はりたるを謙辞とのみ推了してくれ、果《はて》は自宅まで押懸来り依頼致候につき、そこは鉄面の小生遂《つい》によろしいと受合申候。それより『幼学詩韻』などをひねくりちらしやつとの事で五絶五首を作り候へども自分ながらこれが拙の詩でげすと人に贈る訳にも相成兼るといふ次第で、やむをえず貴公を煩はして*種竹先生の添削《てんさく》を仰ぎたしと存候。尤も面倒なれば右五首の中ただ一首だけにてよろしく候間、なるべく詩になりそうなものを捉へて詩に御成し被下候へば、それでよろしく候。化鉄為金《てつをかしてきんとなす》事は化学上においても文学上においても同様困難の事と存候間、地金のまま少々御錬鍛《ごれんたん》のほど願上候。もしまたそれも御面倒ならば小生の代理に一句御浮び被下候へば幸甚《こうじん》の至に存候。右甚だ御迷惑ながら種竹氏に御依頼のほど懇願致候。

*『日本人』は当地にて購読の道を開き候へば御送に及ばず候。新聞代価は君に迷惑を懸ては済ぬと思ひ為替で送り候。しかし一部位はどうで都合がつくといふなら送らぬ。但し君が払ふ位なら僕が払ふも同じ事故《ゆえ》これより送る事と致したし。

小生、近頃蔵書の石印一枚を刻してもらひたり。章曰《しょうにいわく》漾虚碧堂図書と漾虚碧堂とは*虚子と碧梧桐《へきごとう》を合したやうな堂号なれど、これは*春山畳乱青春水漾虚碧と申す句より取りたるものに候。刻者は伊底居士とて先般より久留米の梅林寺に滞留し近頃当地見性寺の僧堂に参りをり候もの、篆刻《てんこく》の余暇参禅の工夫に余念なき様子、刻風は*蘇爾宣篆法とかいふ奴を注文致候。頗《すこぶ》る雅に出来《しゅったい》致候。ちよつと御覧に入たしと存候へども肉を買はぬ故、押す事が出来ず次回に送るべし。

俳句頗る不景気につき差控へ申候。そのくせ種切《たねぎれ》の有様に御座候。

*大兄の*新体詩(洪水)拝見致候。*音頭瀬などよりもよほどよろしくと存候。しかも処々俗語を調和せんとて遂に俗語にをはるものあるやうに被存候。貴意如何。

＊虚子の俳論を読み候。内容と外容の議論「論事矩《ろじつく》」を応用したる所面白く御座候。或点において内容を充すと同時に外容を縮めざる事を力《つと》むべきは誰も同感ならんと存候。しかしそれがため好んで詩形の外に逸出せば遂に俳句なきに至らんか。いはんや外容内容共に依然たるの時においてなほ好んで字句を膨張せば不必要の勢力を使用するに過ぎざらん。虚子好んで長句を用ふ。これ既に十七字の詩塁を離れんとするなり。全く離るるは可なり。虚子今日の挙動は半身を塁外に排して敵を麾《さしまね》ぐが如し。矢石の標とならずんば幸なり。敢て貴意を問ふ。

そんな事はどうでもよし。先は用事まで。右なるべく例によらず御早く願ひます。穴賢。

十一月十五日　　　　漱石

子規様　研北

漱64　十一月

熊本市合羽町二百三十七番地　夏目金之助より
下谷区上根岸町八十二番地　正岡常規へ

〔句稿二〇、二十八句〕

藻ある底に魚の影さす秋の水

秋の山松明かに入日かな

秋の日《ひ》中《なか》山を越す山に松ばかり

一人出て粟刈る里や夕焼す

配達ののぞいて行くや秋の水

秋行くと山《さん》僮《どう》窓を排しいふ

秋の蠅握つて而《そ》して放したり

生《あい》憎《にく》や嫁《よめ》瓶《びん》を破る秋の暮

摂《せっ》待《たい》や御僧は柿をいくつ喰ふ

馬《ば》盥《だらい》や水《みず》烟《けむり》して朝寒し

訪隠者　一句

菊咲て通る路なく逢はざりき

空に一片秋の雲行く見る一人

秋高し吾白雲に乗らんと思ふ
野分して一人障子《しょうじ》を張る男
御名残《おなごり》の新酒とならば戴かん
菊活けて内君転《うた》た得意なり

悼亡一句

見えざりき作りし菊の散るべくも
肌寒や膝を崩さず坐るべく
僧に対すうそ寒げなる払子《ほっす》の尾
善男子善女子に寺の菊黄なり
盛り崩す碁石の音の夜寒し
壁の穴風を引くべく稍《やや》寒し
蟷螂《とうろう》のさりとては又推参《すいさん》な
此里や柿渋からず夫子《ふうし》住む
初冬や向上の一路未だ開かず

冬来たり袖《しゅう》手《しゅ》して書を傍観す
初冬を刻むや烈士喜《き》剣《けん》の碑
初冬の琴面白の音《ね》じめ哉

吐正

二十九年十一月　漱石拝

漱65　十二月

熊本市合羽町二百三十七番地　夏目金之助より
下谷区上根岸町八十二番地　正岡常規へ

〔句稿二一、六十二句〕

○凩や海に夕日を吹き落す
○吾《わが》栽《うえ》し竹に時雨を聴く夜哉
ぱち〳〵と枯葉焚《た》くなり薬師堂

〔○印と添削・評は子規の依頼にもとづく虚子によるものと思われるが、参考のため示しておく〕

浪人の寒菊咲きぬ具《ぐ》足《そく》櫃《びつ》　寒菊ト具足櫃トノ位置不明ト覚ユ　イカヾ

謡《うた》ふべき程は時雨つ羅生門

○折り焚き〔て〕時雨に弾かん琵琶もなし

銀屛を後ろにしたり水仙花

○水仙や主人唐《から》めく秦《はた》の姓

○水仙や根*岸に住んで薄氷

○村長の羽織短かき寒哉

○革《かわ》羽《ば》織《おり》古めかしたる寒かな

凩の松はねぢれつ岡の上

○野を行けば寒がる吾を風が吹く

○策《むちう》つて凩の中に馬のり入るゝ

○夕日逐《お》ふ乗合馬車の寒かな

雪ながら書院あけたる牡《ぼ》丹《たん》哉

堅《かた》炭《ずみ》の形ちくづさぬ行《ゆく》衛《え》哉　　行衛の二字いかゞ

○○雑《ぞう》炊《すい》や古き茶椀に冬籠

○鼓うつや能楽堂の秋の水

重なるは親子か雨に鳴く鶉《うずら》

○底見ゆる一枚岩や秋の水

行《ゆく》年《とし》を家賃上げたり*麹《こうじ》町《まち》

行年を妻炊《かし》ぎけり栗の飯

*器械湯の石炭臭しむら時雨

○酔て叩く門や師走の月の影　　影ノ字イカヾ

○貧にして住持《じゆうじ》去るなり石蕗《つわ》の花

○博《ばく》徒《と》市に闘ふあとや二《に》更《こう》の冬の月

○しぐれ候程に宿につきて候程に　　下五「つきて候」

○○累々と*徳孤ならずの蜜《み》柑《かん》哉

○○同化して黄色にならう蜜柑畠

○○日あたりや熟柿《じゆくし》の如き心地あり

○○大将は五枚しころの寒さかな

○山《さん》勢《せい》の蜀《しよく》につらなる小春かな

かきならす灰の中より木の葉哉

汽車を逐て煙這《はい》行《ゆく》枯野哉

○*紡績の笛が鳴るなり冬の雨

がさ〳〵と紙衣振へば霰《あられ》かな

○挨《あい》拶《さつ》や髷《まげ》の中より出る霰　イカゞ

○かたまつて野武士落《おち》行《ゆく》枯野哉

*魏《ぎ》叔子《しゆくし》*大鉄椎伝《だいてつついでん》　一句

○星飛ぶや枯野に動く椎《しい》の影

鳥一つ吹き返さるゝ枯野かな

さら〳〵と栗の落葉や鵙《もず》の声

○○空家やつくばひ氷る石蕗の花

飛石に客すべる音す石蕗の花　飛石ト石蕗ノ花ノ位置不明
○*吉《き》良《ら》殿《どの》のうたれぬ江戸は雪の中
○覚めて見れば客眠りけり炉のわきに
○○面白し雪の中より出る蘇《そ》鉄《てつ》
寐る門を初雪ぢやとて叩きけり
○雪になつて用なきわれに合《かっ》羽《ぱ》あり
○○僧俗の差し向ひたる火桶哉
○○六波羅へ召れて寒き火桶哉
○物語る手《て》創《きず》や古りし桐火桶
○生垣の上より語る小春かな
小春*半《はん》時《とき》野川を隔て語りけり　寧《むし》ロ春カ
○居眠るや黄《こう》雀《じゃく》堂に入る小春
○○家富んで窓に小春の日陰かな
○○白旗の源氏や木曾の冬木立

○
○立籠る上田の城や冬木立
枯残るは尾花なるべし一つ家
時雨るは平家につらし五*家荘《ごかのしよう》
藁《わら》葺《ぶき》をまづ時雨けり下根岸
○堂下潭《たん》あり潭《たん》裏《り》影あり冬の月

明治二十九年十二月　　漱石拝

清新不凡自ラ漱石調ナルモノア
リ敬服　明治三十年元旦　鎌倉
雪の下ニテ　虚子生

明治三十年（一八九七、三十歳）

大江村の自宅で昼寝する漱石．明治30年9月から31年3月までこの家に住んだ（『漱石写真帖』1928年より，31年山川信次郎撮影）

（**1・15**　柳原極堂、松山で『ほととぎす』創刊。）

1月　子規宛書簡（**漱66**・〈**規22**〉、句稿二二）。

2・17　漱石宛書簡（**規23**、西洋の「詩集を読むことが近来の第一の楽《たのしみ》」と）。

2月　子規宛書簡（**漱67**・〈**規24**〉、句稿二三）。

3・7　子規、『日本』に連載中の「明治二十九年の俳句界」で漱石を激賞。

3・23　子規宛書簡（**漱68**、『古白遺稿』のために為替で二円送金した旨知らせる）。

4・2　漱石宛書簡（**規25**、短冊を贈る）。

4・16　子規宛書簡（**漱69**・〈**規26**〉、句稿二四、久留米の古道具屋で入手した士朗・淡々の二軸を慰めのため贈る）。

4・23以前　漱石宛書簡（**規・失**）。

4・23　子規宛書簡（**漱70**、「教師をやめて単に文学的の生活を送りたきなり」）。

5・3　漱石宛書簡（**規27**、「掛物二幅恵贈多謝。淡々ハ真ナラン士朗ハ偽カ。……再度ノ手術再度ノ疲労一寸先ハ黒闇々」）。

5・28　子規宛書簡（**漱71**、句稿二五）。

5月下旬　子規、一時重態に陥る。

6・3　子規の看病に赤十字社の看護婦加藤はま子を頼む。

6・16　漱石宛書簡（**規28**、病状平常化、交替の看護は見合わせに）。
7・5　子規、宮沢義喜・宮沢岩太編『俳人一茶』の巻末附録に「一茶の俳句を評す」を掲載。
7・9　漱石、上京し、鏡子の実家の中根宅に滞在。滞在中、鏡子は流産して転地療養。
7・18　漱石、根岸庵での句会に参加。
7・31　漱石、子規宅を訪問。
8・1　子規宛書簡（**漱72**、前日の訪問の礼状）。
8・7　根岸庵で句会（例会）。第一回運座で漱石、第二回運座で子規が高得点をとる。
8・22　漱石、根岸庵での句会に参加。
9・6　漱石宛書簡（**規29**、「再会を期す」と）。
9・11　子規宛書簡（**漱73**、無事到着と転居の報告）。この日、熊本県飽託郡大江村四百一番地に転居。
9・15　漱石宛書簡（**規30**、小説執筆中の報告をして、「少しにても元気ある内に五枚にても十枚にてもこころみたく存をり候」と）。
10月　子規宛書簡（**漱74**・〈**規31**〉、句稿二六）。この頃、漱石が子規に送った句稿が『日本』『ほとゝぎす』にしばしば掲載される。
12・12　子規宛書簡（**漱75**・〈**規32**〉、句稿二七、五言律一首を送る）。

漱66　一月

熊本市合羽町二百三十七番地　夏目金之助より
下谷区上根岸町八十二番地　正岡常規へ

われ一転せば猿たらん、われ一転せば神たらん、わが既往三十年刻して眉宇《びう》の間にあり。明鏡の裡われ焉《いずく》んぞわれを欺き得ん。猿の同類か、神の親戚か、須《すべか》らく自家の眼面を熟視して推量一番せよ。われはわが父母の墓碑銘、わが子はわが伝記抄録なり。但横目竪鼻二足の馬真善美を載せて無限の空間を走る。われ走らずんば彼ら去って他によく走るものを求めん。日暮れ道遠し急ぐとも及ぶまじ、時に量なし背後に印する鉄鞭の痕は一条ごとに秒と分と時と昼夜を刻して自覚の料となす。己れに鞭《むち》うたざるものは時を自覚する能はず、時を自覚する能はざるものは死者と一般なり。尭これを舜に伝へ、舜これを禹に伝へ、禹はこれを周公孔子に伝ふ。祖先の産を伝ふるは難きにあらず、吾願くはこれを倍し三倍し百倍せん。父母の薬缶を受継ぎこれを子孫に譲るが能ならば、われは唯一個の電信線に過ぎざらん。漱石子遂《つい》に猿に退化せんか将《は》た神に昇進せんか。そもそもまた元の杢阿弥《もくあみ》か、南無愚陀仏。

　生れ得てわれ御目出度顔の春

その他少々。

〔句稿二三、二十二句〕

*五斗米を餅にして喰ふ春来たり

◉臣老いぬ白髪を染めて君が春

元日や蹣跚《まんさん》として吾思ひ

◉馬に乗つて元朝《がんちょう》の人勲二等

詩を書かん君墨を磨《す》れ今朝の春

◉元日や吾新たなる願あり

春寒し*印陀羅《いんだら》といふ画工あり

聾なる僕藁を打つ冬籠

親子してことりともせず冬籠

規22 〔子規はこの書簡の前半部も「作品」とみなし、その冒頭に句に対すると同じように○印を与えている〕

医はやらず歌など撰し冬籠
○力なやや油なくなる冬籠
仏*焚て僧冬籠して居るよ
○燭つきつ墨絵の達磨《だるま》寒気なる
○○燭きつて暁ちかし大晦日
○○餅を切る庖丁鈍し古暦
冬籠弟は無口にて候
桃の花民天子の姓を知らず
松立てゝ空ほの〴〵と明る門
ふくれしよ今年の腹の粟餅に
貧といへど酒飲みやすし君が春
塔五重五階を残し霞みけり

以上。

規23 二月十七日(水)

下谷区上根岸町八十二番地　正岡常規より
熊本市合羽町二百三十七番地　夏目金之助へ

ずるいこともずるいが忙しいこともいそがしいので御無沙汰《ごぶさた》致候。苦しいことも苦しいが忙しいことも忙しいので筆ははなさず候。胃が悪いことも悪いが、いそがしいこともいそがしいので大食も致し候。

本年初よりはほとんど筆を置くひまがないほどいそがしく、いはば筆硯《ひつけん》御繁昌《ごはんじょう》先づ〳〵おめでたうと自ら祝し奉る儀に有之《これあり》候。さやうな仕合せなれバ大兄の事を思ひ出す間がない位にいそがしく御座候。しかしたま〳〵に大兄の事を思ひ出す。それは西洋の詩集を読む時に有之候。詩集がむつかしいのと字書が備はらずに居るとでどうしても分らんことが多い。その時ハいつでも大兄が東京なら善《よ》からうと思ふ。詩集を読むことが近来の第一の楽《たのしみ》で少し間があれば詩集を見る、嬉《うれ》しくてたまらん、けれども年始已来《いらい》詩集を見る時間も少い、それ故大兄を思ひ出すことも少かつたとマアかやうな次第に有之候。

新体詩に押韻を初めたところが実にむつかしい。更に句切の一致をやつて見た処が更にむつかしい、更にむつかしいほど更に面倒くさい。更に面倒くさいほど更ニ面白い、四、五日前にハ毎夜発熱にもかかはらず二時三時まで夜を更《ふ》かして一篇を作るに四日ほどかかつた。頭がわれるやうに苦しいこともあつた。目が見えぬまでに逆上した事もあつた。しかし出来て見ると下手《へた》でも面白い。病気なんどはどうでもいいと思ふ。

　ところがどうでもいいといはれぬやうになつた。腰がまた〳〵痛を増した。少し筋肉が腫《は》れた。医者は手を打《うつ》て病気ハ今やう〳〵分つたといつた。病気といふはルチュー毒類似の者ださうだ。それで明後日、*佐藤三吉に来て見てもらつて、いよ〳〵外科的の刃物三昧《ざんまい》に及ばなければならぬといつたら僕も男だから直様《すぐさま》入院して切るなら切つて見ろと尻をまくるつもりに候。尤《もつと》も切り開いたら血も出ることと存候。膿汁《のうじゅう》も出ることと存候。痛いことも痛いことと存候。切つたために足の病気が直つたら、*しめこのうさ〳〵だけれど少くもびつこになる位のことはあろと覚悟してゐる。

　僕の身はとうから捨てたからだだ。今日まで生きたのでも不思議に思ふてゐる位だ。しかし生きてて見れば少しも死にたくはない、死にたくはないけれど到底だめだと思へバ鬼の目に涙の出ることもある。それでも新体詩か何かつくつてゐればただうれしい。死ぬるの生きるのといふはひまな時の事也。この韵《いん》はむつかしいが何かいい韵はあるまいかと手製の韵礎を探つてゐる間に生死も浮世も人間も我もない。天下ハ韵ばかりになつてしまつてゐる。アア有難いこの韵字ハ妙だと探りあてた時のうれしさ。

この頃ハ僕が小説を書くといふことが新聞に出たさうだ。すると本屋が来てどうか一つ御願ひ申《もうし》たいのでといふ。そこは僕ノコトナレバ小説は出来ませんなどとことわるのもいやで、アイ〳〵宜《よろ》しうございますと受けあつた。ソレデハ今度のが出来ましたらそのお後でも最《も》一《ひと》つ御願ひ申たいといつた。アイ〳〵宜しうございますと受《うけ》あつた。受あつたが自ら驚いたネ。小説とハどんなに書いたらいいのであらう。

しかシこれで僕ノ小説が出たら嘘から出た誠だね。君の草稿を返すが返すが今少し待《まつ》てくれ玉へ。この二、三日少し頭がもや〳〵してたまらぬ(尤も腰痛のために多少の熱もある)。この手紙書くのもいやいや書いたから乱暴だ。逢《お》ふて話したくても手紙ハ書けぬ時がある。それは頭の乱れてゐる時だ。余り御無沙汰するから一書進呈するけれど乱筆乱語無礼失敬、万事御海容〳〵。

明治三十年二月十七日夜　　規

漱石兄

〔封筒ノ裏ニ〕

僕ガ外出スルヤウニナツタラ、コノ種ノ状袋《じようぶくろ》ヲ君ヘ贈ロト思ツテルケレド、マダイツノコトヤラ分ラヌ。

漱67　二月

熊本市合羽町二百三十七番地　夏目金之助より

下谷区上根岸町八十二番地　正岡常規へ

〔句稿二三、四十句〕

○酒苦く蒲《ふ》団《とん》薄くて寐られぬ夜

ひた〳〵と藻草刈るなり春の水

岩を廻る水に浅きを恨む春

散るを急ぎ桜に着んと縫ふ小《こ》袖《そで》

規24　〔子規の添削・評。句頭の○、傍線も子規〕

春水ニ刈ルベキ藻アリヤ否《いなや》

趣味解セズ

○出《で》代《がわり》の夫婦別れて来りけり
○○人に死し鶴に生れて冴《さえ》返《かえ》る
*隻《せき》手《しゅ》此《この》比《ひ》良《ら》目《め》生捕る汐干よな
恐らくば東《こ》風《ち》に風ひくべき薄着
○○*寒山か拾《じっ》得《とく》か蜂に螫《さ》されしは
○○ふるひ寄せて白魚崩れん許《ばか》り也
○○落ちさまに虻《あぶ》を伏せたる椿哉
貪《むさぼ》りて鶯続け様に鳴く
○のら猫の山寺に来て恋をしつ
○○ぶつ〳〵と大な田《た》螺《にし》の不平哉
菜の花や城代二万五千石
○○明《めい》天《てん》子《し》上にある野の長《の》閑《どか》なる
○*大《だい》纛《とう》や霞の中を行く車
烈士剣を磨して陽炎《かげろう》むら〳〵と立つ

○柳あり江あり南画に似たる吾
○○或夜夢に雛《ひな》娶《めと》りけり白い酒
霞みけり物見の松に熊*坂が
○酢熟して三*聖顰《ひん》す桃の花
○川を隔て牛散点し霞みけり
散点す牛、ニテハ如何
○薫ずるは大内といふ香《こう》や春
○○姉《あね》様《さま》に参らす桃の押絵かな
○よき敵ぞ梅の指《さし》物《もの》するは誰
○○朧夜や顔に似合ぬ恋もあらん
○住吉の絵巻を写し了る春
○○春は物の句になり易し古短冊
山の上に敵の赤旗霞《かす》みけり
○○木瓜《ぼけ》咲くや漱石拙《せつ》を守るべく
○○滝に乙鳥《いっちょう》突き当らんとしては返る

なある程是《これ》は大きな涅《ね》槃《はん》像《ぞう》
○春の夜を兼《けん》好《こう》緇《し》衣《い》に恨みあり
○暖に乗じ一挙虱《しらみ》をみなごろしにす
達磨傲《ごう》然《ぜん》として風に嘯《うそぶ》く鳳巾《いかのぼり》
疝《せん》は御大事余寒烈《はげ》しく候へば
○○菫《すみれ》程な小さき人に生れたし
○○前《まえ》垂《だれ》の赤きに包む土《つ》筆《くし》かな
○水に映る藤紫に鯉緋《ひ》なり

明治三十年二月　漱石

病子規妄評

漱68　三月二十三日(火)

熊本市合羽町二百三十七番地　夏目金之助より
下谷区上根岸町八十二番地　正岡常規へ

*湖泊堂遺稿出版のため応分の合力可致《いたすべく》御約束致候につき、不取敢《とりあえず》軽少ながら金弐円郵

便為替にて御送付申上候間、御受納被下候ば本懐の至に御座候。急ぎ候まま当用のみ。御免可被下候。頓首。

梓彫る春雨多し湖泊堂

三月二十三日　漱石

子規様

規25　四月二日(金)

下谷区上根岸町八十二番地　正岡常規より
熊本市合羽町二百三十七番地　夏目金之助へ

いもうとのやつにたにさく買ひにやり候処、不風流極《きわま》るものを買ひ来り。それもよけれど品のわるきこと夥《おびただ》しく、これならば御地にもあるべけれど御手習の料にもと御送申上候。御さげすみ被成《なされ》ぬやう奉願《ねがいたてまつり》候。もつとも当地のものハ京都のやうなものとハ違ひ候かと存候。それにしても近日ある人が持参のものなどはかなりによろしく候を思へバ、畢竟《ひつきよう》下谷《したや》に短冊《たんざく》なきものと存候。下谷にたにさく買ふの愚なることを只今《ただいま》知り申候。呵々《かか》。

あひかはらず草臥《くたびれ》強く閉口致候。已上《いじょう》。

規

金様

漱69 四月十六日(金)

熊本市合羽町二百三十七番地　夏目金之助より
下谷区上根岸町八十二番地　正岡常規へ

腰部切開後の景況あまり面白からぬ由困った事と存候。過日は美事なる短冊御寄送被下ありがたく奉謝候。時々徒然《つれづれ》の折は手習のためむだ書致しをり候。今春期休に久留米に至り高良山に登り、それより山越を致し発心と申す処の桜を見物致候。帰途久留米の古道具屋にて士朗*と淡々*の軸を手に入候につき御慰のため進呈致候。勿論双方とも真偽判然せず、かつ士朗の句、月花を捨て見たれば松の風といふは過日差上候梅室*の句と同じやうに記臆致しをり候。元来の駄句と存候に如何なれば色々の俳人の筆に登るにや。これも偽物の一証かもしれずと存候。しかし疎画は句よりもなか〳〵風韵あるやう見受申候。淡々の方は画は三文の価値も無之、字は少々見処あり、句に至ってはやはり駄の方と存候。これも偽物かもしれず何せよ御笑草にまで御覧に入候。先日来山川を当校に招聘《しょうへい》致す事に相成、目下拙宅に寄寓致をり候。小生東京のある学校にて招きを受け候処、待遇も中分なければ何分学校の義理あり、かつ校長の依頼、山川へ対しての信義などの点より謝絶致す事と相成候。虚子北堂の病気はか〴〵しからぬ由にて、なほ滞松のよし気の毒の至と存候。近頃*小説を物せられたる由広告で拝承、嘘から出た真と相成候にや。呵々。近業御覧に入候間、御叱正願上候。不一。

四月十六日　漱石

子規様　薬湯炉辺

〔句稿二四、五十一句〕

規26　〔子規の評。句頭の○、傍線も子規〕

○古往今来切って血の出ぬ海鼠《なまこ》かな

○○西*函《かん》嶺《れい》を踰《こ》えて海鼠に眼鼻なし

○土筆《つくし》物言はずすん〳〵とのびたり

剣〔五句〕

春寒し墓に懸けたる季子の剣

抜くは長井兵助の太刀春の風

剣寒し闥《たつ》を排して*樊《はん》噲《かい》が

○○太刀佩《はい》て恋する雛ぞむつかしき

浪人の刀錆《さ》びたり時鳥

泳〔六句〕

顔黒く鉢巻赤し泳ぐ人

深うして渡れず余は泳がれず

裸体なる先生胡《こ》坐《ざ》す水泳所

泳ぎ上り河童驚く暑かな

泥川に小児つどいて泳ぎけり

亀なるが泳いできては背を曝《さら》す

字〔五句〕

○いの字よりはの字むつかし梅の花

○○夏《げ》書《がき》する黄《おう》檗《ばく》の僧名は*即《そく》非《ひ》

○○客に賦《ふ》あり墨磨《す》り流す月の前

巨《こ》燵《たつ》にて一筆しめし参らせう

○金《きん》泥《でい》もて法華経写す日永哉

謡〔五句〕

○○春の夜を*小《こ》謡《うたい》はやる家《か》中《ちゅう》哉

○隣より謡ふて来たり夏の月

○肌寒み禄を離れし謡ひ声

謡師の子は鼓うつ時雨かな

○○謡ふものは誰ぞ桜に灯ともして

*八《やつ》時《どき》の広き畑打つ一人かな

○○角《つの》落ちて首傾けて奈良の鹿

○菜の花の中へ大きな入日かな　真赤な

木瓜《ぼけ》咲くや筮《ぜい》竹《ちく》の音算《さん》木《ぎ》の音

○若鮎の焦《あせ》ってこそは上るらめ

○夥《おびただ》し窓春の風門春の水

〔「夥し」の二字の右横に「△△」の印を置いて〕此語改メタシ

○据《す》風《ぶ》呂《ろ》に傘さしかけて春の雨

○泥海の猶《なお》しづかなり春の暮

高良山〔二句〕

○石《せき》磴《とう》や曇る肥前の春の山

○松をもて囲ひし谷の桜かな

○雨に雲に桜濡《ぬ》れたり山の陰

○菜の花の遥かに黄なり筑後川

○花に濡るゝ傘なき人の雨を寒み

○人に逢はず雨ふる山の花盛

○筑後路や丸い山吹く春の風

○○山高し動《やや》ともすれば春曇る
濃《こまや》かに弥生の雲の流れけり　〔以下子規の批点不明〕
拝殿に花吹き込むや鈴の音
金襴《きんらん》の軸懸け替て春の風
留針《とめばり》や故郷の蝶余所《よそ》の蝶
しめ縄や春の水湧《わ》く*水前寺《すいぜんじ》
*上画津《かみえづ》や青き水菜に白き蝶
菜種咲く小島を抱いて浅き川
棹《さお》さして舟押し出すや春の川
柳ありて白き家鴨《あひる》に枝垂《しだれ》たり
就中《なかんずく》高き桜をくるり〳〵
魚は皆上らんとして春の川

叱正

四月十八日　漱石拝

漱70　四月二十三日(金)

熊本市合羽町二百三十七番地　夏目金之助より
下谷区上根岸町八十二番地　正岡常規へ

腫物なほ〳〵長大に生長厖然《ぼうぜん》たる腰辺の大塊さぞかし御難儀と存候。精々御自愛可然《しかるべく》と存候。

小生身分色々御配慮ありがたく奉謝候。実は教師は近頃厭《いや》になりをり候へども、さらば翻訳官はといふと果してやって除《のけ》るといふほどの自信と勇気無之、第一法律上の言語も知らぬ我々が外務の翻訳官と突然変化した処で英文の電報一つ満足には書けまいと思ふなり。尤も一、二年見習の上は多少地のある事なれば何とか胡魔化しもきくべけれど、差当りては到底高等官処か属官の価値もあるまじと存候。実は去年十月頃教師をやめたいが好分別はなきやと中根に相談致し候処、外務の翻訳官に依頼し置きたり(多分*小村なるべし)と申し越したり。*尊叔が課長なれば非常の好都合なれど自信なき事に周旋を頼み後に至り君及び加藤氏に迷惑がかかりては気の毒故、その職掌事務等詳細の事相分り、これならば随分君の面目を損する事なく遣って行けるといふ見込がつくまでは先づ差し控た方可然《しかるべく》と愚考致候。

仙台の高中に目下行きたき考なし。仙台は愚か東京の高等学校でも多分は辞する考なり。過日高等商業学校長小山*より中根を介して年俸千円高等官六等にて来ぬかと申し来り。中根も否教師をして居る位なら当分現在の地位にて少し成蹟を現はしたる後にて動きたし。金の不足あるならば月々補助するから帰京せよとまで勧めたれど、一方にては当地の校長は是非共居つてくれねば困ると懇々の依頼なりし故、宜しい貴公がそれほど小生を信じて居るならば小生も出来るだけの事はすべし、また教師として世に立つ以上は先づ当分の処御校のために尽力すべしと明言したり。かつこの語は校長のみならず山川を呼ぶ時にも明答に及びたる次第、目下仮令《たとい》如何なるよき口ありとも自ら進んで求むるの意なく候。尤も小生と当学校との関係変化する場合、あるひは一身の事情にて断然教育界を去る場合や、あるひは官命にて是非なき場合は別問題にて、自由に進退し得る境遇に御座候。今回の翻訳官なども教師の口で他へ転ずる訳でないから小生に意思あり外務省で採用すれば当校を去る点においては別に苦情もある間鋪《まじく》と思へども、如何せん進んで願はれぬと申す訳は冒頭に申せし次第なれば是非なし。

さて小生の目的御尋ね故、御明答申上たけれど、実は当人自らがいはゆるわが身でわが身がわからない位故、到底山川流に説明する訳には参り兼候へども単に希望を臚列《ろれつ》するならば教師をやめて単に文学的の生活を送りたきなり。換言すれば文学三昧にて消光したきなり。月々五、六十の収入あれば今にも東京へ帰りて勝手な風流を仕る覚悟なれど、遊んで居つて金が懐中に舞ひ込むといふ訳にもゆかねば、衣食だけは小々堪忍辛防して何かの種を探し(但し教師を除ク)その余暇を以て自由な書を読み自由な事を言ひ自由な事を書かん事を希望致候。しかるに小生は不具の人間なれば行政官事務官などは到底してくれる人もなく、あつても二、三月で愛想を尽かすにきまつて居れば大抵な口では間に合はず。因《よつ》て先頃郵便にて、今回もし帝国図書館*とか何とかいふものが出来る様子だから、もし出来たらば其方へで〔も〕周旋してくれまいかと中根へ申てやり候処、図書館の方は牧野*に面会色々聞た処あたかも松方内閣*成立の始めでどうなるやら夢のやうな話しなりとの返答、中根より到着致候まま、その話しは今日までそれナリに御座候。

右至急御返事まで。草々如斯《かくのごとき》に御座候。

ついでに伺候《うかがい》。『一葉集』*といふ俳書は前後両篇にて壱円弐拾銭位ならば高くはなきや。また『芭蕉句解』*も八十銭位で相当の価なりや。両書共久留米で見当たれど高さう故買はなんだ。安ければ今から取寄せるつもりなり。

尊叔には未だ拝顔を得ざれどよろしく御鳳声願上候。

二十三日　　　　　　　　　　　　　　金

升様

規27　五月三日(月)

下谷区上根岸町八十二番地　正岡常規より
熊本市合羽町二百三十七番地　夏目金之助へ

啓

掛物二幅恵贈多謝。淡々ハ真ナラン士朗ハ偽カ。『一葉集』一円余高シトイフベカラズ。再度ノ手術再度ノ疲労一寸先ハ黒闇々《こくあんあん》。

某商業学校ヲ出デテ翻訳課ニ入ル。君ヲ聘《へい》セントシタルハソノ後釜《あとがま》ナリシナラン。僕ノ君ヲ招キシハソノ先釜ナリシナリ。奇々妙々。

誰カ翻訳官ヲ難シトイフ。ソノ人ヲ見レバ一笑。

錬卿来ル未ダ逢《あ》ハズ、*非風去ル遂《つい》ニ逢ハズ。

硯海《けんかい》旱《かん》アリ。毛頴《もうえい》子夜哭《こく》ス。

天下ノ事乃公《だいこう》ヲ待ツ多シ。乃公終《つい》ニ天下ニ負《そむ》カンカ。抱負ノ大此《かく》ノ如シ。君笑フ莫《なか》レ。

英字読ムニ懶《ものう》シ。病牀無聊《びょうしょうぶりょう》『水滸伝《すいこでん》』ヲ読ム。九紋龍《くもんりゅう》ヤ花和尚《かおしょう》ヤ躍然トシテ紙上ニ見ル。一字これヲ評ス。快。春マサニ暮レントス。独リ浣腸《かんちょう》ニ忙シ。醜々。

明治三十年五月三日　　根岸　病　子規

熊本
健愚陀和上

時ニ気温　十九度
体温三十八度二分
大雨ダラ〱
隣舎鯉ヲアゲズ

笑止

〔封筒ノ裏ニ〕

＊二百三十七番ハムツカシキ故随《よっ》テ記スレバ随テ忘ル。コノ頃「二三ガ七」ト記臆ス。終《つい》ニ忘レズ。秘伝ナリ。

漱71　五月二十八日(金)

熊本市合羽町二百三十七番地　夏目金之助より
下谷区上根岸町八十二番地　正岡常規へ

薫風の時節、病魔果して如何。近日蕪村の続稿を読みて少しく軽快に向へるを知る。伏して道体の安全を祈る。小子因例如例《れいによってれいのごとく》碌々たり昏々たり。詩腸枯れ硯池蕪す、時に句あり。皆句を成さず嘆息。

〔句稿二五、六十一句〕

行く春を剃《そ》り落したる眉《まゆ》青し

行く春を*沈《ちん》香《こう》亭《てい》の牡丹哉

春の夜や局《つぼね》をさがる衣の音

憶子規〔一句〕

春雨の夜すがら物を思はする

埒《らち》もなく禅師肥たり更衣《ころもがえ》

よき人のわざとがましや更衣

更衣《きぬかえ》て弟の脛《すね》何ぞ太き

埋《うず》もれて若葉の中や水の音

影多き梧《ご》桐《どう》に据る床《しょう》几《ぎ》かな

*郭公茶の間へまかる通夜の人

蹴《けり》付《つけ》たる讐《あだ》の枕や子規《ほととぎす》

辻《つじ》君《ぎみ》に袖牽《ひか》れけり子規

扛《あ》げ兼て妹が手細し*鮓《すし》の石

小《こ》賢《ざか》しき犬吠《ほえ》付《つく》や更衣

七筋《ななすじ》を心利きたる鵜匠《うしよう》哉

漢方や柑子《こうじ》花さく門構

若葉して半簾《はんれん》の雨に臥したる

妾宅や牡丹に会す琴の弟子

世はいづれ棕櫚《しゆろ》の花さへ穂に出でつ

立て懸て蛍這《は》ひけり草箒《くさぼうき》

若葉して＊縁《えん》切《きり》榎《えのき》切られたる

でゞ虫の角ふり立てゝ井戸の端

溜池に蛙闘ふ卯月《うづき》かな

虚無僧に犬吠えかゝる桐の花

筍《たけのこ》や思ひがけなき垣根より

若竹や名も知らぬ人の墓の傍

若竹の夕に入て動きけり

鞭《むち》鳴す馬車の埃《ほこり》や麦の秋

渡らんとして谷に橋なし閑古鳥《かんこどり》
折り添て文にも書かず杜若《かきつばた》
八重にして芥子《けし》の赤きぞ恨みなる
傘さして後《うしろ》向《むく》なり杜若
*蘭《らん》湯《とう》に浴すと書て詩人なり
すゝめたる鮓《すし》を皆迄参りたり
鮓桶の乾かで臭し蝸牛《かたつむり》
生臭き鮓を食《くら》ふや*佐野の人
粽《ちまき》食ふ夜汽車や*膳《ぜ》所《ぜ》の小《こ》商人《あきんど》
蝙《こう》蝠《もり》や賊の酒呑む古館
不出来なる粽と申しおこすなる
五月雨や小袖をほどく酒のしみ
五月雨の壁落しけり枕元
五月雨や*四つ手繕《つくろ》ふ旧士族

眼を病んで灯《ひ》ともさぬ夜や五月雨《さつきあめ》
馬の蠅《はえ》牛の蠅来る宿屋かな
逃すまじき蚤《のみ》の行衛《ゆくえ》や子規
蚤を逸し赤き毛布に恨みあり
蚊にあけて口許《ばか》りなり蟇《がま》の面《つら》
鳴きもせでぐさと刺す蚊や*田原坂《たばるざか》

熊本にて〔一句〕

夏来ぬと又*長鋏《ちようきよう》を弾ずらく

藪《やぶ》近し椽の下より筍《たけのこ》が
寐苦しき門を夜すがら*水鶏《くいな》かな

*成道寺《じようどうじ》〔一句〕

若葉して手のひらほどの山の寺
*菜種打つ向ひ合せや夫婦同志
*菊池路や麦を刈るなる旧四月

麦を刈るあとを頻《しき》りに燕かな
*文与可《ぶんよか》や筍を食ひ竹を画く
五月雨の弓張らんとすればくるひたる
立て見たり寐て見たり又*酒を煮たり

こんなものばかりに候。しかし病中の御慰に御覧に入候。

また別紙詩文稿は熊本人*野々口勝太郎といふものの作にかかる。同人は往年商業学校の主計課を卒業し田舎新聞などに従事し居たる処、目下糊口の方に迷ひ頻《しき》りに小生方に泣き付に来るものなり。当人の志願は文筆を以て月々夫婦の糊口位出来ればよしといふ也。固《もと》より東京には限らねどひよつと『日本〔新〕聞』位にて使つてくれまいか。または他に心当りはなきか、病中気の毒ながら少々心配して見てくれぬか願ひます。以上。

五月二十八日　　漱石

子規子　梧下

〔封筒の裏に〕

水攻の城落ちんとす五月雨

大手より源氏寄せたり青嵐

水涸れて城将降る雲の峰

規28　六月十六日(水)

下谷区上根岸町八十二番地　正岡常規より

熊本市合羽町二百三十七番地　夏目金之助へ

拝復

先月末四、五日間打続きて九度已上《いじょう》の熱に苦《くるし》められ、朝も晩も夜も一向下るといふことなければ寐《ね》るといふこともなく、先づ小生覚えてよりこれほどの苦みなし。今度は大方あの世へ行くことと心待に待をり候処、本月初より熱は低くなり今では飯がうまくてたまらぬやうに相成候《あいなり》。また暫時は娑婆《しゃば》の厄介物とながらへ申候。しかし形勢は次第によろしからず、今は衰弱の極に有之《これあり》候。談話などは出来ず僅《わずか》に片言隻語を放ちてさへ苦しきこと多し。叔父在京のため色々世話致しくれ、今では看護婦さへ傍に置きて残りなき養生、生に取《とっ》てはチト栄耀《えよう》過る事と存候へども、生きてゐる間は一日でも楽はしたく贅沢《ぜいたく》を尽し申候。

固《もと》よりこれもいにがけの駄賃《だちん》にて、到底回復の見込《みこみ》もなりれば叔父に対しても何やら気の毒にも存候。

毎日の雨さへうらめしく天気晴《はれ》て熱低き時は愉快で〱たまらぬほどなれど、さりとて望《のぞみ》も何もなければ、ほんのその日〱の苦楽に心をなやまし申候。誠を申せば死といふことより外に何の望も無之《これなく》候。生きて居る間に死にたいとは思ふはずはないやうなれど、回復の望なくして苦痛をうくるほど世に苦しきものは無之候。この世にて添はれぬために情死するも同じことと存候。他より見れば心弱きやうに見ゆべけれど、今日苦痛減じて多少の愉快を感ずる時でさへ、未来を考へ見れば再びどんな苦が来るや分らずと思へば、今が今にても死といふことは辞せず候。

他人よりいへば、我輩のやうな道楽者でも一日も生きのびるやうにとの介抱、それを思へばいつも涙の種なれど、さりとて思ふ事も出来ず楽《たのしみ》もなくして生きて居るが手柄でもあるまじく候。一日も早く行くべき処へ行くが自分のためまた人のためと存候。死別の悲みは飼犬に死なれてもあることとなれども、それもいつか一度はあることとなれば一年早からうが五年遅からうが同じこと也。いつその事早く死んでアァ惜しい事をしたといはれたが花かとも存候。この頃は毎日晩刻七度五分位、先づ平穏の姿にてどうやら持合《もちあい》をり候。あるひは近日手術をやるかも分らず手術の結果は今より分らねど、苦痛減じて疲労来るにはあらずやと存候。尤《もっと》も御承知の病気なれば案外死もせで、まだ多少は生きのびるかも知れず候。万一生きのびるなら生きて居る間の頭の働《はたらき》如何は今より気遣敷《きづかわしく》候。今日のやうな有様にては、ほんの生きてゐるといふまでにて、新聞さへろくには得見ず、釣の話のみ面白く覚え、その外は時に『水滸伝』をひもとく位の事に候。発句さへまるで出来ず、たまに出来ても人のとくらべて見ると実に赤面するやうな句ばかり。今後もこの有様ならば生きてゐるも業因なことと存候。

箇様《かよう》なさわぎの中なれば、先日の貴書もよく拝見せず。某の詩文は五百木《いおぎ》*まで渡し置候。碧梧桐《へきごとう》、漫遊中紀行を読《よみ》てうらやましく候。

虚子『日本人』に従事致をり候。

小生、食事はすすみ候へども牛乳四合にはほと〳〵閉口致候。神田川《かんだがわ》の鰻《うなぎ》がくひたいなどと贅沢《ぜいたく》中をり候。

昨日足痛んで堪へられず(左足時々疼痛《とうつう》を起す)、ひとり蚊帳《かや》の中に呻吟《しんぎん》する時杜鵑《とけん》一声

屋根の上かと思ふほど低く鳴《な》いて過ぐ。そぞろに詩情を鼓せられて、

時鳥《ほととぎす》しばらくあつて雨到《いた》る

ただ実景のみ。御一笑。

病来殆《ほとん》ど手紙を認《したた》めたることなし。今朝無聊《ぶりよう》軽快に任せ、くり事申上候。けだし病牀《びようしよう》にありては親など近くして心弱きことも申されねば、かへつて千里外の貴兄に向つて思ふ事もらし候。乱筆のほど衰弱の度を御察被下《おさつしくだされ》たく候。已上《いじよう》。

明治三十年六月十六日　　子規

漱石　盟台

余命いくばくかある夜短し

障子あけて病間あり薔薇《ばら》を見る

病中数句あり、平凡不足看《みるにたらず》一、二附記、叱正。

貴兄この夏帰省するや否や。

漱72　八月一日(日)

麴町区内幸町貴族院官舎中根方　夏目金之助より
下谷区上根岸町八十二番地　正岡常規へ

一筆啓上

毎度ながら長座嘸《さぞ》かし御迷惑の事と存候。御傭ひ被下《くだされ》候車夫、浜田屋主人の希望により解雇。主人自ら轅棒《かじぼう》をとって虎の門まで送り届け候。六十銭は小生前の車夫より没収の上、更に四拾銭を浜田屋の老翁につかはし候。残金弐拾銭いづれその内御返上可仕《つかまつるべく》候。とにかく昨夜御門前にての立まはりはちよつと奇観に候ひし。御依頼の書籍その内御届可申上候。

御北堂様御令妹へよろしく御伝声可被下候。以上。

夕 涼 し 起 ち 得 ぬ 和 子 を 喞《かこ》つ ら く

八月一日　　　　　　　　愚陀仏

子規庵　御もと

規29 九月六日(月)

下谷区上根岸町八十二番地 正岡常規より
熊本市合羽町二百三十七番地 夏目金之助へ

秋雨蕭々《しょうしょう》。汽車《きしゃ》君をのせてまた西に去る。鳥故林を恋はず遊子《ゆうし》客地に病む。万縷《ばんる》尽さずただ再会を期す。敬具。

九月六日 子規

漱石詞兄

漱73 九月十一日(土)

*熊本県飽託郡大江村四百一番地 夏目金之助より
下谷区上根岸町八十二番地 正岡常規へ

小生海陸無事、昨十日午後到着致候。途上秋雨にて困却す。当地残暑劇《はげ》し。

今日ぞ知る秋をしきりに降りしきる

小生宿所は表面の通。

規30　九月十五日(水)

下谷区上根岸町八十二番地　正岡常規より
熊本県飽託郡大江村四百一番地　夏目金之助へ

拝復　御安着奉抃賀《べんがしたてまつり》候。小生爾後無異状《じごいじょうなく》候。近来たのまれて小説とやらをものしをり候。昨夜もそれがために夜をふかし候処、今日ハぼんやりして具合悪く困《こまり》をり候。これらの仕事ハよほど身にさはるやう被思《おもわれ》候へども、昨年の小生と今年の小生とを比較致候へば来年の小生ハ大方推し測られ申候。一日をのばせバ一日の衰弱をます者ならバ、少しにても元気ある内に五枚にても十枚にてもこころみたく存をり候。今日のやうな秋雨蕭々《しょうしょう》たる日熱すこしありて脊《せ》寒き夕などハあひかはらずはかなき事ばかり考へてひとりなやミをり候。不乙。

九月十五日　　　　規

金兄

咳《せき》にくるしむ夜長の灯豆の如し

漱74　十月

熊本県飽託郡大江村四百一番地　夏目金之助より
下谷区上根岸町八十二番地　正岡常規へ

〔句稿二六、三十九句〕

或人につかはす〔一句〕

○樽柿《たるがき》の渋き昔しを忘るゝな
渋柿やあかの他人であるからは
○○萩に伏し薄《すすき》にみだれ故里は
○栗折つて穂ながら呉るゝ籠《かご》の鳥《とり》
○蟷螂《とうろう》の何を以てか立腹す
○○蛼《こおろぎ》のふと鳴き出しぬ鳴きやみぬ
○○うつら〳〵聞き初めしより秋の風
○○秋風や棚に上げたる古かばん

規31　〔子規の評。句頭の○も子規〕

○○明月や無筆なれども酒は呑む

○○明月や御楽に御座る殿《との》御《ご》達

○○明月に今年も旅で逢ひ申す

真夜中は淋しからうに御月様

○○明月や拙者も無事で此通り

○○蟀《こおろぎ》よ秋ぢや鳴かうが鳴くまいが

○○秋の暮一人旅とて嫌はるゝ

○○梁上の君子と語る夜寒かな

今日東洋ノ句ヲ閲ス　梁上云々ノ什アリ　貴句ト一字ヲ違ヘズ太奇　東洋ニ譲リタマヘ*

これ見よと云はぬ許りに月が出る

○○朝寒の冷水浴を難《かた》んずる

妻を遺して独り肥後に下る〔一句〕

○月に行く漱石妻を忘れたり

○朝寒の膳に向へば焦げし飯

長き夜を平気な人と合宿す

○うそ寒み大めしを食ふ旅客あり

○○吏と農と夜寒の汽車に語るらく

○○月さして風呂場へ出たり平《へい》家《け》蟹《がに》

恐る〳〵芭蕉に乗って雨《あま》蛙《がえる》

○○某《それがし》は案山子にて候雀どの

○○鶏頭の陽気に秋を観ずらん

明月に夜逃せうとて延ばしたる

鳴《なる》子《こ》引くは只退窟で困る故

芭蕉ならん思ひがけなく戸を打つは

○刺さずんば已まずと誓ふ秋の蚊や

秋の蚊と夢油断ばしし給ふな

○嫁し去ってなれぬ砧《きぬた》に急がしき

○○長き夜を煎餅につく鼠かな
○○野分して蟷螂を窓に吹き入るゝ
○豆柿の小くとも数で勝つ気よな
○○北側を稲妻焼くや黒き雲
余念なくぶらさがるなり烏瓜《からすうり》
蜘《く》蛛《も》落ちて畳に音す秋の灯細し

明治三十年十月　漱石拝　子規妄評

漱75　十二月十二日(日)

熊本県飽託郡大江村四百一番地　夏目金之助より
下谷区上根岸町八十二番地　正岡常規へ

いよいよ窮陰の時節と相成候。御病体近日の模様如何に候や。あひかはらず筆硯御繁昌の様子故、まづ御快気の方と遥察致候。小生碌々やはり因例《れいによつて》如例《れいのごとく》に御座候。俳句頓《とん》とものにならず、嚢底と共に払底に御座候。頃日五言律一首を得候間、御笑覧に供し候。御大政願上候。

掉頭辞帝闕　倚剣出城闉　崒嵂肥山尽　滂洋筑水新　秋風吹落日　大野絶行人　索寞乾坤黯　蒼冥哀雁頻

*〔頭《こうべ》を掉《ふ》りて帝闕《ていけつ》を辞し／剣に倚《よ》りて城闉《じょういん》を出《い》づ／崒嵂《しゅつりつ》として肥山《ひざん》尽き／滂洋《ぼうよう》として筑水《ちくすい》新《あら》たなり／秋風落日を吹き／大野《だいや》行人《こうじん》を絶つ／索寞《さくばく》として乾坤《けんこん》黯《くら》く／蒼冥《そうめい》哀雁《あいがん》頻《しきり》なり〕

俳句少々御目にかけ候。ついでを以て御批正願上候。以上。

十二月十二日　　　　　　　　　　金

升様　几下

規32

〔句稿二七、二十句〕

*朧枝子来る

淋しくば鳴子《なるこ》をならし聞かせうか

有感

○○ある時は新酒に酔て悔多き

*紫影に別るる時〔二句〕

菊の頃なれば帰りの急がれて

傘を菊にさしたり新屋敷

去りとてはむしりもならず赤き菊

○○*一《いっ》東《とう》の韻に時雨るゝ*愚庵かな

凩《こがらし》や鐘をつくなら踏む張って

二三片山茶花《さざんか》散りぬ床の上

早鐘《はやがね》の恐ろしかりし木の葉哉

片折戸菊押し倒し開きけり

○栗の後に刈り後されて菊孤也　　中七「刈り残されて」

初時雨《はつしぐれ》吾に持病の疝気《せんき》あり

○○柿落ちてうたゝ短かき日となりぬ

提灯の根岸に帰る時雨かな

暁の水仙に対し川《かわ》手水《ちょうず》

蒲《ふ》団《とん》着て踏張る夢の暖き
塞《さい》を出てあられしたゝか降る事よ
○熊笹に兎飛び込む霰《あられ》哉
病あり二日を籠る置《おき》炬《ご》燵《たつ》
水仙の花鼻かぜの枕元

三十年十二月　　　　漱石拝　　　　規妄評

明治三十一年（一八九八、三十一歳）

病床で仕事をする子規
(明治 31 年，三宅雪嶺撮影，
松山市立子規記念博物館所蔵)

1・4頃 漱石、昨年末より山川信次郎と行っていた小天温泉から帰宅。
1・6 子規宛書簡(**漱76**・〈**規33**〉)、句稿二八、小天温泉での三十句)。
2・12 子規、「歌よみに与ふる書」を『日本』に発表(以後一〇回連載)。
2月 子規、「俳句分類丁号」(句調類集)成る。
3・14 子規閲、上原三川・直野碧玲瓏共編『新俳句』民友社刊』子規派の新俳句集。ここに漱石の俳句七十九句収録。
3・17 子規、一年ぶりに人力車で根岸近辺を一時間余り巡る。
3・25 子規、子規庵で初めての歌会(虚子・碧梧桐・露月ら出席)。
3・28 漱石宛書簡(**規34**、歌会開催、虚子長女誕生のことなど)。
3月下旬 漱石、熊本市井川淵町八番地に転居。
4・19以前 子規宛書簡(**漱・失**)。その中に「(自分は)蕪村以来の俳人といはるる貴兄と同日の談にあらず」と書いたという(子規の虚子宛書簡による)。
5・24 子規、『日本』に「若人のすなる遊びはさはにあれどベースボールに如く者はあらじ」など「ベースボールの歌」九首掲載。
5・29 漱石宛書簡(**規35**、庭前の椅子に腰掛けたこと、果物の常食中止などを報告)。
5月頃 子規宛書簡(**漱77**、句稿二九)。

6月末（あるいは7月初）　前年流産以来のヒステリーが昂じ、漱石の妻・鏡子が熊本市内の白川に投身自殺を企てるが救助された。

7・13　子規、河東銓に「墓誌銘」など送付。

7・23　子規、人力車に抱え上げられて町巡り（上野・神田・両国・吾妻橋）。泳ぐ人を見、桜餅屋に行き主の妻、娘と話をし、浅草の繁栄を見て帰る。

7月　漱石、五高教頭狩野亨吉が住んでいた熊本市内坪井町七十八番地に転居。

9・28　子規宛書簡（**漱78**・〈**規36**〉、句稿三〇）。

10・10　発行所が東京に移った『ホトトギス』第一号発刊。

10・16　子規宛書簡（**漱79**・〈**規37**〉、句稿三一）。

11月初　子規、天長節の原稿を認め、一時過ぎ人力車で郊外の風景を見て回る。三河島辺でいなごの飛ぶのを見、四年前写生したことを想起する。

11・10　漱石、評論「不言之言」を『ホトトギス』二巻二号に掲載。続編は12月に発表。この頃、五高生中心の俳句結社「紫溟吟社」興り、漱石は指導的役割を果たす。

漱76

一月六日(木)

熊本県飽託郡大江村四百一番地　夏目金之助より
下谷区上根岸町八十二番地　正岡常規へ

〔句稿二八、三十句〕

行く年や猫うづくまる膝の上
焚《た》かんとす枯葉にまじる霰哉
切口の白き芭蕉に氷りつく
家を出て師走の雨に合《かっ》羽《ぱ》哉
何をつゝき鴉《からす》あつまる冬の畠
降りやんで蜜柑まだらに雪の舟
此《この》炭の喞《かこ》つべき世をいぶるかな
かんてらや師走の宿に寐つかれず
温泉の門に師走の熟《じゅく》柿《し》かな

規33

〔句頭の○は子規の評〕

○温泉《ゆ》の山や蜜柑の山の南側
海近し寐《ね》鴨《がも》をうちし筒の音
天草の後ろに寒き入日かな
○日に映ずほうけし薄《すすき》枯ながら
旅にして申訳なく暮るゝ年
凩の沖へとあるゝ筑《つく》紫《し》潟《かた》
うき除《じょ》夜《や》を壁に向へば影法師
床の上に菊枯れながら明《あけ》の春
元日の山を後ろに清き温泉
酒を呼んで酔はず明けたり今朝の春
稍《やや》遅し山を背にして初日影
馳《か》け上る松の小山や初日の出
甘からぬ屠《と》蘇《そ》や旅なる酔心地
*小《お》天《あま》に春を迎へて

温泉や水滑かに去年《こぞ》の垢《あか》

*大喪中〔一句〕

此春を御《ぎょ》慶《けい》もいはで雪多し

正月の男といはれ拙に処す

色々の雲の中より初日出

*賀虚子新婚〔一句〕

初《はつ》鴉《がらす》東の方を新《にい》枕《まくら》

僧帰る竹の裡《うち》こそ寒からめ

桐かれて洩《も》れ来る月の影多し

帰庵

一尺の梅を座右に置く机

正

明治三十一年正月六日　　愚陀仏庵

子規庵　座右

規34　三月二十八日(月)

下谷区上根岸町八十二番地　正岡常規より
熊本県飽託郡大江村四百一番地　夏目金之助へ

拝啓　思ひながら御疎濶《ごそかつ》にうち過《すぎ》申訳無御座《ござなく》候。前月来歌の悶著《もんちゃく》にていそがしく、夜ふかしがちに相成候。しかし先々《まずまず》平和にくらしをり候。先口(彼岸の入)あまりあたたかきに堪へかねて車にのせられて(車までは負《おう》ていてもらひて)郊外をまはり、四年目に梅の花といふものを見ていとおもしろく覚え候。しかし絶えず胴がいたみ候故、全く気楽なわけには無之《これなく》候。あとにて医師にきけばそんなこととしては困ると叱《しか》られ候。来月の*奠都《てんと》祭の行列といふもの見に行かんかと思《おもい》候ひしかども、いかがと案じをり候。

虚子、先日女子をまうけ候。厄介これより増可申《ましもうすべく》候。

昨年病中、貴兄より受取りし野々口某の詩その節本田へわたし候ひしつもりにて候ひしも、先日箱の中より現はれ申候ニ付*桂《かつら》の方へまはし候。新聞へ出たるは御承知の事と存候。

先日はじめて歌の会を催し候。会するものはやはり俳句の連中のみ。呵々《かか》。

歌につきてハ内外共に敵にて候。外の敵ハ面白く候へども内の敵にハ閉口致候。内の敵とは新聞社の先輩その他交際ある先輩の小言ニ有之《これあり》候。まさかにそんな人に向《むか》つて理窟《りくつ》をのぶる訳にも行かず、さりとて今更出しかけた議論をひつこませる訳にも行かず困却致候。しかシ歌につきてハたび／＼失敗の経験有之候故、今度ハはじめより許可を出願して出しはじめしもの、この上ハ死ぬるまでひつこミ不申《もうさず》候。竹村鍊卿この度《たび》学校をやめ冨山房《ふざんぼう》に入り四年間の日子《にっし》を以て字引をこしらへ候由、面白き仕事かと存候。四年間の日子字引の製造には少く候へども本屋の企てとしてむしろ感心致候。小中村、失敗洋行のはずなれどいかがや。

＊菊謙《きくけん》知事と意見あはずとて新聞に己《おのれ》の説をかかげ候由、奇観と存候。

＊美術学校の紛紜《ふんうん》笑止に候。小生らも恐らくは恨まれ候はんと存候。

右とりまぜて。

三月二十八日　　　　　　　　　　規

漱石　盟台

机下

規35　五月二十九日(日)

下谷区上根岸町八十二番地　正岡常規より
＊熊本市井川淵町八番地　夏目金之助へ

御手紙拝見致候。いつかの御書面中蕪村已来云々《ぶそんいらいうんぬん》などといはれて答にためらひをり候まま、つい〳〵御無沙汰《ごぶさた》ニ相成《あいなり》候。

火事にハ小家無関係、しかシ大勢かけつけてくれて一日にぎやかに暮し申候。御示の古詩甚《はなはだ》面白く湖村の方へ廻さんと思ひをり候。折から同人養父死去のため帰国致候故そのままに相成をり候。

人のを見れバ羨敷《うらやましく》小生も一首こころミたく候へども、とてもそこへまで思ひつけず候。

当地俳句先ヅ衰頽《すいたい》の方也。しかシ月次例会にハ七、八人位ハ集まり申候。多少人に変りハあれど絶えも致さず候。

高浜ハ母親看護のため妻子同行帰郷致候。＊鳴雪翁《めいせつ》などハ五字七字の道行《みちゆき》だなどとひやかしをり候。

碧梧桐ハ『*京華日報《けいか》』トいふ新聞にはいり申候。

*謙次郎非職になりて後一度談話致候。

紫影《しえい》ハいよ〳〵九州を出て横浜ニ滞在一、二度面会致候。

この頃ハ庭前に椅子《いす》をうつして室外の空気に吹かるるを楽ミ申候。昨今ハ丁度昨年発熱の満一年なれバにや多少発熱あり。さなくとも時候柄なまける時なれば身体よわりて何も手につき不申候《もうさず》。音信などもおこたりがちニ相成候。それでもたまにハ相応の用あり精力竭尽《けつじん》致候。

先ハ御返事まで。不宣。

五月二十九日　　　　　　　　　　　　常規

金之助様

本月初以来菓物の常食をやめ候ところ、いよ〳〵元気欠乏致候。

薔薇《ばら》散るやいちごくひたき八ッ下り

若葉陰袖《そで》に毛虫をはらひけり

若葉風病後の足のおぼつかな

叱正

漱77 五月頃

熊本市井川淵町八番地　夏目金之助より
下谷区上根岸町八十二番地　正岡常規へ

〔句稿二九、二十句〕

春雨の隣の琴は六段か
瓢《ふくべ》かけてから〳〵と鳴る春の風
鳥籠を柳にかけて狭き庭
来よといふに来らずやみし桜かな
三条の上で逢ひけり朧月
片寄する琴に落ちけり朧月
こぬ殿に月朧也高き楼
行き〳〵て朧に笙《しょう》を吹く別れ

搦手《からめて》やはね橋下す朧月

有感

有耶《うや》無耶《むや》の柳近頃緑也

白川*

颯《さっ》と打つ夜網の音や春の川

本妙寺*

永き日を太鼓打つ手のゆるむ也

水前寺*

湧くからに流るゝからに春の水

藤崎八幡*

禰宜《ねぎ》の子の烏帽子《えぼし》つけたり藤の花

明午橋*

春の夜のしば笛を吹く書生哉

花岡山*

海を見て十歩に足らぬ畑を打つ

*拝聖庵

花一木穴《あな》賢《かしこ》しと見上たる

其他〔三句〕

仏かく*宅《たく》磨《ま》が家や梅の花

鶴を切る板は五尺の春の椽

思ひ切って五分に刈りたる袷《あわせ》かな

漱78

九月二十八日(水)

*熊本市内坪井町七十八番地　夏目金之助より
下谷区上根岸町八十二番地　正岡常規へ

〔句稿三〇、二十句〕

規36　〔句頭の○は子規の評〕

馬車には乗るものと聞きしに

同行四人〔二句〕

小き馬車に積み込まれけり稲の花

夕暮の秋海棠に蝶うとし

離れては寄りては菊の蝶一つ

枚《ばい》をふくむ三百人や秋の霜

*胡《こ》児《じ》驕《おご》つて驚きやすし雁の声

砧《きぬた》うつ真夜中頃に句を得たり

踊りけり拍子をとりて月ながら

茶《ちゃ》布《ふ》巾《きん》の黄はさめ易き秋となる

長かれと夜すがら語る二人かな

○子*は雀身は蛤《はまぐり》のうきわかれ

相撲取の屈托顔や午の雨

*言者不知知者不言〔一句〕

ものいはぬ案《か》山《が》子《し》に鳥の近寄らず

病む頃を雁《がん》来《らい》紅《こう》に雨多し

○寺借りて二十日になりぬ鶏頭花
恩給に事を欠かでや種瓢《たねふくべ》
早稲晩稲《おくて》花なら見せう萩紫苑《しおん》
生垣の丈かり揃へ晴るゝ秋
秋寒し此頃あるゝ海の色
夜相撲やかんてらの灯をふきつける
聖像をかけて
○菅*公に梅さかざれば蘭の花
三十一年九月二十八日　漱石　子規妄

漱79　十月十六日(日)
熊本市内坪井町七十八番地　夏目金之助より
下谷区上根岸町八十二番地　正岡常規へ
〔句稿三一、二十句〕

規37　〔子規の添削〕

立枯の唐黍《とうきび》鳴つて物憂かり
逢ふ恋の打たでやみけり小夜砧《さよぎぬた》
蝶来りしほらしき名の江戸菊に
塩焼や鮎に渋《さ》びたる好みあり
一株の芒《すすき》動くや鉢《はち》の中
干鮎のからついてゐる柱かな　上五「乾鮭の」
病妻の閨《ねや》に灯ともし暮るゝ秋
かしこまりて憐れや秋の膝頭
かしこみて易《えき》を読む儒の夜を長み
長き夜や土瓶をしたむ台所
張《は》りまぜの屏風《びょうぶ》になくや蟋蟀《きりぎりす》
うそ寒み油ぎつたる枕紙《まくらがみ》
病むからに行燈《あんどん》の華の夜を長み
秋の暮野狐《やこ》精《せい》来り見えて曰く

白封《はくふう》に訃音《ふいん》と書いて漸《やや》寒し
落ち合ひて新酒に名乗る医者易者
憂あり新酒の酔に托すべく
苫《とま》もりて夢こそ覚《さ》むれ荻《おぎ》の声
秋の日のつれなく見えし別《わかれ》かな
行く秋の＊関廟《かんびょう》の香炉烟《けむり》なし

十月十六日　漱石拝

玉斧

子規様

明治三十二年（一八九九、三十二歳）

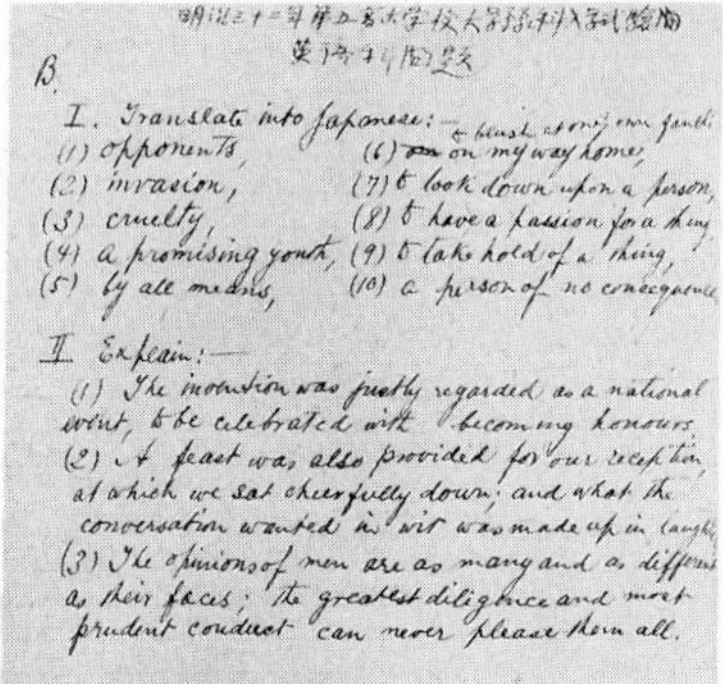
B.

I. Translate into Japanese:—

(1) opponents,
(2) invasion,
(3) cruelty,
(4) a promising youth,
(5) by all means,
(6) on my way home,
(7) to look down upon a person,
(8) to have a passion for a thing,
(9) to take hold of a thing,
(10) a person of no consequence

II Explain:—

(1) The inauguration was justly regarded as a national event, to be celebrated with becoming honours.
(2) A feast was also provided for our reception, at which we sat cheerfully down; and what the conversation wanted in wit was made up in laughter.
(3) The opinions of men are as many and as different as their faces; the greatest diligence and most prudent conduct can never please them all.

漱石が出題した五高の大学予科入学試験問題（東北大学附属図書館所蔵）

1・1　漱石、同僚の奥太一郎とともに宇佐・耶馬溪から日田・吉井・追分への六日間の旅行に出発。
1・5　子規『蕪村句集』輪講会を開催。
1・10　子規、「明治三十一年の俳句界」(『ホトトギス』)で漱石に言及。
1・20　子規、俳諧叢書第一編『俳諧大要』、ほととぎす発行所より刊行。三〇〇〇部。
1月　子規宛書簡(**漱80**・〈**規38**〉、句稿三二)。
2月　子規宛書簡(**漱81**・〈**規39**〉、句稿三三、「梅花百五句」)。
3・14　子規、子規庵で前年3月以来の歌会を開催。
3・20　漱石宛書簡(**規40**、『ホトトギス』への寄稿を依頼)。
4・6　漱石の漢詩「客中逢春寄子規」が『日本』に掲載される。
5・5　子規、発熱、以後数日不眠、腰痛激しくなる。
5・19　子規宛書簡(**漱82**、病状見舞い、寺田寅彦を紹介)。
5・25　子規、叔父の大原恒徳から芭蕉の手紙を送られる。その返事に「真物ニ無相違候、芭蕉の肉筆ハ生れて始めて見申候、これハ少しの間拝借仕度候。……寝返りハ今に困難」食欲は平常と報告。
6・5　子規、「十二俳仙」の一人に選ばれる(『太陽』五巻一二号、新派六人＝子規・紅葉・竹冷・小波・洒竹・鳴雪)。

6・21　漱石、五高の大学予科英語科主任を命ぜられる。
7・3　子規、竹村鍛宛書簡に「パインアップルとバナナを得て本望」と記す。
8月　子規、彩色画が描きたく、中村不折が使い残した絵具を使う。
8・29―9・2　漱石、第一高等学校への転出が決まった山川信次郎と阿蘇山に登る。
9・5　子規宛書簡（**漱83**・〈**規41**〉、句稿三四、阿蘇旅行の時の句）。
9・28　子規、風景を見て歌を作るべく人力車で近郊を探訪し、五年来の思いを満たす。
10・6　子規、大原恒徳宛書簡で「一ヵ月半前から毎夜三十九度以上、稀に四十度の発熱、衰弱」という。
10・17　子規宛書簡（**漱84**・〈**規42**〉、最後の句稿三五、「熊本高等学校秋季雑咏」）。
10・21　子規、虚子宅での闇汁会に参加。
11・22　虚子と青々が子規庵に来て、文章会を開く。
12・2　子規を詠んだ漱石の俳句「此冬は仏も焚かず籠るべし」が『日本』に掲載される。前書に「病牀に煖炉備へつけたくなど子規より申しこしける返事に」とある。
12・17　漱石宛書簡（**規43**、『ホトトギス』遅延の釈明）。

漱80

一月

熊本市内坪井町七十八番地　夏目金之助より
下谷区上根岸町八十二番地　正岡常規へ

〔前半部、子規の批点不明〕

〔句稿三二、七十五句〕

元日屠蘇《とそ》を酌《く》んで家を出づ〔二句〕

金《きん》泥《でい》の鶴や朱塗の屠蘇の盃

*宇佐に行くや佳き日を選む初暦《はつごよみ》

宰府より博多へ帰る人にて汽車には坐すべき場所もなし

梅*の神に如何なる恋や祈るらん

小倉

うつくしき蜑《あま》*の頭や春の鯛

正月二日宇佐に入る。新暦なれば

にや門松たてたる家もなし

蕭《しょう》条《じょう》たる古駅に入るや春の夕

宇佐八幡にて〔六句〕

兀《ごつ》として鳥居立ちけり冬木立

神苑に鶴放ちけり梅の花

ぬかづいて曰く正月二日なり

松の苔《こけ》鶴痩《や》せながら神の春

*南《な》無《む》弓矢八幡殿に御《ぎょ》慶《けい》かな

神かけて祈る恋なし宇佐の春

橋を呉橋といひ川を
寄藻川といふ　一句

呉橋や若菜を洗ふ寄藻川

灰色の空低《た》れかゝる枯野哉

無提灯で枯野を通る寒哉

石標や残る一株の枯《かれ》芒《すすき》
枯芒北に向って靡《なび》きけり
遠く見る枯野の中の烟かな
暗がりに雑巾を踏む寒哉
冬ざれや貉《むじな》をつるす軒の下

羅漢寺にて*〔七句〕

凩や岩に取りつく羅漢路
巌窟の羅漢共こそ寒からめ
釣鐘に雲氷るべく山高し
凩《こがらし》の鐘楼危ふし巌の角
梯《はしご》して上る大《だい》磐《ばん》石《じやく》の氷かな
巌頭に本堂くらき寒かな
絶壁に木枯あたるひゞきかな
　巌端に廊あり藁を積むこと丈余。雛《すう》僧《そう》

一人其端に坐して凧の吹くたびに千丈の崖下に落ちんとす。其居の危きを告ぐるに平然として曰くいのちは*一つぢやあきらめて居りますると。忽然鳥巣和尚の故事を憶起《おもいおこ》して

雛僧の只風呂《ふろ》吹《ふき》と答へけり

参詣路の入口にて道端の笹の葉を結びて登るが例なり。極楽の縁を結ぶ為めなりとかや。これを笹結びといふ　二句

かしこしや未来を霜の笹結び

二世《にせ》かけて結ぶちぎりや雪の笹

口の林といふ処に宿りて〔三句〕

短かくて毛布つぎ足す蒲団かな

泊り合す旅商人の寒がるよ

寐《ね》まらんとすれど衾《ふすま》の薄くして

耶馬渓《やばけい》にて〔六句〕

頭巾着たる猟師に逢ひぬ谷深み

はたと逢ふ*夜興引《よこびき》ならん岩の角

谷深み杉を流すや冬の川

冬木流す人は猿《ましら》の如くなり

*帽頭《ぼうとう》や思ひがけなき岩の雪

石の山凩《こがらし》に吹かれ裸なり

渓山幾曲愈《いよいよ》入れば愈深し

凩のまがりくねつて響きけり

山は洗ひし如くにて

凩の吹くべき松も生えざりき

年々や凩吹て尖《とが》る山

凩の峰は剣の如くなり

恐ろしき岩の色なり玉霰《たまあられ》

只寒し天狭くして水青く
目ともいはず口ともいはず吹雪哉
ばり〳〵と氷踏みけり谷の道
渓中柿坂を過ぐ*
道端や氷りつきたる高《たか》箒《ほうき》
*守実に泊りて〔三句〕
たまさかに据風呂焚くや冬の雨
せぐゝまる蒲《ふ》団《とん》の中や夜もすがら
薄蒲団なえし毛《け》脛《ずね》を擦りけり
家に婦人なし、これを問へば先つ頃身まかりて翌は三十五日なりといふ。庭前の墓標行客の憐をひきてカンテラの灯のいよいよ陰気なり
僧に似たるが宿り合せぬ雪今《こ》宵《よい》

峠を踰《こ》えて豊後《ぶんご》日田に下る

雪ちら〱峠にかゝる合羽《かつぱ》かな

払へども〱わが袖の雪

かたかりき鞋《わらじ》喰ひ込む足袋の股

隧《ずい》道《どう》の口に大なる氷柱《つらら》かな

吹きまくる雪の下なり日田の町

炭を積む馬の脊に降る雪まだら

峠を下る時馬に蹴られて雪の中に倒れければ

漸《ようや》くに又起きあがる吹雪かな

日田にて五岳*を憶ひ

詩僧死して只凩《こがらし》の里なりき

筑後川の上流を下る

蓆《むしろ》帆《ほ》の早瀬を上る霰かな

奔《ほん》湍《たん》に霰ふり込む根笹かな
つるぎ洗ふ武《もの》夫《のふ》もなし玉霰
新道は一直線の寒さかな
棒*鼻より三里と答ふ吹雪哉
吉*井に泊りて
なつかしむ衾《ふすま》に聞くや馬の鈴
追分とかいふ処にて車夫共の親方乗って行かん喃《のう》といふがあまり可《お》笑《か》しかりければ
親方と呼びかけられし毛布哉
其他少々
餅《もち》搗《つき》や明星光る杵《きね》の先
○行く年の左《さ》したる思慮もなかりけり
染め直す古服もなし年の暮

規38〔以下子規の批点あり、句頭の○は子規〕

やかましき姑健《しゆうと》なり年の暮
ニツケルの時計とまりぬ寒き夜半
元日の富士に逢ひけり馬の上
蓬萊に初日さし込む書院哉
*光琳の屛風に咲くや福寿草
眸に入る富士大いなり春の楼

正

つまらぬ句ばかりに候。然し紀行の代りとして御覧被下たし。冀《こいねがわ》くは大兄病中烟霞の癖万分の一を慰するに足らんか。

漱81

二月
熊本市内坪井町七十八番地　夏目金之助より
下谷区上根岸町八十二番地　正岡常規へ

〔句稿三三、百五句〕

梅花百五句

夫《ふう》子《し》貧に梅花書屋の粥《かゆ》薄し
◉手を入るゝ水餅白し納屋の梅
馬の尻に尾《び》して下るや岨《そわ》の梅
ある程の梅に名なきはなかり梟《けり》
◉奈良漬に梅に其《その》香をなつかしむ
◉相《そう》伝《でん》の金《きん》創《そう》膏《こう》や梅の花
たのもしき梅の*足利文庫かな
*抱《ほう》一《いっ》は発句も読んで梅の花
明たロに団子賜る梅見かな

規39

〔子規の添削。句頭の◉○も子規の評〕

いざ梅見我《が》点《てん》と端《は》折《しょ》る衣《きぬ》の裾

◉夜汽車より白きを梅と推《すい》しけり

死して名なき人のみ住んで梅の花

◉*法橋を給はる梅の主人かな

◉*玉《ぎょく》蘭《らん》と*大《たい》雅《が》と語る梅の花

村長の上坐につくや床の梅

梅の小路練《ねり》香《こう》ひさぐ翁かな

寄合や少し後《おく》れて梅の椽

◉裏門や酢《す》蔵《ぐら》に近き梅赤し

一つ紋の羽織はいやし梅の花

白梅や易を講ずる*蘇《そ》東《とう》坡《ば》服

◉蒟《こん》蒻《にゃく》に梅を踏み込む男かな

◉梅の花千《せん》家《け》の会に参りけり

碧玉の茶碗に梅の落花かな

粗略ならぬ服紗《ふくさ》さばきや梅の主《ぬし》
日当りや刀を拭《ぬぐ》ふ梅の主
〽祐《ゆう》筆《ひつ》の*大師流なり梅の花
〽日をうけぬ梅の景色や*楞伽《りょうが》窟《くつ》
〽とく起て味噌する梅の隣かな
〽梅の花貧乏神の祟りけり
駒犬の怒つて居るや梅の花
筮《ぜい》竹《ちく》に梅ちりかゝる社頭哉
*一斎の小鼻動くよ*梅花飯
封切れば*月が瀬の梅二三片
ものいはず童子遠くの梅を指す
寒《かん》徹《てつ》骨《こつ》梅を娶《めと》ると夢みけり
驢《ろ》に乗るは東坡にやあらん雪の梅
*梅の詩を得たりと叩く月の門

黄昏の梅に立ちけり絵師の妻

髣《ほう》髴《ふつ》と日暮れて入りぬ梅の村

梅散るや源*太の箙《えびら》はなやかに

月に望む麓《ふもと》の村の梅白し

瑠《る》璃《り》色《いろ》の空を控へて岡の梅

落梅花水車の門を流れけり

梅の下に槙《まき》割る翁の面黄也

◉妓《ぎ》を拉《らっ》す二重廻しや梅屋敷

暁の梅に下りて嗽《くちすす》ぐ

梅の花琴を抱いてあちこちす

さら〳〵と衣を鳴らして梅見哉

佩《はい》環《かん》の鏘《そう》然《ぜん》として梅白し

戛《かっ》と鳴て鶴飛び去りぬ闇の梅

◉眠らざる僧の嚏《くさめ》や夜半の梅

尺八のはたとやみけり梅の門

◉*宣徳の香炉にちるや瓶の梅

古銅瓶に疎《まば》らな梅を活けてけり

◉鉄筆や水晶刻む窓の梅

○墨の香や奈良の都の*古《こ》梅《ばい》園《えん》

◉梅の花*残月硯を蔵しけり

上五「梅の宿」

畠打の梅を繞《め》ぐつて動きけり

縁日の梅窮窟に咲きにけり

梅の香や茶畠つゞき爪上り

灯もつけず雨戸も引かず梅の花

梅林や角《かつ》巾《きん》黄なる*売《ばい》茶《さ》翁《おう》

上り汽車の箱根を出て梅白し

佶《きつ》倔《くつ》な梅を画くや*謝春星

◉雪《せつ》隠《いん》の壁に上るや梅の影

道服と吾妻コートの梅見哉

女倶《ぐ》して舟を上るや梅屋敷

梅の寺麓《ふもと》の人語聞ゆなり

梅の奥に誰やら住んで幽《かす》かな灯

円遊の鼻ばかりなり梅屋敷

梅の中に且《かつ》たのもしや梭《おさ》の音

清げなる宮司の面や梅の花

月升《のぼ》つて枕に落ちぬ梅の影

◉相逢ふて語らで過ぎぬ梅の下

◉昵《じつ》懇《こん》な和尚訪ひよる梅の坊

月の梅貴とき狐裘《こきゆう》着たりけり

京音の紅梅ありやと尋ねけり

◉紅梅に艶なる女主人かな

◉紅梅や物《もの》の化《け》の住む古館

梅紅ひめかけの歌に咏まれけり

◉いち早く紅梅咲きぬ下《しも》屋《や》敷《しき》

紅梅や姉妹の振る采《さい》の筒

*長と張つて半と出でけり梅の宿

◉俗俳や床屋の卓に奇なる梅

◉*徂《そ》徠《らい》其《き》角《かく》並んで住めり梅の花

◉盆梅の一尺にして偃《えん》蹇《けん》す

雲を呼ぶ坐右の梅や*列仙伝

◉紅梅や文《ふ》箱《ばこ》差出す高《たか》蒔《まき》絵《え》

藪《やぶ》の梅危く咲きぬ二三輪

無作法にぬつと出けり崖の梅

梅活けて古道顔色を照らす哉

潺《せん》湲《かん》の水挟《さしはさ》む古梅かな

手桶さげて谷に下るや梅の花

寒梅に*磬《けい》を打つなり*月桂寺

梅遠近そゞろあるきす昨日今日

月升《のぼ》つて再び梅に徘徊す

*糸《いと》印《いん》の読み難きを愛す梅の翁

鉄幹や暁星を点ず居《こ》士《じ》の梅

梅一株竹三竿の住居かな

◉梅に対す*和《わ》靖《せい》の髭の白きかな

琴に打つ斧《おの》の響や梅の花

◉槎《さ》枒《が》として素琴を圧す梅の影

◉朱を点ず*三《ざん》昧《まい》集《しゅう》や梅の花

梅の精は美人にて松の精は翁也

一輪を雪中梅と名《なづ》けけり

三十二年二月　漱石稿

大政　子規妄評多罪

規40　三月二十日(月)

下谷区上根岸町八十二番地　正岡常規より
熊本市内坪井町七十八番地　夏目金之助へ

拝啓　大《おおい》ニ御無沙汰ニ打過《うちすぎ》候内ニはや大分暖く相成候。家庭の快楽多き者は音信稀《まれ》なりといふ原則は小生昔より自らこしらえてためし候処、大概はづれ不申《もうさず》。然るに家庭の快楽なき小生がかく御無沙汰に過ぐるは寒気のためと『ほととぎす』*のためとに有之《これあり》候。年始以来は全く寒気に悩《なやま》され、終日臥褥《がじょく》する事少からず、時には発熱などあり全体に身体疲労致候ため、『ほととぎす』の原稿思ふやうに書けず。もし四頁以上の原稿を書くとなるといつでも徹夜致し、そして後で閉口致すやうな次第に有之候。小生は前より夜なべの方なれども身体の衰弱するほどいよ〱昼は出来ず、夜も宵の口は余り面白からず十一、二時の頃よりやう〱思想活潑《かっぱつ》に相成候。徹夜の翌日ハ何も出来ず不愉快極《きわま》り候。翌夜寐《ね》てその又の日はまた原稿のために徹夜せざるべからざるやうに相成、月末より月始にかけては実に必死の体に候。しかし最早大分暖く相成かつ近来ハ発熱一向に無之《これなく》少々くつろぎ申候。

二、三日前神田《かんだ》まで出かけ候。今年の初旅に候。生憎《あいにく》虚子留守にて（妻君小児をつれて芝居にでも行きしかと察す）飄亭《ひょうてい》宅ニ到リ蒲焼《かばやき》をくひ申候。

その節、蒲焼の歴史を考へ見るに、貴兄らと神田川にてぱくつきし以来の事と覚え候。うまさは御推察可被下《くださるべく》候。

雑　報

虚子の子ハ今日が初めての誕生日也。初雛《はつひな》の景況ハ『ほととぎす』にて御覧の通也。至つて性の善《よ》き子にて一向泣き不申《もうさず》候。

碧梧桐ハ『大平新聞』*第三面の主筆と聞え申候。

錬卿ハ近日冨山房を出て高等女学校に這入《はいる》由。

『ほととぎす』はかなりに売れる由。

錬卿や矢一*や寿人*などは織田得能*の法華経《ほけきょう》の講義を聞く由。

矢一ハ蕪村集輪講にも来るはず。

近日博士が一束ほど出来る由。松本文*は如何。

極堂露月*ハ下火と相見え候。

近来拙宅俳句会の顔ハ全く新しく相成候。早稲田から来る人二人あり。欠席なし。
極堂は市会議員に相成候。

請　願

『ほととぎす』へ何でも一つお書き被下《くださる》*まじくや。この頃ハ紙数少しく増加せし故六頁や七頁位はまとめて出せるやうに可致《いたすべく》、何でも一つ御願ひ申候。材料はむつかしくてもやさしくても専門的でも普通的でも何でもよろしく候。

○

別紙玉稿遅蒔《おそまき》ながら御返し申候。近日の梅の御稿ハ面白く候。これは次便に譲り申候。
昨夜も夜ふかしにて今日は何も出来ず、かへって御無沙汰見舞の一書と成申《なりもうし》候。
昨年の御作の詩は近日湖村*の方へ廻すべく候。以上。

三月二十日　規

金様

漢字一つ二つ

全　愈　二字トモ入冠なり。人冠ニアラズ。

内兩この二字モ入也。人ニアラズ。

漱82　五月十九日(金)

熊本市内坪井町七十八番地　夏目金之助より
下谷区上根岸町八十二番地　正岡常規へ

拝啓　本月分『ほととぎす』に大兄の御持病とかくよろしからぬやに記載有之、御執筆もかなはぬ様相見《あいみえ》候。さぞかし御苦痛の事と奉遥察《はるかにさつしたてまつり》候。目下如何に御坐候や。漸々暑気相催し候へば随分御注意御療養専一と存候。

俳友諸兄の近況は『子規《ほととぎす》』紙上にて大概相分り候。いつも御盛の事羨敷《うらやましく》存候。小生は頓《とん》と振ひ不申。従って俳句の趣味日々消耗致すやうに覚申候。当地学生間に多少流行の気味有之候。寅彦*といふは理科生なれど頗る俊勝の才子にてなか〳〵悟り早き少年に候。本年卒業上京の上は定めて御高説を承りに貴庵にまかり出る事と存候。よろしく御指導可被下候。

近来『日本』の文苑欄は如何致候や。湖村先生病気に候や。俳句に遠《とおざ》かると共に漢詩の方に少々興味相生じ候処、文苑なきため物足らぬ心地致候。
拙作二首御笑覧に供し候。批圜《ひかん》*は雨山道人に御坐候。

古別離

上楼湘水緑　捲簾明月来
双袖薔薇香　千金琥珀杯
窈窕鳴紫簫　徙倚暗涙催
二八纔画眉　早識別離哀
再会期何日　臨江思邈哉
徒道不相忘　君心曷得回
迢々従此去　前路白雲堆
撫君金錯刀　憐君奪錦才
不贈貂襜褕　却報英瓊瑰
春風吹翠鬟　悵忉下高台
欲遺君子佩　蘭渚起徘徊

情思纏綿語言藻薈頗復古調結語遺君子佩帰旨敦厚極得風人之意

*〔楼《ろう》に上《のぼ》れば湘水《しょうすい》緑に／簾《すだれ》を捲《ま》けば明月来たる／双袖薔薇《そうしゅうしょうび》の香《かおり》／千金琥珀《こはく》の杯《さかずき》／窈窕《ようちょう》として紫篴《してき》を鳴らし／徙倚《しい》して暗涙催《あんるいもよお》す／二八纔《わず》かに眉《まゆ》を画《えが》きしに／早くも別離の哀しみを識《し》る／再会何《いず》れの日をか期せん／江に臨《のぞ》んで思い邈《はる》かなる哉《かな》／徒《いたず》らに道《い》う相忘れずと／君が心曷《なん》ぞ回《めぐ》らすを得ん／迢々《ちょうちょう》として此《ここ》より去り／前路白雲堆《うずたか》し／君が金錯《きんさく》の刀を撫《ぶ》し／君が奪錦《だっきん》の才を憐れむ／貂襜褕《ちょうせんゆ》を贈られざるも／却《かえ》って英瓊瑰《えいけいかい》を報ゆ／春風翠鬟《しゅんぷうすいかん》を吹き／悵忉高台《ちょうとうこうだい》より下《くだ》る／君子に佩《はい》を遺《おく》らんと欲し／蘭渚《らんしょ》に起《た》ちて徘徊《はいかい》す〕

〔情思纏綿《てんめん》、語言藻薈《そうかい》、頗《すこぶ》る復《ま》た古調、結語の「君子に佩《はい》を遺《おく》る」は、旨を敦厚《とんこう》に帰《き》し、極めて風人《ふうじん》の意を得たり〕

詠　懐

仰瞻日月懸。　俯瞰河岳連。
曠哉天地際。　浩気塞大千。
往来暫逍遥。　出処唯随縁。
称師愧呫嗶。　拝官足緡銭。

澹蕩愛遲日。　沆瀁送流年。
古意寄白雲。　永懐撫朱絃。
興尽何所欲。　曲肱空堂眠。
鼾声撼屋梁。　炊粱颺黄烟。
被髪駕神飆。　寥泬崑崙巓。
長嘯抱珠去。　飲泣蛟龍淵。
寤寐終帰一。　盈歇自後先。
胡僧説頓漸　老子談太玄
物命有常理。　紫府孰求仙。
眇然無倚托。　俛仰地与天。

骯髒卓犖亦復逍遥独往発幽理於物表遊玄思於形外被髪長嘯数語有神駿不容銜勒之概放声微吟超然神遠矣　甲拝読

*

（仰いでは日月《じつげつ》の懸かるを瞻《み》／俯《ふ》しては河岳《かがく》の連なるを瞰《み》る／曠《ひろ》い哉《かな》天地の際／浩気大千《だいせん》に塞《み》つ／往来して暫《しばら》く逍遥《しょうよう》し／出処唯《た》だ縁に随う／師と称して呫嗶《てんぴつ》を愧《は》じ／官を拝して緡銭《びんせん》足る／澹蕩《たんとう》

遅日《ちじつ》を愛し／沆瀁《こうよう》流年を送る／古意《こい》白雲に寄す／永懐朱絃《しゆげん》を撫《ぶ》す／興《きよう》尽きて何の欲する所ぞ／肱《ひじ》を曲げて空堂に眠る／軒声屋梁《かんせいおくりよう》を撼《ゆる》がし／炊粱黄烟《すいりようこうえん》を颺《あ》ぐ／被髪神飆《しんぴよう》に駕《が》すれば／寥泬《りようけつ》たり崑崙《こんろん》の巓《いただき》／長嘯珠《ちようしようたま》を抱《いだ》いて去り／泣《なみだ》を飲む蛟龍《こうりゆう》の淵／寤寐《ごび》終《つい》に一《いつ》に帰《き》し／盈歇《えいけつ》自《おのずか》ら後先《こうせん》あり／胡《こ》僧頓漸《そうとんぜん》を説き／老子太玄《たいげん》を談ず／物命《ぶつめい》常理有るに／紫府《しふ》孰《たれ》か仙を求めん／眇然《びようぜん》として倚托《いたく》無く／俛仰《ふぎよう》す地と天と〕

〔骯髒卓犖《こうそうたくらく》、亦《ま》た復《ま》た逍遥独往《しようようどくおう》、幽理を物表《ぶつぴよう》に発し、玄思《げんし》を形外に遊ばしむ。被髪長嘯の数語、神駿《しんしゆん》の銜勒《かんろく》を容《い》れざるの概《がい》有り。声を放ちて微吟《びぎん》すれば、超然として神《しん》遠し。甲拝読〕

右は先日市中散歩の折古本屋で『*文選《もんぜん》』を一部購求帰宅の上二、三枚通読致候結果に候。どうせ真似事故碌なものは出来ず候へども一夜漬の手品をちよつと御披露申上候。匆々。

五月十九日　　　　　　　　漱石

子規庵　坐下

以上。

漱83

九月五日(火)

熊本市内坪井町七十八番地　夏目金之助より
下谷区上根岸町八十二番地　正岡常規へ

〔句稿三四、五十一句(二首)〕

馬渡す舟を呼びけり黍《きび》の間

○堅き梨に鈍き刃物を添てけり

○馬の子と牛の子と居る野菊かな

*戸下《とした》温泉〔八句〕

○温泉湧く谷の底より初嵐

重ぬべき単衣も持たず肌寒し

○谷底の湯槽《ゆぶね》を出るやうそ寒み

山里や今宵秋立つ水の音

鶏頭の色づかであり温泉《ゆ》の流

○草山に馬放ちけり秋の空

規41

〔句頭の○は子規の評〕

女郎花《おみなえし》馬糞について上りけり
○女郎花土橋を二つ渡りけり

阿蘇山　二首

赤き烟黒き烟の二柱
　真直に立つ秋の大空
○山を劈《さ》いて奈落に落ちしはたゝ神の*
　奈落出でんとたける音かも

*内牧温泉《うちのまき》〔十五句〕

○囲ひあらで湯槽に逼《せま》る狭霧《さぎり》かな
○湯槽から四方を見るや稲の花
○遣水《やりみず》の音たのもしや女郎花
帰らんとして帰らぬ様や濡燕《ぬれつばめ》
○雪隠の窓から見るや秋の山
○北側は杉の木立や秋の山

○終日《ひねもす》や尾の上離れぬ秋の雲

○蓼《たで》痩せて辛くもあらず温泉《ゆ》の流

○白萩の露をこぼすや温泉《ゆ》の流

草刈の籃《かご》の中より野菊かな

○白露や研ぎすましたる鎌の色

○葉《は》鶏頭《げいとう》団子の串を削りけり

○秋の川真白な石を拾ひけり

秋雨や杉の枯葉をくべる音

秋雨や蕎麦《そば》をゆでたる湯の臭ひ

阿蘇神社〔三句〕

○朝寒み白木の宮に詣でけり

秋風や梵字を刻す五輪塔

○鳥も飛ばず二百十日の鳴子かな

*阿蘇の山中にて道を失ひ終日あらぬ方に

さまよふ　二句

○灰に濡れて立つや薄《すすき》と萩の中

○行けど萩行けど薄の原広し

*立野《たての》といふ所にて馬車宿に泊る〔二句〕

○語り出す祭《さい》文《もん》は何宵の秋

○野菊一輪手帳の中に挟みけり

○路岐《みちわかれ》して何れか是なるわれもかう

七夕の女《め》竹《だけ》を伐るや裏の藪

顔洗ふ盥《たらい》に立つや秋の影

柄《ひ》杓《しやく》もて水《みず》瓶《がめ》洗ふ音や秋

○釣《つる》瓶《べ》きれて井戸を覗《のぞ》くや今朝の秋

○秋立つや眼鏡して見る*三《さん》世《ぜ》相《そう》

○喪を秘して軍を返すや*星月夜

○秋暑し癒なんとして胃の病

祝*『車百合』発刊〔二句〕

○聞かばやと思ふ砧《きぬた》を打ち出しぬ

秋《あき》茄《な》子《すび》髭ある人に嫁ぎけり

○湖を前に関所の秋早し

初秋の隣に住むや池の坊

荒壁に軸落ちつかず秋の風

○唐《とう》茄《な》子《す》の蔓《つる》の長さよ隣から

○端《はし》居《い》して秋近き夜や空を見る

○顔にふるゝ芭蕉涼しや籐《と》の寝椅子

寅彦桂浜の石数十顆を送る

○涼しさや石握り見る掌《たなごころ》

送別

時くれば燕もやがて帰るなり

九月五日　漱石拝

大政　　子規妄評

漱84　十月十七日(火)

熊本市内坪井町七十八番地　夏目金之助より
下谷区上根岸町八十二番地　正岡常規へ

〔句稿三五、二十九句〕

規42　〔子規の評。句頭の○も子規〕

熊本高等学校秋季雑詠

学　校〔二句〕

○いかめしき門を這入れば蕎麦《そば》の花
○栗みのる畠を借して敷地なり

運動場

○松を出てまばゆくぞある露の原

図書館〔二句〕

○＊韋《い》編《へん》断えて夜寒の倉に束ねたる

秋はふみ吾に天下の志

*習学寮〔二句〕

○*頓首して新酒門内に許されず

肌寒と申し襦《じゅ》袢《ばん》の贈物

*瑞邦館〔二句〕

○孔孟の道貧ならず稲の花

古ぼけし油絵をかけ秋の蝶

倫理講話〔二句〕

赤き物少しは参れ蕃椒《とうがらし》

かしこまる膝のあたりやそゞろ寒

教室〔二句〕

朝寒の顔を揃へし机かな

先生の疎《そ》髯《ぜん》を吹くや秋の風

植物園〔二句〕

本名は頓《とん》とわからず草の花
苔《こけ》青く末枯《うらが》るゝべきものもなし

物理室〔二句〕
○南窓に写真を焼くや赤蜻蛉《あかとんぼ》
暗室や心得たりときりぎりす

化学室〔二句〕
化学とは花火を造る術ならん
玻璃瓶《はりびん》に糸瓜《へちま》の水や二升程

動物室〔二句〕
剝製の鵙《もず》鳴かなくに昼淋し
魚も祭らず*獺《かわうそ》老いて秋の風

食堂〔二句〕
○樊噲《はんかい》や闥《たつ》を排して茸の飯
○大食を上座に据えて栗の飯

演説会〔二句〕

瓜西瓜*富婁那《ふるな》ならぬはなかりけり

就中《なかんずく》うましと思ふ柿と栗

撃剣会〔二句〕

稲妻の目にも留らぬ勝負哉

容赦なく瓢《ふくべ》を叩く糸瓜かな

柔道試合〔二句〕

転《こ》けし芋の鳥渡《ちょと》起き直る健気さよ

靡《なび》けども芒《すすき》を倒し能はざる

十月十七日　漱石拝

正

点ハツケシモノ、此様ノ句ハ実際ナルガタメニ面白キガ多ケレバ総テ御保存ノ事　規

規43　十二月十七日(日)

下谷区上根岸町八十二番地　正岡常規より
熊本市内坪井町七十八番地　夏目金之助へ

拝啓　永々《ながなが》の御無音如何《いかが》御暮被成《おくらしなされ》候や。小生もまづ〳〵無事ニ相くらし申候。*煖炉の事ありがたく候。先日ホトトギスにて燈炉《とうろ》といふを買《かつ》てもらひ、かッ病室の南側をガラス障子に致しもらひ候。これにて暖気は非常ニ違ひ申候。殊《こと》ニ昼間日光をあびるのが何よりの愉快に御坐候。こんな訳ならば二、三年も前にやつたらよかつたと存候。しかシ何事も時機が来ねば出来ぬ事と相見え候。

『ホトトギス』に付《つい》て発行遅延の御注意ありがたく候。コレハ第一小生の病、第二虚子の無精といふ原因に基き候。固《もと》より虚子は責任を重んぜざるにては無之《これなく》、自分にては精々働く心がけなれど、とかく思ふやうに参らず、畢竟《ひつきよう》もとは身体の不健全より起ることと存候。御馳走と運動とを勧め候へども、それとても急に実行は出来ぬ事困り入候。小生の病は今更致し方なけれど今少し荷を軽く致《いたし》(募集俳句選抜、随問随答、俳句分類などを他人に譲り)たく、さすれば間にあふ位には出来可申《もうすべき》かと存候。しかシ今の処小生の荷を軽くするは種々の点において不得策と存候ニ付喘《あえ》ぎ〳〵つとめ申候。『ホトトギス』の発行遅延モ今は名物の如く相成《あいなり》、先月は二十五日出来上リニテ二千三百部印刷の処、即日売切。それがため新聞へ頼んで置いた広告を売切の広告にとりかふるといふ始末。全盛を極めをり候。

小生はこの全盛がこはいので他日衰退に傾くやうでは、かへって『ホトトギス』のために憂慮すべき事と半《なか》ば喜び半心配致をり候。虚子はとにかく大得意にて殊に青々《せいせい》＊を雇ひ入る等の事ありしため多少の嫉妬を受け申候。虚子もこの頃に至りて始めて世に立つの法を知り得たりなど申をり候。

『日本』の方も余り景気よろしからず、ためニ景気づけんとの説度々《たびたび》起り候。此《かく》の如き場合には小生が一番に腕をまくらねばならず、さりとて『ホトトギス』は抛《ほう》ってもおけず、『ホトトギス』を書けばそれで手一ぱいといふ始末故、実ニ弱リ果《はて》候。しかシ本職といふ点からいふても今までの恩になりたる点からいふても新聞の方をおろそかにするは良心にすまぬ事なれば、十分働くつもりに候へども、なか〳〵さうも参らず頭の中は多少煩悶の姿に有之《これあり》候。小生の頭は一刻も平和といふ事なけれど全く平和の境涯も永くは得処《お》るまじく、やはり忙中に閑を求め煩悶の中に平和を求むるが適当致をり候にや。随分困った人間ニ生れたるものに候。固《もと》より平和の境涯がほしいからといふても今更そんな方に小生を容《い》るるの余地は無之《これなく》、田舎の中学で二十円の雇夫子《やといふうし》たるに満足せぬ以上はいくら苦しくとも一生懸命に筆と原稿紙にしがみついてをらねば喰《く》ふ道はなかるべく候。朝は寐《ね》る、昼は人が来る、夜は熱が出る、熱を侵して筆を取るかまたは熱さめて後夜半より朝まで筆取るか、いづれにしても体は横寐、右を下、右の肱《ひじ》をついて、左の手に原稿紙を取りて、物書くには原稿紙の方より動かして行く、不都合な事、苦しい事、時間を要する事、意到《いた》って筆従はざるために幾度か蹉跌《さてつ》して勢のぬける事、弊害と困難は数へきれぬほどに候。その上に外出して材料を拾ひ出す事が出来ぬといふ大不便あり。仏様に聞たら小生の前身はよほどの悪人なりし事と存候。

思ひやるおのが前世や冬ごもり
何事もあきらめて居るふゆ籠《ごもり》
湯婆《たんぽ》燈炉あたゝかき部屋の読書哉《かな》
釈迦《しゃか》に問ふて見たき事あり冬籠

十二月十七日　　　　　　　　　　規

金之助様

御学校にて文学士(国文学阪本四方太)*一人御入用無之《これなく》候哉《や》。

明治三十三年（一九〇〇、三十三歳）

漱石の子規宛クリスマスの絵葉書（369ページ参照）

1・29 子規、「叙事文」(『日本』連載)で「写生文」を提唱。
2・12以前 子規宛書簡(**漱・失**)。
2・12 漱石宛書簡(**規44**、金柑の礼、闘病の苦しさを訴える)。
3・3 漱石宛書簡(**規45**、長女筆子の初節句に雛を贈る)。
3月下旬 漱石、熊本市北千反畑七十八番地に転居。
4・5 子規、右肘を枕に託し、半身を起こして写真撮影をする(撮影者、赤石定蔵)。
6・12 漱石、文部省から満二年間のイギリス留学を命ぜられる。
6月中旬? 漱石宛書簡(**規46**、あずま菊の絵に歌を添え贈る。カバー参照)。
6・20 漱石宛書簡(**規47**、「御留学の事新聞にて拝見」)。
7月中旬 漱石、留学準備のため、熊本を引き払って上京。
7・23 漱石、根岸庵に子規を訪ねる。
8・13 子規、明治二十八年従軍以来の多量の喀血。
8・26 漱石、寺田寅彦とともに根岸庵に子規を訪ねる。これが最後の会見となった。
9・7 漱石、芳賀矢一・藤代禎輔・稲垣乙丙と連名で留学に出立する旨を新聞広告する。
9・8 漱石、横浜港からプロイセン号で倫敦《ロンドン》へ向け出航(上海・シンガポール・スエズ経由)。
9月 子規、写生文を主張する文章会「山会」開催。

10・16　子規、8月以来の懸案であった興津への転地を断念する。
10・28　漱石、倫敦到着。ガワー・ストリート七十六番地の下宿におちつく。
11・12　漱石、プライオリー・ロード八十五番地のミス・マイルド(ミルデ)方に転居。
11・22　漱石、シェイクスピア学者クレイグ博士に毎日二時間の個人教授を依頼。
11月　子規、子規庵での俳句和歌例会を中止。暖炉を据え付ける。
12・20　子規・虚子・碧梧桐の三人の文集『寒玉集』刊行。
12・24頃　漱石、フロッドン・ロード六番地のブレット家に転居。
12・26　子規宛書簡(**漱85**、絵葉書で年賀の挨拶とし、クリスマスの模様を知らせる)。

規44　二月十二日(月)

下谷区上根岸町八十二番地　正岡常規より
熊本市内坪井町七十八番地　夏目金之助へ

例の愚痴談だからヒマナ時に読んでくれ玉へ。人に見せては困ル、二度読マレテハ困ル。

御手紙ハとくに拝見。金柑《きんかん》ハ五、六日前に相届候ニ付かた〴〵以て御礼かた〴〵御返書可差上存候ひながら、それは〱なさけなき身の上とても申すべき身の上、一通り御聞なされて下されたく候。病気激発の厄月は四、五、六月の際なれども勢力の尤《もつとも》少きは十二、一、二月に御座候。これはいふまでもなく寒気のために御座候。しかるに小生の職務上尤《もつとも》いそがしきは十二月一月に御座候(コレハ『日本』がいそがしいのと地方ノ新聞雑誌などのたのまれ有之《コレハ大概ハコトワリ》、『ホトトギス』は一番骨なれどもこれは毎号同じ事也。寒気と多忙のために十二月と一月始《はじめ》とに忙殺せられ候ところへ二月分の雑誌など書かざるべからずとくる。イザ書カウトスルト客ガ来ル。昼間ハ来客ノタメニ全ク出来ず、これは毎日同じ事也。夕刻ヨリ熱ガ出ル。時候ガヨケレバ熱イトテ構フタ事ハナイ。徹夜シテデモ熱ヲ押ヘテデモ書ク。ソレガナサケナイ事ニハコノ頃ノ寒サデハトテモ出来ヌ。現ニ只今モサシタル熱ガナイヤウダカラ原稿書カウ今夜ハ徹夜デモスルゾト大奮発シテ先ヅ浣腸《かんちょう》ト繃帯《ほうたい》取替トヲスル(コノ二事ガ老妹ノ日々ノ大役ダ)。平生ナラバ小生ハ浣腸後少シ疲労スルノミニテ、ムシロ安心スルケレド体ニ申分アルトキ、マタハ痔疾《じしつ》ニ秘結ナドトクルト後ヘモ先キヘモ行カヌコトガアル。*陸《くが》の葬儀ナドノタメ四日目ニ今日ハ浣腸シタケレド成績ハ中等デアッタガ少シ冷エテ風引イタカ咳《せき》ガ出テ来タ。折角ノ奮発ノ原稿ハカケヌ。腹ガ立ッテ〳〵タマランノデモ腹ノ立チ処ガナイノデ貴兄ヘノ手紙認《したた》メルコトニ相成候。箇様《かよう》ナ失敬ナ申条ナレド情願御許被下《くだされ》タク候。

御旅行ノ由。

寅彦時々来る。

*俣野《またの》来て不平を漏《もら》し候故、小生モ立腹暴言を放ち候処、俣野曰《いわ》ク私ガ先生ヲ困ラシニ来タヤウニ夏目先生ニ思ハレテハ面目ガゴザイマセン。

金柑《きんかん》御送被下《くだされ》候由ノ御手紙ニ接シ何事カト少シ怪ミ候処、大金柑ニ接シ皆々驚キ申候。鳴雪翁ヒネリマハシテ見テ曰ク、ドウシテモ金柑ヂヤ外ノ者ヂヤナイ。*藤叔曰ク、コリヤ金柑ヂヤナイ。小生曰ク、コノ金柑ヲ寒イ処ヘ植《うえ》ルト小サクナルノデアロウ。皆々曰ク、マサカ。

東京モ大寒気ノ由(小生ニハ分ラズ)インフルエンザ流行、十人の内五人以上ハヤラレ候。小家モ皆ヤリ申候。小生モ人並ニヤリ健全ナ母サヘ二日半就褥《しゆうじよく》致候。小生記臆已来《いらい》始めての大病ニ御座候。皆々軽症なれども小生ハソレガタメトハナクテ毎夜発熱、時ニヨルト夜十二時頃ヨリ突然発熱夜明ニ至リテ熱さむタメニ徹夜致候など腹の立《たつ》事ニ候。翌日も昼間は来客ありて眠る事出来不申《もうさず》候。ソノ日の夜ハ夕刻ヨリ発熱夜ノ十二時過《すぎ》熱さめ候故、夕飯を夜半にしたためて(チヨツト御馳走《ごちそう》ヲ御披露申上候。粥《かゆ》二椀《わん》、叔父ヨリ貰《もら》ヒタテノ豚ノラカン三キレホド)コレカラ『ホトトギス』ノ原稿(マダ一ツモ出来ヲラズ)ニ取掛ラウト思フト眠クナツタカラ「寝ロ〳〵」トイフ事ニ変ツテ夜半過《すぎ》ヨリ寝て今朝ハ昼飯まで睡眠非常に愉快ニナリ候。シカシ夕方マデ来客絶エズ夕飯スミテ浣腸《かんちよう》、繃帯替《ほうたいがえ》(コノ二ツガ同時ニ行ハネバナラヌ事故《ゆえ》下痢症ニ掛ツタトキハ何トモ致方《いたしかた》ナク非常ノ困難ヲ窮メ候。コノ時ハ浣腸ハ不用ナレド「サア糞《くそ》ガシタイ」トイフテカラ尻ノ繃帯ヲ取リハヅシお尻ヲ据ヱルマデニ早クテ五分、遅クテ十五分ヲ要シ候。ソノ五分乃至《ないし》十五分間糞ヲコラエル苦ハ昨年始メテ経験致候。屎《し》ヲスル際ニ時々貴兄ガ兄上ノ糞ヲトラレタトイフ話ヲ思ヒ出シ候)。コノ浣腸繃帯替スミ、イザ原稿トイフ処デ咳《せき》、ソコデコノ手紙ト、カウイフ都合デ、コノ後デ原稿ガ出来ルカ出来ヌカガ問題ナリ。

小生ノ欲望ヲイフト二月ノ月一ケ月ダケハ何モセズニ(気ガ向イタラ俳句分類位ハスル)休ミタクテタマランノダ。シカシコンナコトヲ高浜ナドニイヒ玉フナ、マジメニ心配スル男ダカラ。

『日本』ハ売レヌ、『ホトトギス』ハ売レル。陸《くが》氏ハ僕ニ新聞ノコトヲ時々イフ(コレハタダ材料ヤ体裁ナドノコト)ケレドモ僕ニ書ケトハイハヌ、『ホトトギス』ヲ妬《ねた》ムトイフヤウナコトハ少シモナイ、僕ガ『ホトトギス』ノタメニ忙シイトイフコトハ十分知ッテ居ル故……………………………………………………(コノ間落涙《らくるい》)。

僕ニ『日本』ヘ書ケトハイハヌ、ソウシテイツデモ『ホトトギス』ノ繁昌《はんじょう》スル方法ナドヲイフ。ソレデ正直イフト『日本』ハ今売高一万以下ナノダカラネ(売高ノコトハ人ニイフテクレ玉フナ)。僕カライヘバ『日本』ハ正妻デ『ホトトギス』ハ権妻《ごんさい》トイフワケデアルノニ、トカク権妻ノ方へ善《よ》ク通フトイフ次第ダカラ『日本』ヘ対シテ面目ガナイ。ソレデ陸《くが》氏ノ言ヲ思ヒ出スト、イツモ涙ガ出ルノダ。徳ノ上カライフテコノヤウナ人ハ余リ類ガナイト思フ。(ソノ陸ガ六人目ニ得タ長男ヲ失フテ今日ガ葬式デアツタノダ、天公是《ぜ》カ非カナンテイフ処ダネ。)

ソレデ陸ノ旧案ヲ今取リテ今年ハ和歌ノ募集ナドトイフテ少シバカリ骨ヲ折ツタ。ソレデモ骨折ノ度ハトテモ『ホトトギス』ニハ及バヌ。僕ガ歌論ヲ書イタカラトテ新聞ハ一枚モフヱルワケハナイ(田舎ニハ歌ノ新派トイフモノハマダ少シモナイカラ)ケレドモコンナコトヲシテ居ルト新聞ニ多少ノ景気ガツクノダ。アタカモ吉原《よしわら》ノヒヤカシ連ガ実際ノ景気ニ関係スルヤウニ。

『日本』ヘ少シ書ク。歌ノ方ヲ少シ研究スルト歌ニノリ気ガ出来テ俳句ノ方ヘ少シ疎遠ニナル(貴兄ノ謡ト俳句ト両方ヘハトイツタヤウナ処デモアラウ)。二月分ノ『ホトトギス』ノ原稿ハマダ一枚モ出来ンノダ。察シテクレ玉ヘ、僕ガコノ無気力デコノ後一週間位ノ間ニ『ホトトギス』ヲ書イテシマハネバナラヌト思フテ前途ヲ望ンダ時ノ僕ノ胸中ヲ。高浜モ寝テ居ルサウダカラトテモマダ原稿ハ出来マイ。ツイデニイフガコノ前ノ『ホトトギス』ハ二千四百位売レタサウダ。

僕ハ「落泪」トイフ事ヲ書イタノヲ君ハ怪ムデアローガソレハネカウイフワケダ。君ト二人デ須田《すだ》ヘ往《いつ》テ僕モ眼ヲ見テモラウタコトガアル。ソノ時須田ニ「ドンナ病気カ」ト聞イタラ須田ハ「涙ノ穴ノ塞《ふさ》ガツタノダ」トイフタ。ソノ時ハ何トモ思ハナカツタガ今思ヒ出ストヨホド面白イ病気ダ。ソノ頃ハソレガタメデモアルマイガ僕ハ余リ泣イタコトハナイ。勿論《もちろん》咯血《かつけつ》後ノコトダガ、一度、少シ悲シイコトガアツタカラ、「僕ハ昨日泣イタ」ト君ニ話スト、君ハ「鬼ノ目ニ涙ダ」トイツテ笑ツタ。ソレガ神戸病院ニ這入《はい》ツテ後ハ時々泣クヤウニナツタガ、近来ノ泣キヤウハ実ニハゲシクナツタ。何モ泣クホドノ事ガアツテ泣クノデハナイ。何カ分ランコトニチヨツト感ジタト思フトスグ涙ガ出ル。僕ガ旅行中ニ病気スル、ソレヲ知ラヌ人ガ介抱シテクレルトイフコトヲ妄想《もうそう》スル、ソレガモー有難クテハヤ涙ガ出ル。＊不折《ふせつ》ガ素寒貧《すかんぴん》カラ稼《かせ》イデ立派ナ家ヲ建テタト思フト感ニ堪ヘテ涙ガ出ル。僕ガ生キテ居ル間ハ『ホトトギス』ヲ倒サヌト誓ツタコトガアルト思フトモー涙ガ出ル…………（落泪）。日本新聞社デ恩ニナリ久松《ひさまつ》家デ恩ニナツタト思フテモ涙、叔父ニ受ケタ恩ナドヲ思ヘバ無論泪《なみだ》、僕ガ死ンデ後ニ母ガ今日ノヤウナ我儘《わがまま》ガ出来ナイダラウト思フト泪、妹ガ癇癪持《かんしやくもち》ノ冷淡ナヤツデアルカラ僕ノ死後人ニイヤガラレルダラウト思フト涙、死後ノ家族ノ事ヲ思フテ泪ガ出ルナゾハヲカシクモナイガ、僕ノハソンナ尤《もつとも》ナ時ニバカリ出ルノデナイ。家族ノ事ナドハカヘツテ思ヒ出シテモ泪ノナイ事ガ多イ。ソレヨリモ今年ノ夏、君ガ上京シテ、僕ノ内ヘ来テ顔ヲ合セタラ、ナドト考ヘタトキニ泪ガ出ル。ケレド僕ガ最早再ビ君ニ逢《あ》ハレヌナドト思フテ居ルノデハナイ。シカシナガラ君心配ナドスルニハ及バンヨ。君ト実際顔ヲ合セタカラトテ僕ハ無論泣ク気遣《きづか》ヒハナイ。空想デ考ヘタ時ニナカ〳〵泣クノダ。昼ハ泣カヌ。夜モ仕事ヲシテ居ル間ハ泣カヌ。夜ヒトリデ、少シ体ガ弱ツテヰルトキニ、仕事シナイデ考ヘテルト種々ノ妄想ガ起ツテ自分デ小説的ノ趣向ナド作ツテ泣イテ居ル。ソレダカラチヨツト涙グンダバカリデスグヤム。ヤムトモー馬鹿ゲテ感ゼラル。狐《きつね》ツキノ狐ガノイタヤウダ。ソレデモコンナ事ヲ高浜ニ話ストスグニ同情ヲ表シテ実際ヨリモ余計ニ感ジル、サウスルト『ホトトギス』ガ益々《ますます》遅延スルカモ知レヌカラ言ハズニ置ク。僕ノ愚痴ヲ聞クダケマジメニ聞《きい》テ後デ善《い》イ加減ニ笑ツテクレルノハ君デアラウト思ツテ君ニ向ツテイフノダカラ貧乏鬮《くじ》引イタト思ツテ笑ツテクレ玉ヘ。僕ダツテ泪ガナクナツテ考ヘルト実ニヲカシイヨ。…………………シカシ君、コノ愚痴ヲ真面目《まじめ》ニウケテ返事ナドクレテハ困ルヨ。ソレハネ妙ナモノデ、嘘カラ出タ誠、トイフノハ実際シバ〳〵感ジルコトダガ、女郎デモハジメハイイ加減ニ表面ニオ世辞イツテヰタ男ニツイホレルヤウナモノデ、僕ノ空涙《からなみだ》デモ繰リ返シテヰルト終《つい》ニ真物ニ近ヅイテクルカモ知レヌカラ。実際君ト向合フタトキ君ガストーヴコシラエテヤロカトイフタトテ僕ハ「ウン」トイツテル位ノモノデ泣キモセヌ。ケレド手紙デソーイフコトヲイハレルト少シ涙グムネ。ソレモ手紙ヲ見テスグ涙モ何モ出ヤウトモセヌ。タダ夜ヒトリ寐《ね》テヰルトキニフトソレヲ考ヘ出スト泣クコトガアル。自分ノ体ガ弱ツテヰルトキニ泣クノダカラ老人ガ南無《なむ》アミダ〳〵トイツテ独リ泣イテルヤウナモノダカラ、返事ナドハオコシテクレ玉フナ。君ガコレヲ見テ「フン」トイツテクレレバソレデ十分ダ。

僕ガ愚痴ツポクなつたのハ去年の手紙中『ホトトギス』ノ文ナドデ大方察シテハヰタローガコレホドトハ思ハナカツタロー、コレホド僕ヲ愚痴ニシタノハ病気ダヨ。尤《もつと》モ僕ハ筆ヲトルト物ヲ仰山ニ書ク方ダカラ、喀血《かつけつ》以前でも「病身である」だの「先づ無事でゐる」だのと書いて菊池*に笑はれた事がある。コノ手紙などを見せたら菊池ハ腹の中で笑ふであらう。それハ笑はれても仕方がない。僕もめめしい事でいひたくないのだ。けれどいはないでゐるといつまでも不平が去らぬ。かう仰山にいつてしまふとあとは忘れたやうになつて心が平かになる。………これだけ書くと僕も夢のさめたやうになつたからもはややめる。さうなると君が馬鹿ナ目ヲ見タト腹立てハしないかと思ふやうになつてくる。ゆるしてくれ玉へ。

新らしい愚痴が出来たらまたこぼすかも知れないが、これだけいふて非常にさつぱりしたから、君に対して書面上に愚痴をこぼすのハもうこれ限りとしたいと思ふてゐる。金柑《きんかん》の御礼をいはうと思ふてこんな事になつた。決して人に見せてくれ玉ふな。もし他人に見られてハ困ると思ふて書留にしたのだから。

明治三十三年二月十二日　夜半過《すぎ》書す。

僕自ラモ二度ト読ミ返スノハイヤダカラ読ンデ見ヌ、変ナ処ガ多イダロー。

規45　三月三日(土)

下谷区上根岸町八十二番地　正岡常規より
熊本市内坪井町七十八番地　夏目金之助へ

拝啓　小包にて小雛《こびな》さし上《あげ》候。熊本の雛祭ハ陰暦ニ違ひないと家人のはからひ也。こんなもの陳腐なるやも存ぜず候へども………

相変らず忙しいので閉口致をり候。余り忙しいためぼんやりとして仕事手につかず、この頃ハ何もせずに絵をかきをり候。それがまた非常に面白いのでいよ〳〵外の者がいやになり候。一枚見本さしあげんかとも存候へど大事の秘蔵の画を割愛してかへつて笑はれるのも引き合はずとそのまま秘蔵、ひとりながめて楽《たのしみ》をり候。呵々《かか》。

君の謡ハ何流なりや。金春《こんぱる》か宝生《ほうしょう》か観世《かんぜ》か。

三月三日夜　　　　常規

金之助様

規46　〔六月中旬〕

*下谷区上根岸町八十二番地　正岡常規より
熊本市北千反畑七十八番地旧文学精舎跡　夏目金之助へ

寄
漱　石

コレハ萎《しぼ》ミカケタ処ト思ヒタマヘ　画ガマ
ヅイノハ病人ダカラト思ヒタマヘ　嘘ダト
思ハバ肱《ひじ》ツイテカイテ見玉へ　規

あづま菊いけて置きけり
　火の国に住みける
　　君の帰りくるかね

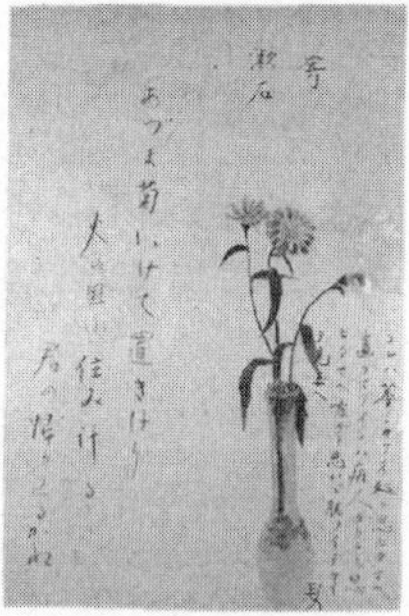

規47　六月二十日(水)

下谷区上根岸町八十二番地　正岡常規より
熊本市北千反畑七十八番地　夏目金之助へ

拝啓

夏橙　壱函《だいだい》只今《ただいま》山川氏より受取ありがたく御礼申上候。
御留学の事新聞にて拝見。いづれ近日御上京の事と心待ニ待をり候。
先日中ハ時候の勢か、からだ尋常ならず独りもがきをり候処、昨日熱退《ひ》きその代り昼夜
疲労の体《てい》にてうつらうつらと為《な》すこともなく臥《ふせ》りをり候。
『ホトトギス』の方ハ一ケ月余全ク関係せず、気の毒ニ存候へども、この頃ハ昔日の勇
気なく、とてもあれもこれもなど申事ハ出来ず、歌よむ位が大勉強の処に御坐候。小生た
とひ五年十年生きのびたりとも霊魂ハ最早半死のさまなれば全滅も遠からずと推量被致《いたされ》候。

年を経て君し帰らば山陰のわがおくつきに草むしをらん

風もらぬ釘《くぎ》つけ箱に入れて来し夏だい〳〵はくさりてありけり(ミナニアラズ)

余譲面晤《よはめんごにゆずる》。不悉《ふしつ》。

六月二十日　　　　　　　　　　　　　　　　　　規

漱石兄

試験ト上京ト御多忙ノコトト存候。

漱85

十二月二十六日(水)*

6 Flodden Road, Camberwell New Road, London, S. E.　夏目金之助より

下谷区上根岸町八十二番地　正岡常規へ

その後御病気如何。小生東京の深川の如き辺鄙に引き籠り勉学致をり候。買たきものは書籍なれどほしきものは大概三、四十円以上にて手がつけ兼候。詳細なる手紙差上たくは候へども何分多忙故、時間惜き心地致し候故、端書にて御免蒙り候。

御地は年の暮やら新年やらにて、さぞかし賑《にぎや》かな事と存候。当地は昨日が「クリスマス」にて始めて英国の「クリスマス」に出喰はし申候。

柊を幸多かれと飾りけり

屠蘇なくて酔はざる春や覚束《おぼつか》な

十二月二十六日　　　　　　　漱石

子規様

新年の御慶《ぎよけい》目出たく申納候。諸君へよろしく御伝声願上候。

明治三十四年(一九〇一、三十四歳)

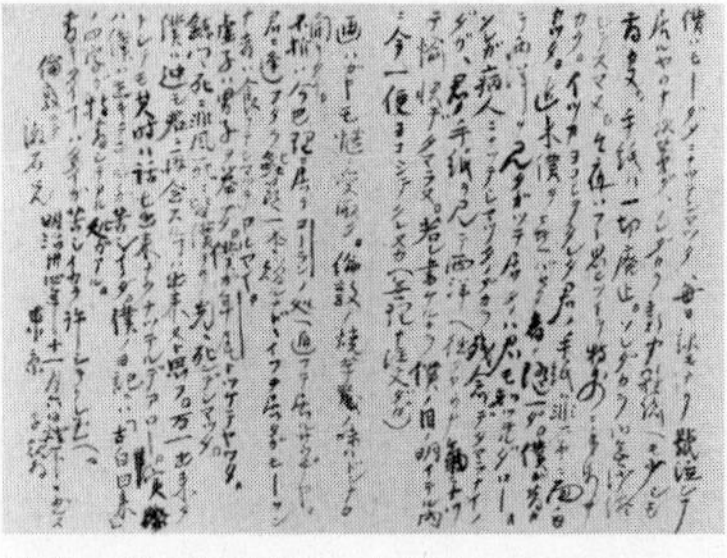

子規の漱石宛最後の書簡(411-412 ページ参照，岩波書店所蔵)

1・16　子規、「墨汁一滴」を『日本』に連載(—7・2)。
1・22　漱石、日記に「ほとゝぎす届く子規尚《なお》生きてあり」と記す。
1・30　子規、「墨汁一滴」で「我俳句仲間において俳句に滑稽趣味を発揮して成功したる者は漱石なり」と記す。
2・2　漱石、ヴィクトリア女王の葬儀を見に下宿の主人ブレットとハイドパークへ出かける。
3・1　漱石、子規に絵葉書十二枚送る(「日記」)。
4・1　漱石、子規からの端書(**規・失**)を落掌(「日記」)。
4・9　子規・虚子宛書簡(**漱86**、「倫敦消息」として『ホトヽギス』四巻八号に掲載)。
4・20　子規・虚子宛書簡(**漱87**、「倫敦消息」として『ホトヽギス』四巻九号に掲載)。
4・25　漱石、トゥーティング(ステラ・ロード二番地)に転居。
4・26　子規・虚子宛書簡(**漱88**、「倫敦消息」として『ホトヽギス』四巻九号に掲載)。
5・13　子規、「墨汁一滴」の連載を中断し、「今日は闕。但草稿卅二字余が手もとにあり」の一文のみを掲ぐ。
5・23　子規、「墨汁一滴」で、倫敦の漱石の消息を伝える。
5・25　子規編、碧梧桐・虚子共編『春夏秋冬』春之部をほとゝぎす発行所より刊行。漱石の俳句十六句を収録。

5・30　子規、「墨汁一滴」で高等中学校時代、漱石の家を訪ねて、近くの田圃を散歩した時、漱石が「平生喰ふ所の米はこの苗の実である事を知らなかつた」ことに驚いたと記している。

7・20　クラパム・コモンのザ・チェイス八十一番地ミス・リール方に転居。

8月　漱石、理論的な文学論構築のための最も初期と思われるノートを記す。

9・2　子規、「仰臥漫録」の執筆をはじめる。

10・5　子規、午後精神が急に激昂。夜、にわかに乱叫乱罵し、もがき苦しむ、陸羯南来宅し話す。

10・13　子規、苦痛のあまり自殺を考える。

11・3　漱石の下宿で句会「太良坊運座」第一回開催。六句詠む。

11・6　漱石宛書簡(**規48**、子規最後の漱石宛書簡「僕ハモーダメニナッテシマッタ、毎日訳モナク号泣シテ居ルヨウナ次第ダ」)。

11・10　漱石、「太良坊運座」第二回開催。五句詠む。

12月初頃　子規、昵懇の人々が毎日交替で侍し、その痛苦を慰めるようになる。

12・18　子規宛書簡(**漱89**、規48に応えた漱石最後の子規宛書簡。ハイドパークの大道演説、レスリング見物、転居のことなど報告)。

漱86　四月九日(火)

6 Flodden Road, Camberwell New Road, London, S. E.　夏目金之助より
下谷区上根岸町八十二番地　正岡常規へ

その後は頓と御無沙汰をして済まん。君は病人だから固より長い手紙をよこす訳はなし。虚子君も編緝多忙で『ほととぎす』だけを送ってくれる位が精々だろうとは出立前から予想しておったのだから、手紙のこないのはさまで驚かないが、此方は倫敦《ロンドン》という世界の勧《かん》工場《こうば》のような馬市のような処へ来たのだから、時々は見た事聞た事を君らに報道する義務がある。これは単に君の病気を慰めるばかりでなく虚子君に何でもよいからかいて送ってくれろと二、三度頼れた時にへい〳〵よろしゅう御座いますと大揚《おおよう》に受合ったのだから手紙をかくのは僕の義務さ。それは承知だが僕も遊びに来た訳でもなし酔興にまごついて居る仕儀でもないのだから可成《なるべく》時間を利用しようと思うのでね遂々《ついつい》いず方へも無音《ぶいん》になってまことに申訳がない。*それだから今日即ち四月九日の晩をまる潰しにして御両君に御詫旁《かたがた》何か御報知を仕様と思う。報知したいと思う事は沢山あるよ。こちらへ来てからどう

いうものかいやに人間が真面目になってね。色々な事を見たり聞たりするにつけて日本の将来という問題がしきりに頭の中に起る。柄にないといってひやかし給うな。僕のようなものがかかる問題を考えるのは全く天気のせいや「ビフテキ」のせいではない。天の然らしむる所だね。この国の文学美術がいかに盛大でその盛大な文学美術が如何《いか》に国民の品性に感化を及ぼしつつあるか、この国の物質的開化がどの位進歩してその進歩の裏面には如何なる潮流が横わりつつあるか、英国には武士という語はないが紳士と言《いう》があって、その紳士は如何なる意味を持って居るか、如何に一般の人間が鷹揚《おうよう》で勤勉であるか、色々目につくと徳育、体育、美育の点において非常に欠乏して居るという事が気にかかる。その紳士が如何に平気な顔をして得意であるか、彼らが如何に浮華《ふか》であるか、彼らが如何に空虚であるか、彼らが如何に現在の日本に満足して己らが一般の国民を堕落の淵に誘いつつあるかを知らざるほど近視眼であるかなどというような色々な不平が持ち上ってくる。先達て日本の上流社会の事に関して長い手紙を書いて親戚へやった。しかしこんな事はただ英国へ来てから余慶に感ずるようになったまでで、ちっとも英国と関係のない話しだし、君らに聞せる必要もなし、聞きたい事でもなかろうから先《まず》ぬきとして何か話そう、何がいいか話そうとすると出ないものでね困るな。仕方がないから今日起きてから今手紙をかいて居るまでの出来事を『ほととぎす』で募集する日記体でかいて御目にかけよう。出来事だって*風来山人の生活だから面白可笑《おかし》い事はない頗《すこぶ》る平凡な物さ。「*オキスフォード」で「アン」を見失ったとか「*チェヤリングクロス」で決闘を見たとかいうのだと張合があるが如何にも憫然《びんぜん》な生活だからくだらない。しかし僕が倫敦に来てどんな事をやって居るかがちょっと分る。僕を知って居る君らにはそこに少々興味があるだろう。

この前の金曜が「グートフライデー」で「イースター」の御祭の初日だ。町の店はみんなやすんで買物などは一切禁制だ。明る土曜は先《まず》平常の通りで次が「イースターサンデー」また買物を禁制される。翌日になってもう大丈夫と思うと今度は「イースターモンデー」だというのでまた店をとじる。火曜になって漸く故に復する例である。内の夫婦は*御祭中田舎の妻君の里へ旅行した。*田中君は「シェクスピヤ」の旧跡を探るというので「*ストラトフォドオンアヴォン」という長い名の所へ行かれた。跡は妻君の妹と下女のペンと吾輩と三人である。

朝日がさめると「シャッター」の隙間から朝日がさし込んで眩《まばゆ》い位である。これは寝過したかと思って枕の下から例のニッケルの時計を引きずり出して見るとまだ七時二十分だ。まだ第一の銅羅《どら》の鳴る時刻でない。起きたって仕方がないが別にねむくもない。そこでぐるりと壁の方から寝返りをして窓の方を見てやった。窓の両側から申訳のために金巾《カナキン》だか麻だか得体の分らない窓掛が左右に開かれて居る。その後に「シャッター」が下りていてその一枚〳〵のすき間から御天道様が御光来である。ハハーいよ〳〵春めいて来て有難いこんな天気は倫敦じゃ拝めなかろうと思っていたがやはり人間の住んでる所だけあって日の当る事もあるんだなとちょっと悟りを開いた、それから天井を見た、あいかわらずひびが入っていて不景気だ、上で何かごと〳〵いう音が聞こえる、下女が四階の室で靴でもはいて居るんだろう、部屋は益《ますます》あかるくなる、銅羅はまだ鳴りそうな景色がない、今度は天井から眼をおろしてぐる〳〵部屋中を撿査した。しかし別に見るものも何にもない。まことに御恥しい部屋だ。窓の正面に簞笥《たんす》がある。簞笥というのは勿体《もったい》ないペンキ塗の箱だね。上の引出に股引《ももひき》とカラとカフが這入《はい》っていて下には燕尾服が這入っている。あの燕尾服は安かったがまだ一度も着た事がない。つまらないものを作ったものだなと考えた。箱の上に尺四方ばかりの姿見があって、その左りに「カルルス」泉の瓶が立て居る。その横から茶色のきたない皮の手袋が半分見える。箱の左側の下に靴が二足、赤と黒だ、並んで居る。毎日穿くのは戸の前に下女が磨いて置いて行く。その外に礼服用の光る靴が戸棚に仕舞ってある。靴ばかりはなか〳〵大臣だなと少々得意な感じがする、もしこの家を引越すとするとこの四足の靴をどうして持って行こうかと思い出した。一足は穿く二足は革鞄《かばん》につまるだろう。しかし余る一足は手にさげる訳には行かんな、裸で馬車の中へ投《ほう》り込むか、しかし引越す前には一足はたしかに破れるだろう、靴はどうでもいいが大事の書物が随分厄介だ。これは大変な荷物だなと思って板の間に並べてある本と煖炉の上にある本と机の上にある本と書棚にある本を見廻した。先達て「ロッチ*」から古本の目録をよこした「ドッ*ヅレー」の「コレクション」がある。七十円は高いが欲《ほし》い。それに製本が皮だからな。この前買った「ウァートン*」の英詩の歴史は製本が「カルトーバー」で古色蒼然としていて実に安い掘出し物だ。しかし為替が来なくっては本も買えん、少々閉口するな。その内来《くる》だろうから心配する事も入《い》るまい……ゴン〳〵〳〵そら鳴った。第一の銅羅だ。これから起きて仕度をすると第二の「ゴング」が鳴る。そこでノソ〳〵下へ降りて行って朝食を食うのだよ、起きて股引《ももひき》を穿きながら子《ね》にふし銅羅に起きはどうだろうと思って一人でニヤ

〳〵と笑った。それから寝台を離れて顔を洗う台の前へ立った。これから御化粧が始まるのだ。西洋へ来ると猫が顔を洗うように簡単に行かんのでまことに面倒である。瓶の水をジャーと金盥《かなだらい》の中へあけてその中へ手を入れたが、ああ仕舞った顔を洗う前に毎朝カルルス塩を飲まなければならないと気がついた。入れた手を盥から出した。拭くのが面倒だから壁へむいて二、三返手をふってそれから「カルルス」塩の調合にとりかかった。飲んだ。それからちょっと顔をしめして「シェヴィングブラッシ」を攫《つか》んで顔中むやみに塗廻す。剃《そり》は安全髪剃《かみそり》だから仕まつがいい。大工がかんなをかけるようにスー〳〵と髭をそる。いい心持だ。それから頭へ櫛を入れて顔を拭て白シャツを着て襟《えり》をかけて襟飾をつけて「シャッター」を捲き上ると、下女がボコンと部屋の前へ靴をたたきつけて行った。暫《しばら》くすると第二のゴン〳〵が鳴る。ちょっと御誂通りに出来てる。それから楷子段《はしごだん》を二つ下りて食堂へ這入る。例の如く「オートミール」を第一に食う。これは蘇格土蘭《スコットランド》人の常食だ。尤《もっと》もあっちでは塩を入れて食う、我々は砂糖を入れて食う。麦の御粥みたようなもので我輩は大好だ。「ジョンソン」の字引には「オートミール」……蘇国にては人が食い英国にては馬が食うものなりとある。しかし今の英国人としては朝食にこれを用いるのが別段例外でもないようだ。英人が馬に近くなったんだろう。それから「ベーコン」が一片に玉子一つまたはベーコン二片と相場がきまって居る。その外に焼パン二片茶一杯それで御仕舞だ。吾輩が二片の「ベーコン」を五分の四まで食いおわった所へ田中君が二階から下りて来た。先生は昨夜遅く旅から帰って来たのである。尤《もっと》も先生は毎朝遅刻する人で決して定刻に二階から天下った事はない。「いや御早う」。妻君の妹がGood morningと答えた。吾輩も英語でGood morningといった。田中君はムシャ〳〵やって居る。吾輩はExcuse meといって食卓の上にある手紙を開いた。「エッヂヒル」*夫人からこの十七日午後三時に緩々《ゆるゆる》御話しを伺いたいから御出被下《くだされ》間敷《まじく》やという招待状だ、おや〳〵と思った。吾輩は日本においても交際は嫌いだ。まして西洋へ来て無弁舌なる英語でもって窮窟な交際をやるのは尤《もっと》も厭《きら》いだ。加之《しかのみならず》倫敦は広いから交際などを始めるとむやみに時間をつぶす、御《お》負《まけ》にきたない「シャツ」などは着て行かれず「ズボン」の膝が前へせり出していてはまずいし、雨のふる時などはなさけない、金を出して馬車などを驕《おご》らねばならないし、それは〳〵気骨が折れる。金が入《い》る。時間が費《つい》える。真平《まつぴら》だが仕方がない。たまにはこんな酔興な貴女があるんだから行かなければ義理がわるい。困ったなと思っていると田中君が旅行談を始めた。吾輩に「シェクスピヤ」の石膏製の像と「アルバム」をやろうというからありがとうといってもらった。それから「シェクスピヤ」の墓碑の石摺の写真を見せて、こりゃ何だい君英語の漢語だね僕には読めないといった。やがて先生は会社へ出て行った。これから吾輩は例の通り『スタンダード』新聞を読むのだ。西洋の新聞は実にでがある。始から仕舞まで残らず読めば五、六時間はかかるだろう。吾輩は先《まず》第一に*支那事件の処を読むのだ。今日のには魯国新聞の日本に対する評論がある。もし戦争をせねばならん時には日本へ攻め寄せるは得策でないから朝鮮で雌雄を決するがよかろうという主意である。朝鮮こそ善《い》い迷惑だと思った。その次に「トルストイ」の事が出て居る。「トルストイ」は先日魯西亜《ロシア》の国教を蔑視するというので破門されたのである。天下の「トルストイ」を破門したのだから大騒ぎだ。或る絵画展覧会に「トルストイ」の肖像が出て居るとその前に花が山をなす。それから皆が相談して「トルストイ」に何か進物をしようなんかんて「トルストイ」連は焼気《やつき》になって政府に面当《つらあて》をして居るという通信だ。面白い。そうこうする内に十時二十分だ。今日は例の如く*先生の家へ行かねばならない。先ず便所へ行って三階の部屋へかけ上って仕度をして下りて見るとまだ十一時には二十分ばかりの間がある。

また新聞を見る。昨日は「イースターモンデー」なので所々で興行物があった。その雑報がある。「アクエリアム」で熊使いが熊を使うという事が載って居る。熊が馬へ乗って埒《らち》の周囲をかけ廻る棒を飛び超える輪抜をすると書いてある。面白そうだ。此度《こんど》は広告を見た。*「ライシアム」で*「アーヴィング」が「シェクスピヤ」の『コリオラナス』をやると出て居る。先達って*「ハーマジェスチー」座で「トリー」の『トエルフスナイト』を見た。脚本で見るより遥かに面白い。「アーヴィング」のも見たいものだ。十一時五分前になった。書物を抱えて家を出た。

僕の下宿は*東京でいえば先ず深川だね。橋向うの場末さ。下宿料が安いからかかる不景気な処に暫く——じゃないつまり在英中は始終蟄息《ちっそく》して居るのだ。その代り下町へは滅多に出ない。一週に一、二度出るばかりだ。出るとなると厄介だ。先ず「ケニントン」という処まで十五分ばかり歩行《ある》いてそれから地下電気で以て「テームス」川の底を通って、それから汽車を乗換えていわゆる「ウェスト、エンド」辺に行くのだ。停車場まで着て十銭払って「リフト」へ乗った。連《つれ》が三、四人ある。駅夫が入口をしめて「リフト」の縄をウンと引くと「リフト」がグーッとさがる。それで地面の下へ抜け出すという手向《しゅこう》さ。せり上る時はセビロの仁木弾正*だね。穴の中は電気燈であかるい。汽車は五分ごとに出る。今日はすいて居る善按排《いい》だ、隣りのものも前のものも次の車のものも皆新聞か雑誌を出して読んで居る。これが一種の習慣なのである。吾輩は穴の中ではどうしても本などは読めない。第一空気が臭い、汽車が揺れる、ただでも吐きそうだ、まことに不愉快極まる。停車場を四《よっつ》ばかりこすと「バンク」だ。ここで汽車を乗りかえて一の穴からまた他の穴へ移るのである。まるでもぐら持ちだね。穴の中を一町ばかり行くといわゆる two pence Tube さ。これは東「バンク」に始まって倫敦をズット西へ横断して居る新しい地下電気だ。どこで乗ってもどこで下りても二文即ち日本の十銭だからこういう名がついて居る。乗ったらゴーといって向うの穴を反対の方角に列車が出るのを相図に此方の列車もゴーといって負けない気で進行し始めた。車掌が next station Post Office といってガチャリと車の戸を閉めた、とまる度《たび》につぎの停車場の名を報告するのがこの鉄道の特色なのである。向うの方に若い女と四十恰好《がっこう》の女が差し向いに座を占めていた。吾輩の右に一間ばかり隔って婆さんと娘がベチャ〳〵話しをして居る。向うの連中は雑誌を読みながら「ビスケット」か何かかじって居る。平凡な乗合だ。少しも小説にならない。

四月九日夜　　　　　　　　　　漱石

子規君

虚子君

（もう厭になったからこれで御免蒙る。実は僕の先生の話しをしたいのだがね、よほどの奇人で面白いのだから。しかし少々頭がいたいからこれで御勘弁を願おう。『ほととぎす』拝見、君の端書も拝見、病気がよくないそうだ。困るね、まーく用心するがいい。）

漱87　四月二十日（土）

6 Flodden Road, Camberwell New Road, London, S. E.　夏目金之助より

下谷区上根岸町八十二番地　正岡常規へ

また『ホトトギス』が届いたから出直して一席伺おう。我輩の下宿の体裁は前回申し述べた如く頗《すこぶ》る憐れっぽい始末だが、そういう境界に澄まし返って三十代の*顔子《がんし》然としておられるかと君方はきっと聞くに違いない。聞かなくっても聞く事にしないと此方が不都合

だから先ず聞くと認める、ところで我輩が君らに答えるんだ懸価《かけね》のない所を答えるんだからそのつもりで聞かなくっては行けない。

我輩も時には禅坊主見たような変哲学者のような悟り済した事もいって見るが、やはり大体の処が御存じの如き俗物だからこんな窮窟な暮しをして*回《かい》やその楽《たのしみ》をあらためず賢なるかなと褒《ほ》められる権利は毛頭ないのだよ、そんならなぜもっと愉快な所へ移らないかというかも知れないが、其処に大に理由の存するあり焉《えん》さ、先《まず》聞き給え、なるほど留学生の学資は御話しにならない位少ない。倫敦では猶々少ない、少ないがこの留学費全体を投じて衣食住の方へ廻せば我輩といえども最少《もすこ》しは楽な生活が出来るのさ。それは国に居る時分の体面を保つ事は覚束《おぼつか》ないが(国におれば高等官一等から五ツ下へ勘定すれば直ぐ僕の番へ巡《ま》わってくるのだからね。尤《もっと》も下から勘定すれば四つで来て仕舞うんだから日本でも余り威張れないが)とにかくこれよりも薩張《さっぱ》りした家へ這入《はい》れる。しかるにあらゆる節倹をしてかようなわびしい住居として居るのはね、一つは自分が日本におった時の自分ではない単に学生であるという感じが強いのと、二つ目には切角西洋へ来たものだから成る事なら一冊でも余慶《よけい》専門上の書物を買って帰りたい慾があるからさ。そこで家を持って下婢どもを召し使った事は忘れて、ただ十年前大学の寄宿舎で雪駄のカカトのような「ビステキ」を食った昔しを考えてはそれよりも少しは結構？　先ず結構だと思って居るのさ。人は「カムバーウェル」*のような貧乏町にくすぼってるといって笑うかも知れないがそんな事に頓着する必要はない。かような陋巷におったって引張りと近づきになった事もなし、夜鷹と話をした事もない。心の底までは受合わないが先《まず》挙動だけは君子のやるべき事をやって居るんだ。実に立派なものだと自ら慰めて居る。

しかしながら冬の夜のヒューヒュー風が吹く時にストーヴから烟りが逆戻りをして室の中が真黒に一面に燻《いぶ》るときや、窓と戸の障子の隙間から寒い風が遠慮なく這込《はいりこ》んで股から腰のあたりがたまらなく冷たい時や、板張の椅子が堅くって疝気持《せんきもち》の尻のように痛くなるときや、自分の着て居る着物が漸々《だんだん》変色して来るにつれて自分が段々下落するような情ない心持のする時は、何のためにこんな切り詰めた生活をするんだろうと思う事もある。エー構わない本も何も買えなくても善いから為替はみんな下宿料にぶち込んで人間らしい暮《くらし》を仕様という気になる。それからステッキでも振り回わしてその辺を散歩するのである。向へ出て見ると逢う奴もく皆んな厭《いや》に脊いが高い。御負《おまけ》に愛嬌のない顔ばかりだ。こんな国ではちっと人間の脊いに税をかけたら少しは倹約した小さな動物が出来るだろうなどと考えるが、それはいわゆる負惜しみの減らず口という奴で、公平な処が向うの方がどうしても立派だ、何となく自分が肩身の狭い心持ちがする。向うから人間並外れた低い奴が来た。占《しめ》たと思ってすれ違って見ると自分より二寸ばかり高い。此度《こんど》は向うから妙な顔色をした一寸法師が来たなと思うとこれ即ち乃公《だいこう》自身の影が姿見に写ったのである。やむをえず苦笑いをすると向うでも苦笑いをする、これは理の当然だ。それから公園へでも行くと角兵衛獅子に網を被せたような女がぞろ〳〵歩行《ある》いて居る。その中には男も居る職人も居る。感心に大概は日本の奏任官以上の服装をして居る。この国では衣服では人の高下が分らない。牛肉配達などが日曜になるとシルク、ハットでフロックコートなどを着て澄して居る。しかし一般に人気《じんき》が善い。我輩などを捕えて悪口をついたり罵ったりするものは一人もおらん。ふり向いても見ない。当地では万事鷹揚《おうよう》に平気にして居るのが紳士の資格の一つとなって居る。むやみに巾着切りのようにこせ〳〵したり物珍らしそうにじろ〳〵人の顔なんどを見るのは下品となって居る。殊に婦人などは後ろを振りかえって見るのも品が悪いとなって居る。指で人をさすなんかは失礼の骨頂だ。習慣がこうであるのにさすが倫敦は世界の勧工場だから余り珍らしそうに外国人を玩弄しない。それから大抵の人間は非常に忙がしい。頭の中が金の事で充満して居るから日本人などを冷かして居る暇がないというような訳で我々黄色人——黄色人とは甘《うま》くつけたものだ。全く黄色い。日本に居る時は余り白い方ではないが先ず一通りの人間色という色に近いと心得ていたが、この国では遂に人間を去る三舎色と言わざるを得ないと悟った——その黄色人がポク〳〵人込の中を歩行《ある》いたり芝居や興行物などを見に行かれるのである。しかし時々は我輩に聞えぬように我輩の国元を気にして評する奴がある。この間或る所の店に立って見ていたら後ろから二人の女が来て *"least poor Chinese" と評して行った。least poor とは物匂《ものぐさ》い形容詞だ。或る公園で男女二人連があれは支那人だいや日本人だと争っていたのを聞た事がある。二、三日前去る所へ呼ばれて「シルクハット」にフロックで出掛けたら向うから来た二人の職工みたような者が a handsome Jap. といった。ありがたいんだか失敬なんだか分らない。先達て或芝居へ行った。大入で這入れないから*ガレリーで立見をして居ると傍のものがあすこに居る二人は葡萄牙人《ポルトガル》だろうと評していた。——こんな事を話すつもりではなかった。話しの筋が分らなくなった。ちょっと一服してから出直そう。

先散歩《まず》でもして帰るとちょっと気分が変って来て晴々する。何こんな生活もただ二、三年の間だ。国へ帰れば普通の人間の着る物を着て普通の人間の食う物を食って普通の人の寝る処へ寝られる、少しの我慢だ我慢しろ〳〵と独り言をいって寝てしまう、寝てしまう時は善いが寝られないでまた考え出す事がある。元来我慢しろというのは現在に安んぜざる訳だ――段々事件が六ずかしくなって来る――時々やけの気味になるのは貧苦がつらいのだ。年来自分が考えたまた自分が多少実行し来りたる処世の方針は何処へ行った。前後を切断せよ妄《みだ》りに過去に執着する勿《なか》れ、徒らに将来に望を属《しょく》する勿れ、満身の力をこめて現在に働けというのが乃公《だいこう》の主義なのである。しかるに国へ帰れば楽が出来るからそれを楽しみに辛防しようというのは果敢《はか》ない考だ。国へ帰れば楽をさせると受合ったものは誰もない。自分がきめて居るばかりだ。自分がきめてもいいから楽が出来なかった時にすぐ機鋒を転じて過去の妄想を忘却し得ればいいが、今のように未来に御願い申して居るようでは到底その未来が満足せられずに過去と変じた時にこの過去をさらりと忘れる事は出来まい、のみならず報酬を目的に働らくのは野暮の至りだ。死ねば天堂へ行かれる、未来は雨蛙と一所に蓮の葉に往生が出来るから、この世で善行を仕様という下卑た考と一般の論法で、それよりもなお一層陋劣な考だ。国を立つ前五、六年の間にはこんな下等な考は起さなかった。ただ現在に活動し、ただ現在に義務をつくし、現在に悲喜憂苦を感ずるのみで取越苦労や世迷言《よまいごと》や愚痴は口の先ばかりでない腹の中にも沢山なかった。それで少々得意に成ったので外国へ行っても金が少なくっても一箪《いったん》の食《し》、一瓢《いっぴょう》の飲《いん》然と呑気に洒落にまた沈着に暮されると自負しつつあったのだ。自惚《うぬぼれ》々々！　こんな事では道を去る事三千里。先《まず》明日からは心を入れ換えて勉強専門の事、こう決心して寝てしまう。

かかる有様でこの薄暗い汚苦《むさくる》しい有名なカンバーウェルという貧乏町の隣町に昨年の末から今日までおったのである。おったのみならずこの先も留学期限のきれるまでは此処におったかも知れぬのである。しかるに茲《ここ》に或る出来事が起っていくらおりたくっても退去せねばならぬ事となったというと何か小説的だが、その訳を聞くと頗《すこぶ》る平凡さ。世の中の出来事の大半は皆平凡な物だから仕方がない。＊この家はもとからの下宿ではない。去年まではは女学校であったので、ここの神さんと妹が経験もなく財産もなく将来の目的もしかと立たないのに自営の道を講ずるために、この上品のような下等のような妙な商買を始めたのである。彼らは固《もと》より不正な人間ではない。正道を踏んで働けるだけ働いたのだ。しかし耶蘇《ヤソ》教の神様も存外半間《はんま》なものでこういう時にちょっと人を助けてやる事を知らない。そこでもって家賃が滞る――倫敦の家賃は高い――借金が出来る。寄宿生の中に熱病が流行《はや》る。一人退校する二人退校する仕舞に閉校する。……運命が逆《さかし》まに回転するとこう行くものだ、可憐なる彼ら――可憐は取消そう。二人とも可憐という柄ではない――エー不憫なる――憫然なる彼らはあくまでも困難と奮戦しようという決心で遂に下宿を開業した。その開業したての烟の出ている処へ我輩は飛び込んだのである。飛び込んでから段々事情を聞いたときに此度《こんど》こそはこの二人の少女ではない、我輩より三寸ばかり脊いの高い女に成功あらしめ給えと私《ひそ》かに祈念を凝らした。誰れに祈念を凝らしたと聞かれると少々困る。祈るべき神に交際のない拙者だから、ただあてどもなく祈念した。果せる哉《かな》一向霊験がない。ちっとも客が来ない。「夏目さん、あなたの御存じの方で入《い》らしって頂く方はありますまいか」「さよう実に御気の毒だから周旋したいのだが倫敦には別に朋友というものがないから――」。それでも先達《せんだって》までは日本人が一人おった。この先生は頗る陽気な人でこんな家には向かない。我輩が『ほととぎす』を読んで居るのを見て君も天智天皇*の方はやれるのかいと聴た男だ。その日本人がとう〳〵逃出す。残るは我輩一人だ。こうなると家を畳むより仕方がない。そこでこれから南の方にあたる倫敦の町外れ――町外れといっても倫敦は広い、どこまで広がるか分らない――その町外れだからよほど辺鄙な処だ。其処に恰好な小奇麗な新宅があるのでそこへ引越《ひっこそ》うという相談だ。或日亭主と神さんが出て行って我輩と妹が差し向いで食事をして居ると陰気な声で「あなたも一所に引越して下さいますか」といった。この「下さいますか」が色気のある小説的の「下さいますか」ではない。色沢《つや》気《け》抜きの世帯染た「下さいますか」である。我輩がこの語を聞たときは非常にいやな可愛想な気持ちがした。元来我輩は江戸っ児だ。しかるに＊朱引内《しゅびきうち》か朱引外か少々曖昧な所で生れた精《せい》か知らん、今まで江戸っ児のやるような心持ちのいい慈善的事業をやった事がない。今何と答をしたか、たしかに覚えておらん。いやしくも一遍の義侠心があるならば、うんあなたの移る処ならどこでも移りますと答えるはずなのだ。そうは答えなかったらしい。茲《ここ》にそう答えられない訳がある。なるほどこの妹は極内気な大人しい、しかも非常に堅固な宗教家で我輩はこの女と家を共にするのは毫《ごう》も不愉快を感じないが姉の方たるや少々御転《おてん》だ。この姉の経歴談も聞たが長くなるから抜きにして、ちょっと小生の気に入らない点を列挙するならば、第一生意気だ第二知ったかぶりをする第三詰らない英語を使ってあなたはこの字を知って御出ですかと聞く事がある。一々勘定すれば際限がない。先達てトンネルという字を知って居るかと聞た。それから straw 即ち藁という字を知って居るかと聞た。英文学専門の留学生もこうなると怒る張合もない。近頃は少々見当が付たと見えてそんな失敬な事も言わない、また一般の挙動も大に叮嚀《ていねい》になった。これは漱石が一言の争もせず冥々の裡にこの御転婆を屈伏せしめたのである。――そんな得意談はどうでも善いとしてこの国の女殊《こと》に婆さんとくるといわゆる老婆親切という訳かも知れんが、自分の使う英語に頼みもせぬ註解を加えたり、この字は分りますかなどという事が沢山ある。この間さる処へ呼ばれて其所の奥さんと談《はな》しをした。するとその人が大の耶蘇信者だからたまらない。滔々《とうとう》と神徳を述べ立てた。まことに品の善い、しとやかな御婆さんだ。然る処 evolution という字を御承知ですかと聞かれた。「世の中の事は乱雑で法則がないようですが、よく御覧になると皆進化の道理に支配されております……進化……分りますか」。まるで赤ん坊に説教するようだ。向《むこう》は親切に言ってくれるんだからへー〳〵といって居るより仕方がない。それはこの婆さんのようにベラ〳〵喋舌《しゃべ》る事は出来ない。挨拶などもただ咽喉の処へせり上って来た字を使ってほっと一息つく位の仕儀なんだから、向うで此方を見くびるのは無理はないが、離れ〳〵の言語の数からいえば、あなたよりも我輩の方が余慶知っておりますよといってやりたい位だ。それからよく御婆さんを引合に出すがもう一人御婆さんがある。この御婆さんが先達て手紙をよこして其中に folk という字を使っている。ただ使っているばかりなら不思議はないが、その字に foot note が付いて居る。これは英国古代の字なりとあった。「ノート」を自分の手紙へつけるのも面白いが、そのノートの文句が猶更《なおさら》面白い。この御婆さんと船へ合乗《あいのり》をした時に何か文章を書け直してやるというから日記の一節を出して宜敷《よろしく》御頼《おたの》もうす事にした。すると大変感心したといって二、三所一、二字添削して返した。見ると直さなくっても決して差支のない所を直して居る。そして飛《とん》でもない間違った事が例のノート的で書いてある。この御婆さんは決して下等な人でない。相応な身分のある中流の人である。かくの如き人間に邂逅《かいこう》する英国だから我下宿の妻君が生意気な事をいうのも別段相手にする必要はないが、同じ英国へ来た位なら今少し学問のある話せる人の家におって汚ない狭いは苦にならないからどうか朝夕交際がして見たい、こういう望があるからへー行きましょうとは答えなかったが、自分の望み通りの人で下宿人を置く処があるかそれが頗る疑わしい。広い世界にはあるだろう、けれどもそれに逢着するのは難中の難事である。我輩の先生の処が一間あいておれば置てもらうのだけれども、それは間がないのだから出来ない相談だ。こういう時になると西洋の新聞は便利だ。万事広告の世界なのだから下宿の広告がいくらでもある。我輩が以前下宿をさがす時 Daily Telegraph の下宿の広告欄を見た事がある。始めから終りまで読むのに三時間かかった事を記憶して居る。今は『テレグラフ』を取っておらん『スタンダード』だ。この新聞は上品な新聞だから玆《ここ》へ出る広告なら間違はないと思って四月十七日の分の広告欄を読み始めると存外営業的のが多くて素人家へ置きたいというのが少ない。しかし色々のがある。「宿料低廉、風呂付、食物上等」こんなのは普通なのだ。「ハイドパークに面し地下電気へ三分、地下鉄道へ五分、貴女と交際の便利あり」なんというのがある。「球突随意ピヤノあり gay society, late dinner」これも珍らしくない。「レートヂンナー」というのはこの頃の流行なのだ。我輩などには至極不便だ。その中で下のようなのを見出した。「立派なる室を有する寡婦及その妹と共に同宿せんとする余り派出やかならざる紳士を求む。御望の方は〇〇筆墨店へ御一報を乞う」。先ず玆《ここ》へでも一つ中《あた》って見ようという気になったから直《すぐ》手紙を書いて宿料その他委細の事を報知してもらいたい、小生の身分はかく〳〵職業はかく〳〵可成《なるべく》低廉で可成愉快な処に住みたいと勝手な事をかいてやった。

その夜の十時頃自分の室で読書をしていると室の戸をコツ〳〵叩くものがある。"Yes, come in."といったら宿の亭主がニコ〳〵して這入って来た。「実はあなたも御承知の通り此度《こんど》引越す事に極《きめ》ましたが、どうでしょう、向うはここよりも大分奇麗でかつ器具などもよほど上等にしますが来て頂く訳には参りますまいか」「それは君の方で僕に是非来てくれと言うのなら……」「イエ是非といって御無理を願う訳ではありませんが御都合がよければ――実は御馴染にもなっておりますし家内や妹も大変それを希望致しますから」「君の新宅へ下宿人を置きたいという事は僕も承知していますが、あながち僕でなくっても善いだろうと思ってね」と実はこれ〳〵だと話すと亭主の顔が少々陰気になって来た。我輩も少々手持無沙汰である。「それじゃこうしよう。いずれ先方から返事が来る。来れば一先ず行って室を見てそれが気に入らなかったら君の方へ行くとしよう、外《ほか》を探す事はやめにして。あの手紙を出す前に君の方の希望がどの位の程度だか分って居れば聞き合せるまでもない、御望みに応じたのだが、こう成《なっ》ては仕方がない、先ず先方の返事次第ですね。その代り外は決してさがさない、あれがいけなければきっと君の方へ行きますよ」。

亭主は御邪魔様といって下りて行った。

朝になって食堂へ行くと誰もいない。皆んな飯をすました後である。ああ今日も寝坊して気の毒だなと思って「テーブル」の上を見ると薄紫色の状袋の四隅を一分ばかり濃い菫色に染めた封書がある。我輩に来た返事に違いない。こんな表の状袋を用る位では少々我輩の手に合わん高等下宿だなと思《おもい》ながら「ナイフ」で開封すると「御問合せの件に付申上候。この家はレデー(このレデーという字の下に棒が引いてある)の所有にて室内の装飾の立派なるは勿論室々は悉く《ことごと》電気燈を用ひ、よき召使を雇ひ高尚優雅なる生活に適するやうに意を用ひ候。宿料は一週三十三円に御座候。あるひは御気に召さぬかと存じ候へども御出被下《くだされ》候へば喜こんで室々御案内可《つかまつるべく》仕候。敬具」。

飯を食いながら呼鈴を押して宿の神さんを呼んだ。「とう〲あなたの方へ行く事にしましたよ。一週三十三円の下宿料なんか到底我輩には払えんから君の方へ行きましょうよ」「はあそうですかどうもありがとう。可成《なるべく》気を付ますからどうぞそう願いたいもので」。細君が出て行った後から亭主の首が半分戸の間から出た。Thank you, Mr. Natsume, thank you と言ってニコ〲笑った。我輩も少々嬉しいような心持ちがした。細君と妹は引越しの荷ごしらえで終日急がしい。七時に茶を飲むときに食堂で逢った。「今日は飼っていた鸚鵡《おうむ》を売りました」と妹がいった、姉もまけずに「前使った学校の招牌《しょうはい》も売りました。十円に買って行きました」といった。

運命の車は容赦なく廻転しつつある。我輩の前及彼ら二人の前には如何なる出来事が横わりつつあるか、我らは三人ながら愚な事をして居るかも知れぬ。愚かも知れぬまた利口かも知れぬ。ただ我輩の運命が彼ら二人の運命と漸々《だんだん》接近しつつあるは事実である。後を顧みて、かの薄紫の貴女及びその妹の事とその門構付の家を想像し、前を見てこの貧困なるしかし正直なる二人の姉妹とその未来の楽園と予期しつつある格子戸作りを想像して両者の差違を趣味あるようにも感ずる。また貧富の懸隔はかように色気なき物かとも感ずる。またミカウバーと住んでおったデヴィッド、カッパーフヒールドのような感じもする。

今回はこれで御免、竹村は気の毒な事だ。

ひまがあれば通信をする。こんな事をかくんでもなかなか時間がかかるから惜い。通信は帰朝の上見せてもらうかも知れないから反古《ほご》にせずととって置いてくれ給え。

二十日　　　　　　　　　　　　　　　　　　　　漱石

子規君
虚子君

漱88　四月二十六日(金)

*2 Stella Road, Tooting Graveney, London, S. W.　夏目金之助より
下谷区上根岸町八十二番地　正岡常規へ

朋友その朋友と共に我輩が生活を共にする所の朋友姉妹の事については前回少しく述ぶるところあったが、この外に我輩が尤《もっと》も敬服し尤も避易《へきえき》する所の朋友がまだ一人ある。姓はペン渾名《あだな》は bedge pardon なる聖人の事を少しく報道しないでは何だか気が済まないから同君の事をちょっと御話して、次回からは方面の変った目撃談観察談を御紹介仕《つかまつ》ろう。そもそもこのペン即ち内の下女なるペンに何故我輩がこの渾名を呈したかというと彼は舌が短かすぎるのか長すぎるのか呂律《ろれつ》が少々廻り兼ねる善人なる故に I beg your pardon という代りにいつでも bedge pardon というからである。ベッヂ、パードンは名の如く如何にもベッヂ、パードンである。しかし非常な能弁家で彼の舌の先から唾液《つばき》を容赦

なく我輩の顔面に吹きかけて話し立てる時などは滔々滾々《とうとうこんこん》として惜い時間を遠慮なく人に潰させて毫《ごう》も気の毒だと思わぬ位の善人かつ雄弁家である。この善人にして雄弁家なるべッヂパードンは倫敦に生れながらまるで倫敦の事を御存じない。田舎は無論御存じない。また御存じなさりたくもない様子だ。朝から晩まで晩から朝まで働き続けに働いてそれから四階のアッチックへ登って寝る。翌日、日が出ると四階から天降ってまた働き始める。さり息をセッセとはずまして——彼は喘息持《ぜんそくもち》である——はたから見るのも気の毒な位だ。さりながら彼は毫《ごう》も自分に対して気の毒な感じを持って居らぬ。Aの字かBの字か見当のつかぬ彼は少しも不自由らしい様子がない。我輩は朝夕この女聖人に接して敬慕の念に堪えん位の次第であるが、このペンに捕《つかま》って話しかけられた時は幸か不幸かこれは他人に判断してもらうより仕方がない。日本に居る人は英語なら誰の使う英語でも大概似たもんだと思って居るかも知れないが、やはり日本と同じ事で国々の方言があり身分の高下がありなどしてそれは〳〵千違万別である。しかし教育ある上等社会の言語は大抵通ずるから差支ないが、この倫敦のコックネー*と称する言語に至っては我輩には到底分らない。これは当地の中流以下の用うる語《こと》ばで字引にないような発音をするのみならず前の言ばと後の言ばの句切りが分らない。事ほど左様早く嘵舌《しゃべ》るのである。我輩はコックネーでは毎度閉口するがベッヂパードンのコックネーに至っては閉口を通り過《こ》してもう一遍閉口するまで少々草臥《くたびれ》るから開口一番ちょっと休まなければやり切れない位のものだ、我輩がここに下宿したてにはしばしばペンの襲撃を蒙って恐縮したのである。やむをえずこの旨を神さんに届け出ると可愛想にペンは大変御小言を頂戴した。御客様にそんな無仕付《ぶしつけ》な方があるものか以後はたしなむが善かろうと極めつけられた。それから従順なるペンは決して我輩に口をきかない。但し口をきかないのは妻君の内に居る時に限るので、山の神が外へ出た時には依然として故《もと》のペンである。故のペンが無言の業をさせられた口惜《くや》しまぎれに折を見て元利共取返そうという勢でくるからたまらない。一週間無理に断食をした先生が八日目に御《お》櫃《ひつ》を抱えて奮戦するの概《おもむき》がある。

例の如くデンマークヒル＊を散歩して帰ると我輩のために戸を開いたるペンは直ちに嘵舌《しゃべ》り出した。果せるかな家内のものは皆新宅へ荷物を方付《かたづけ》に行って伽藍堂の中に残るは我輩とペンばかりである。彼は立板に水を流すが如く娓々《びび》十五分間ばかりノベッに何かいっているが毫もわからない。能弁なる彼は我輩に一言の質問をも挟《さしは》さましめざるほどの速度を以て弁じかけつつある。我輩は仕方がないから話しは分らぬものと諦《あきら》めてペンの顔の造作の吟味にとりかかった。温厚なる二重瞼と先が少々逆戻りをして根に近づいて居る鼻とあくまで紅いに健全なる顔色とそして自由自在に運動を縦《ほしい》ままにして居る舌と、舌の両脇に流れてくる白き唾とを暫らくは無心に見詰めていたが、やがて気の毒なような可愛想のようなまた可笑《おかし》いような五目鮨司のような感じが起って来た。我輩はこの感じを現わすために唇を曲げて少しく微笑を洩《も》らした。無邪気なるペンはその辺に気のつくはずはない。自分の噺《はなし》に身が入って笑うのだと我点《がてん》したと見えて赤い頬に笑靨《えくぼ》をこしらえてケタ〳〵笑った。この頓珍漢なる出来事のために我輩はいよいよ変テコな心持になる、「ペン」は益《ますます》乗気になる、始末がつかない。彼のいう所をあそこで一言ここで一句分った所だけ綜合して見るとこういうのらしい。昨日差配人が談判に来た。内の女連はバッが悪いから留守を使って追い返した。この玄関払の使命を完《まっと》うしたのがペンである。自分は嘘をつくのは嫌だ。神さまに済まない。しかし主命もだし難しでやむをえず嘘をついた。先《まず》大抵ここら当りだろうと遠くの火事を見るように見当をつけて漸く自分の部屋へ引き下った。我輩のトランクと書籍は今朝三時頃主人が新宅へ運んでしまったので残るは身体ばかりだ。何となく寂《せき》漠《ばく》の感がある。夜の八時頃にコツ〳〵戸を叩いて這入って来た。——例のペンが——今日差配人が四度来たという注進だ。それから何かいうが少しも解しかねる。あまり面倒だから善い加減にして追さげる。……十時頃にまたペンが来た。今度差配が来たらどう仕様という今度は相談のためだ。心配するには及ばんといって慰めて引きさがらせる。十時半になるがまだ内のものは帰らない。もしここの亭主が詐欺師であって我輩を置き去りにして荷物だけ取って行ったとすれば我輩はアンポンタンの骨頂でさぞかし人に笑われるだろうと気が付いた。やがて門の戸のあく音がする。帰ったらしい。先ずアンポンタンにならずに済んだありがたいと寝る。

翌日が四月二十五日九時頃起きて下へ行くと主人夫婦が今朝飯をすました処だ。我輩が食卓に就くのを相図に昨夜の騒動を御存じですかと神さんが尋ねた。我輩は三階に寝るのである。下でどんな事があったか少しも知らない。騒動って何があったのですと聞くと例の差配人との悶着一件である。昨夜彼らが新宅から帰って家へ這入る途端《とたん》門口に待ち設けていた差配人は亭主が戸をしめる余地のないほど早く彼らに続いて飛び込んで、何故断りなしにしかも深夜に引越をする、それでも君は紳士かというと、我輩が我輩の荷物をわきへ運ぶに誰に断わる必要がある、また何時に荷を出そうと此方の勝手じゃないかと亭主が抗弁する。それから段々議論に花が咲いて壮語四隣を驚かすという騒ぎであったそうな。元来この家は神さんの名前でかりて居る。ところが七年前に少々家賃を滞うらしたのが今日まで祟っていて出る事が出来ん。しかも彼の財産は早晩家賃のかたに取られるという始末だ。しかし憐れなる姉妹は別段取押えられて困るような物も持っていない。差配もそれには目をつけておらん。ただこの老差配の目ざして居るのは亭主その人の家財にある。亭主も二十世紀の人間だからその辺に抜かりはない。代言人の所へ行ってちゃんと相談して居る。日没後、日出前なれば彼の家具を運び出しても差配は指を啣《くわ》えて見物しておらねばならぬという事を承知して居る。それだから朝の三時頃から大八車を傭って来て一晩寝ずにかかって自分の荷を新宅へ運んだのである。彼は頗る尨大なるシマリのない顔をして居る。そこで申訳のために少々鼻の下へ髭をはやしては居るが、なか〳〵差配に負けぬ抜目のない男と見える。

我輩は亭主に自分の身体はいつ移れるのかと聞いたら今日でも宜いというから午飯《ひるめし》の後妻君と共に新宅へ引き移る事にした。

神さんと二人で午飯を食って居ると亭主が代言人の所から帰って来て、神さんに御前一つ手紙をかいて差配の所へ郵便でやれ書留にしなくては如何んといってまた出て行った。神さんはサラ〳〵と何か書き始める。どんな手紙をかくか少々見たい心持でもある。やがて神さんは書きおわって「ちょっと○○さんこういう手紙なんです聞いて下さい」と高慢な顔をして手紙を読み始める。「拝啓　妾《わたくし》は驚入《おどろきいり》申候……どうですもう少し緩《ゆっ》くり読みましょうか……妾は驚き入申候。昨日は三度ならず四度までも留守宅へ御来臨の上下婢《かひ》に向って妾ら身の上に関する種々なる質問を発せられ、それのみならず無断にて人の家を捜索なされ剰《あまつさ》え下婢に向って妾はレデーの資格なきものなりなど余慶な事を吹聴せられ候由《よし》、元来右は如何なる御主意に御座候や伺《うかがい》たく候。この乱暴なる貴下の挙動に対し妾は弁解を求むる権利ありと存候。……こういうのです。これがね策なんですよ」というから我輩も少々驚き入申して居る処だが、策っていうのはどんな策なんですと聞くと先生いよいよ得意だ。ようござんすか御手紙を書いてちゃんとこの通り控えをとって置くでしょう。先方でもしこの事件を裁判沙汰にする日にはこれが証拠になって差配が乱暴を働いたという種になるのですよ。今までは女二人だと思って随分勝手な事ばかりしたのですが、今じゃ男が付いて居るからそうばかり踏みつけられちゃいませんのさと間接に亭主の自慢を仰せられた。それから御待遠様それでは出掛ましょうというから出掛けた。我輩は手提革鞄《てさげかばん》の中へ雑物を押し込んで頗る重い奴をさげて、しかも左の手には蝙蝠《こうもり》とステッキを二本携えている。レデーは網袋の中へ渋紙包を四つ入れて右の手にさげて居る。この渋紙包の一つには我輩の寝巻とヘコ帯が這入って居るんだ。左の手にはこれも我輩のシートを渋紙包にして抱えている。両人とも両手が塞がって居る。飛んだ道行だ。角まで出て鉄道馬車に乗る。ケニングトンまで二銭ずつだ。レデーは私が払って置きますといって黒い皮の蟇口《がまぐち》から一ペネー出して切符売に渡した。乗合は少ない。向側に派出なりをして居る若い女が乗って居る。すると我輩の随行して居るレデーが突然あなたはメリー、コレリの『マスタークリスチァン』*を御読みなさいましたかと大きな声で聞た。これは近頃十五万部売れたというちょっと有名な本だ。我輩は書物は持って居るがまだ読まないと答えた。「あの本はね大変善く出来て居るのですがね、どうも作者の宗旨が何だか分らないのですよ。私の知って居る者なんか皆んなコレリの宗旨は何だろうって噂していますよ」と益《ますます》向側の婦人に聞えよがしである。自分だって読んだ事もないのに鉄道馬車の中なんかでよせば善いと思ったが仕方がないからウン〳〵と生返事をして居た。やがてケニングトンに着た。茲《ここ》で馬車を乗り換る。此度《こんど》は上へ上がろうというから梯子《はしご》を登ってトップへ乗った。「この左りにあるのが有名な孤児院で*スパージョンの紀念のために作ったのです。「スパージョン」ていうのは有名な説教家ですよ」。「スパージョン」位講釈しないだって知って居ら。腹が立ったから黙まっててやった。「段々木が青くなって好い心持ですね、二週間位前からズット景色が変って来ましたね」「さよう、時にあすこに並んで居るのは何んていう樹ですか」「あれ？　あれはポプラーでさあね」「ヘエーあれがポプラーですか、ナールホド」と我輩は感嘆の辞を発した。神さんはすぐツケ上る。「ポプラーはよく詩に詠じてありますよ「テニソン」などにも出ています。どんな風のない日でも枝が動く。アスペンともいいます。これもたしか「テニソン」にあったと思います」と「テニソン」専売だ。その癖何の詩にあるともいわない。我輩は面倒臭いという風でウン〳〵いうのみである。向うの敷石の上を立派な婦人が裾を長く引いて通る。「家の内での御引きずりには不賛成もありませんが外であんな長い裾を引きずって歩行《ある》くのはあまり体裁のよいものではありませんね」と裾短かなるレデーは我輩に教うる処あった。漸く「ツーチング」という処へつく。

今度は*円太郎馬車で新宅の横町の前まで来た。「どれが内《うち》ですか」と聞いた。向うに雑な錬瓦造りの長屋が四、五軒並んでいる。前には何にもない。砂利を掘った大きな穴がある。東京の小石川辺の景色だ。長屋の端の一軒だけ塞がっていてあとはみんな貸家の札が張ってある。塞がって居るのが大家さんの内でその隣が我輩の新下宿、彼らのいわゆる新パラダイスである。這入らない先から聞しに劣る殺風景な家だと思ったが這入って見るとなお〱不風流だ。加之《しかのみならず》どの室にも荷物が抛り込んであってまるで類焼後の立退場《たちのきば》のようだ。ただ我輩の陣取るべき二階の一間だけが少しく方付《かたづい》て*オラレブルになって居る。以前の部屋よりも奇麗だ。装飾も先ず我慢出来る。やがて亭主が出て来て窓掛をコッ〱打ち付る。ストーヴの上へ額をかけるが「ミッスルトー」という額は如何《どう》です、あれは人によると嫌いますが、ちょっと御覧に入れましょうといって持って来て見せた。何でもない裸体画の美人だ。「ハハー裸体画ですな結構です」と冗談半分にいったら「ヘヘヘ私もちっとも構いませんがね」とコッ〱釘をうってかける。「どうですこれで角度は……もう少し下向に……裸体美人があなたの方を見下すように――宜しゅう御座います」。それから我輩の書棚を作ってやるといって壁の寸法と書物の寸法をとって「グードナイト」といって出て行った。

門前を通る車は一台もない。往来の人声もしない。頗る寂寥《せきりょう》たるものだ。主人夫婦は事件の落着するまでは毎晩旧宅へ帰って寝なければならぬ。新宅には三階に寝る妹とカーロー君とジャック君とアネスト君である。カーロー君とジャック君は犬の名であってアネスト君はここの主人の店に使って居る若き人間の名である。我輩の敬服しかつ避易《へきえき》するベッチパードンは解雇されてしまった。我輩は移転後にこの話しを聞て憮然《ぶぜん》として彼の未来を想像した。

魯西亜《ロシア》と日本は争わんとしては争わんとしつつある。支那は天子蒙塵《もうじん》の辱《はずかしめ》を受けつつある。英国はトランスヴハールの金剛石を掘り出して軍費の穴を塡《う》めんとしつつある。この多事なる世界は日となく夜となく回転しつつ波瀾を生じつつある間に我輩のすむ小天地にも小回転と小波瀾があって我下宿の主人公はその厖大なる身体を賭《と》してかの小冠者差配と雌雄を決せんとしつつある。しかして我輩は子規の病気を慰めんがためにこの日記をかきつつある。

四月二十六日　　　　漱石

子規様
虚子様

規48　十一月六日(水)
下谷区上根岸町八十二番地　正岡常規より
在倫敦　夏目金之助へ

僕ハモーダメニナッテシマッタ、毎日訳モナク号泣シテ居ルヨウナ次第ダ、ソレダカラ新聞雑誌ヘモ少シモ書カヌ。手紙ハ一切廃止。ソレダカラ御無沙汰シテスマヌ。今夜ハフト思イツイテ特別ニ手紙ヲカク。イツカヨコシテクレタ君ノ手紙ハ非常ニ面白カッタ。近来僕ヲ喜バセタ者ノ随一ダ。僕ガ昔カラ西洋ヲ見タガッテ居タノハ君モ知ッテルダロー。ソレガ病人ニナッテシマッタノダカラ残念デタマラナイノダガ、君ノ手紙ヲ見テ西洋ヘ往《いっ》タヨウナ気ニナッテ愉快デタマラヌ。モシ書ケルナラ僕ノ目ノ明イテル内ニ今一便ヨコシテクレヌカ(無理ナ注文ダガ)。

画ハガキモ慥《たしか》ニ受取タ。倫敦《ロンドン》ノ焼芋《やきいも》ノ味ハドンナカ聞キタイ。

不折《ふせつ》ハ今巴理《パリ》ニ居テ*コーランノ処ヘ通ウテ居ルソウジャ。君ニ逢《お》ウタラ鰹節《かつおぶし》一本贈ルナドトイウテ居タガモーソンナ者ハ食ウテシマッテアルマイ。

虚子ハ男子ヲ挙ゲタ。僕ガ*年尾《としお》トツケテヤッタ。

錬卿死ニ非風《ひふう》死ニ皆僕ヨリ先ニ死ンデシマッタ。

僕ハトテモ君ニ再会スルコトハ出来ヌト思ウ。万一出来タトシテモソノ時ハ話モ出来ナクナッテルデアロー。実ハ僕ハ生キテイルノガ苦シイノダ。僕ノ日記ニハ「*古白《こはく》曰《いわく》来《きたれと》」ノ四字ガ特書シテアル処ガアル。

書キタイコトハ多イガ苦シイカラ許シテクレ玉エ。

明治三十四年十一月六日　燈下ニ書ス。　東京　子規拝

倫敦ニテ

漱石兄

漱89　十二月十八日(水)
c/o Miss Leale, 81 The Chase, Clapham Common, London, S. W.　夏目金之助より
下谷区上根岸町八十二番地　正岡常規へ

(前略)日曜日に「ハイド、パーク」などへ行くと盛に大道演説をやって居る。こちらでは「イエス、キリスト」の神よ「アーメン」先生が皺枯声で口説いて居ると、五、六間離れて無神論者が怒鳴って居る。「地獄? 地獄とは何だ。もし神を信ぜん者が地獄に落ちるなら、ヴォルテールも地獄に居るだろう、インガーソル*も地獄に居るだろう、吾輩はくだらぬ人間の充満して居る極楽よりもかかる豪傑の集って居る地獄の方が遥にましだと思う」。僕の理想的アマダレ演説よりもよほど気焔が高い。これを称して鼻息あらき演説というので、これも雄弁法などに見当らない形容詞のつく使いようだ。この無神論者の向側にHuman〔i〕tarianの旗を押立てて「コムト*」の仮色《こわいろ》を使って居る奴がある。その隣では頻りに「ハックスレー」の説を駁《ばく》して居る。その筋向にシナビた先生がからだに似合ない太い声を出して「諸君予は前年日本に到りかの地にて有名なるマーキス、アイトー(伊藤侯爵のこと)に面会して同氏が宗教に関する意見を親しく聴き得たのでありま

……」。どれもこれも善い加減な事ばかり述立てて居る。

先達「セント、ジェームス、ホール」で日本の柔術使と西洋の相撲取の勝負があって二百五十円懸賞相撲だというから早速出掛て見た。五十銭の席が売切れて這入れないから一円二十五銭奮発して入場仕ったが、それでも日本の聾桟敷見たような処で向の正面でやって居る人間の顔などはとても分らん。五、六円出さないと顔のはっきり分る処までは行《いか》れない。頗る高いじゃないか、相撲だから我慢するが美人でも見に来たのなら壱円二十五銭返してもらって出て行く方がいいと思う。ソンナシミッタレタ事は休題として肝心の日本対英吉利《イギリス》の相撲はどう方がついたかというと、時間が後れてやるひまがないというので、とう〳〵お流れになってしまった。その代り瑞西《スイス》のチャンピヨンと英吉利のチャンピヨンの勝負を見た。西洋の相撲なんて頗る間の抜けたものだよ。膝をついても横になっても逆立をしても両肩がピタリと土俵の上へついてしかも一、二と行司が勘定する間このピタリの体度を保っていなければ負でないっていうんだから大に埒《らち》のあかない訳さ。蛙のようにヘタバッテ居る奴を後ろから抱いて倒そうとする、倒されまいとする。坐り相撲の子分見たような真似をして居る。御蔭に十二時頃までかかった。ありがたき仕合《しあわせ》である。翌日起きて新聞を見ると、夕十二時までかかった勝負がチャンとかいてあるには驚いた。こっちの新聞なんて物はエライ物だね。

僕はまた移ったよ。五乞閑地不得閑、三十五年七処移（五たび閑地を乞うて閑を得ず、三十五年七処に移る）なんと三十五年に七度居を移す位な事では自慢にゃならない。僕なんか英吉利へ来てからもう五返目だ。今度の処は御婆さんが二人、退職陸軍大佐という御爺さんが一人まるで老人国へ島流しにやられたような仕合さ。この御婆さんが「ミルトン」や「シェクスピヤー」を読んでいておまけに仏蘭西《フランス》語をペラ〳〵弁ずるのだからちょっと恐縮する。「夏目さんこの句の出処を御存知ですか」などと仰せられる事がある。「あなたは大変英語が御上手ですがよほどおちいさい時分から御習いなすったんでしょう」などと持上げられた事もある。人豈《あに》自ら知らざらんや。冗談言っちゃいけないと申《もう》したくなる。こちらへ来てお世辞を真に受けて居ると大変な事になる。男はさほどでもないが、女なんかはよく“Wonderful”などと愚にもつかないお世辞をいう。下手な方に“Wonderful”ですかと皮肉をいうこともある。（中略）今や濃霧窓に迫って書斎昼暗く時針一時を報ぜんとして撫腹食《はらをぶし》を欲する事頻《しき》りなり。この美しき数句を千金の掉尾《とうび》として筆を擱《お》く。十二月十八日。

明治三十五年(一九〇二、三十五歳)

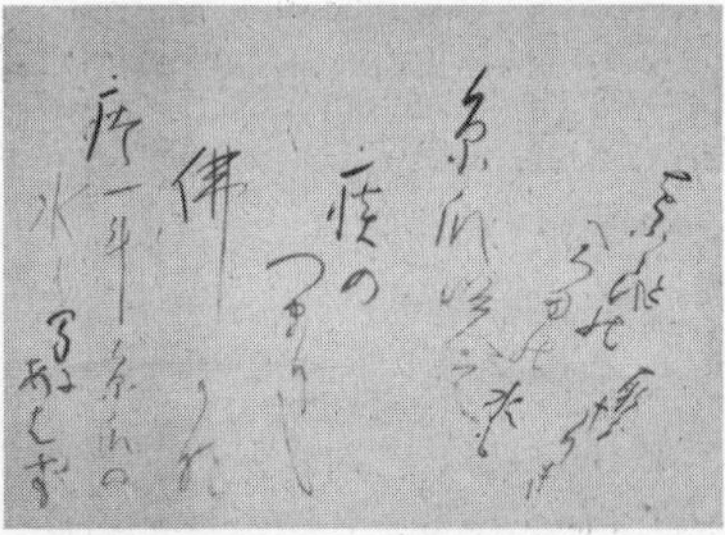

子規の絶筆三句(国立国会図書館所蔵)

1・1 子規、新年に際し、松山の親戚には短冊賀詞を認めたが、一般には「病中につき一々御答礼不致候」と『ホトトギス』に掲載した。朝、「馬鹿野郎糞野郎……」の偈を書し、翌日碧梧桐に蕪村忌記念写真の裏に認めた。

1・1 漱石、クリスタル・パレス近くの渡辺和太郎の下宿で開かれた第三回「太良坊運座」に出席、一句詠む。その時の句「山賊の顔のみ明かき榾火かな」は『ホトトギス』四月号に掲載された。

1・19 子規、病状悪化し麻痺剤を連日使用、虚子、左千夫、碧梧桐が「病牀日誌」をつけはじめる。

2・16 漱石、菅虎雄宛書簡で「近頃は文学書抔は読まない。心理学の本やら進化論の本やらやたらに読む。何か著書をやらうと思ふ」と記す。

3・10 子規、中断していた「仰臥漫録」の執筆を再開。

3・15 漱石、中根重一宛書簡で、自身の計画する著書の具体案を「世界を如何に観るべきやといふ論より始め」ると記す。

3月末 左千夫・秀真・義郎・虚子・碧梧桐・鼠骨が交替で子規の看護に詰めることとする。

春 子規は訪問した紅緑に安楽死を望む。また『レ・ミゼラブル』の講義をしばしばする。

5・5 子規、『日本』に「病牀六尺」の連載を開始。

5・15 子規編、碧梧桐・虚子共編『春夏秋冬』夏之部を俳書堂・文淵堂より刊行。漱石の俳句三句を収録。

6・20　子規、逆上して「仰臥漫録」に「麻痺剤服用日記」の連載を始める（7・29まで）。
8・1　子規、中村不折から預かった一帖を「草花帖」と名づけて写生をはじめる。
9・7　子規編、碧梧桐・虚子共編『春夏秋冬』秋之部を俳書堂より刊行。漱石の俳句三十四句を収録。
9・17　子規、『日本』に「病牀六尺」一二七回目を掲載（生前公表した最後の文章）。
9・18　子規、絶筆「糸瓜咲て痰のつまりし仏かな」を記す。
9・19　子規、午前一時、永眠。享年三十五歳。
9・21　子規、大龍寺（北豊島郡滝野川村字田端）に葬られる。
10月初旬　漱石、スコットランドへ旅行。
11月下旬　漱石、虚子の手紙によって子規の死を知る。
12・1　漱石、虚子宛の手紙で子規の死の報知に対する礼を述べ、悼亡の句五句詠む（付録1）。
12・5　漱石、倫敦を発って帰国の途へ。

【明治三十六年】

1・22　漱石、神戸港着。
2月　漱石、子規の墓に詣づ。追悼の文章を起草したが中絶（付録2）。

付録1　子規の死を知り虚子に宛てた漱石の手紙

明治三十五年十二月一日(月)

c/o Miss Leale, 81 The Chase, Clapham Common, London, S. W.　夏目金之助より

麹町区富士見町四丁目八番地　高浜清へ

啓　子規病状は毎度御恵送の『ほととぎす』にて承知致候処、終焉の模様逐一御報被下《おしらせくだされ》奉謝《しゃしたてまつり》候。小生出発の当時より生きて面会致す事は到底叶ひ申間敷《もうすまじく》と存候。これは双方とも同じ様な心持にて別れ候事故《ゆえ》今更驚きは不致、只々気の毒と申より外なく候。但しかかる病苦になやみ候よりも早く往生致す方或は本人の幸福かと存候。倫敦通信の儀は子規存生中慰藉かた〴〵かき送り候筆のすさび、取るに足らぬ冗言と御覧被下《くだされ》たく、その後も何かかかき送りたしとは存候ひしかど、御存じの通りの無精ものにて、その上時間がないとか勉強をせねばならぬなどと生意気な事ばかり申し、つい〳〵御無沙汰をして居る中に故

人は＊白玉楼《はくぎょくろう》中の人と化し去り候様の次第、誠に大兄等に対しても申し訳なく、亡友に対しても慚愧《ざんき》の至に候。

同人生前の事につき何か書けとの仰せ承知は致し候へども、何をかきてよきや一向わからず、漠然として取り纏めつかぬに閉口致候。

さて小生来五日いよ〳〵倫敦発にて帰国の途に上り候へば、着の上久々にて拝顔、種々御物語可仕《つかまつるべく》、万事はその節まで御預りと願ひたく、この手紙は米国を経て小生よりも四、五日さきに到着致す事と存候。子規追悼の句何かと案じ煩ひ候へども、かく筒袖姿にてビステキのみ食ひをり候者には容易に俳想なるもの出現仕らず、昨夜ストーヴの傍にて左の駄句を得申候。得たると申すよりはむしろ無理やりに得さしめたる次第に候へば、ただ申訳のため御笑草として御覧に入候。近頃の如く半ば西洋人にて半日本人にては甚だ妙ちきりんなものに候。

文章などかき候ても日本語でかけば西洋語が無茶苦茶に出て参候。また西洋語にて認《したた》め候へばくるしくなりて日本語にしたくなり、何とも始末におへぬ代物と相成候。日本に帰り候へば随分の高襟《ハイカラ》党に有之べく、胸に花を挿して自転車へ乗りて御目にかける位は何でもなく候。

倫敦にて子規の訃を聞きて

筒袖や秋の柩にしたがはず

手向《たむ》くべき線香もなくて暮の秋

霧黄なる市に動くや影法師

きり〴〵すの昔を忍び帰るべし

招かざる薄に帰り来る人ぞ

皆蕪雑、句をなさず。叱正。（十二月一日、倫敦、漱石拝）

付録2　無　題

水の泡に消えぬものありて逝ける汝と留まる我とを繫ぐ。去れどこの消えぬもの亦《また》年を逐ひ日をかさねて消えんとす。定住は求め難く不壊《ふえ》は尋ぬべからず。汝の心われを残して消えたる如く、吾の意識も世をすてて消る時来るべし。水の泡のそれの如き、死は独り汝の上のみにあらねば、消えざる汝が記臆のわが心に宿るも、泡粒の吾命ある間のみ。淡き水の泡よ、消えて何物をか蔵《かくさ》む。汝は嘗て三十六年の泡を有ちぬ。生けるその泡よ、愛ある泡なりき信ある泡なりき憎悪多き泡なりき〔一字不明〕しては皮肉なる泡なりき。わが泡若干歳《いくばくさい》ぞ、死ぬ事を心掛けねばいつ破るると云ふ事を知らず。只破れざる泡の中に汝が影ありて、前世の憂を夢に見るが如き心地す。時に一弁の香を燻じてこの影を昔しの形に返さんと思へば、烟りたなびきわたりて捕ふるにものなく、敲《たた》くに響なきは頼みがたき曲者なり。罪業の風烈しく浮世を吹きまくりて愁人の夢を破るとき、随処に声ありて死々と叫ぶ。片月窓の隙より寒き光をもたらして曰く。罪業の影ちらつきて定かならず。死の影は静なれども土臭し。今汝の影定かならず亦土臭し。汝は罪業と死とを合せ得たるものなり。

霜白く空重き日なりき。我西土より帰りて始めて汝が墓門に入る。爾時《そのとき》汝が水の泡は既に化して一本の棒杭たり。われこの棒杭を周る事三度、花をも捧げず水も手向けず、只この棒杭を周る事三度にして去れり。我は只汝の土臭き影をかぎて汝の定かならぬ影と較べんと思ひしのみ。

注

頁行

一五2　牛込区喜久井町一番地　漱石生家の所在地(現、東京都新宿区喜久井町一)。塩原家に養子に出ていた漱石は明治二十一年に夏目家に戻された。

一五4　山崎元修　本郷真砂町で開業していた医師。医学校第一回卒業生。

一五9　第一医院　明治十一年東京大学医科大学が拡張され、その付属病院のうち、大学構内の病院を第一病院とし、通学生(速成を主とする)の臨床講義のための病院を神田区和泉町(現、千代田区神田和泉町)に設けて第二医院とした。

一五12　二豎の膏肓に入らざる前に　治療の施しようがないほど病気が重くなる前に、の意。

一六2　雨フラザルニ牖戸を綢繆ス　雨が降っていないのに牖戸(窓や戸)を補修して雨風を防ぐ用意をする。転じて、災いを未然に防ぐ、の意。

一六5　to live is the sole end of man!　「生きることこそ人間の唯一の目的」の意。

一六7　帰ろふと泣かずに笑へ時鳥　時鳥は夏の季語。時鳥の異名「不如帰」(帰るに如かず)に託して喀血した正岡子規を激励した句。子規と時鳥は同義。正岡子規は明治二十二年五月九日に喀血した。翌日、医師に肺病と診断され、「卯の花をめがけてきたか時鳥」「卯の花の散るまで鳴くか子規《ほととぎす》」などの句を作った。卯の花を自分になぞらえ(子規は卯年の生れ)、肺病(結核)を時鳥で表現した俳句。「啼いて血を吐く時鳥」と形容された時鳥は、当時結核の代名詞であった。子規はこれらの俳句を作ったことから、自ら子規と号するようになった。

一六11　米山　米山保三郎(一八六九—九七)。号は大愚。金沢の生れ。明治二十六年東大哲学科卒。円覚寺管長の今北洪川より天然居士の号を受く。将来を嘱望されながら夭折。第一高等中学校(予科)時代、建築家志望の漱石を文学者になるよう説諭した。

一六11　龍口　龍口了信。広島県出身。明治二十七年東大国史学科卒。

一六13　僕の家兄　漱石のすぐ上の兄、夏目和三郎直矩《なおただ》のこと。

一七5　『七草集』　子規が明治二十一年夏、向島に仮寓して、秋の七草を篇名にしてとめ、友人に回覧した和漢詩文集。『無何有洲　七草集』のこと(明治二十三年五月完成)。「無何有洲」は『荘子』内篇「逍遥遊篇」などに見られる「無何有之郷」をもじって、「向島」にこの字を宛てたもの。

一七8　二十八字の九絶　七言絶句九首の意で、「『七草集』評」の漢詩をさす。全文のよみ下し文は次のとおり。「青袍《せいほう》幾《いく》たびか閲《けみ》す帝京の秋／酒点涙痕《るいこん》旧遊を憶う／故国の烟花空しく一夢／耐えず他郷閑愁《かんしゅう》を写すに。幾年の零落亦《ま》た風流／好し貸《か》らん江頭《こうとう》の香月楼／麦緑菜黄吟《ぎん》尽きんと欲し／又《ま》た逢う紅蓼白蘋《こうりょうはくひん》の秋。江東俗を避けて天真を養い／一代の風流逝く春に餞《はなむけ》す／誰《たれ》か死らん今日花を惜しむの客／却《かえ》って是《こ》れ当年剣舞の人なるを。艶骨《えんこつ》化して成る塚上《ちょうじょう》の苔《こけ》／今に于《お》いて江上杜《と》鵑《けん》哀しむ／憐れむ君が多病多情の処／偏《ひと》えに梅児《ばいじ》の薄明を弔い来たるを。長堤尽くる処又た長堤／桜柳の枝は連なる桜柳の枝／此《こ》の裡《うち》の風光君独《ひと》り有し／六旬の閑適百篇の詩。浴し罷《おわ》り微吟して枕函《ちんかん》を敲《たた》けば／江楼日は落ちて月光を含む／想う君此《こ》の際事無きに苦しみ／漫《みだ》りに篝燈《こうとう》を数えん一二三と。塵懐《じんかい》を洗い尽くして我と物とを忘れ／只《た》だ看る窓外古松鬱《うつ》たるを／乾坤《けんこん》深夜闃《げき》として声無く／空房に黙坐して古仏の如し。京客多情都鳥《みやこどり》の謡《うた》／美人涙有りて叉《さ》に満つる潮／香髏《こうろう》艶骨両《ふた》つながら黄壌／片月長《とこし》えに高し双枕橋《そうちんきょう》。長命寺中餅を鬻《ひさ》ぐ家／壚《ろ》に当たる少女美しきこと花の如し／芳姿《ほうし》一段憐れむ可き処／別後君を思うて紅涙加わる」。

一七 9　紅燈緑酒　紅いともし火と澄んだ上等の酒。普通は花柳界などでの遊興の様をあらわすが、ここは韜晦した言い方。

一七 12　扁鵲　中国古代の伝説的名医。

一八 1　焼野〔の〕きぎす夜の鶴　巣を営む野を焼かれた雉子、寒夜に巣ごもる鶴に鑑みて、親がわが身の苦痛を忘れて救い、かばう切実な情愛のたとえ。

一八 4　菊井の里　生家のある「喜久井」の町名に由来している。『硝子戸の中』「二十三」に「私の家の定紋が井桁に菊なので、夫にちなんだ菊に井戸を使つて、喜久井町としたといふ話は、父自身の口から聴いたのか、又は他のものから教はつたのか、何しろ今でもまだ私の耳に残つてゐる」とある。

一八 5　丈鬼　子規の本名である「常規」を音読して、漢字を宛てた別号。

一九 2　山川　山川信次郎（一八六七―?）。英文学者。埼玉県出身。明治二十八年東大英文学科卒。五高・一高教授を歴任。漱石とは『草枕』『二百十日』の素材となった小天温泉・阿蘇山の旅に同行。

一九 2　中山　明治二十二年当時、漱石・子規とともに第一高等中学校文科に在籍した中山再次郎か。

東京出身。明治二十六年東大国史科卒。

一九3　久米先生　久米幹文(一八二八—九四)。国学者。本名幸三郎。明治二十一—二十七年、第一高等中学校嘱託、同教授。二十五年、小中村義象・落合直文らと和歌団体「歌学会」を興し、雑誌『歌学』を創刊した。

一九5　長沢　長沢市蔵。山梨県出身。明治十九年東大哲学科卒。明治二十一—二十七年、第一高等中学校教授。

二〇3　松山市湊町四丁目十六番戸　子規の住居。子規は五歳で父を失っており、当時は母・八重と妹・律が住んでいた。

二一10　曾我祐準　一八四三—一九三五。軍人・政治家。福岡県出身。参謀本部次長、陸軍士官学校長を歴任。陸軍中将。明治十九年休職となり、東宮大夫・宮中顧問官などを経て、のち貴族院議員・枢密顧問官となる。

二一10　「パラサイト」　parasite　寄生者、居候。

二一11　解に曰く高之謂山……大将者武人也　曾我中将を「御山の大将」と呼ぶ理由についてふざけて言う。「高きを之山と謂う。(曾我中将のいる)楼は高し、故に御山と曰う。大将は(少将・中将に対してでなく)武人(の意)也」。なお、「梁上ノ君子」とは泥棒のこと。

二三2　縉紳先生　「縉紳」は官位が高く身分のある人をいう。ここでは曾我中将をさす。

二三2　どうにもこうにも……　「駿河」「興津」「清む」などに「為る」「起つ」「済む」などを掛けている。

二四2　小生も房州より上下二総を……　八月七日から三十日までの旅行。「房州」は安房の国。房総半島の南部。「上下二総」は、上総の国と下総の国。上総は南総とも言い、今の千葉県中央部、下総は北総とも呼び、今の千葉県北部および茨城県の一部を含む。

二四13　黄巻青編時読罷どころではなく　「黄巻青編時読罷」は、この年漱石が房総旅行したときに詠んだ漢詩に子規が次韻した七言絶句の第三句にみえる。「黄巻」「青編」ともに書籍をさす。「黄巻」は黄色の紙を用いて紙魚を防いだことに由来する。「青編」は青い表紙の書物。

二四14　一篇の紀行やうな妙な書　『木屑録』をさす。

二四14　斧正　おので正す意。人に詩文の添削を請う時にへりくだっていう語。

二五9　剣を抱きて龍鳴を聴き……　大意は、「少年の頃は英雄に、青年の頃はひとかどの学者になったつもりだった。今はただ世間に背を向けて、そのくせ夢の中には美女が現れる」。

二六14　一年　「一」は「二」の誤り。この年九月、漱石と子規はそろって第一高等中学校本科二年に進級した。その進級に際し漱石が子規の（単位取得の?）ために運動した経緯を諧謔まじりに、愛する女のために奔走する「朗君」に擬して報じている。

二八3　「カーライル」　Carlyle, Thomas (1795–1881)　スコットランド生まれのイギリスの思想家・評論家・歴史家。漱石には、一八八九（明治二十二）年六月十五日の日付をもつ英作文 'My Friends in the School' があり、夢でカーライルと出会うところが描かれている。

二八4　「アルノルド」の『リテレチュア、エンド、ドクマ』　アーノルド (Arnold, Matthew 1822–88) はイギリスの批評家・詩人。『リテレチュア、エンド、ドクマ』は漱石文庫蔵の *Literature and Dogma* (1873) のこと。

二八 7　篁村　饗庭篁村(一八五五—一九二二)。本名は与三郎。小説家・劇評家。竹の屋(舎)とも号し、江戸戯作の伝統を引く。下谷根岸に住み、根岸派文人の中心となる。諷刺と滑稽に富む軽妙な筆をふるった。

三五 4　ありい　「ありがとう」の略。

三五 10　小川亭　明治三十年代まで神田区(現、千代田区)小川町一番地にあった寄席。女義太夫の色物席として知られる。

三五 10　鶴蝶　鶴沢鶴蝶。東京の女義太夫界の中堅。明治二十四年の「女義番附」では、左方の二番目に挙げられている。

三六 7　埋塵道人　都塵に埋もれている意を表わし、こう自称したものだろう。

三六 8　四国仙人　子規の生国にちなむ別号の一。『筆まかせ』の最初に「四国　沐猴冠者著」と記している。

三六 9　「四日大尽」　子規が明治二十二年十一月に書いた紀行文「水戸紀行裏　四日大尽」のこと。

三六 9　「水戸紀行」　子規が明治二十二年十月に書いた紀行文。

四三 15　東台　関東の台嶺(比叡山の異称)、すなわち東叡山。東京・上野にある寛永寺の山号。

四五 5　赤沼　赤沼金三郎。長野県出身。明治三十年東大漢学科卒。

四六 13　九仞の功を一簣ニ破らず　「九仞の功を一簣に虧《か》く」は事が今にも成就しようとしているのに、最後のわずかの油断のために失敗することのたとえ。落第できなかったことをこう言った。

四八2　普門品　『法華経』の中で、観世音菩薩のことを説く章の名。俗に「観音経」という。

四八5　仮使い害意を興して……　大意は、「たとえ殺そうとして火の中に押し落としたとしても、観音の力を信じて祈れば火の中も池の中となる」。

四八10　阿耨多羅三藐三菩提心　最高の正しい悟りの意で、仏陀の悟りを指す。

四九7　甑中の章魚　『通鑑漢順帝紀』の「相聚りて生を偸《ぬす》むこと魚の釜中に游《およ》ぐがごとし」から出た「釜中の魚」(あまり長く生きながらえられないことのたとえ)をもじったもの。『吾輩は猫である』「十一」には「釜中の章魚」とある。なお、「甑《こしき》」は釜の上において穀物をむすためのおけ。極めて貧しいことを言う言葉に「甑中塵を生じ、釜中魚を生ず」がある。

四九12　無事是貴人　禅語。なにごともしない人こそが高貴の人である。絶対に計らいをしてはならない。ただあるがままであればよい。『臨済録』にある言葉。

五〇12　堂に陟る……　『論語』「先進篇」に「由や堂に升《のぼ》れり、いまだ室に入らず」とあり、進歩向上の階梯を言う。ここではそれを諧謔的に用いている。

五一4　天機を漏らす　「天機」は天の意志、造化の秘密。それがもれること。

五一11　放抛　「抛」は「擲」「棄」に通じ、「放擲」の意。

五一12　華胥の国黒甜の郷　「華胥」は中国古代の黄帝が昼寝の夢のなかで遊んだという平和な理想郷。「黒甜の郷」は、おなじく昼寝の夢であそぶ世界、の意。「黒甜」は昼寝をすること、うたたね。

五一13　未だ池塘に芳草を生ぜず　「池塘」は池の堤。宋の朱熹「勧学詩」の句に「未だ覚めず池塘春草の夢」(池の堤に春草が萌えるころ、楽しくまどろんだ夢からまだ覚めない)とある。

五二 1　淪茗漱水の風流気　「淪茗」は茶を煮ることの意。茶をたしなみ水に口すすぐような、世塵を離れた高雅な気持。

五二 4　風光と隔生を免かれたり　張籍「患眼」の詩の起承句に「三年眼を患いて今年ややよし、風光と生を隔つるを免かる」とある。

五二 5　韓家の後苑に花を看て分明ならず　前注の詩の転結句に「昨日韓家後園の裏、花を看てなお未だ分明ならず」とある。

五三 12　life is a point...　「人生は無限と無限の間の点である」の意。ふたつの無限 (two infinities) は前世(誕生以前の世界)と後世(死後の世界)であろう。

五三 14　We are such stuff...　出典はシェイクスピアの『テンペスト』(*The Tempest*) 第四幕。「人生の内容は夢さながら、われわれの短い一生は眠りでけりがつくのです」(豊田実訳)。なお、漱石の引用の第二行 "... made of" は、原詩では "... made on" である。

五四 4　知らず、生れ死ぬる人何方より来りて……　『方丈記』の一節。「長明」は鴨長明。漱石は明治二十四年、大学生のときに『方丈記』を英訳(抄訳)している。

五四 11　I can fly...　出典はミルトンの『コーマス』(*Comus*, 1634)。「私は空中をとぶか、ひた走って／天空が弓なりに低くたれている／緑の地平線へいそいで行き／そこからとび立って速やかに／月世界の果てまで行くとしよう」(才野重雄訳)。

五五 4　御文様　蓮如上人が門徒に与えて、浄土真宗の要義を平易に説明した文章。「御文」「御文章」とも言う。

五五4　二ツの目永く閉ぢ……　前注「御文様」に「スデニ無常ノ風キタリヌレバ、スナハチフタツノマナコタチマチニトヂ、ヒトツノイキナガクタエヌレバ紅顔ムナシク変ジテ……」とある。

五六8　六三……　六三は、易の用語（六は陰爻、三は陽位）。独りよがりで身のほど知らずは、危険な目に遭うの意。

五七5　我復び夢に周公を見ず　『論語』「述而篇」第七の言葉。

五七9　窈窕たる淑女は……　『詩経』「周南」の「関雎《かんしよ》」の言葉。

五七10　朽木ハ雕すべからず　孔子が弟子の宰予が昼寝しているのを見とがめて、「朽ちた木には彫刻はできない」と批判した言葉。注八一1参照。

五八7　Our little life…　シェイクスピア『テンペスト』の一節（注三三14参照）。

五九6　顔子　顔回の敬称。魯の人、孔子最愛の弟子。貧困にもかかわらず、道を学ぶことを楽しみとした。注三六4参照。

五九12　雪中に肘をきつた恵可　恵可は慧可の誤り。中国隋代の僧で禅宗第二祖の慧可（四八七―五九三）が、達磨に入門を請うて許されず、左臂を切って求道の誠を示し許されたという有名な故事（「慧可断《だん》臂《ぴ》」）のこと。画題としてよく描かれた。

六〇1　頼杏坪　一七五六―一八三四。江戸後期の漢詩人。広島藩士。名は惟柔《ただなご》。頼山陽の叔父で古詩に長じた。

六〇3　国亡びて来帰す……　杏坪の「痩鶴吟」にある句。大意は、「国が亡びてしまってから帰ったところで何があろう。さびれた街に墓が連なるばかりだ」。

六〇5　The populous and... バイロンの詩「闇」(Darkness 1816)の一節。バイロンが見た宇宙の終末の夢を綴った詩の最後の部分にあたる。子規の引用に一部誤りがあり、途中も省略されているので原文を以下に掲出しておく。"The world was void, /The populous and the powerful — was a lump, /Seasonless, herbless, treeless, manless, lifeless /A lump of death — a chaos of hard clay. /[The rivers, lakes, and ocean all stood still, /And nothing stirr'd within their silent depths; /Ships sailorless lay rotting on the sea, /And their masts fell down piece-meal; as they droppd/They slept on the abyss without a surge —]/The waves were dead; the tides were in their grave, /The Moon, their mistress, had expired before;/The winds were wither'd in the stagnant air, /And the clouds perish'd; Darkness had no need/Of aid from them — She was the universe!"([　]内は手紙の中で＊＊＊＊で省略されているところ)。既訳はないようである。以下に試訳を示す。「世界は虚空だ／人間に満ちあふれ、力強かった地球も今は土くれに過ぎず、／季節もなく、草木もなく、人影もなく、生命もない／死の土くれ―混沌の硬い土くれ。／［河も湖も大海もすべて死んだように静まりかえり、／静寂の深みで動くものひとつとて無い／水夫のいない船は海の上で朽ちはて／マストはばらばらになって落ち、／うねりもない深海の上に眠っている―］／波は死に、潮の干満もすでに無い、／潮の愛人の月はすでに息絶えて、／澱んだ大気の中で風は凪いでいる、／そして雲も消え、雲の助けを借りずとも／この世界はすでに暗闇、暗黒が宇宙をおおっている」。

六一11　白馬ハかけり……　人生の短いことを、白馬が疾走するのを隙間からのぞくのにたとえた

『荘子』外篇、「知北遊篇」の言葉「白駒の郤《げき》を過ぐるが若《ごと》し」にもとづく。

六二 3　In poetry . . .　アメリカの思想家・詩人・講演家エマソン(Ralph Waldo Emerson, 1803–82)の *Society and Solitude* (1870)所収の随想 "Art" の一節。以下に訳出しておく。「ひとつひとつの言葉が自由に生きている詩においてはすべての言葉は必然である。優れた詩はそのままのかたち以外に書きようがない。優れた詩は、詩人の手になる恣意的作品というよりは永遠の宇宙精神の不可視な銘板から写しとられたかのように響く。偉大な詩人の心は永遠の宇宙精神と一体である。詩人は詩を作ったのではなく、見つけ出したのだ。詩神が詩を詩人のもとにもたらしたのである」。

六二 10　淵明冠を掛けて……　陶淵明が不遇な官僚生活に見切りをつけて故郷で田園生活を送ろうと決意しなければ「帰去来辞」はうまれなかったの意。

六三 6　狐禅、生悟り　禅でまだ悟っていないのに悟ったつもりでいる「生悟り」の状態。またはその人を「野狐禅」「生禅」などという。

六三 14　若し色を以て我を見……　大意は、「目や耳などによる感覚的な欲望に縛られている人は、真理の道を歩むことができず、如来にまみえることはない」。

六四 11　天籟の如く迦陵頻伽の如し　天籟は優れた詩歌のたとえ。迦陵頻伽は仏教で雪山または極楽にいるという想像上の鳥。妙なる鳴き声をもつとされる。

六六 2　我昔より造れる諸の悪業は……　唐の般若訳の四十巻本華厳経である『四十華厳』「普賢行願品」にある有名な懺悔偈。大意は、「私が犯した諸々の仏に背く悪業は、無限の過去から続く、むさぼり・いかり・おろかさに起因している。身体・言語・精神の働きが生み出すものであり、ひたすら今ここに悔い改めるのみ」。

六六6　東方朔の囈語　「東方朔」は前一五四頃―九三年頃の前漢の学者。滑稽諧謔を旨とする弁舌文章に長じ、奇行の人として知られる。「囈語」は、ねごと、たわごと。

六七6　江山容るるや不や俗懐の塵……　大意は、「自然が俗人を受け入れてくれるかね、そもそも君は名を欲しがる俗世の住人だ。病気で一時的に感じやすくなっているのだろうが、やたらと詩がどうだこうだと深みにはまりなさいますな」。

六八2　仙人俗界に堕つれば……　大意は、「仙人も俗界に落ちれば、喜怒哀楽は避けられない。子規を号とする君が血を吐き、やつれた姿が痛ましい。漱石を号とする僕が世捨て人となって石を枕に寝ようが、相変わらず愚かにも頑固なままであるのは、君に比べたら喜ぶべきなのかもしれない。しかし君の病気は治るかもしれないが、僕の愚かさは治らんだろう。志は八方ふさがりで、心はぐちゃぐちゃに滅入っている。そこで声を張り上げ何曲か歌ってみた。〔一句を欠く〕一曲目で打楽器代わりの痰壺が砕け、二曲目で両眼から涙が溢れた。歌い終わって声は言葉にならず、この思いを誰に訴えたらよいのか。白い雲が湧き起こり、天の涯に雨を呼ぶ竜が現れた。笑って箱根の山頂を指差し、芦ノ湖の辺に宿を目指す。時間は永久に流れ、宇宙も無限である。かげろうが水溜りの上を飛び、おおとりがその低さを嘲笑う。嘲笑う者も滅び、成功も失敗もかりそめの事だ。名を求める人よ、心身を労して何をしたいというのだ」。

六八12　露地白牛　禅語。一点の煩悩もけがれもない清浄の境界を示す言葉。

六九5　褒姒　周の幽王の寵妃。褒国から献上され、申君に代わって后になった。容易に笑わない褒姒を笑わせるために何事もないのに烽火をあげて諸侯を集めた。のち申君の父申侯が周を攻めた時、烽火をあげたが、諸侯は集まらず、王は殺され、周は滅んだ。

七〇8　琶湖筆を携えて紅塵を避け……　大意は、「筆を手に俗界を逃れて琵琶湖に遊んだ。水と山の澄みきった風景は、心に美しい人を思い浮かばせる。ある夜のこと、天の風が僕を運び、白く輝く雲と月明かりの中で詩の神に出会わせてくれた」。

七一5　三伏閑を得て返るに……　大意は、「夏の暑さの盛り、暇になって家に帰りはしたが、何事もできない。筆を捨ててため息をつくばかり、活躍の時は未だ訪れない。気持ちばかりが高ぶるが、故郷の海は浅く山は低い。荷造りして再び家を出て、あてどなくさまよった。東に百里、しばし、琵琶湖の辺に逗留した。湖はきらきら輝く鏡のようで、山は青い竜のようにうねっている。第二の紫式部は現れないままだが、源氏のような文学を誰が継ぐのだろうか。芭蕉も忽ちに世を去り、その名を歴史に残すのみである。今や詩の心は地に落ち、わずかに糸のように細く繋がっているだけである。欠点のない文章はありえないのに、その欠点に対する指摘すらなされない。僕は今の世にへつらわず、けがれを避けて愚直に生きる。夜中に筆が止まり、美しい女の姿が見えた。山の端に月がのぼり、耳もとで悲しげな響きが自然の奏でる音楽のように聞こえた」。

七一11　四でも五でも六でもなき　詩、語、録にかけたしゃれ。『吾輩は猫である』にもでてくる表現。

七八7　平凸凹　たいらのでこぼこ。漱石は、幼時病んだ疱瘡の跡が残っていたので、ときとしてこのように自らを戯称した。

七六8　偸花児　はなぬすびと。子規の別号の一。

七六13　歌舞伎座　明治二十二年十一月、福地桜痴が千葉勝五郎とともに木挽町（現、中央区銀座東）に設立した。主として歌舞伎劇を上演する劇場。改良演劇の劇場でもあったので「改良座」とも称された。

七六13　烈しかれとは祈らぬ　源俊頼の歌「憂かりける人を初瀬の山颪烈しかれとは祈らぬものを」（『千載集』）よりとったもの。

七九2　ほろふくるるの道理ぞかし　「ほろ」は「幌」で雨や日をよけるのに用いる布。『大鏡』の「おぼしき事いはぬは実にぞ腹脹るる心地しける」あるいは、『徒然草』の「おぼしき事言はぬは腹ふくるるわざ」のもじり。

七九2　車耳南風　「馬耳東風」のもじり。前に「風に向って車を引けば」とあるのを受けている。

七九3　仙湖先生　菊池謙二郎（一八六七—一九四五）。仙湖は号。教育者・歴史学者。茨城県水戸の生まれ。明治二十六年東大国史学科卒。山口高校教授・二高校長を歴任。藤田東湖の全集の編纂で知られる。

七九3　錬卿　竹村錬卿（一八六五—一九〇一）。本名は鍛、俗称は稽三郎。黄塔・松窓などの別号がある。松山の人。河東碧梧桐の兄で、子規とは少時よりの友人であった。

七九3　岩岡保作　長野県出身。明治二十六年東大物理学科卒。東京高工教授。

七九11　鼻々　「はなはだ」のしゃれ。人情話やステテコ踊りで知られる三遊亭円遊は鼻が大きかったので、「鼻の円遊」と渾名されていた。

七九13　公平法問の場　この時の二番目の演目『幡随長兵衛』の序幕にある「公平法問諍」をさす。原曲は「金平浄瑠璃」。源頼義の次男義宗の出家をめぐって、頼義と坂田公平との対立抗争を主題としたもの。注三五7参照。

八〇4　物集見　物集高見(一八四七—一九二八)。国語学者。鶯谷・董園・埋書居士と号す。大分県の生まれ。父は国学者物集高世。東大教授。『広文庫』『群書索引』などを編集。

八〇5　小中村さん　池辺(小中村)義象(一八六一—一九二三)。国文学者・歌人。熊本県の生まれ。明治十九年東大古典講習科卒。国学者小中村清矩《きよのり》の養子となり小中村姓を名のるが、のちに復姓した。一高、女子高等師範などで教鞭をとり、明治三十一年パリに留学、帰国後、京大講師、御歌所寄人などを歴任。

八〇5　じくそん　J・M・ディクソン(Dixon, James Main 1856–1933)。イギリスの言語学者・文学者。明治十九年から二十五年まで、東大で英語・英文学を講じた。漱石はその依嘱により『方丈記』を英訳した。

八一1　宰予の弟子　「宰予」は魯の人。孔子の門弟。『論語』「公冶長篇」に宰予(宰我)が怠けて昼寝をして、孔子に「朽木は雕《ほ》るべからず、糞土の牆《かき》は杇《ぬ》(塗)るべからず」と戒められたとあるところから、ここでは昼寝、または、昼寝する者、の意。

八二4　芳賀矢一　一八六七—一九二七。国文学者。福井県の生まれ。明治二十五年東大国文学科卒。ドイツに留学して文献学を学んだ。渡欧の折はプロイセン号で漱石と同船。帰国後、東大教授となり、近代国文学研究の草分けとなった。

〈二〉3　物草次郎　『御伽草紙』「物くさ太郎」の主人公をもじったもの。明治三十六年の漱石の句に「楽寝昼寝われは物草太郎なり」がある。

〈二〉13　人爵　「天爵（天が人に授ける貴い爵位）」の対語。人が人に授ける貴い爵位。『孟子』「告子上篇」に見える言葉。

〈三〉10　（銀）杏返しに竹なはをかけて　「銀杏返し」は女性の髪型の一。「竹なは」は髪飾り「丈長」のこと。平元結。

〈三〉12　海気屋　当時、神田区（現、千代田区）小川町にあった洋傘屋「甲斐絹屋」のこと。「海気」はもと舶来の織物の名。傘地などに使われる。甲斐の国郡内地方の名産であることから「甲斐絹」とも書かれる。

〈四〉5　御返事呪文　子規からもらった呪文（まじないの文句。子規からの手紙、あるいは詩をさすか）へのお返しに詠んだ詩。

〈四〉6　爛痘痕　痘痕は天然痘（疱瘡）のあとのあばた。漱石の顔には、幼い頃にうけた種痘がもとでできたアバタのあとがあり、それが恥ずかしさに焼け爛れた。

〈四〉9　岐岨道中の詩　子規が明治二十四年六月帰省の途上、軽井沢、川中島、松本を経て木曾に至る旅行をした時の詩。この詩は「岐蘇雑詩三十首」（節録十五）と題して翌二十五年八月十三日から五回にわたり新聞『日本』に発表された。

〈四〉10　『故人五百題』　松露庵撰『俳諧　故人五百題』（春・夏・秋・冬之部）をさす。天明七（一七八七）年の板本（二冊四巻）が漱石文庫蔵。

八五10　仏頭の天糞　すばらしい文章に拙劣な序文を付すことを「仏頭に糞を着く」という。ここも同義。

八五14　嫂　兄直矩の夫人登世のこと。

八七1　母を失ひ伯仲二兄を失ひ　実母千枝は明治十四年一月に死去。明治二十年三月には長兄大助、同六月には次兄直則がつづいて死去。

八七7　元服　「元服」は結婚した女性が眉を剃り歯を染め髪を丸髷《まるまげ》に結うこと。江戸時代の遺習。ふつう眉を落とすのは最初の出産のあとのことだったという。

八八5　郢正　郢斲《えいたく》。斲は削る意。郢の人が鼻にうすく土を塗り、匠石という大工の名人に削らせたところ、鼻は無傷だったという故事から詩文の添削を請う時に使う言葉。『荘子』による。

八九10　鷗外の作　鷗外は明治二十三年一月『国民之友』に処女作「舞姫」を発表、同年八月『しがらみ草紙』に「うたかたの記」、翌年一月『新著百種』の一冊として『文づかひ』を出した。これらはドイツ土産三部作といわれる。すぐ次に「二短篇」とあるのは、そのうちの二つのことと思われる。漱石の評価は子規とは対立しているが、漢文を底辺にしての発想は鷗外作品の中核をよく見据えている。

九三11　明治豪傑譚　『読売新聞』に明治二十四年七月一日から十一月二十日まで連載された「明治豪傑ものがたり」のこと。三巻の単行本(鈴木光次郎編)として同年中に刊行された。

九三11　造次顚沛　とっさの場合とつまずき倒れる場合。転じてわずかの間。『論語』「里仁篇」による。

九九1　鴃舌　もずのさえずりの意から、外国人などの話す、意味の通じない言葉をいやしめていう語。『孟子』「滕文公上篇」。ここでは「鴃舌の書」は西洋の書物の意。

一〇五1　良雄喜剣の足を舐る　祇園で遊興中の赤穂の大石良雄を訪ねた鹿児島藩士村上喜剣が、その本心を試そうと盛られている魚膾を足指に挟んで出したが、良雄は平然とそれを食したという話。喜剣は大石良雄が士君の仇を報じないことを罵ったが、後に赤穂浪士の義挙を知り、大石の墓前で割腹自殺した。

一〇六3　高天原連　「高天原」が日本神話で、神々がいたとされる天上の世界であることから、国粋主義者をさす。

一〇七12　睾丸の句　子規の明治二十四年冬の句「雲助の睾丸黒き榾火《ほたび》哉」のこと。

一〇七12　笠の句　子規の明治二十四年冬の句「順礼の笠を霰《あられ》のはしりかな」のこと。

一一三3　下谷区上根岸町八十八番地　「下谷区」は現在の台東区の一部。陸羯南の世話により、子規は明治二十五年二月二十九日、本郷区(現、文京区)駒込追分町からここに移転、二十七年二月まで約二年間、上根岸の子規庵に移るまでこの家に居住した。

一一三4　累々として喪家の犬に似たるや　『史記』「孔子世家」に「累々として喪家の狗《いぬ》の若《ごと》し」とある。「喪家の犬」は宿なし犬、または喪中の家の飼犬のこと。

一一三4　ブッセ　Busse, Ludwig (1862–1907)　ドイツの哲学者。明治二十年東大哲学科教師として来日。哲学・美学・倫理学・論理学を講じた。二十五年帰国、ケーニヒスベルク大学、ハレ大学の教授を歴任。

一三12　来岡以来……　この時漱石は次兄直則の妻小勝の里、片岡家に滞在していた。当時の戸主片岡機《はずみ》は戸長役場に勤めていた。

一四2　金田　当時の岡山県上道郡金田村（現、岡山市西大寺金田）のこと。漱石は明治二十五年七月十六日から十九日まで、この地の岸本家（次兄の妻小勝が直則没後嫁いだ家）に滞在した。

一四14　獺祭　『礼記』「王制・月令」に「獺祭ルレ魚ヲ」と見え、獺《かわうそ》がとった魚を並べておくこと。転じて詩文をつくるのに多くの書物を机のあたりに並べておくのにたとえる。子規は自分の書斎を「獺祭書屋」と名づけ、俳論俳話を書くときは「獺祭書屋主人」と称した。

一五4　当地の水害　明治二十五年七月二十三日から翌日にかけて、岡山県下に洪水があり、そのとき片岡家に逗留していた漱石も、旭川の氾濫のため県庁坂と呼ばれる小高い場所（光藤亀吉の離れ座敷）に避難した。

一五11　光藤　光藤亀吉（一八四三―一九一二）のこと。岡山の市会・県会議員をつとめ、岡山瓦斯会社を創設した実業家で、漱石の次兄直則の妻小勝の実弟臼井亀太郎とともに、明治二十三年上京、漱石の喜久井町の家に半月ばかり滞在したことがある。

一六13　太田達人　一八六六―一九四五。岩手県盛岡の生まれ。明治二十六年東大物理学科卒。地方の中学校長を歴任。成立学舎・予備門時代の漱石を回想した「予備門時代の漱石」がある。

一八7　御老母さま并びに御令妹　子規の母八重および妹律。子規は明治二十五年十一月十七日、松山から二人を連れて上京、ともに生活する。

一九2　学校　東京専門学校（早稲田大学の前身）のこと。漱石は明治二十五年五月より大西祝《はじめ》の推薦で学資補給のため同校の講師となる。学生に綱島梁川、五十嵐力、藤野古白らがいた。そこでの評判が悪く、排斥運動が起こりそうだという子規からの書簡を受け取った返書である。

一三〇 4　巨燵から追ひ出れたる　巨燵は炬燵に同じ。「巨燵から追ひ出れたる男かな」などという句の略か。次の漱石の句は、評判がよくないという自分を病人になぞらえ、病人が炬燵を離れて雪見をしている様子に、自分からすすんで辞職するという意志を示した。

一三五 10　文学談話会　一月二十九日に外神田青柳亭で開かれた帝国大学の文学談話会。漱石は「英国詩人の天地山川に対する観念」と題する講演を行なった。

一三六 5　『俳諧』　明治二十六年三月二十三日に俳諧雑誌社から刊行された雑誌『俳諧』第一号のこと。

一三六 8　本郷区台町四番地富樫方　正岡子規『獺祭書屋日記』明治二十六年四月二日の条に、「訪漱石于本郷台町四番地富樫方」とある。

一三四 5　銀婚式　明治二十七年三月九日、明治天皇の銀婚式を祝う盛典が宮中で行われた。

一三五 13　南天棒　臨済宗の僧(一八三九―一九二五)。本名は中原鄧州。松島瑞巌寺や摂津海清寺に住し、禅風を挙揚した。

一三六 5　人を驚かす……　『従容録』(「得」を「尋」とする)などに見える禅語。

一三六 13　「シェレー」の詩集　「シェレー」はイギリスの詩人シェリー(一七九二―一八二二)。漱石はシェリーにこの頃から傾倒。漱石文庫には *The Poetical Works of Percy Bysshe Shelley*, ed. with a memoir by H. B. Forman, 5 vols., 1892 などがある。

一三七 10　小石川区表町七十三番地法蔵院　漱石の気持はこの頃切迫していたらしく、大学の寄宿舎を出て友人菅虎雄の家に厄介になったが、無断で飛び出して伝通院わきの尼寺法蔵院に移った。

一三七12　環堵　狭い住居のこと。「堵」は垣根の大きさ。

一四五2　愛松亭　以前は料理屋。漱石が松山に赴任した頃には、骨董商津田安五郎の所有に帰し、漱石は城戸《きど》屋からこの家の二階に移り、二、三カ月いた。

一四五4　大連湾より御帰国　日清戦争に従軍記者として戦地に赴いていた子規は、病を得て明治二十八年五月十四日大連湾から佐渡国丸という御用船で帰途につき、同二十三日神戸に上陸した。喀血がはげしいため、神戸県立病院にただちに入院し、七月二十三日まで二カ月間ここで病院生活をおくった。

一四五5　小生当地着以来　漱石は四月九日、三津浜港着、伊予軽便鉄道に乗り、松山に入った。

一四六2　大原君　大原恒徳のこと。子規の母方の縁者。

一四六2　太田先生　当時、松山中学で漢文を教えていた太田厚のことであろう。

一四六5　古白氏　藤野古白(一八七一—九五)。俳人・劇作家。本名は潔。湖白堂とも号した。愛媛県の生まれ。正岡子規の従弟に当たる。俳句の外に小説「椿説舟底枕」や脚本「人柱築島由来」なども作ったが、前途に不安を抱きピストル自殺した。子規は「藤野潔の伝」や新体詩「古白の墓に詣づ」を草し、これらを添えて『古白遺稿』を編んだ。漱石も追悼の句を詠んでいる。

一四七2　快刀切断す両頭の蛇……　大意は、「切れ味鋭い刀で両頭の蛇のような俗人の心を断ち切り、騒々しい世間の笑いさざめきに背を向けた。天と地は、人間の為した善悪正邪のすべてを記録し照らし出す。水に映る月はかすかな風にも揺らぎ、枝に咲く花はわずかな雨にも散ってしまう。

深酒からさめれば寒さが骨にしみるが、僕の残りの人生は人里離れた山の中にある」。

一四七9　東風に辜負して故関を出づ……　大意は、「春の風を背に故郷を離れたが、鳥の声を聞き散る花を見て何時になったら帰れるのかと思う。旅の愁いは夢のように淡く続き、深い思いは雲とともに静かにゆったり流れる。軽薄才子の群れの中でも独り付和雷同せず、小人物に囲まれた状況でも我を貫き通す。やるせない思いを一杯の酒に託せば、寒々と光る剣に酔った顔が映る」。第五句の「守拙」は世渡りのへたさをじっと守りぬく態度をいう。漱石の人生に対する姿勢をよく示すもので、後年自らの書画集を「守拙帖」と名づけてもいる。

一四八4　二頃の桑田何れの日か耕さん……　大意は、「暮らせるだけの自給自足の生活ができるのは何時の日のことか、八方ふさがりで東京を出た。しがらみのない自由を求めて運命を軽んじ、あてもない愚かな心のままに俗世間に背を向けた。文筆で才能を認めてもらうのも面倒、詩を作って文弱の名を手にしたところで何になろう。人生五十年その半ばを過ぎたのに、なまじ学問をしたために一生を誤ったのは恥ずかしい」。第一句は、『史記』「蘇秦列伝」の次の故事をふまえている。戦国時代、六国連合の宰相となった蘇秦はいった。「もし私に洛陽の町に近い田地が二頃もあったら、(奮起して)六国の宰相になることはなかったであろう」。

一四八11　駑才恰も好し山隈に臥するに……　大意は、「ろくでなしには奥まった山暮らしがちょうど良く、名声を追い駆ける気持ちはとっくに火にくべた。心は重い鉄製の牛のように鞭打っても動かないが、憂いは止んだかと思うとまた降り始める梅雨のよう。晴れた空を見上げては詩人の憤りに共感し、虫酸の走る俗人どもからは笑われるばかり。日が暮れれば大量の蚊に襲われ、団扇で追っ払いつつ険しいでこぼこの山を見る」。

一四九12　空中百尺の楼を破砕すれば……　大意は、「高くそびえる楼を撃破し、巨大な波は月に向かって走り上る。獲物を狙って、巨大な魚がその波の底に声もなく潜み、俊敏な隼が崖っぷちでまさに飛び立とうとしている。剣を抜けば風を切って殺気があふれ、枕もとで雨の滴り落ちる音を耳にしていると愁いが室内に充満する。もの書きゆえの禍は避けられるはずもなく、笑って青くかすむ山を指差して伊予に入った」。

一五〇7　鼠骨子　寒川鼠骨(一八七五―一九五四)。本名陽光《あきみつ》。松山生まれで子規を慕って上京、写生文に一家をなした。

一五二5　常楽寺　松山市勝山町に現存する六角堂常楽寺(天台宗)。

一五二7　梶の七葉　七夕の夜、七枚の梶の葉に歌を書いて星にたむける風俗があった。

一五二13　千秋寺　松山市御幸にある黄檗宗の寺。

一五三10　愚陀仏庵主　漱石は当時、愚陀あるいは愚陀仏と号し、居宅を愚陀仏庵と称していた。

一五四14　三俵　桟俵。通行人のためぬかるみに敷いている。

一五五9　碌堂　柳原極堂(一八六七―一九五七)。俳人。本名正之。初め碌堂と号した。愛媛県松山の生まれ。松風会で子規に句作を学ぶ。明治三十年、松山で『ほととぎす』を創刊、同誌の発行が東京の高浜虚子に委ねられるまで二十号を編集した。その後『伊予日日新聞』発行に携わる。著書に『友人子規』など。

一五五11　霽月　村上霽月(一八六九―一九四六)。俳人・実業家。松山の郊外(今出)に生まれる。松山時代の『ホトトギス』の初期よりの同人。松風会会員。漱石は愚陀仏庵で子規を介して知りあった。愛媛銀行の頭取にもなり資産家・事業家としても知られた。「酒の賛」は霽月の縁戚の酒造家が銘酒売り出しのための句を所望したのに答えたものという。

一五六2　晋の高士　世からのがれ竹林に会し琴を弾じ酒に耽ったという西晋の竹林の七賢をさすか。

一五九4　鉄牛　一六二八―一七〇〇。黄檗宗の僧侶。万福寺の創建に尽くした。

一五九9　南八男児　「南八男児終《つい》に不屈」の略。唐の南霽雲が張巡に「南八、男児は死耳《のみ》」と激励され、敵に屈しなかった故事。

一五九10　勘作　浄瑠璃『日蓮上人御法海《みのりのうみ》』(並木正三・同鯨児合作、宝暦元年大坂豊竹座初演)に登場する人物の名。

一六〇8　御死にたか　死んでしまわれたかという意味の松山方言。方言を用いて古白への親しみを表現した。

一六〇9　逍遥　中野逍遥(一八六七―九四)。漱石・子規らと同時に大学予備門に入学した。漢詩人・漢学者として将来を嘱望されたが夭折した。

一六一2　本門寺　東京都大田区池上にある日蓮宗の本山の一つ。

一六一3　梅屋　大島梅屋(一八六九―一九三三)。本名嘉泰。松山の子規派の俳人。「梅屋のを」とは、梅屋の句に「朝寒や坂上り行く我一人」があり、この句からヒントを得た句であることを言ったものであろう。

一六三4　河の内　愛媛県温泉郡川内町河之内。「近藤」は正岡子規の遠縁にあたる近藤家。松山市郊外の河之内にあった造り酒屋で、子規の遠縁にあたる家だが、当主の近藤林内は明治二十一年に死亡し、未亡人牧子と娘が残されていた。

一六二 5　白猪唐岬　松山市郊外にある「白猪」と「唐岬」の二つの滝の名。

一六三 2　鎌倉堂　川内町永野にあり、宝永三年に北条時頼・泰時の善政を讃えて建立された。現在、堂はなく石碑がのこっている。

一六七 4　傴麻　「傴麻質斯《リューマチス》」のこと。子規は明治二十八年秋から腰痛に悩み、リューマチスであると称していた。翌二十九年にその腰痛の原因は実は脊椎カリエスであることが判明する。

一六九 14　来迎寺　松山市御幸にある浄土宗の寺。

一七〇 7　俳壇の老将御手合せ　十一月九日の子規庵での句会をさすか。鳴雪・虚子・碧梧桐・牛伴・露月・爛腸・洒竹・露月らが参加している。

一七〇 11　鉄管事件　東京市の水道鉄管納入に関する汚職事件。

一七〇 12　王妃の殺害　「王妃」は李王朝第二十六代の李太王(高宗)の妃閔妃(一八五一—九五)。摂政の大院君を斥け、清の勢力を背景に政治を掌握したが、日清戦争の後、ロシアと結び日本排斥を企てたとして、日本公使三浦梧楼の陰謀により一八九五年十月八日、日本人壮士に暗殺された。

一七〇 12　浜茂の拘引　日本鋳鉄会社の社長浜野茂らが、鉄管事件(前々注参照)で、この年十月三十一日拘引されたことをさす。

一七一 11　普陀落や憐み給へ　巡礼の御詠歌。

一七三 11　源三位　源頼政。近衛院在位の時、頼政は夜ごとに内裏に出没する鵺《ぬえ》を退治し、獅子王という剣を賜った。その際、左大臣頼長の「ほとゝぎす名をも雲井にあぐるかな」の上句に「弓はり月のゐるにまかせて」と付けて文武二道に優れているとの称賛を得た。

一七二 14　晏子の御者　春秋時代の斉の宰相晏嬰《あんえい》の御者が、宰相の御者であるのを得意がっていたのを妻にたしなめられ、以後、態度を改めて認められ大夫にとりたてられたという故事。

一七三 10　廓然無聖　禅の公案の一つ。禅の奥義は虚空のように広く、聖凡の差はないという意味。

一七四 3　人か魚か　人魚《ふか》。よく眠る人のたとえ。

一七四 11　土佐坊　土佐房昌俊(?—一一八五)。源頼朝の命で義経を京都堀川に襲ったが、静御前の機転によって逆にとらえられて斬られた。のちに堀川夜討とよばれる事件。

一七四 14　栴檀弦走り　栴檀は栴檀の板。大鎧の胸板の左右の間隙を防御する板。弦走りは大鎧の胴の胸部正面。染革で包んだ所。

一七五 2　什麼　「そも」とも。什麼生《そもさん》の略。禅用語で「いかに」の意。

一七五 13　達磨忌　陰暦十月五日。冬の季語。

一七六 1　芭蕉忌　陰暦十月十二日。冬の季語。

一八二 1　『日本』　明治二十二年創刊(主宰陸羯南)の日刊時事新聞で、二十四年頃から子規はこれに拠って俳句革新運動を起こした。

一八二 3　『帝国文学』　明治二十七年に芳賀矢一、上田万年らが帝国大学文科関係者を集めて帝国文学会を組織し、二十八年一月に創刊した文学雑誌。初期は井上哲次郎、高山樗牛、登張竹風、内ケ崎作三郎、大塚保治らが活躍。

一八二 3　醒雪　佐々醒雪（一八七二―一九一七）。国文学者・俳人。明治二十九年東大国文学科卒。在学中から『帝国文学』の中心メンバー。のち東京高師教授。『文芸界』創刊にも携わる。

一八二 13　王事盬きなし　王室に関する事柄は堅牢でなければならぬゆえに、王事に勤めて力を尽くすこと。『詩経』「唐風」の「鴇羽《ほうう》」言葉による。

一八三 5　衣脱だ帝　醍醐天皇のこと。寒夜に自ら衣を脱いで民の寒さを思いやったという。

一八三 10　実盛　平安末期の武士、斎藤実盛（？―一一八三）。初め源為義、義朝、のち平宗盛に仕える。平維盛に従って源義仲を討った時、白髪を染めて奮戦したが討たれた話が有名。

一八四 13　古道顔色を照らし　昔の正しい道（古道）が自分の顔を照らす、つまり目の前に昔の忠臣・義士が髣髴するの意。南宋の文天祥「正気歌」に「古道顔色を照らす」とあるのによる。

一八五 4　円福寺　松山市藤野町にある天台宗の寺。

一八五 4　新田義宗　南北朝時代の武将。新田義貞の第三子。

一八五 4　脇屋義治　南北朝時代の勤王家。新田義貞の弟脇屋義助の子。

一八五 8　日浦　円福寺に近い松山市河中町付近の俗称。

一八五 11　湧が淵　松山市郊外、石手川の上流にあり、奇岩怪石が奇勝をなしている。大蛇の伝説で知られる。漱石は秀保と書いているが、大蛇を退治したのは土地の豪族で鉄砲の名手だった三好蔵人秀勝である（『愛媛県百科大事典』）。

一九一 12　範頼の墓　松山付近の郡中大字上吾川《かみあ》にある称名寺近くの小丘に、源範頼の墳墓と伝えられる五輪形の古墳がある。範頼は幽閉の地、伊豆修禅寺で殺されたというが、それは偽りで、当地で終わったとのことである。遠江国蒲御厨《かばみくりや》で生れたので蒲の冠者と呼ばれた。

一九七 4　送別の詩　この書簡に先立つ子規の漱石宛書簡に記されたものであろう。書簡は伝わらないが「送夏目漱石之伊予」と題する漢詩が知られている。「去《ゆ》け三千里／君を送れば暮寒生ず／空中大岳懸かり／海末長瀾起こる／僻地交遊少なく／狡児教化難《かた》からん／清明には再会を期す／後《おく》ること莫《な》かれ、晩花の残《そこ》なわるる」。

一九七 8　海南千里遠く……　大意は、「海の南に位置する千里の彼方へ向かおうとした時、別れ際には暮れなずむ寒空が広がっている。汽笛が夕日に赤く染まった雪の中で鳴り、汽船も紫色に染まった波を蹴立てて進む。君主の身となって国を憂うのはたやすいが、旅の人となって故郷に帰るのはむずかしい。三十にして我が身を占うに、へりくだっても困難に遭うとのこと、功名の夢は半ば崩れ去った」。

一九八 6　築島寺　平清盛の草創と伝えられる神戸市兵庫区島上町の来迎寺の俗称。一年前に自殺し、漱石も追悼の句を詠んだ藤野古白自作の脚本に『人柱築島由来』がある。

一九八 6　和田岬　神戸港内に突出する岬。

一九八 9　送る　本書簡に言われている句稿は現在遺された三十五稿中にはない。

一九九 6　増上寺　東京都港区にある浄土宗の大本山。

二〇一 2　韋陀　ヴェーダ。インドの宗教・哲学・文学の源流をなすバラモン教の根本聖典。

二〇一 2　井の哲　東京帝国大学哲学科教授であった井上哲次郎（一八五五—一九四四）のこと。

二〇一 5　瀬田の橋　滋賀県の瀬田川に架かる瀬田の唐橋。

二〇一 7　錦帯　山口県岩国市の反橋《そりばし》、錦帯橋。

二〇一 11　源蔵の徳利　赤穂浪士の一人赤埴《あかはに》(歌舞伎では赤垣)源蔵が、討ち入りに先立って兄の許へ徳利を下げて暇乞いに行った話をさす。「赤垣源蔵徳利の別れ」と称し、浪曲などで広く知られている。

二〇五 4　古法眼　室町後期の画家、狩野元信(一四七六―一五五九)の俗称。

二〇五 10　都府楼の瓦硯　九州筑前に設けられた大宰府庁舎の別名である都府楼の廃址から発掘された古い瓦でつくった硯のこと。

二〇七 1　浅妻船　朝妻船。琵琶湖東岸の朝妻と大津を結ぶ便船。遊女が乗って旅人を慰めた。

二〇七 2　二日灸　陰暦二月二日と八月二日に無病息災を願ってすえる灸。

二〇八 10　浄瑠璃坂　東京の牛込区(現在の新宿区)市ヶ谷砂土原町にある坂の名。

二〇九 2　徳山の棒　徳山精舎にいた唐の宣鑑禅師が、人に接するに、必ず棒をもって打って教えを説いたという故事にもとづく語。

二〇九 2　趙州の払　唐代の僧、趙州の払子。

二〇九 4　永井兵助　長井兵助のこと。江戸時代、浅草蔵前に住んで、代々歯の治療を生業とした。大道に店舗を開き居合い抜きをみせながら、歯磨きを売り、サクラを使って歯の治療を見せた。関東大震災の頃まで子孫が浅草で歯科医をしていた。

二一〇 1　兵児　薩摩藩の士分の若者。

二一〇 14　東海寺　東京都品川区の臨済宗の寺。品川は海苔の産地だった。

二一二4　衣紋坂　東京の坂の名。浅草方面から吉原の大門にいたるだらだら坂。

二一三3　春日野　奈良市の奈良公園付近。

二一四8　普化寺　江戸時代の禅宗の一派、普化宗の寺。信徒は虚無僧。

二一四10　瑟を鼓するに意ある人　瑟の演奏家。瑟は中国の弦楽器。「鼓す」はかきならすの意。

二一四11　わしや煩ふて　歌舞伎世話狂言の『廓文章』(「吉田屋」とも言う)の夕霧の台詞。

二一五7　金平　「金平浄瑠璃」の主人公。坂田金時の子で剛勇。その姿を描いた凧の風に舞うありさまを詠んだ。注七九13参照。

二一五14　奈古寺　那古寺。千葉県館山市にある真言宗の寺。坂東三十三所の第三十三番札所。数字で遊んだ表現の句。

二一六3　今土焼　招き猫、福助などの人形で知られる今戸焼。今戸は隅田川畔の浅草より上流に位置する地名。

二一六6　江南の梅　三国時代、呉の陸凱《りくがい》が長安の范曄《はんよう》に一枝の梅に詩を添えて江南から贈った故事による成語「江南一枝の春」をふまえた表現。

二一六7　天地玄黄　文字の学習や習字の手本に使われる『千字文』の第一句。

二一七1　吉田　「吉田通れば二階から招く。しかも鹿の子の振袖で」という俗謡がある。

二一七4　凌雲閣　浅草公園にあった十二階の建物。

二一七11　松坂屋　上野広小路にあった呉服屋。

二一八1　五大堂　五大明王を安置した堂。

二二八5　熊本市光琳寺町　漱石が熊本赴任後、初めて構えた家の所在地(正しくは下通町一〇三番地という)。庭に青桐と椋の木があり、家賃は八円であった。家の裏に光琳寺があった。

二二八7　虚子の事にて御心配の趣　虚子は当時、東京専門学校に籍をおいていたが、欠席がちの状態がつづいていた。子規は自身の病気のこともあり、後継者としての自覚を再三うながし、学問をおさめるようすすめるが、虚子はなかなか耳を貸さなかった。

二三〇4　中根事去る八日着　漱石と鏡子の結婚のため鏡子の父中根重一が鏡子帯同で熊本に到着したこと。

二三三1　岩谷寺　四国霊場四十五番札所の岩屋寺の誤記か。

二三三11　君と寐ようか　「君と寝やろか五千石とろか何の五千石君と寝よ」という俗謡がある。

二三五6　琵琶の名は青山　謡曲『経政』によるか。西海の合戦で討たれた平家一門の但馬守経政は青山という銘の琵琶を愛した。

二三五14　夏に籠る　夏安居、つまり仏教の寺院で夏の一定期間を限り、講経や座禅に専念すること。ここでは独身の暮らしぶりを夏籠《げごも》りにたとえた。

二三六1　夏書　夏安居の期間に写経をすること。

二三六6　大慈寺　熊本市野田町にある曹洞宗の寺。

二三六10　熊本市合羽町二百三十七番地　漱石が明治二十九年九月に転居した所。間数八間、家賃十三円。

二三六12　海嘯　明治二十九年六月十五日に三陸地方をおそった大津波。全潰家屋二千四百数十戸、流失家屋一万六百余戸、死者二万七千余名といわれる大災害をもたらした。

三七1　一週間ほど九州地方汽車旅行　詳しい日程はわからないが九月初旬ころ、夫人の鏡子とともに、博多、箱崎、香椎宮、太宰府天満宮、観世音寺、二日市温泉、久留米、梅林寺、船小屋温泉などをまわった。

三七6　竹の里人　子規の別号。

三七7　修竹　竹村秋竹(一八七五―一九一五)。俳人。修竹は初号。松山出身で俳句を正岡子規に師事した。

三七7　露石　水落露石(一八七二―一九一九)。俳人。子規に師事し、古俳書の蒐集家としても有名。

三八2　友人菅虎雄の句　菅虎雄(一八六四―一九四三)は、「無為」と号して俳句をこころみていた。この書簡にあるように、漱石経由で子規に送られた句稿の一部が知られており、「谷川の小石の上の蛍かな」に子規は丸二つを与えている。

三八6　箱崎八幡　福岡市箱崎にある旧官幣大社。

三八8　香椎宮　福岡市香椎にある旧官幣大社。

三八10　天拝山　現在の福岡県筑紫野市にあり、菅原道真が東方の天を拝したことにちなんでこの名がついた。標高二五八メートル。

三九1　観世音寺　太宰府市にある天台宗の寺。

三九2　道風　平安中期の書家、小野道風(八九四―九六六)。藤原佐理《すけまさ》　藤原行成とともに三蹟と称される。

三九7　梅林寺　臨済宗妙心寺派の寺。久留米にあり九州の禅林道場として知られる。

三九9　船後屋温泉　熊本県の矢部川中流にある船小屋温泉のこと。

二二九 13　内君　他人の妻を敬っていう語だが、この句では自分の妻をさすか。

二三一 5　聖教帖　聖教序の拓本。聖教序は王羲之の筆跡を石碑に刻したもので習字の手本として有名。

二三三 9　小春治兵衛　享保五(一七二〇)年十月に大坂、網島の大長寺で心中、歌祭文、浄瑠璃などで取りあげられた。近松の『心中天の網島』もその一つ。

二三五 2　願の糸　手芸の上達やその他の願いごとを五色の糸に託して七夕の竹に飾ったもの。

二三五 3　硯に書いては洗ひ消す　硯洗いは七夕の前日、手跡の上達を祈って行う。

二三六 11　種竹先生　本田種竹(一八六二―一九〇七)のこと。漢詩人。本名は秀。徳島の生まれ。上京して官吏となり、美術学校教授、文部大臣官房秘書などを歴任。大沼枕山、森春濤、正岡子規らとも親しく交わった。晩年は「自然吟社」を主宰。

二三七 3　『日本人』　明治二十一年政教社から創刊された雑誌。志賀重昂らが活躍。一時期は『亜細亜』となり、四五〇号の明治四十年一月より誌名が『日本及び日本人』と改題された。明治二十九年八月から十一月まで七回(同誌は月二回刊)にわたって、子規は「文学」と題する時評的な評論を同誌に連載するほか新体詩を断続的に発表した。この雑誌は新聞『日本』と並んで当時の子規の主要な活躍舞台であった。

二三七 7　碧梧桐　河東碧梧桐(一八七三―一九三七)のこと。本名は秉五郎《へいごろう》。愛媛県松山の出身。子規門下の俳人として、虚子と並び称された。子規没後は全国行脚をしたりして、俳句の新傾向運動を推し進めた。

二三七 7　春山畳乱青春水漾虚碧　岡崎義恵『漱石と微笑』に「「漾虚碧」の語は、雪竇重顕の上堂(禅の説法)として伝へられる「春山畳二乱青一。春水漾二虚碧一。寥寥天地間。独立望何極。」から出てゐる。鈴木大拙氏によると、これは「春光の山に満ち水に満ちて居る様子を描写して居」り、禅僧も時にはこのやうな「春光裡の詩人」となることがあるといふ。(『哲学季刊第一号』所収「槐安国語を読みて」参照)」とある。

三三七9 蘇爾宣篆法 「蘇爾宣」は中国明の篆刻家蘇宣。ここはその篆刻法をいう。なお、漱石文庫には明治四十二年刊の『蘇氏印略』がある。

三三七13 新体詩(洪水) 明治二十九年十一月五日『日本人』に発表された新体詩「洪水」のこと。全五節三百行に上る長詩。『子規全集』第八巻(一九七六)所収。

三三七13 音頭瀬 明治二十九年十月五日『日本人』に発表された新体詩「音頭の瀬戸」のこと。一聯五行を十七聯続けたもの。『子規全集』第八巻所収。

三三八1 虚子の俳論 雑誌『日本人』の「曼珠沙華」と称した欄に連載した、虚子の俳話の一章。のち『新俳句』の序文に使われた。

三四一2 喜剣 鹿児島藩の村上喜剣。注一〇五1参照。

三四三6 根岸 正岡子規が住んでいた東京の根岸。子規のほかに陸羯南、中村不折、河東碧梧桐、浅井忠などが住んでいた。

三四三6 麹町 東京の旧区名。丸ノ内、霞ヶ関などを含む。江戸時代は大名、旗本の屋敷町。明治になってからは政治、経済の中心地。また高級住宅地。

三四三8 器械湯 石炭を焚いて沸かす風呂か。

二三13　徳孤ならず　『論語』「里仁篇」の「徳は孤ならず必ず隣有り」による。

二四四6　紡績の笛　紡績工場の時刻などを知らせる笛。

二四四10　魏叔子　明末清初の文人。

二四四10　大鉄椎伝　魏叔子の文章。大鉄椎は宋将軍の家にいた勇士。ある時、賊に決闘を挑まれ、大きな鉄椎(鉄製のつち)をふるって三十余人をなぎ倒した。その決闘の場は「時に鶏鳴き月落ち、星光曠野を照らし……」と描かれている。

二四五2　吉良殿　吉良上野介。元禄十五(一七〇二)年十二月十五日、本所松阪町の邸において赤穂浪士に討たれた。

二四五11　半時　一時の半分。今の一時間にあたる。

二四六3　五家荘　熊本県八代郡の地名。平家残党の子孫の集落として知られる。

二五三5　五斗米　五斗の扶持米。わずかな俸給の意。

二五三11　印陀羅　因陀羅。中国、元時代の画僧。禅画で知られる。

二五三3　仏焚て　禅の公案「丹霞焼仏」(唐の丹霞禅師が慧林寺で大寒に遇い、木仏を焚いて暖をとった故事にもとづく)をふまえる。

二五五7　佐藤三吉　一八五七―一九四三。日本の医学特に外科医学の先駆者として知られ、のち学士院会員、東京帝大医学部長などを歴任した。

二五五10　しめこのうさ〳〵　占子の兎。物事が思ったとおりになった時にいう。「しめた」の意を兎を「絞めた」にかけて言う地口。

二五八3　隻手　禅宗の公案にちなむ。白隠が初めて参禅した者に、「隻手声あり、その声を聞け」と言った。両手を打ち合わすと音が出るが、片手(隻手)にはどんな音があるかという意味。汐干狩でヒラメを生け捕った隻手を、公案の隻手に見立てた。

二五八5　寒山か拾得か　どちらも唐代の半ばの伝説的な禅僧。脱俗隠士の風格があり、二人を対とした画がよく描かれる。

二五八13　大纛　天子の御旗。秦・漢のとき、天子の車の飾りにつけた大旗のことから、俗に天子の親征軍をいう。

二五九3　熊坂　源平時代の盗賊、熊坂長範。歌舞伎に『熊坂長範物見松』があり、岐阜県の青墓には長範が物見に利用した松が十八世紀の初め頃まであったという。

二五九4　三聖　孔子・老子・釈迦。この三聖人が酢を吸う図が「三聖吸酢図」として狩野派の画家などによって描かれた。「三聖吸酢図」は儒教の蘇東坡、道教の黄魯直、仏教の仏印が桃花酸をなめて眉を寄せた(顰した)という故事にちなむ。

二六〇13　湖泊堂遺稿　藤野古白の没後に編まれた『古白遺稿』(明治三十年五月)をさす。注一四六5参照。

二六三10　士朗　本名は井上正春(寛保二〈一七四二〉—文化九〈一八一二〉年)。別号枇杷園。医を業とし、俳諧を暁台に、国学を宣長に、画を范古に学び、句集・随筆など数多くの述作がある。

二六三10　淡々　本名は曲淵伝七(延宝二〈一六七四〉—宝暦十〈一七六一〉年)。別号因角、渭北。大坂の俳人で芭蕉や其角に師事。通俗的な句風により大衆の人気を博した。

二六三11　梅室　本名は桜井能充(明和六〈一七六九〉—嘉永五〈一八五二〉年)。天保時代の代表的俳人。『梅室家集』などの句集がある。

二六三 5　近頃小説を……　『新小説』(明治三十年四月)に発表された子規の小説「花枕」をさす。

二六三 12　函嶺　箱根山。「野暮と化け物は箱根から先」ということわざを踏まえた句。

二六四 4　樊噲　漢初の武将。高祖劉邦に仕え鴻門の会でその危急を救った話はよく知られる。その場面は『漢書』「樊噲伝」に「噲すなわち闥を排して直ちに入る」と表現され、漱石はこの文句を好んだ。三十二年の句稿三五にも同様の文句を読み込んでいる(三四七頁)。「闥」は宮中の小門。

二六五 2　即非　中国、明の黄檗宗の禅僧(一六一六―七一)。隠元・木庵と共に黄檗三僧と称された名僧。書にすぐれていた。

二六五 7　小謡　謡曲の独吟に適した一段、たとえば『高砂』の「四海波」など。

二六五 12　八時　未の刻、すなわち今の午後二時頃。

二六七 6　水前寺　現在の熊本市出水町にある庭園。湧き水の池が有名。もともと藩主細川氏の庭園で陶淵明の詩から名前をとって水前寺成趣園といわれた。大正十四年より水前寺公園となり、市民に親しまれている。

二六七 7　上画津　熊本の上江津、すなわち江津湖畔の村。東に阿蘇の山々が見える。

二六八 11　小村　小村寿太郎(一八五五―一九一一)。明治時代、外交官として活躍した。

二六八 12　尊叔　加藤恒忠(拓川、一八五九―一九二三)。子規の叔父にあたり外交官として活躍した。

二六九 5　小山　小山健三(一八五八―一九二三)。のち文部次官となり、退官後は実業界で活躍した。

二七〇 10　帝国図書館　明治五年創設の書籍館が十三年に東京図書館、三十年に欧米の国立図書館にならって帝国図書館と改称された。

二七〇11　牧野　牧野伸顕（一八六一―一九四九）。鹿児島県生まれの政治家。大久保利通の次男。文相、外相、内大臣などを歴任。当時は文部次官であった。

二七〇12　松方内閣成立　明治二十九年九月十八日、松方正義を首班とする第二次松方内閣が成立した。

二七一1　『一葉集』　古学庵仏兮《ぶつけい》・幻窓湖中の共編の『俳諧一葉集』の略称。芭蕉の発句・付合・紀行・俳文・消息・句合評・遺語などを集め、文政十（一八二七）年に刊行されたもの。漱石文庫蔵。

二七一2　『芭蕉句解』　漱石文庫にある『芭蕉翁句解参考』（月院社何丸著、文政十年刊）をさすか。

二七三3　非風　新海《にいのみ》非風（一八七〇―一九〇一）。俳人。本名、正行。松山市内の生まれ。明治二十一年、常盤会寄宿舎で子規と同室になり、俳句を作り始める。非凡の才を示したが肺病を病み、次第に子規から離れ巷間に落魄、若くして亡くなった。

二七三3　二百三十七番　漱石の住所である熊本市合羽町の地番。

二七三8　蕪村の続稿　子規が四月十三日から『日本』に連載（十一月まで）した「俳人蕪村」のこと。

二七四1　沈香亭　唐の宮中にあったあずまや。玄宗・楊貴妃が李白に詩を作らせた場所。

二七四10　郭公　本来はカッコウだが、ここではホトトギス。

二七四13　鮓の石　なれ鮓の重しにした石。

二七五7　縁切榎　現在の東京都板橋区本町にあり、この榎の葉や皮をこっそりと相手に服用させれば、その者との縁を切ることができるといわれた。

二七六5　蘭湯　端午の日に蘭の葉を入れた湯に浴すと邪気が祓えるという中国の民俗思想が日本に伝

わったもの。菖蒲湯と共に行われた。

二六六8　佐野　群馬県高崎市の地名。謡曲『鉢木』の主人公、佐野源左衛門の故地。

二七六9　膳所　琵琶湖南端部の旧城下町。

二七六14　四つ手　四手網。四隅を竹で張り広げた方形の魚をとるための網。

二七七6　田原坂　西南戦争の古戦場。熊本県鹿本郡田原村(現、植木町)にある坂。

二七七8　長鋏を弾ず　剣のつかを叩くことだが、『史記』「孟嘗君列伝」にある故事から、食客などが待遇の悪さに不平を鳴らすことを言う。

二七七10　水鶏　数種類ある鳥だが、季語としての水鶏は五月に南方から渡って来て北海道、本州、奄美大島で夏鳥として繁殖するヒクイナ(緋秧鶏)を指す。キョッキョッと鳴く声が「クイナの戸を叩く音」として古来詩歌に詠まれてきた。

二七七11　成道寺　熊本市花園にある臨済宗南禅寺派の寺。山すそにある。

二七七14　菊池路　熊本県北部の菊地へ至る道筋。

二七八2　文与可　中国宋代の画家。竹の絵を得意とした。『草枕』「六」に画工の考える理想の絵の一つに「文与可の竹」が挙げられている。漱石の学生時代(明治二十二年)の紀行文『木屑録』に「与可、其の妻と筍を焼きて晩食せり」とある。この句は、文与可のこのエピソードを踏まえたもの。

二七八4　酒を煮る　寒中に仕込んだ酒に夏に熱を加えること。火入れ、酒煮。火入れ以前の酒を新酒、火入れ後の酒を古酒と呼ぶ。火入れをすると長期の貯蔵が可能になる。

二七八6　野々口勝太郎　号は湖海。明治三十三年から五高の漢文・作文の教授となる。

二八一9　五百木　五百木瓢亭(一八七〇―一九三七)。俳人。本名、良三。松山の生まれ。常盤会寄宿舎で子規・非風らと句作を競い、早くから月並調を脱却、子規の俳句革新運動の先駆とも評される。『日本』の編集に従事し明治三十四年に同編集長となる。

二八四9　熊本県飽託郡大江村四百一番地　明治三十年九月に漱石の移転した所で、現在は熊本市に編入。皇太子(のちの大正天皇)の傅育《ふいく》係をしていた漢詩人落合東郭の留守宅であった。

二八七8　東洋　東洋と号した俳人松田嘉寿馬(一八七一―?)か。

二九〇4　頭を掉りて……　大意は、「こんなところはおさらばと敢えて都を後にし、剣を頼りに城門を出た。肥州の険しい山々が視野の限り連なり、筑州の広々と流れる川は心を新たにしてくれる。秋風が落日の光の中を吹き抜け、広大な野山に旅人の姿はない。暮れ果てた天地は寂しく広がり、青黒い空にしきりに雁の悲しい鳴き声が響き渡る」。

二九〇10　朧枝子　徳永右馬七(一八七〇―一九四四)。朧枝は俳号。熊本の生まれ。明治二十七年、東京専門学校卒。漱石が同校講師のときの教え子という。明治三十年当時は済々黌の英語教師で、熊本における漱石の最も早い俳弟子の一人。

二九一1　紫影　藤井乙男(一八六八―一九四五)。国文学者・俳人。紫影はその号。兵庫県淡路の人。明治二十七年東大国文学科卒。在学中、一級下の正岡子規にすすめられて俳句を作るようになった。四高・八高教授、京大教授を歴任。江戸文学に造詣が深く、『江戸文学研究』『諺語大辞典』などがある。当時は福岡県立尋常中学校修猷館の教諭。

二九一 5　一東の韻　清の毛奇齢が分類した漢字の韻目の一つ。上平声十五韻の第一番目。

二九一 5　愚庵　天田愚庵(一八五四―一九〇四)。京都の禅僧。子規の知合いで万葉調の歌人でもあった。

二九八 14　小天　小天温泉。年末より山川信次郎とここに逗留していた。のち『草枕』の舞台となった。

二九九 2　大喪　明治三十年一月十一日に明治天皇の母である英照皇太后が逝去したことを指す。

二九九 6　虚子新婚　虚子は前年の明治三十年六月に結婚した。

三〇〇 8　奠都祭の行列　東京に都が定まって三十年になったことを記念して四月十日に二重橋前で祝賀行事が予定されていた奠都三十年祭のこと。さまざまな仮装行列や山車が出て、上京者数十万にのぼったという。

三〇〇 12　桂　桂湖村(一八六八―一九三八)。漢学者・漢詩人。本名は五十郎。新潟県の生まれ。明治二十五年東京専門学校卒。早大教授。『歴代漢詩評釈』『漢籍解題』など。中国の磁器に関する造詣も深かった。

三〇一 9　菊謙　菊池謙二郎のこと。注二九3「仙湖先生」参照。

三〇一 10　美術学校の紛紜　日本の美術行政の中心を日本画にするか、西洋画にするかの確執に端を発したいわゆる東京美術学校事件がおこり、当時校長だった岡倉天心は校長を非職となり、日本画科の教授十七名が連袂して辞職するに至った騒動。

三〇二 3　熊本市井川淵町八番地　熊本における漱石にとって五番目の住所。大江村の家の家主落合東郭が帰郷するので三月下旬に転宅した。狭い家であり七月には内坪井町に移った。その間に鏡子夫人の投身自殺未遂があった。

三〇三12 鳴雪翁 内藤鳴雪(一八四七—一九二六)。歌人、俳人、漢詩人。本名は素行《もとゆき》。南塘、老梅居とも号す。
東京に生まれる(父は松山藩士)。子規の感化で句作を始め、『ホトトギス』の俳句選者をつとめた。
三〇三1 『京華日報』 山県有朋の支援で二宮熊次郎(孤松)が明治三十一年五月十日、京都で創刊。
三〇三2 謙次郎 菊池謙二郎。注二九3参照。
三〇五4 白川 熊本市中を流れる川。
三〇五6 本妙寺 熊本市花園にある日蓮宗の寺。
三〇五8 水前寺 水前寺公園。注二六七6参照。
三〇五10 藤崎八幡 熊本市井川淵町にある。
三〇五12 明午橋 熊本市中を流れる白川にかかる橋。
三〇五14 花岡山 熊本市の南西にあり、標高一三三メートル。
三〇六2 拝聖庵 熊本市室園町にあった。古刹として知られたが、漱石が訪れた当時は、明治維新後の廃仏毀釈によりすたれていた。現在は真言宗拝聖院。彼岸桜の大木が現存。
三〇六5 宅磨 宅磨派の画家。平安末期から鎌倉時代にかけて活躍した。
三〇六9 熊本市内坪井町七十八番地 漱石が明治三十一年七月に移転した住所。もと狩野亨吉が住んでいたところ。
三〇七5 胡児 北方の異民族を軽んじていう言葉。
三〇七10 子は雀身は蛤の 「雀蛤となる」は二十四節気の一である寒露の節の第二候で、秋の季語。晩秋に雀が群れて海浜で騒ぐことから、雀が蛤になるという俗信が古くから中国にあり、「雀、海に入って蛤となる」という言葉が生まれた。

三〇七12　言者不知知者不言　言う者は知らず、知る者は言わず。『老子』の「知者不言言者不知」(五六)を逆にしたものか。

三〇八8　菅公　菅原道真(八四五—九〇三)のこと。「聖像」はその像。

三一〇6　関廟　関帝廟。三国時代の蜀の英雄、関羽を祭る。

三一五7　宇佐　大分県北部の宇佐市にある宇佐神宮。宇佐八幡ともよばれる。

三一五10　梅の神　太宰府天満宮。

三一五12　蜑　本来中国地方の海上生活を営む異民族蜑《たん》を指すが、日本では転じて海人。

三一六8　南無弓矢八幡殿　八幡神。弓矢の神として信仰され武家の守り神。

三一七6　羅漢寺　耶馬渓町の曹洞宗の寺。五百羅漢がある。

三一八4　鳥巣和尚　正しくは鳥窠和尚。中国唐代の高僧。常に老松の幹のわだかまって蓋のようになっている所に結跏趺坐していたと言われ、一名、鵲和尚とも称した。

三一九3　夜興引　冬の夜、猟のために犬をつれて山中に入ること。ここはその人。

三一九6　帽頭　頭巾をかむった頭。

三二〇4　柿坂　耶馬渓町柿坂。

三二〇6　守実　守実温泉。

三二一11　五岳　平野五岳。広瀬淡窓門下の詩書画にすぐれた日田の僧。明治二十六年没。

三二三4　棒鼻　宿場のはずれ。

三三 5　吉井　大分県の日田と福岡県の久留米の中ほど。

三三 5　光琳　尾形光琳(一六五八—一七一六)。江戸中期の画家。大胆で華麗な画風を展開。その画風は乾山《けんざん》らに引き継がれ光琳派(琳派)の系譜を生み出した。

三四 12　足利文庫　栃木県足利市にあった室町時代の学問所、足利学校の付属文庫。上杉家累代の寄進本などを所蔵。

三四 13　抱一　酒井抱一(一七六一—一八二八)。江戸後期の画家。諸芸にすぐれ、俳諧は江戸座に学んだ。

三五 4　法橋　僧の位の一つである法橋上人位の略。法眼の次の位。中世・近世には医師、画家などにも与えられた。明治六年廃止。

三五 5　玉蘭　玉瀾(一七二七—八四)。江戸中期の文人画家、池大雅の妻。玉瀾も画家だった。

三五 5　大雅　池大雅(一七二三—七六)。江戸中期の文人画家。

三五 11　蘇東坡服　蘇東坡のスタイルをした漢学者。

三六 3　大師流　弘法大師を祖とするという書風。

三六 4　楞伽窟　円覚寺にいた釈宗演の号。またその居所の名。釈宗演は漱石が円覚寺に参禅したときの師家であった。

三六 9　一斎　江戸後期の儒者、佐藤一斎(一七七二—一八五九)か。

三六 9　梅花飯　梅花御供。菅原道真の忌日に行われる京都北野神社の梅花祭。飯を盛った梅花の御供を献じる。この神饌をいただくと病気に効験があるという。

三六 10　月が瀬　梅の名所。名張川に沿う奈良県添上郡月ケ瀬村。

三二六14　梅の詩　梅花を歌った漢詩。唐の詩人、賈島《かとう》が「僧推月下門」(僧は推す月下の門)の「推」を「敲」にするかどうかで苦心した推敲の故事を踏まえる。

三二七3　源太の箙　『源平盛衰記』、謡曲『箙』などにある故事。梶原源太影季が箙に梅の花を挿して奮戦したことをさす。箙は矢を入れて背に負う道具。

三二八2　宣徳　明の宣徳年間(一四二六—三五)に鋳造された銅器。宣徳銅器。

三二八5　古梅園　古い梅園の意味と、「古梅園」という名の奈良にある筆墨の老舗(またはそこで作られる墨の名前)を掛けた。

三二八6　残月硯　端渓硯などの文様として珍重される「眼《がん》」を残月に見立てて作った硯。

三二八11　売茶翁　江戸時代中期の黄檗宗の僧、月海元昭。煎茶道の祖。京都で茶を売りながら放浪の生活を送った畸人伝中の人。

三二八13　謝春星　与謝蕪村の別号。

三三〇4　長　正しくは丁、すごろくの采の目の偶数。奇数が半。

三三〇6　徂徠其角　『俳家奇人談』によると、其角が江戸茅場町に草庵を結んだところ、近隣に荻生徂徠の家があったので、「梅が香や隣りは荻生惣右衛門」と詠んだという(実際は珪林の句)。

三三〇8　列仙伝　中国古代の仙人七十名を讃評した書物。

三三一1　磬　中国古代の楽器。寺院で僧を呼び集めるときにたたく。

三三一1　月桂寺　同名の寺が東京・市谷河田町にある。『吾輩は猫である』「二」で吾輩の恋猫「三毛」の死亡時に回向をしたのは月桂寺であるとされている。

三三一 4　糸印　室町時代から江戸時代初期に明から輸入した生糸の糸筒に添付された銅印。受領証書にこの印を捺して返した。一寸足らずの大きさで、読みにくいが形状は風雅に富む。

三三一 7　和靖　中国宋代の詩人、林和靖。西湖の孤山の麓に住み、二十年間市中に出なかったという。和靖は鶴と梅を愛したが、ことにその梅を愛する風姿は、陶淵明の愛菊、周茂叔の愛蓮、黄山谷の愛蘭とともに四愛図として室町時代の禅僧に好まれた。

三三一 10　三昧集　漱石の蔵書中にある『唐賢三昧集』か。

三三二 6　『ほととぎす』　俳句雑誌。一八九七(明治三十)年、柳原極堂が松山市で発刊。翌年、東京に発行所を移し、虚子が編集。俳句の興隆を図り、写生文、小説の発達に貢献。現在も続刊中。

三三三 8　『大平新聞』　明治三十一年、村上浪六が『万朝報』に対抗する新聞として創刊したが、間もなく衰退した。正しくは『太平新聞』。

三三三 11　矢一　芳賀矢一。注八一 4参照。

三三三 11　寿人　菊池寿人(一八六四―一九四三)。国文学者。岩手県の生まれ。明治二十六年東大国文科卒。長く第一高等中学校教授をつとめた。

三三三 11　織田得能　一八六〇―一九一一。真宗大谷派の僧侶。南方仏教の事情に精通し『仏教大辞典』を著した。

三三三 13　松本文　松本文三郎(一八六九―一九四四)。インド哲学者・仏教学者。石川県金沢の生まれ。明治二十六年東大哲学科卒。漱石とは大学時代からの友人。早大、東大などで教鞭をとったのち京大(文科大学)開設と同時に教授となる。

三三三14　霽月　村上霽月。注一三五11参照。

三三四4　何でも一つお書き被下まじくや　これに応えて、漱石は四月号に「英国の文人と新聞雑誌」を発表した。

三三四10　昨年の御作の詩　明治三十二年四月五日、『日本』に掲載された漱石の漢詩「春興」「失題」「春日静坐」、および同六日の「客中逢春寄子規」の諸作をさす。

三三五10　寅彦　寺田寅彦(一八七八—一九三五)。物理学者・随筆家。筆名は吉村冬彦。藪柑子・寅日子などと号する。東京の生まれ。高知で育つ。五高時代に漱石より英語と俳句を学ぶ。寅彦は翌明治三十三年八月二十六日、漱石に連れられて、根岸庵で子規に面会した。

三三六2　雨山道人　長尾雨山(一八六四—一九四二)。書家・漢学者。名は甲、字は子生、本名は槙太郎。漱石とは五高の同僚で、漢文教師(明治三十—三十二年)。

三三七2　楼に上れば湘水緑に……　大意は、「楼に上ると眼下に緑の湘水が見渡せ、簾を巻き上げると月の光が差し込む。両袖からバラの香りが漂い、高価な琥珀の杯に酒が注がれる。しとやかに鳴らす紫の笛、ためらいがちに歩いてひそかに涙を流す。十六でようやく眉の化粧を覚えたばかりなのに、早くも別れの悲しみを味わうこととなった。再び会えるのは何時のことだろう。すぐに会いたいと思うのに目の前の水は遥か彼方まで流れ去る。忘れないの言葉にすがれない。どうしたら貴方の心を引き戻せるのか。ここから遥か遠くへ旅立てば、前には白い雲がうずたかく遮るだろう。貴方の金の象嵌《ぞうがん》が施された刀を撫で、貴方の人に優れた才能をいとしく思う。高価な贈り物へのお返しではなくて、思いを込めて私は貴方に美しい玉を贈りたい。春の風が緑のまげを撫で、心が傷ついたまま高台から下りる。貴方に佩玉をさしあげたくて、蘭の花咲く水際を行きつ戻りつ歩き回る」。また、雨山の評語は、「離れがたい思いが、美しい言葉になっており、古の調べが感じられ、結びの「君子に佩を遺る」は、真心がつたわり、まさに詩人の言葉といえる」。

三三八13　仰いでは日月の懸かるを瞻……　大意は、「天には日月が懸かり、地には山河が連なっている。天地は限りなく広く、何物にも屈しない強い気がありとあらゆる世界に充満している。行ったり来たり暫く歩き回り、身の処し方は見えざる運命にまかす。恥ずかしながら教師のくせに学問は上っ面、しかしそれなりの給与を頂く身分。ゆらゆらと春の日を愛し、過ぎ去る年月を静かに送る。白い雲を見て古の人の心を託し、赤い琴に手を触れて思いにふける。つまらなくすれば為すべき事とてなく、肘を枕に独り眠る。いびきが家中に鳴り渡り、飯を炊く黄色い煙が上ってたちまち夢の中。ざんばら髪で旋風に乗り、寒々とした崑崙の頂に着く。ここでも玉のような才能は認められず、竜のように世に出る機会はないままだった。夢も現も同じこと、満ちるも欠けるもちゃんと後先がある。西方から来た僧は悟りの過程に早い遅いがあると言い、老子は宇宙の根源を語る。存在するものはそれぞれの運命が定まっており、だからこそ仙人の世界で誰が仙人になろうとするものか。どこまでも寄る辺なく、俯いては地を仰いでは天を見るのみ」。また雨山の評語は、「堂々として抜きんでており、また俗世間から独り離れた心があり、認識しにくい真理と思想がイメージ化されている。被髪長嘯の数語は、ハミやタヅナを嫌う神馬の気概がある。微かに声を出して吟じてみたら、心は遠い別世界へと誘われた。甲（長尾雨山の名）が拝読しました」。

三三九8　『文選』　中国の詩文集。梁の昭明太子（蕭統）の撰。周から梁まで約千年間の作家百数十人の文章・詩賦を選び集めた書。三十巻、のち六十巻。日本にも早くから伝わり、わが国の文学に大きな影響を与えた。

三四〇 8　戸下　現在の熊本県阿蘇郡長陽村大字河湯字戸下。明治十年代半ばに温泉場として開業した。漱石はこの年八月二十九日から九月二日まで、友人で五高の同僚だった山川信次郎と阿蘇を旅行した。

三四一 8　内牧　現在の熊本県阿蘇郡阿蘇町大字内牧。明治三十年に温泉場として開業した(斎藤英雄)。

三四一 6　はたゝ神　霹靂神。はげしい雷のこと。ここは短歌だが、夏の季語でもある。

三四二 14　阿蘇の山中にて道を失ひ……　漱石は、のちの明治三十九年十月、『中央公論』に、このときの体験をもとにした短篇「二百十日」を発表した。

三四三 4　立野　現在の熊本県阿蘇郡長陽村大字立野。熊本方面からの阿蘇登山口だった。

三四三 12　三世相　生年月日や人相などから前世・現世・来世の三世の因果・善悪・吉凶などを判断すること。ここではその三世相を説いた書をさす。

三四三 13　星月夜　星の光が月のように明るく見える夜。『三国志』の諸葛孔明の死のくだりに材を得た句。

三四四 1　『車百合』　俳句雑誌。大阪満月会の青木月兎が明治三十二年十月十五日創刊。漱石は創刊号に祝句をおくり、子規は第二号に「『車百合』に就きて」という祝文を寄せている。

三四五 13　韋編　古代中国で書物をとじた革ひも。読書に熱心なことを「韋編三絶」という。ここは書庫のさま。

三四六 2　習学寮　五高の学生寮。

三四六3　頓首　頭を地につけて敬意を示すこと。そんなお願いをしても飲酒が許されない学寮のさま。禅寺にニラなどの臭い野菜と酒を持ち込むのを禁ずる標記「葷酒《くんしゅ》山門に入るを許さず」をもじっている。

三四六5　瑞邦館　五高の講堂。

三四七11　獺　注二四14参照。

三四八2　富婁那　富楼那。釈尊十大弟子の一人。雄弁で知られ説法第一と称せられた。

三四九5　煖炉の事ありがたく候　漱石は、この事に関し、明治三十二年十二月二日の『日本』に、「病牀に煖炉備へつけたくなど子規より申しこしける返事に」という前書きを付して、「此冬は仏も焚かず籠るべし」という俳句を掲載している。

三五〇6　青々　松瀬青々(一八六九―一九三七)。俳人。大阪生まれ。当時、子規の賞賛を得て、その天明調の俳句は俳壇の注目をうけた。

三五二3　阪本四方太　坂本四方太(一八七三―一九一七)のこと。俳人・写生文作家。鳥取県の生まれ。本名は四方太《よもた》。文泉子と号す。明治三十二年東大国文学科卒。同大学付属図書館に勤める。

三五八5　陸の葬儀　陸羯南(実)は政治家にして『日本』新聞の社長で、子規の後見役であった。長男乾一の葬儀が明治三十三年二月十二日にあった。三六一頁三行参照。

三五八11　俣野　俣野義郎(一八七四―一九三五)。漱石が五高で教えた生徒で、その当時漱石の家の書生として寄寓していた。明治三十七年東大法律学科卒。大連海関旬報社社長などをつとめた。

三五八14　藤叔　加藤恒忠(拓川)のこと。注三六八12参照。

三六二11　不折　中村不折（一八六六—一九四三）のこと。洋画家。本名は鈼太郎《さくたろう》。東京の生まれ。明治三十四年より三十八年まで渡仏し、帰国後太平洋画会に属す。書道にも関心が深く、六朝風をよくする。単行本『吾輩ハ猫デアル』（上編）や『漾虚集』の挿絵を描いたほか、『ホトトギス』の小間絵も手がけた。なお、『不折俳画 上』に漱石は序を寄せている。

三六四13　菊池　菊池姓は本書に出てくる謙二郎（注一九3「仙湖先生」）と寿人（注三三11）の二人が子規の友として知られるが、ここは謙二郎であろう。

三六七3　熊本市北千反畑七十八番地旧文学精舎跡　漱石は明治三十三年三月下旬、内坪井町からここに移転した。文学精舎は明治十年前後に中村六蔵が開設した私学校。

三六九5　6 Flodden Road, Camberwell New Road, London, S. E.　漱石のロンドンにおける第三の下宿の所在地。ここに四カ月を過した。

三七五12　それだから　これ以下は「倫敦通信」と題して『ホトトギス』明治三十四年五月号に収録（ただし「結び」は除く）。

三七七3　風来山人　留学生活の境涯をややひねって表現したもの。平賀源内の号「風来山人」にもかけてあろう。

三七七3　「オキスフォード」で「アン」を見失った　「オキスフォード」はロンドンの西部・北西部と旧ロンドン市部をつなぐ大通りのこと。「アン」はド・クインシーの自伝的作品で出世作でもある『阿片常用者の告白』（一八二二）の作中、放浪中の主人公がオクスフォード・ストリートで出会った少女。主人公は彼女に生命の危機を救われ、再会を約して別れるが、結局見失う。

三七七 4 「チェヤリングクロス」 Charing Cross チャリング・クロスともいう。ロンドンの中心で、十八世紀イギリスの大批評家サミュエル・ジョンソンが「チェアリング・クロスは世界の中心、ひきもきらない人間の潮はチェアリング・クロスにこそある」といったのは有名な話である。

三七七 11 田中君　田中孝太郎（一八七二―一九五〇）。横浜の豪商の家に育ち、明治三十四年、貿易実習のため渡欧。ロンドンで漱石と下宿を同じくした。帰国後、貿易商社田中善合資会社を設立。

三七七 11 「ストラトフォドオンアヴォン」 シェイクスピアの生地として知られるストラトフォード・オン・エーヴォン。

三七九 8 「ロッチ」 Roche 書店のこと。地下鉄トッテナム・コート・ロード駅に近い、ニュー・オクスフォード通りに面していた。

三七九 8 「ドッヅレー」 Dodsley, Robert (1703–64) イギリスの詩人にして出版者。サミュエル・ジョンソンの著作を多く出したことで知られる。

三七九 10 「ウァートン」の英詩の歴史 Warton, Thomas (1728–90) イギリスの詩人、学者、オクスフォード大学教授。その著作 *The history of English poetry, from the close of the eleventh to the commencement of the eighteenth century*, 4 vols., Dodsley, London, 1774–81 は漱石の蔵書にあり、この本は最初の英国詩史かつ英国文学史として重要なものとされる。

三八一 7 「エッヂヒル」夫人 Mary Edghill (1854–?) 従軍牧師のエッジヒル（一八三五―？・）と結婚。著書に『女性の冠、ほか聖なる歌』（一九〇九）など三冊が知られる（武田勝彦による）。

三八二 5 支那事件 一九〇〇年、中国で勃発した帝国主義反対運動である義和団の乱。これは、四月九日当日の新聞『スタンダード』*The Standard* 第五頁第一欄の 'The Manchuria Question' という記事と推定されている。

三八二13　先生　留学した漱石は、初めロンドン大学のユニヴァーシティ・カレッジで聴講生となるがすぐにやめてシェイクスピア学者クレイグ(Craig, W. J., 1843–1906)のもとに週に一度通い、個人教授を受けることとした。漱石の『永品小品』「クレイグ先生」にそのおもかげがなつかしく回想されている。

三八三4　「ライシアム」　ライシアム劇場(Lyceum Theatre)のこと。ウォータールー橋の北西ストランド大通りとウエリントン通りと交叉する角にある。

三八三4　「アーヴィング」が「シェクスピヤ」の『コリオラナス』をやる　「アーヴィング」Irving, Sir Henry (1838–1905)は俳優で劇場支配人。当時最高のシェイクスピア役者であった。前注のライシアム劇場は、アーヴィングと女優エレン(Ellen Terry)によって有名になった。『コリオラナス』(*Coriolanus*)はローマ史に取材した悲劇。

三八三5　「ハーマジェスチー」座で「トリー」の『トエルフスナイト』を見た　Her Majesty's Theatre はトラファルガー広場近くヘイマーケット Haymarket にある劇場。「トリー」は Tree, Sir Herbert Beerbohm で、前注のアーヴィングとならぶシェイクスピア役者。『トエルフスナイト』(*Twelfth Night*『十二夜』)はシェイクスピアの喜劇。一六〇〇年頃に書かれた。

三八三8　東京でいえば先ず深川だね　明治三十三年十二月二十六日付の漱石より夏目鏡子宛書簡に「以前の処は東京の小石川の如き処に存候。今度の処は深川といふやうな何れも辺鄙な処に候。即ち北西より南東に転居致候」とある。

三八四 1　仁木弾正　歌舞伎『伽羅先代萩《めいぼく》』でお家乗っ取りを狙う一味の一人で、花道からせりあげで出てくる。

三八五 12　顔子　注二九6参照。

三八六 4　回やその楽をあらためず賢なるかな　回は孔子の高弟・顔回。『論語』「擁也篇」に「子曰く、賢なるかな回や、一簞《いったん》の食《し》、一瓢《いっぴょう》の飲《いん》、陋巷にあり。人はその憂いに堪えざらむも回はその楽しみを改めず。賢なるかな回や」とある。

三八七 3　「カムバーウェル」のような貧乏町　「カムバーウェル」(Camberwell) はテムズ河の南岸、漱石の当時の下宿のある地区。妻への手紙で、「深川といふやうな何れも辺鄙な処」と記しているが、当時の記録によっても、カンバーウェル地区の街が辺鄙な「貧乏町」という事実はない。

三八九 8　least poor Chinese　まあまあ見られる中国人ね。

三八九 12　ガレリー　gallery　劇場の最上階のいわゆる天上さじき。漱石の日記によれば、二月二十三日に田中(注三七11)とハーマジェスティ一座でトリーによる『十二夜』を天上さじきで観ている。ポルトガル人と評されたもう一人は田中であろう。

三九一 11　この家　漱石の三番目の下宿ブレット家。この家はブレット夫妻と妻の妹ケイト・スパロー、下女ペンという家族構成であった。

三九二 13　天智天皇の方　近世以降歌ガルタとして普及した『小倉百人一首』は、天智天皇の「秋の田の……」から順徳院の「ももしきや……」まで百首の秀歌をほぼ時代順に並べたもの。短歌というかわりに、提喩法で面白くいった。

三九三7　朱引内　江戸の市域の内側を御府内といい、その範囲を朱線を引いて示した。このことから朱引内とは江戸の地域を示す。

四〇〇4　2 Stella Road, Tooting Graveney, London, S. W.　ロンドンにおける漱石の第四の下宿の所在地。四月二十五日の日記に「午後 Tooting ニ移る。聞シニ劣ルイヤナ処デイヤナ家ナリ。永ク居ル気ニナラズ」とある。

四〇一13　コックネー　cockney　コクニー。ロンドンとその周辺地域で用いられる発音のこと。

四〇二11　デンマークヒル　Denmark Hill　漱石の第三の下宿だったフロッドン・ストリート（漱石はこの前日、ここからトゥーティングに転居している）から東南の方向へ約二マイル程の地帯。ジョン・ラスキンが一八四三年から七二年までデンマーク・ヒル一六三に住んだことがあり、現在、ラスキンを記念するラスキン公園がデンマーク・ヒルの西方にある。

四〇七9　メリー、コレリの『マスタークリスチァン』　Marie Corelli (1855–1924) はロマンチックでメロドラマ的な小説を書き、十九世紀末に大流行した女流作家。*The Master Christian* は一九〇〇年の作品。

四〇八3　スパージョン　Spurgeon, Charles Haddon (1834–92)　イギリスのファンダメンタリズム（聖書の記事そのものを信じる）の立場に立つ牧師。説教で有名で多くの聴衆を集めたといわれる。

四〇九1　円太郎馬車　ロンドン市内の乗合馬車のことをしゃれてこう呼んだもの。「円太郎馬車」は「円太郎」ともいい、明治期の乗合馬車の異名。

四〇九7　オラレブル　日本語の「居らる」に英語の可能をあらわす接尾辞の -able を付けたユーモラスな漱石の造語であろう。

四二一1　コーラン　ラファエル・コラン (Raphaël Collin, 1850–1916)、フランスの画家。印象派の手法をとりいれた外光描写で優れた作品を遺した。黒田清輝、久米桂一郎、中村不折ら渡仏画家の多くが師事、中でも黒田への影響が大きかった。

四二二3　年尾　高浜年尾(一九〇〇—七九)のこと。俳人。虚子の長男で、『ホトトギス』を主宰。子規が名付け親であった。

四二二6　「古白曰来」『仰臥漫録』明治三十四年十月十三日分に大きな字で書かれている言葉。古白については注一四六5を参照。

四二三2　c/o Miss Leale, 81. . .　ロンドンにおける漱石の第五の下宿。明治三十四年七月二十日に移った。

四二三7　インガーソル　Ingersoll, Robert Green (1833–99)　アメリカの法律家・政治家。反キリスト教講演者として知られる。

四二三11　「コムト」　Comte, Auguste (1798–1857)。フランスの哲学者で社会学の創始者。

四二五3　五たび閑地を乞うて……　藤田東湖の詩「述懐」に「五たび閑地を乞うて閑を得ず、三十九年七処に徙《うつ》る」とある。

四三一1　白玉楼　中唐の詩人李賀が、夢で天使から白玉楼が完成したので来るようにと招かれ、やがて死亡したという故事にもとづく。文人の死を意味する。

解　説

栗津則雄

漱石と子規とが識りあったのは、明治二十二年の一月、彼らが同級生として、第一高等中学校（のちの一高）に通っていたときのことだ。漱石の回想によれば、彼らの交友の切っかけのひとつは、彼らが共に寄席好きで話が合ったということらしいが、事実、彼らの初期の往復書簡には、落語風の措辞や地口がちりばめられていて、その寄席好きがなか〳〵のものであったことがわかる。もちろん、東京の下町に育って、寄席がごく日常的なものだった漱石と、松山藩の下級武士の息子として生れ、東京に出て来てまだ間もない子規とでは、寄席とのかかわりようもおのずから異なっていただろう。だが、それにしてもやはり、このような趣味の一致は、知的な相互理解以前に、彼らをじかに結びつけるように働いたのではないかと思われる。それにこのことは、当時、寄席という存在が、知的な青年たちに対しても、現在とは異なる強い力をふるっていたことをうかがわせて興味深いのである。

だが、彼らの交友は、単なる同好の士に留まることはなかった。この年の五月九日夜、子規は突然喀血に襲われたが、あの頃この病いが命とりの危険をはらむものであったことを思えば、この出来事は、子規自身はもちろん、漱石にも強い衝撃を与えたはずだ。そしてこのことは、漱石に、子規という存在そのものに特別な注意を注がせただろう。さらにまた、この喀血とほぼ同じ頃、もうひとつの出来事があった。喀血に少し先立つ五月一日、子規は、漢詩、漢文、和歌、俳句、謡曲、論文、擬古体小説という七種類の文体で作った文集をまとめ、『七草集』と題したその文集を友人たちに回覧して、それぞれの批評を乞うた。この文集が漱石の眼に触れたのが喀血の前かあとかはわからないが、「アシにはこんなこともやれるのよ」と松山弁で得意気に呟いている子規の顔が眼に浮ぶようなこの文集に接して、強い印象を受けたことだろう。

これは必ずしも、その出来ばえに感服したということではない。後年の回想によれば、彼は、子規の漢詩はそれなりに認めたものの漢文の方はまったく買わなかったらしいが、そういうことはさしあたって問題とするには及ぶまい。そういったこと以上に、おそらく漱石は、同時に七種類の文体を試みるなどという子規の好奇心の多様なひろがりに興味をそそられただろう。もちろんそれが単なる何でも屋の仕事ならどうということもないが、子規の場合は、すみずみまで生き生きとした欲情につらぬかれた仕事であって、強力な生命体とでも言うべき子規の姿があらわに立ち現われていた。そしてそういう子規の姿と彼を襲った喀血という事実とが、漱石のなかで激しくからみ合ったと考えられるのである。漱石は、友人たちとともに子規の病床を見舞ったあと、五月十三日付けで見舞いの手紙を書き送っている。現在残されているものとしては、これが漱石の子規あて書簡の最初のものだ。すみずみまで親身な心配りがしみとおった漱石らしい手紙だが、そこには子規という人物に対する尊重もすけて見える。

一方、子規の漱石観は、漱石の『七草集』評を読んだことで一変したようだ。彼は漱石が英文に抜群の才能を示していることはすでに知っていたが、意外なことにこの評文は見事な漢文で書かれ、さらに九篇の七言絶句まで付されていたのである。子規は、藩の儒家であった母方の祖父大原観山その他の人びとによって、ごくおさない頃から漢詩文の素養をたき込まれていたから、この分野に関しては並々ならぬ自信を持っていただろう。その漢詩文の分野において、突如として容易ならぬ強敵が出現したわけで、当然、子規の思考も感情も、この新しい友人に対して活性化されたはずである。そして漱石は、そういう子規に対してさらに追い討ちをかけた。彼は、この年の八月七日から三十日まで、同じ年頃の四人の友人とともに房総を旅行したが、帰京後直ちに漢文によるその旅の紀行文を書き始め、九月九日に脱稿した。彼は、『木屑録』と題したこの文章を子規に見せたが、もちろんそこには子規の『七草集』に対する対抗意識があっただろう。そして子規にとってこれは、先の評文を上まわる驚くべき出来事だったようだ。

先に漱石が書いてくれた批評文に対するお返しのように子規も早速漢文で批評を書いて激賞した。漱石が「英文に長ずる」ことは以前から知っていたが、「西に長ぜる者は、おおむね東に短なれば、吾が兄もまたまさに和漢の学を知らざるべし」と思っていた、「しかるに今この詩文を見るに及び、すなわち吾が兄の天稟を知れり。……吾が兄のごとき者は、千万年に一人なるのみ」と彼は言う。そして漱石との交友について「余の初め東都に来るや、友を求むること数年、いまだ一人をも得ず、吾が兄を知るに及んで、すなわちひそかに期するところあり。しこうしてその知を辱《かたじけな》くするに至り、すでにして前日を憶えば、その吾が兄に得るところは、はなはだ前に期するところに過ぎたり。ここにおいてか、余は始めて一益友を得たり。その喜び、知るべきなり」と述べるのである。「何でも大将にならなけりゃ承知しない男であった」と漱石が回顧する子規であるだけに、ここで子規が示しているおよそ及び腰のところのない、率直で全身的な敬愛と感嘆はまことに快いのである。

かくして彼らの仲は一挙に深まったわけだが、これは単に親しさが増したというようなことではない。その交友が深まるにつれて、さまざまな対立をはらんだそれぞれの個性のありようが、交友の深まりに吸い寄せられるようにして立ち現われてくる。この年の十二月三十一日付けの手紙においてすでに、漱石は子規に手きびしい批判を加えるのである。彼は、子規の文章が「なよ〳〵として婦人流の習気を脱せず」と言う。文学においてまず第一に必要なのは思想であって、「文字の美、章句の法などは次の次のその次に考ふべき事」であるにもかかわらず、子規にはその認識が欠けている、と言う。そして、このことに気付かずに、朝から晩まで書き続けていても、それは「小供の手習《てならい》」のようなものだ、

「御前少しく手習をやめて余暇を以て読書に力を費し給へよ」と直言するのである。

漱石のこのような子規批判は、このときはじめて彼の心に浮んだものではあるまい。『七草集』に接したときすでに、その多才に感服しながらも、それがはらむある危うさとして感じていたものだろう。それが、子規とのまじわりが深まるにつれて、明確で具体的な形をとるに到ったと考えられる。子規は直ちに長い反論を書いたようだが、これは残っていない。一方、漱石も直ちにこれに答えていて、彼らの関係が緊迫したものになった様子が見てとれるが、漱石の手紙は、子規の反論を切り返すというたちのものではなかった。文章表現における思想とレトリックについての、子規とは逆の、思想第一とする立場からの、論理的にして原理的な分析である。このような場合に、話を単なる言い争いに終らせることなく、本質的な問題にまで推し進めるのはいかにも漱石らしい。子規は、一月十八日付けの手紙で再反論を試みているが、言うところ何ともあいまいであって、漱石の緻密な論理展開から遁れようとしてジタバタもがいているに過ぎないように見える。この論戦においては子規の敗色が濃厚なのである。

だが、漱石のことばには、相手を言い負かそうとする心のはやりのごときものはいささかも感じられない。彼はこの友に対して、自分の考えを出来るだけ正確に示そうとしているだけだ。その思考は、外にではなく、内に、彼の中心部に向かうのである。さすがの子規も、このような漱石の思考には歯が立たなかったのだろうが、だからといって彼が、「レトリック」派から「思想」派に転ずるということにはならなかった。子規にとって「レトリック」とは、才に任せた遊びではなく、根源的で全身的な表現欲のおのずからなる現われであったからだ。

そして彼らの志向のこのような違いには、その資質の違いだけではなく、その生れや育ちの違いもかげを落しているようだ。

漱石は、町方名主の五男として生れているが、生後間もなく里子に出され、実家に戻ったあと、一歳のときに今度は養子に出されている。彼が夏目姓に復帰したのは、明治二十一年、二十一歳のときのことなのである。彼が養子に出されたことには、両親が老齢であったために「恥かきっ子」と見なされていたことや異母姉を含めて当時五人のきょうだいがいて生活が苦しかったために余計者と思われていたことなど、さまざまな理由があげられているが、養子というこの不安定な境遇は、この少年の生来の内向性をいっそう強めたことだろう。そういう彼にとって、「思想」とは、そういう境遇を乗りこえて、ひとつの内的中心としての自分を打ち立てるためには不可欠のものだったのである。

一方、子規は、下級藩士とは言っても一応武士の家の出であり、五歳のとき父を失ってはいるが、以後、母の愛情に包まれながら、大原観山をはじめとする母方の親族の強い庇護のもとに育っている。もちろん子規にも子規なりの苦労はあったが、そこには、漱石の場合のように、自分を取り巻く世間に対して屈折した結びつきを強いられるということはなかった。かくして彼は、さまざまな対立や矛盾をはらんだ世間の全体に、彼独特のあの生き生きとした欲情をもって向かいあうことが出来た。そして、子規とレトリックとの結びつきは、世間に対する彼のこのような姿勢もかかわっているようだ。レトリックに関するさまざまな工夫が直ちに効果を発揮するのは世間とのあいだに、ある共通の趣味の場があればこそだろう。

彼らのこのような違いは、単に「思想」と「レトリック」との問題に止まるものではなかった。それは、人間と人生とに対する姿勢そのものにまで及んでいる。明治二十四年、子規は、推賞の手紙とともに(この手紙は残されてはいない)、明治豪傑譚に自らの気節論を添えて贈っているが、漱石は、十一月七日付けの子規あての手紙で、これらを推賞する子規に対して、先の手紙を上まわる痛烈な批判を加えている。当時の世相や風潮にうまく乗ったこの種の書物を簡単に受け入れてしまうことには、「レトリック」に身を委ねるのと相通ずる心の動きがあり、そこには子規の生れや育ちもかげを落しているようだ。だが、こういったことは、漱石には断じて受け入れられぬものだった。彼はこれらを細部にわたって徹底的に批判したのち、「小生元来大兄を以て吾が朋友中一見識を有し、自己の定見に由って人生の航路に舵《かじ》をとるものと信じをり候。その信じきりたる朋友がかかる小供だましの小冊子を以て気節の手本にせよとてわざ〳〵恵投せられたるは、つや〳〵その意を得ず（中略）君何を以てこの書を余に推挙するや、余殆《ほと》んど君の余を愚弄するを怪しむなり」と評するのである。

漱石の批判はこれだけには止まらない。子規は、これらの書物とともに書き送った手紙のなかで、士家の子は学校時代は工商の子の後塵を拝しているが卒業したあとは逆にこれを抜き去ると述べているらしい。日常の見聞に対していささか無警戒に――つまりこのような判断に自分の出自がかげを落していることに気付かずに――感想を述べただけだろうが、こういうことばが漱石の怒りを買わぬはずはない。「君の議論は工商の子たるが故に気節なしとて四民の階級を以て人間の尊卑を分たんかの如くに聞ゆ。君何が故かかる貴族的の言語を吐くや。君もしかくいはば、われこれに抗して工商の肩を持たんと欲す」と述べるのである。それぱかりではない。漱石の要約によれば、同じ手紙のなかで子規は「僕は賢愚の差において人を軽重する事少し、しかれども善悪の違に至つては一歩もこれを仮さず云々」といった意味のことを語っているようだが、これまた漱石の眼を遁れることは出来ない。彼は、子規の、一見もっともらしく思えるこういう意見がはらむ観念性やひとりよがりを、厳密かつ痛烈に批判するのである。

まったく、こんなふうに、やっつけられればたまったものではなかろうと思われるが、彼らにおいて独特なのは、こういう歯に衣着せぬ直言によって、彼らの仲がよそよそしくなるどころか、いっそう深まってゆくように見えるという点である。これらの論争においては明らかに子規の旗色が悪いが、彼らにとって論争の勝ち負けなど、結局のところどうでもいいことだ。勝つにせよ負けるにせよ、彼らのいずれにとっても、自分を奥深いところからさらけ出すことによって、相手のなかにさらに深く入り込むことが必要だったのである。漱石はこのような手きびしい直言をする一方で、期末試験その他に関してまったくのんき気な子規のために姉のようにやさしく心を配り、労を惜しまず奔走している。一方、子規は子規で、この友人に一目は置きながらもそのためにみずからを鎧うことなく、心を開き続けている。率直と共感とのこのような融け合いはまことに美しいのである。

もっとも、彼らの友情は、つねに自然に続いていたわけではない。漱石は、明治二十三年八月九日付けの子規あての手紙で、近頃は眼の具合が思わしくなくてまったく文章も書けぬと言い、さらには彼にとりついている自殺への願望までほのめかしている。諧謔でまぎらわせてはいるが、ことばのはしばしから、彼の苦痛はすけて見える。子規はこの手紙に対して、八月十五日付けで長文の返事を書いているが、その妙に浮き浮きとした口調には、漱石の苦痛とのあいだのあるずれが見てとれる。

眼の具合が悪いと言う漱石に対して、子規は「何だと女の祟《たた》りで眼がわるくなつたと、笑ハしやァがらァ、この頃の熱さでハのぼせがつよくてお気の毒だねへといハざるべからざる厳汗の時節、自称色男ハさぞ〳〵御困却と存《ぞん》じ候」と言う。漱石の自殺願望に関しては、「「この頃ハ何となく浮世がいやで〳〵立ち切れず」ときたからまた横に寐るのかと思へバ今度ハ棺の中にくたばるとの事、あなおそろしあなをかし」と言う。もちろん子規は漱石の苦痛に無意識だったわけではあるまい。それどころか、それを意識したからこそ、笑いのめすことで何とか漱石を力付けようとしたのだろう。だがそれにしてもいささか筆が走り過ぎているという感は否めない。漱石の苦痛のなかに充分に入り込んだうえでの諧謔とは感じられないのである。

漱石は八月下旬に返事を書いているが、「女祟《たたり》の攻撃昼寐の反対奇妙〱。しかし滑稽《こっけい》の境を超えて悪口となりおどけの旨を損して冷評となつては面白からず。それも貴様の手紙が癪《しゃく》に障《さわ》るからだと言は〔る〕れば閉口仕《つかまつり》候。悟道徹底の貴君が東方朔《とうぼうさく》の囈語《げいご》に等しき狂人の大言を真面目に攻撃してはいけない」というようなことばには彼の抑えた怒りが感じられる。子規にも直ぐにそれはわかった。彼は八月二十九日付けの手紙で「御手紙拝見寐耳《ねみみ》に水の御譴責《ごけんせき》状ハ実ニ小生の肝をひやし候(ひやし也ひやかしにあらず)。君を褒姒《ほうじ》視《し》するにハあらざれど一笑を博せんと思ひて千辛万苦して書いた滑稽が君の万怒を買ふたとハ実に恐れ入つた事にて小生自ら我筆の拙なるに驚かざるを得ず、何ハともあれ失礼の段万々奉恐入《おそれいりたてまつり》候」とあやまっている。子規の謝罪はまことに率直で快いもので、さし当ってふたりのわだかまりは解けた。

だが、彼らのこういうやりとりには、単なる行きちがいとして片付けられないようなところがある。つねに生き生きとした生命感があふれた、ふしぎな明るさがしみとおった子規の精神には、漱石の暗い内面に入り込むことを拒む動きが見てとれる。喀血というそういう彼の生命感を奥深いところから蝕む出来事を経験しているだけに、いっそうその動きが強まったとも思われる。彼は漱石の言う厭世や自殺から身をひるがえし、滑稽めかして漱石をはげまそうとした。たしかにここには子規のエゴイズムがあるだろうが、喀血してまだ間もない子規に自殺願望を口にする漱石にもエゴイズムはある。そんなふうに考えると彼らの行きちがいの根は深いのである。こういうことは、手きびしい直言以上に人びとの仲を裂くことになりかねないのだが、彼らはよくそういう危機を乗りこえた。この危機をも糧としながら、その友情は深まるのである。

もっとも、彼らの手紙は、やがて、最初の数年間に見られるような、濃密な、時には切迫したやりとりではなくなった。これは互いの個性を激しくぶつけ合う以外にこれといった仕事もない学生時代とは違って、それぞれに固有の道を歩み始めたからだろう。彼らは、相手を自分に引きつけ過ぎることなく、相手の個性や、その歩みの質や方向を、正確に、だがのびやかに見定めることが出来るようになった。そしてそのことを通じて、彼らの友情は成熟してゆくのである。それぞれの思いは変ることなく率直に語っているが、かつてのように立ち入った議論をかわすこともなくなった。手紙の数も少なくなった。だが、そこにはつねに、彼らの友情のこういう成熟がはっきりと感じられるのである。

明治二十八年、子規は、無暴な日清戦争従軍がたたって、帰国の途中、船中で大喀血に襲われた。幸い大事に到らずに終ったが、これに対する五月二十六日付けの漱石の見舞いの手紙は友を想う真情にあふれたものだ。これは彼が長々とその心配を書き連ねているということではない。それに触れているのはほんの数行である。あとは当時彼が在職中であった松山中学や松山での生活ぶりを諧謔を混えながら語り、自作の漢詩四首を披露し、断った縁談の話まで持ち出している。もちろんこれは、子規の気をまぎらわせるためのもので、こういう心配りはいかにも漱石らしいのである。

また、漱石は、同じ手紙で「小子近頃俳門に入らんと存候。御閑暇の節は御高示を仰ぎたく候」と述べ、九月二十三日に、第一回の句稿三十二句を送ったのを始めとして、十月には第二回の四十六句、十月末には第三回の句稿四十二句というふうに、明治三十二年十月十七日の第三五回句稿二十九句に到るまで厖大な数の句を書き送り、子規の添削を請うている。

漱石は、明治二十八年の四月、子規が日清戦争の従軍記者として宇品を出航する直前に英語教師として松山中学に赴任しており、帰国の船中で大喀血した子規が松山に戻ってからは、子規を中心とした句会「松風会」に加わって句作に熱中し始めている。だから彼が、すでに作句歴も長く、俳句についての数多くの尖鋭な批評文を書いている子規に句稿を送るのは、当然と言えば当然だろう。だが彼が、ロンドン留学の前年、明治三十二年の十月まで、これほどの数の句稿を送り続けるのは、ただ作句熱と言うだけでは片付くまい。もちろん、ひとつには、俳句が、手紙とちがって、自分の経験や印象や感慨を端的直截に示しうるからだろうが、同時にそこには、病床の子規を楽しませたいという心配りが働いていたと見るべきだろう。

一方、子規の方は、最初の頃こそ、事こまかに、時には小うるさいほど批評や添削を行なっているが、おそらく病状の悪化にともなって、そういったことが稀になった。彼には、あれこれ文句をつけるよりも、この「畏友」の句を、ただ眺めているだけの方が楽しくなったのではないかと思われる。

明治二十八年、一応病いの癒えた子規は十月三十一日東京に戻ったが、この大喀血は、彼に自分の将来に対する深い不安を与えた。十二月初旬、彼はもっとも信頼する高浜虚子を道灌山に呼んで、自分の「後継者」となることを求めたのだが、彼のこの要求ははっきりと断られた。このことは子規に深い失意と落胆をもたらした。漱石は、この問題にいろいろと心を痛めていたようだが、明治二十九年六月六日付けの手紙でこのことに触れて、自分は、虚子という人間の「大に松山的ならぬ淡泊なる処、のんきなる処、気のきかぬ処、無器用なる点」を買っている、と言う。そして「大兄の観察点は如何なるか知らねど先づ普通の人間よりは好《よ》き方なるべく、さすれ〔ば〕さほど愛想づかしをなさるるにも及ぶまじきか、或は大兄今まで虚子に対して分外の事を望みて成らざるがため失望の反動、現今は虚子実際の位地より九層の底に落ちたる如く思ひはせぬや。何にせよ今度の事につき別に御介意なく虚子と御交誼《ごこうぎ》ありたく小生の至望に候。小生よりも虚子へは色々申し遣はすべく候」と述べるのであって、ここには人間や人間関係についての漱石の洞察力の質と深さとが、生き生きと立ち現われていると言っていい。

そして、漱石がこのような人間であればこそ、子規は彼に対して、いささかも身構えることなく、飾ることなく、まことに自然に、あるがままの自分を委ねることが出来た。子規は、明治三十三年二月十二日、重い病いの床から、熊本の漱石に長文の手紙を書き送っているが、ここには漱石に対する子規のそういう心のありようが、痛ましいほどはっきりと見てとれる。「例の愚痴談だからヒマナ時に読んでくれ玉へ。人に見せては困ル、二度読マレテハ困ル」というふうに始まるこの手紙は、日常の報告や知人の消息、仕事の進み具合などを思いつくままに語ったものだが、その語りくちはいかにも平静である。たとえば「近来ノ泣キヤウハ実ニハゲシクナツタ」と彼は言い、こんなふうに続けるのである。

「何モ泣クホドノ事ガアツテ泣クノデハナイ。何カ分ランコトニチヨツト感ジタト思フトスグ涙ガ出ル。僕ガ旅行中ニ病気スル、ソレヲ知ラヌ人ガ介抱シテクレルトイフコトヲ妄想《もうそう》スル、ソレガモー有難クテハヤ涙ガ出ル。不折《ふせつ》ガ素寒貧《すかんぴん》カラ稼《かせ》イデ立派ナ家ヲ建テタト思フト感ニ堪ヘテ涙ガ出ル。僕ガ生キテ居ル間ハ『ホトトギス』ヲ倒サヌト誓ツタコトガアルト思フトモー涙ガ出ル……………(落泪《らくるい》)。日本新聞社デ恩ニナリ久松《ひさまつ》家デ恩ニナツタト思フテモ涙、叔父ニ受ケタ恩ナドヲ思ヘバ無論泪《なみだ》、僕ガ死ンデ後ニ母ガ今日ノヤウナ我儘《わがまま》ガ出来ナイダラウト思フト泪、妹ガ癇癪持《かんしやくもち》ノ冷淡ナヤツデアルカラ僕ノ死後人ニイヤガラレルダラウト思フト涙、死後ノ家族ノ事ヲ思フテ泪ガ出ルナゾハヲカシクモナイガ、僕ノハソンナ尤《もつとも》ナ時ニバカリ出ルノデナイ。家族ノ事ナドハカヘツテ思ヒ出シテモ泪ノナイ事ガ多イ。ソレヨリモ今年ノ夏、君ガ上京シテ、僕ノ内ヘ来テ顔ヲ合セタラ、ナドト考ヘタトキニ泪ガ出ル。ケレド僕ガ最早再ビ君ニ逢《あ》ハレヌナドト思フテ居ルノデハナイ。シカシナガラ君心配ナドスルニハ及バンヨ。君ト実際顔ヲ合セタカラトテ僕ハ無論泣ク気遣《きづか》ヒハナイ。空想デ考ヘタ時ニナカ〳〵泣クノダ」。

この子規の文章は何とも無類のものだ。「泪」ということばが頻出するが、感傷的なところ湿っぽいところはまったくない。「泪」をこぼす自分を面白がってでもいるような生き生きとした好奇心の動きと、その「泪」の質に対する正確な見定めがここにはある。「愚痴談」と言ってはいるが、愚痴に特有の自分の思いだけにかまけたところはいささかもない。そのことばのひとつひとつを通してはっきりと漱石の方に歩み出ている。こういうことが可能になったのは、もちろんひとつには子規の資質のせいだが、それだけではない。それはやはり漱石という存在あってのことだろう。

　こういう子規を置いて、漱石は、この年の九月八日、横浜から船に乗り、十月二十八日、ロンドンに着いた。残された子規の病いはますます重くなり、絶えず「号泣」と「絶叫」をくりかえすほかはない生活を送るのだが、明治三十四年十一月六日、彼はロンドンの漱石に、「僕ハモーダメニナッテシマッタ、毎日訳モナク号泣シテ居ルヨウナ次第ダ」ということばで始まる痛切な手紙を書き送っている。この手紙は「僕ハトテモ君ニ再会スルコトハ出来ヌト思ウ。万一出来タトシテモソノ時ハ話モ出来ナクナッテルデアロー。実ハ僕ハ生キテイルノガ苦シイノダ。僕ノ日記ニハ「古《こ》白《はく》曰《いわく》来《きたれと》」ノ四字ガ特書シテアル処ガアル。(原文改行)書キタイコトハ多イガ苦シイカラ許シテクレ玉エ」ということばで結ばれているが、このふしぎに静かな口調は、それだけにいっそう強く読む者の心を撃つのである。この手紙は、漱石にあてた子規の手紙の最後の手紙となった。

　一方、漱石は病床の子規を慰めるために、ロンドンで生活の様子をくりかえし事こまかに書き送っている。だが、「再会」は果されることなく終った。明治三十五年九月十九日、子規は三十五歳で世を去るのである。漱石は十二月一日付けの虚子あての手紙に、追悼の句五句を書きつけているが、ここには彼の無量の思いを見てとることが出来るだろう。

倫敦にて子規の訃を聞きて

筒袖や秋の柩にしたがはず
手向《たむ》くべき線香もなくて暮の秋
霧黄なる市に動くや影法師
きり〴〵すの昔を忍び帰るべし
招かざる薄に帰り来る人ぞ

〔編集付記〕

左記の要項にしたがって表記を改めた。

岩波文庫(緑帯)の表記について

近代日本文学の鑑賞が若い読者にとって少しでも容易となるよう、旧字・旧仮名で書かれた作品の表記の現代化をはかった。そのさい、原文の趣をできるだけ損なうことがないように配慮しながら、次の方針にのっとって表記がえをおこなった。

(一) 旧仮名づかいを現代仮名づかいに改める。ただし、原文が文語文であるときは旧仮名づかいのままとする。

(二) 「常用漢字表」に掲げられている漢字は新字体に改める。

(三) 漢字語のうち代名詞・副詞・接続詞など、使用頻度の高いものを一定の枠内で平仮名に改める。

(四) 平仮名を漢字に、あるいは漢字を別の漢字にかえることは、原則としておこなわない。

(五) 振り仮名を次のように使用する。

(イ) 読みにくい語、読み誤りやすい語には現代仮名づかいで振り仮名を付す。

(ロ) 送り仮名は原文どおりとし、その過不足は振り仮名によって処理する。

例、明に→明《あきらか》に

(岩波文庫編集部)

漱石《そうせき》・子規《しき》往復書簡《おうふくしよかん》集《しゆう》

2002年10月16日　第1刷発行
2002年12月16日　第3刷発行

編　者　和田茂樹《わだしげき》

発行者　大塚信一

発行所　株式会社　岩波書店
〒101-8002　東京都千代田区一ツ橋 2-5-5

電　話　案内 03-5210-4000　販売部 03-5210-4111
文庫編集部 03-5210-4051
http://www.iwanami.co.jp/

印刷・理想社　カバー・精興社　製本・桂川製本

ISBN4-00-311116-8　　Printed in Japan

読書子に寄す

――岩波文庫発刊に際して――

岩波茂雄

真理は万人によって求められることを自ら欲し、芸術は万人によって愛されることを自ら望む。かつては民を愚昧ならしめるために学芸が最も狭き堂宇に閉鎖されたことがあった。今や知識と美とを特権階級の独占より奪い返すことはつねに進取的なる民衆の切実なる要求である。岩波文庫はこの要求に応じそれに励まされて生まれた。それは生命ある不朽の書を少数者の書斎と研究室とより解放して街頭にくまなく立たしめ民衆に伍せしめるであろう。近時大量生産予約出版の流行を見る。その広告宣伝の狂態はしばらくおくも、後代にのこすと誇称する全集がその編集に万全の用意をなしたるか。千古の典籍の翻訳企図に敬虔の態度を欠かざりしか。さらに分売を許さず読者を繋縛して数十冊を強うるがごとき、はたしてその揚言する学芸解放のゆえんなりや。吾人は天下の名士の声に和してこれを推挙するに躊躇するものである。このときにあたって、岩波書店は自己の責務のいよいよ重大なるを思い、従来の方針の徹底を期するため、すでに十数年以前より志して来た計画を慎重審議この際断然実行することにした。吾人は範をかのレクラム文庫にとり、古今東西にわたって文芸・哲学・社会科学・自然科学等種類のいかんを問わず、いやしくも万人の必読すべき真に古典的価値ある書をきわめて簡易なる形式において逐次刊行し、あらゆる人間に須要なる生活向上の資料、生活批判の原理を提供せんと欲する。この文庫は予約出版の方法を排したるがゆえに、読者は自己の欲する時に自己の欲する書物を各個に自由に選択することができる。携帯に便にして価格の低きを最主とするがゆえに、外観を顧みざるも内容に至っては厳選最も力を尽くし、従来の岩波出版物の特色をますます発揮せしめようとする。この計画たるや世間の一時の投機的なるものと異なり、永遠の事業として吾人は微力を傾倒し、あらゆる犠牲を忍んで今後永久に継続発展せしめ、もって文庫の使命を遺憾なく果たさしめることを期する。芸術を愛し知識を求むる士の自ら進んでこの挙に参加し、希望と忠言とを寄せられることは吾人の熱望するところである。その性質上経済的には最も困難多きこの事業にあえて当たらんとする吾人の志を諒として、その達成のため世の読書子とのうるわしき共同を期待する。

昭和二年七月

《現代日本文学》

怪談 牡丹燈籠　三遊亭円朝
真景累ヶ淵　三遊亭円朝
安愚楽鍋　仮名垣魯文／小林智賀平校訂
経国美談 全二冊　矢野龍渓／小林智賀平校訂
鳴雪自叙伝　内藤鳴雪
梵《ぼん》雲《うん》庵《あん》雑《ざっ》話《わ》　淡島寒月
青年　森鷗外
雁　森鷗外
阿部一族 他二篇　森鷗外
大塩平八郎 堺事件　森鷗外
山椒大夫 高瀬舟 他四篇　森鷗外
舞姫 うたかたの記 他三篇　森鷗外
渋江抽斎　森鷗外
鷗外随筆集　千葉俊二編
浮雲　二葉亭四迷

其面影　二葉亭四迷
新編 左千夫歌集　土屋文明／山本英吉選
吾輩は猫である　夏目漱石
倫《ろん》敦《どん》塔《とう》 幻影の盾 他五篇　夏目漱石
坊っちゃん　夏目漱石
夢十夜 他二篇　夏目漱石
草枕　夏目漱石
虞美人草　夏目漱石
三四郎　夏目漱石
それから　夏目漱石
彼岸過迄　夏目漱石
門　夏目漱石
行人　夏目漱石
こころ　夏目漱石
道草　夏目漱石
思い出す事など 他七篇　夏目漱石

硝子戸の中　夏目漱石
明暗　夏目漱石
文学評論 全二冊　夏目漱石
漱石文芸論集　磯田光一編
漱石文明論集　三好行雄編
漱石日記　平岡敏夫編
漱石書簡集　三好行雄編
漱石俳句集　坪内稔典編
子規歌集　土屋文明編
子規句集　高浜虚子選
歌よみに与ふる書　正岡子規
飯待つ間 —正岡子規随筆選　正岡子規／阿部昭編
墨汁一滴　正岡子規
病《びょう》牀《しょう》六《ろく》尺《しゃく》　正岡子規
仰臥漫録　正岡子規
筆まかせ抄　正岡子規／粟津則雄編

俳諧大要	正岡子規
松蘿《しょうら》玉液《ぎょくえき》	正岡子規
五重塔	幸田露伴
幻談・観画談 他三篇	幸田露伴
努力論	幸田露伴
思い出す人々	内田魯庵 紅野敏郎編
小説 不如帰	徳冨蘆花
自然と人生	徳冨蘆花
みみずのたはこと 全二冊	徳冨健次郎
瀧口入道	高山樗牛
晩翠詩抄	土井晩翠
明治のおもかげ	鶯亭金升
鷗外の思い出	小金井喜美子
森鷗外の系族	小金井喜美子
武蔵野	国木田独歩
号外・少年の悲哀 他六篇	国木田独歩

牛肉と馬鈴薯《じゃがいも》 他三篇	国木田独歩
縮図	徳田秋声
蒲団・一兵卒	田山花袋
田舎教師	田山花袋
明治劇談 ランプの下《もと》にて	岡本綺堂
大つごもり・十三夜 他五篇	樋口一葉
にごりえ・たけくらべ	樋口一葉
藤村詩抄	島崎藤村自選
破戒	島崎藤村
夜明け前 全四冊	島崎藤村
春	島崎藤村
千曲川のスケッチ	島崎藤村
桜の実の熟する時	島崎藤村
藤村随筆集	十川信介編
外科室・海城発電 他五篇	泉鏡花
高野聖・眉かくしの霊	泉鏡花

夜叉ケ池・天守物語	泉鏡花
草迷宮	泉鏡花
春昼・春昼後刻	泉鏡花
海神別荘 他二篇	泉鏡花
鏡花短篇集	川村二郎編
山岳紀行文集 日本アルプス	小島烏水 近藤信行編
子規を語る	河東碧梧桐
上田敏全訳詩集	山内義雄 矢野峰人編
俳句はかく解しかく味う	高浜虚子
俳句への道	高浜虚子
立子《たつこ》へ抄 —虚子より娘へのことば—	高浜虚子
夢は呼び交す	蒲原有明
茶話	薄田泣菫
艸《そう》木《もく》虫《ちゅう》魚《ぎょ》	薄田泣菫
小さき者へ・生まれいずる悩み	有島武郎
一房の葡萄 他四篇	有島武郎

- 寺田寅彦随筆集 全五冊 — 小宮豊隆編
- 柿の種 — 寺田寅彦
- 随筆滝沢馬琴 — 真山青果
- 与謝野晶子歌集 — 与謝野晶子自選
- 随筆集 明治の東京 — 鏑木清方 山田肇編
- 江戸芸術論 — 永井荷風
- 下《した》谷《や》叢《そう》話《わ》 — 永井荷風
- つゆのあとさき — 永井荷風
- 濹東綺譚 — 永井荷風
- すみだ川 新橋夜話 他一篇 — 永井荷風
- おかめ笹 — 永井荷風
- 雨瀟瀟・雪解 他七篇 — 永井荷風
- 摘録 断腸亭日乗 全二冊 — 永井荷風 磯田光一編
- 荷風随筆集 全二冊 — 野口冨士男編
- 新編 作家論 — 正宗白鳥 高橋英夫編
- 旧聞日本橋 — 長谷川時雨

- 新編 近代美人伝 全二冊 — 長谷川時雨 杉本苑子編
- 土 — 長塚節
- 鈴木三重吉童話集 — 勝尾金弥編
- 桑の実 — 鈴木三重吉
- 窪田空穂歌集 — 大岡信編
- 窪田空穂随筆集 — 大岡信編
- わが文学体験 — 窪田空穂
- 高村光太郎詩集 — 高村光太郎
- 芸術論集 緑色の太陽 — 高村光太郎
- 赤光 — 斎藤茂吉
- 斎藤茂吉歌集 — 山口茂吉 柴生田稔 佐藤佐太郎編
- 斎藤茂吉随筆集 — 阿川弘之 北杜夫編
- 暗夜行路 全二冊 — 志賀直哉
- 海神丸 — 野上弥生子
- 大石良雄・笛 — 野上弥生子
- 迷路 全二冊 — 野上弥生子

- 欧米の旅 全三冊 — 野上弥生子
- 野上弥生子短篇集 — 加賀乙彦編
- 野上弥生子随筆集 — 竹西寛子編
- 友情 — 武者小路実篤
- 白秋詩抄 — 北原白秋
- 白秋抒情詩抄 — 北原白秋
- 北原白秋歌集 — 高野公彦編
- 銀の匙 — 中勘助
- 菩提樹の蔭 他二篇 — 中勘助
- 鳥の物語 — 中勘助
- 中勘助随筆集 — 渡辺外喜三郎編
- 若山牧水歌集 — 若山喜志子選
- 新編 みなかみ紀行 — 若山牧水 池内紀編
- 新編 啄木歌集 — 久保田正文編
- 時代閉塞の現状 食うべき詩 他十篇 — 石川啄木
- 萩原朔太郎詩集 — 三好達治選

郷愁の詩人 与謝蕪村	萩原朔太郎
猫町 他十七篇	萩原朔太郎 清岡卓行編
吉野葛・蘆刈	谷崎潤一郎
幼少時代	谷崎潤一郎
谷崎潤一郎随筆集	篠田一士編
貝殻追放抄	水上滝太郎
屋上登攀者	藤木九三
大手拓次詩集	原子朗編
竹沢先生という人	長与善郎
道元禅師の話	里見弴
里見弴随筆集	紅野敏郎編
或る少女の死まで 他二篇	室生犀星
犀星王朝小品集	室生犀星
出家とその弟子	倉田百三
苦の世界	宇野浩二
新編 同時代の作家たち	広津和郎 紅野敏郎編

羅生門・鼻・芋粥・偸盗	芥川竜之介
地獄変・邪宗門・好色・藪の中 他七篇	芥川竜之介
蜘蛛の糸・杜子春・トロッコ 他十七篇	芥川竜之介
河童 他二篇	芥川竜之介
侏儒の言葉	芥川竜之介
歯車 他二篇	芥川竜之介
芭蕉雑記・西方の人 他七篇	芥川竜之介
美しき町・西班牙犬《スペインけん》の家 他六篇	佐藤春夫 池内紀編
冥途・旅順入城式	内田百閒
東京日記 他六篇	内田百閒
宮沢賢治詩集	谷川徹三編
童話集 風の又三郎 他十八篇	宮沢賢治 谷川徹三編
童話集 銀河鉄道の夜 他十四篇	宮沢賢治 谷川徹三編
新編 学問の曲り角	河野与一 原二郎編
増補 新橋の狸先生 —私の近世畸人伝	森銑三 小出昌洋編
新編 明治人物夜話	森銑三 小出昌洋編

書物	森銑三 柴田宵曲
評伝 正岡子規	柴田宵曲
新編 俳諧博物誌	柴田宵曲 小出昌洋編
随筆集 団扇《うちわ》の画《え》	柴田宵曲 小出昌洋編
日輪・春は馬車に乗って 他八篇	横光利一
山椒魚・遙拝隊長 他七篇	井伏鱒二
川釣り	井伏鱒二
伊豆の踊子・温泉宿 他四篇	川端康成
雪国	川端康成
森鷗外	石川淳
暢気眼鏡・虫のいろいろ 他十三篇	尾崎一雄 高橋英夫編
踊る地平線 全二冊	谷譲次
詩を読む人のために	三好達治
雪	中谷宇吉郎
中谷宇吉郎随筆集	樋口敬二編
量子力学と私	朝永振一郎 江沢洋編

科学者の自由な楽園	朝永振一郎 江沢洋編
檸檬《レモン》・冬の日 他九篇	梶井基次郎
梨の花	中野重治
蟹工船 一九二八・三・一五	小林多喜二
藝術に関する走り書的覚え書	中野重治
小林秀雄初期文芸論集	小林秀雄
みそっかす	幸田文
近代日本人の発想の諸形式 他四篇	伊藤整
変容	伊藤整
風立ちぬ・美しい村	堀辰雄
中原中也詩集	大岡昇平編
山月記・李陵 他九篇	中島敦
富嶽百景・走れメロス 他八篇	太宰治
斜陽 他一篇	太宰治
人間失格・グッド・バイ 他一篇	太宰治
新美南吉童話集	千葉俊二編

風浪・蛙昇天 —木下順二戯曲選I	木下順二
夕鶴・彦市ばなし 他二篇 —木下順二戯曲選II	木下順二
オットーと呼ばれる日本人 他一篇 —木下順二戯曲選III	木下順二
子午線の祀り・沖縄 他一篇 —木下順二戯曲選IV	木下順二
新選山のパンセ	串田孫一自選
日本唱歌集	堀内敬三 井上武士編
日本童謡集	与田準一編
日本児童文学名作集 全二冊	桑原三郎 千葉俊二編
明治文学回想集 全二冊	十川信介編

《仏教》

ブッダのことば　中村元訳

ブッダの真理のことば 感興のことば　中村元訳

ブッダ神々との対話 —サンユッタ・ニカーヤI—　中村元訳

ブッダ悪魔との対話 —サンユッタ・ニカーヤII—　中村元訳

ブッダ最後の旅　中村元訳

仏弟子の告白 —テーラガーター—　中村元訳

尼僧の告白 —テーリーガーター—　中村元訳

法華経 全三冊　坂本幸男・岩本裕訳注

浄土三部経 全二冊　中村元・早島鏡正・紀野一義訳注

般若心経 金剛般若経　中村元・紀野一義訳註

臨済録　入矢義高訳注

碧巌録 全三冊　入矢・溝口・末木・伊藤訳注

選択本願念仏集　法然　大橋俊雄校注

法然上人絵伝 全二冊　大橋俊雄校注

一遍聖絵　聖戒編　大橋俊雄校注

無門関　西村恵信訳注

明恵上人集　久保田淳・山口明穂校注

教行信証　親鸞　金子大栄校訂

歎異抄　金子大栄校注

親鸞和讃集　名畑應順校注

正法眼蔵 全四冊　道元　水野弥穂子校注

正法眼蔵随聞記　懐奘編　和辻哲郎校訂

日本的霊性　鈴木大拙　篠田英雄校訂

新編 東洋的な見方　鈴木大拙　上田閑照編

南無阿弥陀仏 付心偈　柳宗悦

《キリスト教他》

旧約聖書 創世記　関根正雄訳

旧約聖書 出エジプト記　関根正雄訳

旧約聖書 ヨブ記　関根正雄訳

新約聖書 福音書　塚本虎二訳

聖アウグスティヌス 告白 全二冊　服部英次郎訳

エックハルト説教集　田島照久編訳

神を観ることについて 他二篇　クザーヌス　八巻和彦訳

キリスト者の自由 聖書への序言　マルティン・ルター　石原謙訳

霊操　イグナチオ・デ・ロヨラ　門脇佳吉訳・解説

ある巡礼者の物語 —イグナチオ・デ・ロヨラ自叙伝—　門脇佳吉訳・注解

コーラン 全三冊　井筒俊彦訳

イスラーム文化 —その根柢にあるもの—　井筒俊彦

岩波文庫の最新刊

千葉潤之介編
新編 春の海 ―宮城道雄随筆集―

数々の美しい箏曲をのこした宮城道雄。その鋭い感覚に支えられた豊かな才能は随筆にも表された。四季の情景、芸の話などに、林芙美子との対談を加えた四四篇。
〔緑一六八-一〕 本体七〇〇円

永井荷風
あめりか物語

自然主義の文壇を一撃、魅了した短篇集。文明の落差を射る洋行者の眼力と流離の邦人の運命を灯す都市文学の誕生である。『ふらんす物語』姉妹篇。（解説＝川本皓嗣）
〔緑四一-六〕 本体六六〇円

永井荷風
ふらんす物語

明治四〇年七月、二七歳の荷風は四年間滞在したアメリカからフランスに渡った。憧れの地フランスでの恋、夢、そして近代日本への絶望。（解説＝川本皓嗣）
〔緑四一-九〕 本体七六〇円

ディケンズ／石塚裕子訳
デイヴィッド・コパフィールド（三）

ローマ法博士会で働きはじめたデイヴィッド。少女のようにあどけないドーラと出会い、ぞっこん惚れこんでしまう。旧友トラドルズとも再会し……。（全五冊）
〔赤二二八-三〕 本体七〇〇円

……今月の重版再開……

中勘助
犬 他一篇
〔緑五一-四〕 本体四〇〇円

ゴーゴリ／米川正夫訳
検察官
〔赤六〇五-一〕 本体五〇〇円

武陽隠士／本庄栄治郎校訂
奈良本辰也補訂
世事見聞録
〔青四八-一〕 本体八六〇円